### Katharine Ashe

Professeure d'histoire, elle écrit de la romance Régence. Son roman *J'ai épousé un duc* a été finaliste du prix *Romantic Times* en 2013 dans la catégorie Romance historique. En 2014, elle est sélectionnée pour le RITA Award de la Meilleure Romance. Ses romans ont été traduits dans de nombreuses langues.

# J'ai adoré un lord

# Katharine ASHE

TROIS SŒURS ET UN PRINCE – 2

# J'ai adoré un lord

*Traduit de l'anglais (États-Unis)*
*par Julie Guinard*

POUR **elle**

Si vous souhaitez être informée en avant-première
de nos parutions et tout savoir sur vos auteures préférées,
retrouvez-nous ici :

### www.jailupourelle.com

Abonnez-vous à notre newsletter
et rejoignez-nous sur Facebook !

*Titre original*
I ADORED A LORD

*Éditeur original*
Avon, an imprint of HarperCollins Publishers, New York

© Katharine Brophy Dubois, 2014

*Pour la traduction française*
© Éditions J'ai lu, 2015

*Pour Darling*

*Les [maladies] chez les... animaux sont rares et simples, et faciles à soigner... car le remède ne consiste ni plus ni moins qu'à administrer à l'animal un traitement radicalement opposé à celui qui a entraîné le dérèglement.*

John HINDS,
*Le Chirurgien vétérinaire*, 1836


*De Toi mon esprit se nourrit.*

Thomas KEN,
*Hymne du divin office monacal*
(1692).

Très chers lecteurs,

Ce que j'apprécie par-dessus tout dans une œuvre de fiction, c'est une histoire d'amour bien écrite. Si elle s'accompagne de péripéties aventureuses, je suis aux anges. Il se trouve que j'adore également les romans policiers dont les intrigues se déroulent dans de vieux manoirs ou de lointains châteaux. Aussi, lorsque Ravenna Caulfield, la benjamine – et la plus impétueuse – de mes trois sœurs, m'a soufflé qu'elle rêvait de grands frissons, ai-je été ravie de concocter une intrigue digne de ses aspirations. J'ai mis dans ma valise de gros pulls et des chaussettes de laine et suis partie pour les montagnes de France.

De France ? vous étonnerez-vous. Pourquoi la France ? Eh bien, je me suis dit que si l'Hercule Poirot d'Agatha Christie, qui est belge, pouvait résoudre des énigmes policières en Angleterre, alors mon héroïne anglaise pouvait en résoudre une en France. Et je pressentais que, là-bas, je trouverais l'inspiration.

Quel succès ! En traversant la France vers le sud-est, je me suis arrêtée juste avant la Suisse dans l'une des régions les plus belles et les plus romantiques de ce merveilleux pays : la Franche-Comté. Là, les anciennes montagnes du Jura rejoignent des vallées baignées de soleil et flanquées de vignobles. Dans ce paradis, j'ai goûté au comté, un fromage à pâte pressée délicieusement tendre, accompagné du fameux vin jaune de la région. J'ai trempé des croûtons dans des fondues savoyardes fumantes et frémissantes, et j'ai dégusté d'exquises tartes aux prunes tout en visitant des églises médiévales et des châteaux du XVIII^e siècle. J'ai étudié les escaliers, le mobilier, les chambres à coucher, les salons, les écuries, les remises à voitures, et même la plomberie de somptueuses demeures où des princes et des princesses ont jadis résidé, et je me suis promenée, littéralement euphorique, dans les parcs soigneusement entretenus de ces propriétés. En résumé, j'ai eu un coup de foudre. Et cela m'a semblé être le décor idéal pour une histoire d'amour.

Voici *J'ai adoré un lord*, un roman policier assorti d'une idylle tendre et passionnée, mis en scène dans un cadre d'une grâce exceptionnelle. J'espère que vous aimerez le lire autant que j'ai aimé l'écrire.

Bonne lecture,

Katharine

# Les suspects
## (par ordre d'apparition)

Sir Beverley Clark, ancien employeur de notre héroïne.

M. Francis Pettigrew, ami de sir Beverley.

Le prince Sebastiao, prince portugais, hôte de la partie de campagne, jeune demi-frère de notre héros.

Lord et lady Whitebarrow, un riche comte anglais et sa femme.

Lady Pénélope et lady Grace, leurs fielleuses jumelles.

Sir Henry et lady Margaret Feathers, éleveurs de pur-sang en pleine ascension de l'échelle sociale.

Mlle Ann Feathers, leur fille fâcheusement effacée.

Le général Dijon, ancien héros des guerres napoléoniennes (côté français).

Mlle Arielle Dijon, son adorable fille.

La duchesse McCall, veuve écossaise.

Lady Iona, sa fille aussi vive qu'éblouissante.

Wesley Courtenay, comte de Case, héritier du marquis d'Airedale et demi-frère aîné de notre héros.

Lord Prunesly, baron et biologiste de renom.

Mlle Cécilia Anders, sa fille.

M. Martin Anders, son fils lyrique.

L'évêque Abraccia, vieux prélat italien.

Mlle Juliana Abraccia, sa nièce orpheline.

# 1

# La fugitive

La perdition de Ravenna Caulfield commença par un oiseau, continua à cause d'une fourche et se conclut en apothéose avec un cadavre revêtu d'une armure médiévale. L'épisode de l'oiseau survint le premier, des années avant l'incident de la fourche et la malencontreuse découverte de la pauvre victime gainée d'acier. Encore que cette découverte n'ait peut-être pas été si malencontreuse, selon l'opinion que l'on a des grandes questions de la vie que sont l'amour et le destin.

Recueillie dans un orphelinat dès son plus jeune âge avec ses deux sœurs aînées, Eleanor et Arabella, Ravenna tenait de la première son inaltérable force d'âme, et de la deuxième son caractère rebelle. Hélas, elle ne maîtrisait ni l'une ni l'autre. C'est pourquoi, lorsqu'elle découvrit un oiseau blessé prisonnier d'une fissure entre deux briques ébréchées du grenier, où elle était enfermée pour six heures à la suite du vol d'une carotte destinée à Gringalet, le vieux cheval de trait, elle fut incapable de ne pas lui venir en aide. Ses petits cris désolés attendrissaient son cœur sensible. Elle s'approcha de lui, remarqua son aile cassée, fixa deux yeux noirs qui ressemblaient aux siens et se promit avec toute la détermination de son jeune âge qu'elle le sauverait.

Pendant quatre semaines, elle astiqua le sol poisseux du réfectoire plus vivement que toutes les autres filles, se plantant des échardes dans les doigts, pour gagner en récompense dix précieuses minutes de liberté. Pendant quatre semaines, son cœur battit la chamade chaque fois qu'elle se faufilait au grenier, où elle mâchait les croûtes de pain rassis qu'elle avait conservées du petit déjeuner pour les donner à l'oiseau. Pendant quatre semaines, elle recueillit de l'eau de pluie dans une feuille sur le rebord de la fenêtre et regarda la minuscule créature boire en attendant que son piaulement, de désespéré, devienne enjoué. Pendant quatre semaines, elle le cajola dans sa paume et caressa son aile blessée jusqu'à ce qu'il déploie enfin ses membres et avance timidement vers la fenêtre.

Puis, un matin, il n'était plus là. Debout au milieu des meubles cassés et des vieilles malles, Ravenna se mit à pleurer.

Un pépiement bref et joyeux retentit devant le carreau. Elle l'ouvrit et se retrouva nez à nez avec l'oiseau perché sur une branche qui pendait à côté. Il vola jusqu'à sa paume tendue.

Ce printemps-là, elle le regarda se construire un nid sur cette branche. Lorsqu'il pondit des œufs, elle pria tous les matins sur ses petits genoux calleux, à la chapelle, pour la santé des oisillons à venir. Pour fêter leur éclosion, elle apporta à la jeune maman un ver qu'elle avait déniché en creusant le jardin du potager et l'observa qui nourrissait ses quatre petits. Ce jour-là, toute à son bonheur, Ravenna arriva en retard pour la prière du soir. Les joues blêmes, les lèvres pincées, la directrice la réprimanda devant tout le monde, puis elle leur fit éplucher des navets à toutes jusqu'à ce que leurs mains soient abîmées, et elle les envoya se coucher privées de dîner.

Le lendemain matin, alors que Ravenna redescendait discrètement du grenier, trois des filles les plus méchantes de l'orphelinat l'attendaient au pied de l'escalier. Les bras croisés, un rictus méprisant sur les lèvres, elles ne lui dirent rien d'autre que ce qu'elles lui

16

disaient toujours : « Romanichelle. » Mais, le lendemain, quand Ravenna sortit dans la cour pour la demi-
heure de marche accordée aux pensionnaires, elle
trouva les trois filles juste sous la fenêtre du grenier.
Devant elles, par terre, gisaient une grosse pierre et les
restes d'un nid de brindilles et de feuilles.

Le petit oiseau ne revint jamais.

Arabella la vengea et se battit contre les filles toutes
griffes dehors. Elle eut le dessus, bien sûr. Ce soir-là,
dans le dortoir, tout en soignant les bleus et les égrati-
gnures de sa cadette, Eleanor prodigua à Ravenna de
douces paroles de réconfort. Mais, malgré la gentillesse
de ses sœurs, la fillette en vint à la conclusion que certains individus étaient sans cœur.

Après l'épisode de l'oiseau, les lignes de bataille
étaient clairement tracées. Les méchantes s'arran-
geaient pour faire trébucher les trois sœurs devant la
directrice, et la plupart du temps y parvenaient.
Eleanor endurait leur cruauté. Arabella les attaquait
bille en tête.

Ravenna, elle, s'échappait dans le modeste jardin de
l'orphelinat, que ce soit dans la chaleur douillette de
l'été, la fraîcheur vivifiante de l'automne, la paix de
l'hiver ou la grisaille douce et humide du printemps.
Réfugiée là-bas, elle s'inventait un monde dans lequel
elle ne sentait pas quand on lui tirait ses tresses et
n'entendait pas lorsqu'on chuchotait « Égyptienne »
sur son passage, ce qu'elle n'avait jamais compris. Hors
des murs blanchis à la chaux de sa prison, elle chantait
avec les merles, débusquait les renards, grignotait des
baies dans les buissons de myrtilles, des noix et des noi-
settes tombées d'arbres généreux. Elle n'aurait pu rêver
meilleure compagnie que celle de Gringalet : il ne lui
crachait pas à la figure, ne la pinçait pas et, la peau de
Ravenna étant plus ou moins de la même couleur que
sa robe, il ne prononçait jamais un mot désagréable à
son endroit.

Quand le révérend Martin Caulfield les recueillit, ses sœurs et elle, Eleanor lui dit :

— C'est un brave homme, Venna. Un érudit.

Ravenna ne comprit pas ce que cela signifiait.

— Tout va changer, maintenant, ajouta sa sœur.

Le révérend Caulfield, qui avait les cheveux et les vêtements couleur de poussière mais un visage bon et une voix douce, les emmena dans son presbytère, niché derrière l'église dans un coin du petit village. Sans jamais les frapper ni leur faire récurer les sols (Taliesin, le jeune Gitan, s'en acquittait en échange de leçons), le révérend leur apprit à prier, à lire, à écrire et à écouter attentivement ses sermons. Ravenna trouvait tout cela pénible, en particulier les prêches. Le chat que les dames patronnesses gardaient pour se débarrasser des souris venait se blottir sur ses genoux pendant l'office et ronronnait si fort qu'on lui demandait toujours de l'emmener dehors. Une fois libre, Ravenna ne revenait plus jamais. Il lui semblait beaucoup plus pertinent de vénérer le Grand Créateur dans la cathédrale de la nature plutôt qu'enfermée dans des murs de pierre.

Le jour de ses huit ans, le révérend la conduisit chez le forgeron et ouvrit la porte d'une stalle. Une chienne était endormie sur la paille. Au creux de son ventre, des petits corps tout doux gigotaient. Tous sauf un étaient tachetés. Le seul de couleur unie, un chiot noir et hirsute, écarta la tête de la mamelle de sa mère pour la tourner dans la direction de Ravenna, ouvrit ses yeux dorés, et elle fut saisie d'une telle émotion qu'elle en resta muette.

Elle l'appela La Bête, et ils devinrent inséparables. Le chien lui tenait compagnie durant ses leçons et, le dimanche, s'asseyait sous l'orme devant l'église pour l'attendre. Mais ils passaient le plus clair de leurs journées dans les bois et dans les champs, à courir, à nager et à rire. Ils étaient absurdement heureux, et Ravenna savait qu'il était trop fort, trop grand et trop farouche pour que quiconque ose lui faire du mal, et trop fidèle pour jamais la quitter.

Quand il pleuvait, l'étable, avec son odeur de paille, d'animaux et de chaleur humide, était leur refuge de prédilection. Un jour, Ravenna regarda le vieux palefrenier soigner un sabot blessé à l'aide d'un cataplasme à base de lait, de cire et de laine. La fois suivante, il l'autorisa à l'appliquer. Puis il lui apprit à reconnaître les coliques et lui expliqua que, les mois froids, un bon fourrage et de l'eau tiède constituaient une meilleure prévention contre ce mal que la purée de son. L'hiver, quand les Gitans campaient dans le bois du châtelain local, Taliesin, qu'elle aurait aimé voir le révérend adopter également afin qu'il devienne son frère, l'emmenait dans les enclos des chevaux et lui enseignait d'autres remèdes encore pour guérir les fourbures, les coliques et toutes sortes de maux.

Puis Eleanor tomba malade. Pendant que leur père s'affolait et qu'Arabella cuisinait, cousait et accomplissait toutes les tâches domestiques, Ravenna apprit auprès du médecin à verser une dose de laudanum, à préparer un cataplasme fumant à poser sur la poitrine d'Ellie et à confectionner une décoction à base de racine de réglisse bouillie. Eleanor finit par se rétablir, et Ravenna se mit à suivre le médecin lors de ses autres visites. Le soir, au dîner, elle racontait au révérend ce qu'elle avait appris ; il lui tapotait la tête en disant qu'elle était une bonne petite.

Quand Arabella eut dix-sept ans, elle partit travailler comme gouvernante chez le châtelain et ne revint qu'au bout de huit mois. Après cela, leur père dit à Ravenna qu'elle ne devait pas s'aventurer toute seule dans la campagne.

— Les jeunes demoiselles doivent respecter les règles de la bienséance, lui dit-il en jetant un regard inquiet à La Bête étendue devant la cheminée.

— Mais, papa...

19

— Ne discute pas, Ravenna. Je t'ai accordé beaucoup trop de liberté, et tu n'as pas eu de mère pour t'enseigner la pudeur que possède naturellement Eleanor et qu'Arabella a apprise à l'école. Si tu ne modifies pas tes habitudes, je t'enverrai toi aussi à l'école.

Ravenna n'avait pas l'intention de retourner dans le monde des portes fermées et des badines.

— Ne me chassez pas, papa. Je serai obéissante.

À dater de ce jour, elle limita ses escapades à l'écurie. Elle prouva à son père qu'elle pouvait se montrer aussi docile qu'Eleanor, mais, intérieurement, elle suffoquait.

À dix-sept ans, elle se rendit au village et posta une lettre adressée à un bureau de placement à Londres. Un mois plus tard, elle recevait une réponse, et six mois plus tard, une proposition d'embauche.

— Je m'en vais, papa, annonça-t-elle, la main autour de la poignée d'une petite valise.

Avec soulagement, lui sembla-t-il, il lui donna sa bénédiction. Elle se rendit à l'écurie offrir un dernier biscuit au cheval, caressa le front du chat de la grange, puis, La Bête à ses côtés, elle partit à pied.

Eleanor lui courut après et l'étreignit avec force.

— Tu ne peux pas m'échapper, petite sœur. Où que tu ailles te cacher, je te retrouverai.

Les joues d'Eleanor n'avaient jamais recouvré l'éclat qu'elles avaient avant sa maladie, ni sa silhouette les douces courbes qui la rendaient si jolie. Mais ses bras étaient solides et son regard vert résolu.

Ravenna s'écarta.

— Tant mieux, car je n'ai aucun désir de te fuir. Et à Shelton Grange, je serai plus proche de Bella, qui est à Londres.

— Mais que sais-tu de ces hommes ?

— Ce que m'a dit le bureau de placement et ce que précise la lettre qu'ils m'ont écrite.

Que leur maison était grande, leur parc vaste, et que l'entretien de leur troupe composée de douze chiens, de deux oiseaux exotiques et d'un cochon domestique était devenu trop fatigant pour eux sans l'assistance d'une personne jeune et vigoureuse.

— Écris-moi souvent.

Ravenna ne promit rien. Elle écrivait très mal. Mais elle embrassa sa sœur sur la joue et la laissa au milieu de la rue, sa silhouette se découpant sur la pierre grise de l'église de leur père.

Ses employeurs furent contrariés de découvrir que le R. Caulfield de ses lettres n'était pas un jeune homme.

— Pas question, décréta sir Beverley Clark d'un ton calme mais ferme.

Quelques instants dans son confortable salon à la décoration masculine suffirent à Ravenna pour comprendre que, sous ce toit, c'était sir Beverley qui commandait, et non son ami M. Pettigrew, un gentleman beaucoup plus avenant. Posant une main soignée sur la tête du lévrier irlandais qui se tenait à côté de lui, sir Beverley déclara :

— Je n'autoriserai pas une demoiselle à résider à Shelton Grange.

— Je n'ai pas de vues sur vous, affirma-t-elle.

Relevant les yeux des carlins qui lui léchaient les doigts et mâchonnaient l'ourlet de sa robe, elle les posa sur le beau visage de son interlocuteur, puis sur les joues rondes et roses de M. Pettigrew.

— Quoique visiblement fortunés, vous êtes tous deux beaucoup plus âgés que mon père, poursuivit-elle, et je n'ai de toute façon aucunement l'intention de me marier, de sorte que vous pouvez écarter ce souci. Je ne souhaite que m'occuper de vos animaux, comme nous en sommes convenus dans notre correspondance.

Les yeux émeraude de M. Pettigrew se mirent à pétiller.

— Eh bien, voilà en effet un soulagement.

Sa voix était aussi amusée que son sourire ; ses cheveux d'un blanc crémeux avaient dû être blonds, autrefois.

— Mais, mon enfant, ce que veut dire sir Beverley, c'est qu'il n'est pas convenable que vous viviez avec des messieurs qui ne font pas partie de votre famille.

— Alors, adoptez-moi.

Elle posa sa valise à côté de La Bête, qui se tenait bien sagement à ses pieds, comme si elle comprenait la gravité de l'instant.

— C'est la meilleure solution. De toute façon, mon père n'est pas mon vrai père et je pense qu'il n'y verrait pas d'inconvénient, du moment que vous ne me maltraitez pas.

Les yeux gris clair de sir Beverley l'étudiaient.

— Que fuyez-vous, mademoiselle Caulfield ?

— La prison.

M. Pettigrew haussa les sourcils.

— Nous avons une fugitive dans la maison, Bev. Qu'allons-nous donc faire d'elle ?

Pour la première fois, le sourire compatissant et tolérant que Ravenna apprendrait vite à adorer retroussa les coins de la bouche de sir Beverley.

— Ma foi… la soustraire aux représentants de la loi, je crois.

Bientôt, Ravenna passa ses journées à brosser les poils longs de trois lévriers irlandais, à couper les ongles de neuf carlins et à rédiger laborieusement des lettres à différents experts pour solliciter leurs conseils quant à l'entretien des aras et des cacatoès. Elle se lia d'amitié avec le cocher de sir Beverley, un ancien combattant unijambiste, qui s'émerveilla de son aisance avec les créatures à quatre pattes et poursuivit son instruction là où Taliesin l'avait interrompue.

Bien qu'il appréciât par-dessus tout l'agrément de la vie à Shelton Grange, sir Beverley aimait voyager, et ce dans le plus grand confort. M. Pettigrew, dont la maison ne se trouvait qu'à quelques miles mais qui se plaisait plus à Shelton Grange, l'accompagnait toujours. Durant leurs absences, Ravenna restait avec La Bête et leur ménagerie, savourant la solitude du lac, des bois, des champs et de la maison.

Lorsqu'ils étaient à Shelton Grange, sir Beverley et M. Pettigrew la dorlotaient. Ainsi, la première fois qu'elle avait aidé les métayers de sir Beverley à l'agnelage et qu'elle avait ensuite affiché des cernes mauves sous les yeux, M. Pettigrew lui avait préparé sa recette spéciale pour se remettre d'excès en tout genre, et sir Beverley lui avait lu à voix haute des passages du *Traité de médecine vétérinaire*.

Ravenna savourait secrètement leur sollicitude, bien qu'elle se moquât gentiment en affirmant qu'ils la traitaient comme si elle était un nourrisson et eux, ses nourrices. Cela sembla leur plaire. Elle se mit à les surnommer « les nounous », et ils l'appelaient « jeune demoiselle ».

Pendant six ans, Ravenna connut un bonheur sans nuage.

Puis Arabella épousa un duc, et sir Beverley lui annonça qu'elle devait commencer à envisager son départ de Shelton Grange : bien que toute la maisonnée se soit profondément attachée à elle, il ne pouvait employer la sœur d'une duchesse. Un matin, peu après, La Bête ne se réveilla pas, et Ravenna comprit que le paradis n'était qu'un rêve inventé par les hommes d'Église pour berner tout le monde.

# 2

# Le baiser

*10 février 1818, Combe Park*

   *Cher sir Beverley,*

   *J'ai reçu une lettre de M. Pettigrew qui m'afflige profondément. Il m'écrit que La Bête n'est plus et que ma sœur est inconsolable. Je l'ai suppliée de venir à Combe, mais elle ne répond pas. Vous conviendrez avec moi, assurément, qu'un changement de décor lui serait salutaire. Aussi ai-je une proposition à vous faire. Un ami proche de mon mari, Reiner de Sensaire, m'a appris que le prince Sebastiao du Portugal organisait une partie de campagne en France le mois prochain. Y accompagneriez-vous Ravenna ? Il y aura un château, beaucoup de chevaux et à n'en pas douter d'autres animaux, ce qui pourrait lui procurer une certaine consolation. J'ai déjà fait envoyer des invitations pour vous-même, pour elle et pour M. Pettigrew. Je vous supplie d'accepter.*

   *Veuillez agréer, cher monsieur, l'expression de mes sentiments les meilleurs,*

                            *Arabella Lycombe*

Derrière la fenêtre à meneaux d'une tourelle donnant sur l'avant-cour du château de Chevriot, Ravenna observait l'allée pavée grise assortie aux couleurs de l'hiver. Vêtu d'un manteau militaire orné de multiples médailles, ses épaulettes décorées de galons dorés, un jeune homme accueillait les invités. Le prince Sebastiao avait un long nez, les yeux injectés de sang, et toute sa personne trahissait sa dissipation. Il avait été éduqué en Angleterre pendant la guerre et parlait la langue de ce pays aussi bien que n'importe quel jeune Anglais riche et gâté ; et manifestement, son comportement laissait tout autant à désirer. À voix haute, Ravenna s'étonna qu'un membre de la famille royale portugaise, fût-il d'une lignée secondaire, considère une forteresse médiévale perdue en pleine montagne comme un lieu approprié pour recevoir, alors qu'on était encore à trois semaines du printemps.

— Les gens scandaleusement riches s'adonnent à tous leurs caprices, mon enfant, lui dit Petti. Et, ma foi, je suis enchanté de figurer parmi leurs amis.

D'autres amis enchantés du prince Sebastiao étaient arrivés au cours de la journée dans des voitures que le long voyage avait maculées de boue et de poussière. Tous néanmoins rivalisaient d'élégance. Le nez collé à la vitre, Ravenna assistait à cet étalage de faste avec la fascination horrifiée qu'elle aurait eue pour sa propre exécution.

— Qui est-ce ? demanda-t-elle en pointant un index vers la fenêtre.

Ses anciens employeurs semblaient connaître absolument tout le monde en Europe. En bas, personne n'avait encore remarqué qu'ils les espionnaient.

— Le comte de Whitebarrow. Son titre est ancestral, et la famille extrêmement riche.

— Mmm.

Derrière les invités, au-delà de l'avant-cour, le paysage montagneux était magnifique. Lorsqu'elle s'était promenée le long de la rivière ce matin-là, des petits oiseaux voletaient dans les buissons, deux aigles avaient décrit des cercles au-dessus de sa tête, et elle avait vu une vingtaine de cerfs parmi les épicéas et les sapins qui couvraient tout le flanc de la montagne jusqu'au sommet. Ce défilé de gens à la mode que dégorgeaient des carrosses cossus paraissait complètement incongru ici.

— Ces demoiselles sont-elles ses filles ?

— Oui. Lady Grace et lady Pénélope, répondit sir Beverley.

— Des jumelles.

Vêtues de capes en velours immaculées, les mains enfermées dans des manchons de fourrure blanche, les deux sylphides blondes tournèrent leurs visages de porcelaine vers une autre jeune invitée, qui se tenait seule à côté d'une voiture comme si on l'avait oubliée là. Effacée, emmitouflée dans une longue pelisse dotée non pas d'une, ni de deux, mais de trois rangées de falbalas, elle fixait l'allée d'un œil rond. À côté d'elle, une matrone aux atours tout aussi surchargés et à la silhouette en forme de poire bavardait gaiement avec une autre dame.

En étudiant la jeune fille, l'une des blondes Whitebarrow haussa les sourcils. Sa sœur et elle échangèrent quelques mots, et elles firent une moue.

La gorge de Ravenna la picota. Elle n'aurait pas dû venir. Mais, lorsque l'invitation du prince était arrivée, trois semaines auparavant, Petti avait affirmé qu'il avait toujours rêvé de voir les montagnes françaises. Dans la mesure où il était tout simplement obligé d'emmener César, Georgiana et Mme Keen (les autres carlins préféraient rester à la maison), il fallait que Ravenna leur accorde sa compagnie quelques semaines ou quelques mois encore avant de les quitter définitivement pour partir vivre dans la demeure ducale de sa sœur. Quand elle avait soulevé le problème de la distance, il lui avait tapoté la main.

— Je comprends bien, ma chère enfant, qu'il vous soit difficile de laisser La Bête toute seule dans le noir sous ce vieux chêne, lui avait-il dit. Mais votre cher ami y reposera aussi bien durant votre voyage en France que maintenant. Il ne peut plus souffrir, maintenant.

À la vérité, La Bête avait adoré l'ombre de ce chêne et le champ tapissé de fleurs sauvages qui l'entourait. C'était elle qui ne pouvait s'habituer à rester enfermée à l'intérieur sans lui.

Ravenna observa la silhouette solitaire oubliée dans l'allée.

— Qui est cette jeune personne ?

— Mlle Ann Feathers. Son père, sir Henry, a fait fortune dans l'élevage de pur-sang. Le père du prince Sebastiao, Raynaldo, élève des andalous. Il ne sera pas présent durant le séjour, mais le prince doit négocier à sa place une association de leurs écuries.

— Et cette demoiselle ?

Une jeune fille brune et pâle d'une exquise beauté se dirigeait vers la porte d'entrée au bras d'un gentleman.

— Mlle Arielle Dijon. C'est la fille du fameux général français Dijon, qui a sauvé ses troupes de l'extermination pure et simple en 1812, lorsque les Cosaques ont tout ravagé. Après ce fiasco, il a perdu toute admiration pour Napoléon.

— À juste titre, intervint Petti, enfoncé dans un fauteuil capitonné, trois carlins doux et dodus ronflant à ses pieds.

— Une fois le traité signé, il a quitté l'armée et emmené sa famille en Amérique, poursuivit sir Beverley. À Philadelphie, je crois.

Un minuscule chien blanc émergea de la cape de Mlle Dijon, qui caressa le front de l'animal avec tendresse.

— Elle me plaît déjà, déclara Ravenna.

Une autre jeune fille, grande, dont les boucles flamboyantes étaient sagement retenues sous son bonnet, descendit de la dernière voiture. Elle était d'une beauté renversante, avec un air d'énergie mal contenue et d'immenses yeux lumineux et curieux. Un gentleman mit pied à terre et vint à ses côtés. Ôtant son chapeau, il s'inclina profondément devant elle.

— Voici lady Iona, venue avec sa mère, la duchesse McCall, qui est veuve, murmura Beverley. Elle a fait une longue route pour séduire un prince.

— Séduire un prince ?

Petti pouffa.

Ravenna pivota et scruta son visage.

— Séduire un prince ? répéta-t-elle.

— Vous ne lui avez rien dit, Bev ? demanda-t-il, les yeux pétillants.

— Qu'y avait-il à me dire ?

— Ce séjour, ma chère, lui annonça gaiement Petti, n'est pas une simple partie de campagne.

Elle les considéra tour à tour.

— Qu'est-ce donc, alors ?

— Le prince Sebastiao cherche une épouse, expliqua sir Beverley.

— Et c'est ici qu'il va la trouver, mon petit ! ajouta Petti. N'est-ce pas merveilleux ?

Ravenna mit quelques moments à comprendre.

— Vous êtes au courant, pour la diseuse de bonne aventure ? s'exclama-t-elle en fronçant des sourcils réprobateurs.

— Quelle diseuse de bonne aventure ? demanda Petti en caressant le cou plissé d'un carlin.

— La Gitane qui a affirmé à Arabella que l'une d'entre nous devrait épouser un prince, sans quoi nous ne connaîtrions jamais nos vrais parents. Elle vous l'a raconté, n'est-ce pas ?

— C'est vous qui nous en avez parlé, lui rappela sir Beverley, il y a des années.

— C'était certainement pour vous faire rire. Et voilà que vous me trahissez tous les deux.

— Peut-être exagérez-vous un tantinet, dit sir Beverley avec l'ombre d'un sourire.

— Votre sœur souhaitait vous mettre sur la route d'un prince, ma chère enfant. Nous n'avons fait qu'accepter de l'aider.

Ravenna resta muette. Arabella demeurait farouchement déterminée à retrouver les parents qu'elles avaient perdus vingt ans plus tôt.

Elle coula un regard vers la porte, puis vers la fenêtre, l'allée, les arbres et la montagne.

— Eh bien, reprit-elle en reportant son attention sur sir Beverley, je crains que vos petites machinations ne soient vaines. Car, voyez-vous, pour épouser un prince, il me faudrait...

— Ceci ?

Sir Beverley sortit de sa poche une grosse bague masculine toute d'or et de rubis.

Ravenna recula d'un pas.

— Elle vous l'a donnée ?

— Afin que nous vous la remettions.

Sir Beverley prit sa main dans la sienne et déposa la bague dans sa paume. Le bijou était lourd et chaud, comme il l'avait toujours été, même en ce jour lointain où Arabella l'avait apporté à une diseuse de bonne aventure et avait entendu la prophétie : l'une d'entre elles épouserait un prince et, ce jour-là, découvrirait le secret de leur passé. Cette bague représentait la clé de leur histoire.

Mais Ravenna se moquait bien du mystère de leur passé. Elle n'était qu'un nourrisson quand leur mère les avait abandonnées, et elle n'avait jamais été curieuse de leurs origines. Trouver le prince avait été le rêve d'Arabella. Ravenna savait parfaitement pourquoi elle n'avait pas confié l'honneur discutable de dénicher un prince à leur sœur aînée, Eleanor. Elles n'en parlaient jamais, mais toutes deux étaient conscientes que si Eleanor n'était toujours pas mariée, ce n'était pas en raison de son dévouement pour leur père.

— Cessez de vous agiter, mon petit, lui dit gentiment Petti. Une dame dans l'état de votre sœur ne doit pas être contrariée.

— Je ne m'agite pas.

Ravenna enfonça la bague dans sa poche, où elle forma un renflement.

— Je présume que toutes ces demoiselles – des jeunes filles d'une grande beauté, immensément riches et, par-dessus le marché, plus jeunes que moi – seront donc mes rivales pour obtenir les faveurs du prince ?

— Il est fâcheux qu'elles aient pris la peine de faire le long voyage jusqu'ici, répondit Petti avec un clin d'œil.

— Lady Iona McCall a vingt et un ans, objecta sir Beverley. Elle n'est votre cadette que de deux ans.

— Vous êtes fous à lier tous les deux. Et ma sœur également.

Elle se tourna de nouveau vers la fenêtre et regarda les beaux et riches invités.

— Je n'ai aucune envie d'épouser un prince, cela va sans dire.

Ni qui que ce soit.

— Et qui est cet homme fort séduisant au bras de lady Iona ?

— Lord Case, héritier du marquis d'Airedale, répondit sir Beverley. Je me demande ce qu'il fait ici. Il n'a pas de sœur, uniquement un frère cadet que personne n'a vu depuis des années.

— Peut-être lord Case cherche-t-il également une épouse et a-t-il jugé l'occasion idéale. Je comprends que son frère se fasse discret, avec un aîné si prévoyant.

— Vous n'êtes qu'une petite impertinente, la gronda sir Beverley, amusé, avant de reporter son attention au-dehors. Un homme fort séduisant, disiez-vous ?

— Rêveriez-vous d'accéder à la noblesse, mon enfant ? demanda Petti.

— À peu près autant que je rêve de devenir princesse.

Elle se dirigea vers la porte.

— Maintenant que toutes les épouses potentielles sont ici, quand les festivités vont-elles vraiment commencer ? Et pensez-vous que j'aie le temps de faire préparer la voiture pour une brève escapade avant qu'il ne se mette à neiger ?

Ce soir-là, dans son lit tendu de soie brochée et de draps d'une douceur inouïe, un luxe qu'elle n'avait connu que dans la nouvelle demeure ducale d'Arabella, Ravenna resta allongée sur le dos, le cœur meurtri. Deux mois avaient passé depuis la mort de La Bête, et elle ne s'était toujours pas habituée à la place vide à côté d'elle. Pas de corps chaud se pressant contre sa hanche pour la pousser vers le bord du matelas, pas de petits gémissements pour la tirer de ses rêves, pas de souffle tiède pour la réveiller le matin et l'inviter à une promenade dans le parc pendant que le soleil se levait sur les collines. La Bête aurait adoré le moelleux de ce lit. Le sommier était si bien tendu qu'il n'avait pas grincé quand elle était montée dessus.

Elle ferma les yeux de toutes ses forces en rêvant de la chaleur d'un corps à enlacer...

L'écurie ! Ravenna se releva, enfila une vieille robe qui ne ferait pas trop honte à Petti si quelqu'un l'apercevait et quitta sa chambre.

De l'extérieur, le château consistait en un édifice de calcaire gris-brun d'une élégante austérité, ceint d'une imposante muraille et doté de hautes tours et de toits dépourvus d'ornements. Mais, à l'intérieur, le plus grand luxe régnait. Dans les corridors, d'épais tapis absorbèrent le bruit de ses pas. Sa lampe dansa devant un valet de pied assis sur une chaise en bas du majestueux escalier ; il hocha la tête à son passage.

Poussant une porte dissimulée dans le mur, elle emprunta l'escalier de service pour descendre à la cuisine, où un petit courant d'air glacé la guida jusqu'à la cour. La nuit sentait la neige, le propre, le froid mordant. Tout l'après-midi, elle avait regardé de grosses masses de nuages gris clair se rassembler au-dessus du sommet le plus proche. Il neigerait avant le matin, et elle serait piégée à Chevriot.

Elle sortit et, longeant le mur du cimetière qui jouxtait l'avant-cour, passa devant la remise à voitures avant de pénétrer dans l'écurie.

Là, tout était froid et immobile. Une lanterne unique éclairait l'allée centrale. Ravenna avança silencieusement sur le sol bien récuré. De magnifiques pur-sang dormaient dans des stalles de part et d'autre de l'allée, comme dans l'écurie de sir Beverley, à Shelton Grange, où La Bête et elle avaient passé tant de temps ensemble. Shelton Grange, où La Bête resterait pour toujours. Shelton Grange, où elle n'avait plus sa place parce que sa belle et courageuse sœur avait épousé un duc.

Une larme brûlante coula sur sa joue. Une autre suivit. Une troisième se logea à la commissure de ses lèvres. Un chat solitaire la regardait, niché dans un coin, une lueur réprobatrice dans ses yeux luisants. Ravenna essuya sa joue du revers de la main.

Soudain, elle perçut un son un peu plus loin, un faible couinement, d'abord bref et sec, puis désespéré, et enfin pitoyable et épuisé. Le chat se sauva souplement. Ravenna sourit. Rien ne ressemblait au bruit que faisait un petit chien.

Elle suivit les jappements jusqu'à une remise où l'on rangeait le matériel. Sur le mur le plus proche étaient accrochées une fourche, une hache et une pelle ; à côté, un seau et des brosses étaient disposés soigneusement sur un banc. Un épais tapis de paille jonchait le sol. Les chiots étaient blottis dans un coin, où quelqu'un leur avait aménagé un abri provisoire.

Elle s'agenouilla. Quatre petits corps noir et blanc étaient enchevêtrés dans la pénombre. Deux dormaient, un troisième remuait la tête tandis que le dernier rampait sur les autres en geignant. Ravenna ne vit pas la mère. Sans doute était-elle sortie chercher à manger, ou peut-être les chiots étaient-ils déjà sevrés. Ils paraissaient suffisamment vieux pour cela – ils devaient avoir neuf ou dix semaines.

Émergeant d'une jonchée de paille, à l'écart, une truffe noire jaillit. Deux minuscules narines reniflèrent l'air froid.

Après avoir posé sa lampe sur le banc, Ravenna s'agenouilla à côté du petit chien, écarta la paille et observa l'avorton, isolé de ses frères et sœurs. Exactement comme La Bête.

Elle le prit dans ses bras et caressa son pelage tout froid. Privé de sa mère et pas assez fort pour se faire une place auprès des autres, il ne survivrait pas longtemps, à cette température. Pourtant, il avait trouvé la ressource nécessaire pour se creuser un nid dans la paille. Le brave petit toutou. Elle le berça contre elle. Avec une maladresse due à sa maigreur et à son jeune âge, il glissa sur sa poitrine, ses griffes minuscules pareilles à des rasoirs miniatures, et plongea une bouche vorace sous le bord de sa cape. Elle rit et enfouit son nez dans sa tête.

— Je suis désolée, chuchota-t-elle. Je ne peux rien pour toi. Je n'ai pas pensé à apporter un gâteau.

Elle le garda contre son cou et le réchauffa jusqu'à ce qu'elle ne sente plus la pointe de ses orteils ni le bout de son nez. Gelée, elle reposa le chiot à côté de ses frères et sœurs endormis et le recouvrit de paille. Ses petits cris plaintifs s'élevèrent, pitoyables, dans l'écurie.

Un bruit de pas sonore résonna alors de l'autre côté de la porte – une démarche d'homme. Il s'immobilisa ; elle ne pouvait l'apercevoir dans l'entrebâillement.

Elle avait cru l'écurie vide, et voilà qu'un homme se tenait derrière la porte, muet. S'il était venu voir les chiots, il entrerait. S'il l'avait suivie animé de mauvaises intentions, son silence était logique – ce ne serait pas la première fois qu'un homme la prendrait pour une proie facile à culbuter dans le foin. Mais, cette fois-ci, son protecteur ne se tenait pas à ses côtés en grognant et en montrant les dents. Elle était seule.

Le chiot gémissait plus désespérément, lui semblait-il. Aucun autre bruit ne perturbait le silence de l'écurie, aucun souffle, aucun mouvement. Mais l'homme était toujours là. Ravenna le sentait au duvet hérissé sur ses bras.

Elle retint sa respiration et poussa brusquement la porte, qui heurta quelque chose avant de revenir vers elle. L'homme tomba lourdement par terre, et un grondement sourd lui échappa.

Puis... plus rien.

Le chiot couinait toujours.

Ravenna compta jusqu'à trente. Elle avança et ouvrit la porte.

À la faible lueur de la lanterne, elle distingua vaguement le profil de l'homme allongé. Il avait perdu son couvre-chef, et ses cheveux noirs bouclaient sur son col. Un long nez, une mâchoire assombrie par le chaume d'une barbe. Il portait des vêtements simples – manteau marron, pantalon noir et bottes. Les doigts de ses mains étalées sur le sol étaient longs. Une cicatrice sur sa main droite remontait du V entre le majeur et l'index et se perdait dans sa manche, souvenir d'un outil pointu récalcitrant. Elle avait soigné quantité de blessures comme celle-là sur des fermiers et des palefreniers.

Cet homme était vraisemblablement un garçon d'écurie. Il n'aurait pas dû l'effrayer. Quand il reprendrait connaissance, il aurait une bosse énorme sur la tête.

Son corps bloquait le passage. Pour aller chercher de l'aide, elle devrait l'enjamber. Mais sa jupe était trop étroite pour lui permettre de le faire en un seul pas. Dire qu'elle avait voulu s'habiller comme une dame pour faire plaisir à Petti...

Il ne bougeait pas. Il ne pouvait pas être mort ! Pourtant, il restait inerte... Dans la chiche lumière, elle ne voyait pas sa poitrine se soulever. Ses doigts la démangeaient, l'habitude l'emportait sur la peur. Elle devait lui tâter le crâne. Si elle l'avait fracassé, elle savait ce qu'il fallait faire. Mais elle devait avant tout l'examiner.

Timidement, en se tenant à la porte, elle avança la pointe du pied et lui donna un petit coup dans l'épaule.

Il grogna, et elle le poussa un peu plus fort.

À cet instant, il lui saisit la cheville si vivement que cela arracha les doigts de Ravenna à la porte. Elle se tordit pour éviter d'écraser les chiots et tomba de tout son long. Son épaule heurta le sol, mais, heureusement, le choc fut amorti par l'épais tapis de paille. Comme il ne la lâchait pas, Ravenna tenta de se dégager et chercha une arme sur le mur. Sa main encercla le manche de la fourche. Elle tira violemment dessus ; l'objet échappa à ses doigts gourds et s'écrasa sur la jambe de l'homme.

— Nom de Dieu ! cria-t-il.

Au lieu de se courber en deux, il s'élança et lui attrapa le mollet, tout en refermant l'autre main autour de son poignet. Puis il fut au-dessus d'elle, ses genoux, ses hanches et sa poitrine la couchant sur la paille. Il plaqua une main sur sa bouche pour étouffer le cri qui jaillissait de sa gorge. Elle se débattit avec force, mais il enroula les chevilles autour des siennes pour immobiliser ses jambes, lui agrippa un bras et emprisonna le deuxième sous elle.

— Ne bougez pas, dit-il en ahanant comme un animal.

Elle obéit.

— Qu'est-ce qui vous prend d'attaquer un innocent ?

Il avait la voix pâteuse.

— Nom d'un chien, vous m'avez fracassé le crâne. Sans parler de ma jambe.

Le cœur de Ravenna battait contre sa poitrine plaquée sur la sienne. Son visage n'était qu'à quelques centimètres du sien, et elle pouvait voir ses cheveux soyeux qui tombaient sur deux yeux scandalisés. L'air glacial entre eux n'empestait pas l'alcool. Il n'était pas ivre. Sa voix pâteuse devait être due au choc qu'il avait reçu sur le crâne. La porte l'avait frappé très durement.

— Je vais libérer votre bouche, dit-il en plissant les yeux comme s'il voyait trouble.

Il avait de longs cils pour un homme, remarqua Ravenna.

— Mais si vous criez, gare aux conséquences. Si vous m'avez compris, clignez les yeux une fois.

Elle obéit, et il ôta la main de sa bouche. Elle prit une bouffée d'air en une inspiration saccadée.

— J'ai du mal à respirer, dit-elle d'une voix râpeuse.

Le chiot gémit.

— Que faites-vous ici ?

Il balaya du regard le haut de sa robe, puis ses cheveux.

— Êtes-vous une bonne ?

— Je suis sortie... besoin de m'aérer. Vous m'écrasez... les poumons. Écartez-vous... sinon... je vais crier... et vous en supporterez les conséquences.

— Si vous manquez d'air, vous ne serez pas capable de crier.

Sa voix était moins épaisse. Et trop rationnelle.

— Dites-moi qui vous êtes, et je m'écarterai.

— Regina Slate. Fille... duc de Marylebone... invitée. Il vous fera pendre... haut et court quand il apprendra... que vous m'avez... touchée.

— Marylebone est un quartier, et non un duché. Et vous êtes idiote de menacer un homme de pendaison alors qu'il vous tient en son pouvoir.

Ravenna perçut cette fois quelque chose d'arrondi et de haché dans ses mots. Il avait un accent étranger. Mais il n'était pas français, songea-t-elle, et il parlait parfaitement anglais. Il savait par ailleurs que Marylebone était un quartier de Londres. Pas de chance pour elle.

— Et si votre père est duc, je suis l'empereur de Chine.

— Enchantée... de faire votre connaissance... Votre Impériale Majesté, dit-elle dans un souffle.

Il resserra la main autour de son poignet.

— Quel est votre nom et que faites-vous dans cette écurie ?

— Ravenna... Caulfield. C'est la vérité. Vous aviez raison. Je ne suis... personne.

Et elle n'avait plus de Bête à serrer dans ses bras à la fin de la journée, plus de Bête pour la protéger des hommes qui voulaient la malmener parce qu'elle n'était personne.

— Maintenant... poussez-vous.

— Caulfield, répéta-t-il, le front plissé.

La pression sur la poitrine de Ravenna s'atténua légèrement, et elle essaya de remplir ses poumons. Mais il continuait à lui comprimer le bras.

— Vous êtes venue avec sir Beverley Clark ?

Pour un garçon d'écurie, il était remarquablement bien informé.

— Je travaille pour lui.

Plus vraiment, certes, maintenant qu'elle était la sœur d'une duchesse. Mais que pouvait-il savoir du personnel de sir Beverley ?

— Quel genre de travail ?

Ses yeux scrutaient son visage avec un intérêt particulier, à présent, et une étrange vague de chaleur frémit dans le corps de Ravenna.

— Êtes-vous sa maîtresse ?

Apparemment, il ne connaissait pas si bien que cela sir Beverley.

— Je m'occupe de ses chiens et de ses oiseaux rares.

Brusquement, le front de l'homme se détendit, un trou minuscule se creusa dans sa mâchoire, et le cœur de Ravenna décrivit un drôle de petit bond.

— Vous vous occupez de ses...

— Douze chiens. Deux oiseaux exotiques. Et un cochon domestique.

Une étrange excitation parcourait ses membres engourdis par le froid. Sans doute la terreur. Ce ne pouvait pas être dû à cette fossette sur sa joue, au-dessus de sa mâchoire. Cet homme était un dangereux inconnu qui l'avait agressée. Pourtant... les agresseurs ne souriaient pas comme s'ils étaient curieusement contents. Si ?

Une petite tache rouge était visible à la racine des cheveux, sur son front ; un hématome apparaissait. Un cataplasme à base de farine l'apaiserait rapidement. Peut-être pourrait-elle trouver du lait à la cuisine et...

— Des animaux ?

Il examina de nouveau son visage, et la fossette s'accentua.

— Je m'en occupe et je les soigne, de même que tous les animaux du comté quand ils tombent malades. Sans rémunération parce que je ne suis pas un homme et que personne n'estime avoir besoin de me payer autrement qu'avec un panier d'œufs, un pot de crème ou une barre de savon... ce qui, au demeurant, m'incite à penser qu'à leur avis, une femme devrait être plus agréablement parfumée que moi. Cette petite bagarre dans une paille imbibée d'urine de chiot n'arrange rien au problème, d'ailleurs. C'est pourquoi je vais vous demander de vous pousser.

Mais manifestement, il n'en avait pas l'intention. Elle vit le changement dans ses yeux et le sentit dans son corps à l'instant précis où il se produisit. Elle n'avait guère d'expérience avec les hommes, à l'exception d'un frôlement de mains occasionnel quand elle se tenait à une extrémité d'un agneau et qu'un fermier se cramponnait à l'autre. Mais elle avait vu suffisamment d'animaux en rut pour reconnaître les symptômes de l'excitation chez les mâles de n'importe quelle espèce, y compris la sienne.

Malgré la pénombre, elle vit aussi que les pupilles de son agresseur s'étaient agrandies. Le regard de l'homme descendit vers sa bouche. Il ne l'avait peut-être pas suivie jusque-là dans une intention louche, mais l'idée semblait incontestablement avoir atteint son esprit à présent.

— Je trouve que vous sentez bon, dit-il.

Sa voix était plus profonde qu'avant ; elle lui fit penser à une chaude soirée d'automne, avec ses voyelles particulièrement arrondies. Ce n'était pas un accent français. Italien ? Espagnol ? Il devait accompagner l'un des invités. Un invité qui avait manqué de discernement lorsqu'il avait engagé ce palefrenier.

— Je...

— Et, *por Deus*, dit-il d'une voix légèrement étranglée, les yeux rivés sur sa bouche, vous êtes adorable.

Le besoin de s'accoupler l'aveuglait. La seule créature masculine à l'avoir jamais trouvée adorable était La Bête, et uniquement parce qu'elle avait parfois une odeur de lard grillé.

Elle devait à tout prix détourner son attention.

— Je peux soigner cette égratignure sur votre front, dit-elle en essayant de maîtriser son affolement.

— Ah oui ?

Il était comme hébété. Il pouvait arriver qu'un coup sur la tête atteigne le cerveau.

— Une bosse commence à se former. Cela risque d'être douloureux et de s'infecter. Libérez-moi, et je demanderai à la gouvernante du...

Sans autre forme de procès, il posa la bouche sur la sienne. Ni durement, ni violemment, ni de force, mais entièrement, fermement.

Ravenna pinça les lèvres. Respirant par le nez, elle sentit des effluves de cheval et de paille, auxquels s'ajoutait un autre parfum, inconnu, masculin et... agréable – une odeur de vieux cuir tanné et de whisky, sans la morsure de l'alcool. Il lâcha son poignet et mit sa grande main en coupe autour de sa joue.

Elle aurait dû le repousser, elle le savait, mais son odeur, la chaleur de sa peau, la sensation de ses lèvres sur les siennes, taquines, encourageantes, impérieuses, la paralysaient. Son pouce remua doucement contre sa gorge. Sa caresse était chaude. Intime. Tendre. Une étrange exaltation se mêla à l'affolement dans le ventre de Ravenna. Elle pouvait lui rendre son baiser. Elle pouvait découvrir ce que c'était que d'embrasser réellement un homme.

*Non*.

Elle savait ce qu'il voudrait après ce baiser, et elle n'était pas disposée à lui accorder ce plaisir.

Alors, elle fit ce que La Bête aurait fait face à un agresseur. Elle mordit.

— *Colhões*[1] !

D'un bond, il s'écarta et bondit sur ses pieds.

Ravenna recula en prenant appui sur ses mains, et ses jupes s'emmêlèrent dans ses bottines tandis qu'elle se redressait en sautillant pour éviter les chiots. Le regard voilé de l'homme se braqua sur elle, furibond. Une goutte de sang perla entre les doigts qu'il avait plaqués sur sa bouche.

— J'espère vous l'avoir arrachée, lança-t-elle inconsidérément.

Il laissa retomber sa main. Sa lèvre inférieure était toujours intacte, bien qu'elle saignât sur son menton.

— Nom de Dieu, femme ! Je vous ai seulement embrassée.

— En m'emprisonnant sous votre corps.

— Oui, c'est vrai. Manifestement, c'était une erreur.

Il tamponna délicatement le sang du revers de sa manche. Il était grand, large d'épaules, bien découplé et s'exprimait plus comme un gentleman que comme un garçon d'écurie. Pourtant, ses muscles étaient ceux d'un fermier. Cet homme connaissait le labeur physique, et il l'avait immobilisée sous lui sans effort. Il aurait pu aisément faire d'elle ce qu'il voulait. Il le pouvait encore. La fourche gisait à côté de sa botte, et il bloquait la porte. Elle était toujours prisonnière.

— Écartez-vous, ordonna-t-elle, sinon je vous frappe dans les *colhões* bien plus fort que je ne vous ai mordu.

Sans rien dire, il s'éloigna de la porte. Ravenna passa à côté de lui et traversa la cour au pas de charge. Une fois rentrée, elle ferma sa porte à clé, s'enveloppa dans

---

1. Tous les mots en italique dans les dialogues sont en portugais, en français, en espagnol ou en latin dans le texte. (*N.D.T.*)

une couverture et s'assit devant les braises du feu en tremblant. Jamais elle ne s'était demandé à quoi ressemblerait son premier baiser. Jamais elle n'avait imaginé connaître un premier baiser.

Maintenant, elle le savait.

# 3

# Le moine

Des flocons de cristal glacé voltigeaient entre les arbres tandis que lord Vitor Courtenay attachait son cheval à une branche et pénétrait dans la chapelle de pierre grise au sommet de la montagne. Il referma la porte derrière lui et remonta la nef dépouillée de tout ornement. L'écho de ses bottes résonnait sous les voûtes. Devant les marches du chœur, il se mit à genoux, retira son chapeau et se signa.

Au fil des ans, il était venu dans cet ermitage chercher à manger, un abri, la sécurité. Aujourd'hui, il n'avait besoin de rien de tout cela. La fortune qu'il avait gagnée pendant la guerre en travaillant pour l'Angleterre et le Portugal s'entassait dans une banque londonienne, et il bénéficiait de tout le confort du château de Chevriot.

Ce matin, c'était un tout autre genre d'aide qu'il espérait trouver.

La chapelle sentait l'encens et la cire d'abeille, ainsi que des arômes anciens et sacrés : les odeurs de la terre du père qui l'avait engendré. Quatorze ans plus tôt, après avoir découvert sa véritable filiation, Vitor avait d'abord voyagé jusqu'à ces terres, avant de les quitter lorsque la famille royale portugaise avait fui la menace de Napoléon et s'était exilée au Brésil. Mais Vitor n'avait pas traversé l'Atlantique avec le reste de la cour. Son père, Raynaldo, un cousin du prince régent, s'était caché dans les montagnes et, de là, avait envoyé son fils anglais, jeune et désireux de faire ses preuves, en Espagne, puis en France, se battre afin que Lisbonne redevienne un lieu sûr où rétablir la cour de la reine. Vitor ne l'avait pas déçu.

Il passa la langue sur sa lèvre blessée. Apparemment, tout le monde ne respectait pas les héros de guerre.

Une porte grinça derrière les stalles en bois du déambulatoire. Il courba la tête et attendit. Des pieds chaussés de sandales s'avancèrent et s'arrêtèrent à côté de lui. L'ermite s'agenouilla sur les marches froides, le cliquètement des grains de son chapelet étouffé par sa robe de bure.

— *In nomine Patris, et Filii, et Spiritus Sancti.*

Aucune odeur de vin n'accompagnait le murmure... pour l'instant.

— Amen.

— Quel péché as-tu commis pour venir chercher l'absolution, *mon fils* ? interrogea le prêtre, avant d'ajouter : Cette fois-ci.

— Mon père...

Vitor se frotta la mâchoire.

— As-tu agi animé par la colère ?

Se conformant à une tradition séculaire, l'ermite encourageait par ses questions le pécheur à se confesser. Durant les deux années qu'avait passées Vitor dans un monastère adossé à une colline de la Serra da Estrela, il avait lu tout ce que renfermait la bibliothèque des frères bénédictins, y compris les manuels de confession.

Ce prêtre n'avait pas commencé au hasard par le péché de colère. Il connaissait Vitor.

— Non, répondit celui-ci, la gorge sèche. Pas la colère. *Pas cette fois.*

— La cupidité ?

— Non.

— L'orgueil ?

— Non.

— L'envie ?

— Non.

— Ce ne peut pas être la paresse, dit l'ermite d'une voix radoucie. Tu n'as jamais dormi une nuit complète de toute ta vie, jeune vagabond.

— Non.

*Venez-en au péché en question.*

— As-tu menti ?

— Non.

— As-tu volé ?

Il aurait fallu en débattre.

— Pas tout à fait.

— As-tu convoité les biens de ton prochain ?

Momentanément, encore que le mot « biens » n'exprimât pas réellement la chose.

— Non.

— Mon fils...

— Mon père...

Vitor appuya son front contre ses poings fermés.

Le prêtre se tut un instant, et le silence s'étira dans l'air froid de la chapelle.

— As-tu commis un autre meurtre ?

— Non.

Le soupir de soulagement du Français frémit à travers le chœur. Il s'assit sur ses talons et croisa les bras à l'intérieur de ses larges manches.

— Alors, pour quelle raison as-tu quitté le château, où ton demi-frère a besoin de toi ?

— J'ai embrassé une fille.

Silence.

— Mon père ?

— Vitor, tu es bon pour l'asile.

— Ou pour l'enfer.

Vitor passa une main dans ses cheveux et se tourna vers le prêtre. La bienveillance se lisait sur le visage du vieil homme.

— Je n'aurais pas dû, Denis, reprit Vitor en secouant la tête.

— Peut-être prends-tu tes vœux trop au sérieux, *mon fils*. D'autant plus que tu les as rompus il y a six mois.

Il haussa un sourcil broussailleux.

— Du moins, c'est ce que tu m'as dit à l'époque.

Après la guerre, le monastère avait représenté pour Vitor une retraite bienvenue. Mais ses pères, le marquis d'Airedale et le prince Raynaldo du Portugal, s'étaient plaints. Où était passé l'homme loyal aux deux familles, sur qui ils avaient pu compter pour accomplir des missions dangereuses et servir fidèlement l'Angleterre et le Portugal tout à la fois ? Où était l'homme assoiffé d'aventure ?

*Ligoté à une chaise, battu et torturé.*

Vivre au monastère lui avait convenu... pendant un certain temps. Car, une fois sa colère étouffée, il avait été impatient de tourner la page.

— Il ne s'agit pas de mes vœux.

Il posa les yeux sur l'austère autel façonné dans le granite de cette montagne.

— Ce n'était pas exactement une fille.

Le moine laissa échapper un petit son étranglé.

— Peut-être est-ce plus sérieux que je ne le croyais.

Vitor lui jeta un regard rembruni.

— Pour l'amour du Ciel, Denis ! C'était une femme.

— Ah bon.

Le vieux prêtre poussa un nouveau soupir de soulagement.

— Me confesses-tu donc le péché de fornication ?

— Non.

Vitor se retourna et s'assit sur la marche afin d'apaiser la douleur de sa jambe, frappée la veille avec la fourche la plus dure de toute la chrétienté. Il se frotta le visage de sa paume.

— Je l'ai seulement embrassée.

L'ermite pouffa.

— Si elle a pris de l'argent pour un simple baiser, c'est elle qui devrait se confesser.

Denis sortit une flasque d'un repli de son habit.

— Ce n'était pas une *puta*. C'était une demoiselle.

Une demoiselle en tenue de servante rôdant dans une écurie au beau milieu de la nuit.

— Je lui ai fait peur.

La colère et l'indignation l'avaient disputé à la frayeur dans ses yeux – de magnifiques yeux noirs. Il y avait des années qu'il n'avait pas été aussi proche du visage d'une femme. À la lumière de la lampe, elle lui avait fait l'effet d'un ange mystérieux et ensorcelant.

— C'est comme si j'avais été possédé par le diable. Elle était là...

Sous lui, avec ses courbes délicieuses, son petit corps sensuel et ô combien féminin, ses yeux qui lançaient des éclairs...

— Et j'ai eu envie de l'embrasser, une envie plus puissante que tout ce que j'ai pu connaître dans ma vie. Ç'a été plus fort que moi.

Il n'aurait pas dû la suivre dans l'écurie, pour commencer. Elle avait traversé l'avant-cour dans la nuit comme si elle avait l'habitude de marcher seule, d'un pas tranquille qui tendait ses jupes sur ses fesses et ses cuisses, et cette vision avait réchauffé Vitor tandis qu'il l'observait, tapi dans les ombres froides. Aucune jeune fille de bonne famille ne marchait ainsi.

À la lueur de sa lampe, ses cheveux noirs et brillants tombaient en cascade autour de son visage, aspirant à être entièrement libérés des épingles qui tentaient de les retenir. Il l'avait suivie autant parce qu'elle l'intriguait que parce qu'il s'interrogeait sur ses intentions.

Son jeune demi-frère Sebastiao aimait trousser des servantes dans les écuries. Il disait en riant que cela lui donnait l'impression d'être le sportif qu'il n'était pas. Durant les quelques semaines à venir, il devrait renoncer à cet amusant petit passe-temps. Vitor y veillerait.

Mais personne n'avait rendez-vous avec la fille dans l'écurie. Il n'y avait là que quelques chiots bâtards et une fourche horriblement dure.

Alors, Vitor l'avait plaquée dans la paille et maîtrisée, avait regardé sa bouche... et il avait un peu perdu la tête.

Deux années de contemplation et de silence ne faisaient pas nécessairement un moine enthousiaste.

Denis hocha la tête.

— Le diable se plaît à prendre une figure féminine.

— Non. C'est moi qui me suis mépris sur la situation.

Elle n'était pas une soubrette espérant un moment de plaisir avec un palefrenier, mais apparemment l'une des fiancées potentielles de Sebastiao. Étrange candidate que l'ancienne servante d'un petit baronnet anglais... Quoi qu'il en soit, la mission de Vitor à Chevriot ne consistait pas à remettre en cause le projet de son père biologique, mais à s'assurer que son demi-frère s'y plierait.

Denis jeta un coup d'œil à sa lèvre enflée.

— Lui as-tu présenté des excuses ensuite ?

— Non.

Il le ferait aujourd'hui. Puis il garderait ses distances avec elle.

— Il y a beaucoup de jeunes filles au château, fit remarquer le Français, comme s'il lisait dans ses pensées. Le choix ne manquera pas à Sebastiao si tu jettes ton dévolu sur l'une d'elles.

Vitor secoua la tête. Il avait déjà causé des ennuis en s'interposant entre l'un de ses frères et une femme. Il ne recommencerait pas.

— Elle ne m'intéresse pas, marmonna-t-il.

— Tu parles toujours sous le sceau de la confession, Vitor.

Ce dernier pivota la tête.

— Comment faites-vous ?

— Pour discerner le mensonge dans la bouche d'un homme ? C'est un don que j'ai. Le tien consiste à servir ta famille. Tes deux familles. Il faut discipliner Sebastiao. Étant donné le nombre de fois où tu l'as sauvé du désastre, tu le sais mieux que quiconque.

— Avec un peu de chance, le mariage le calmera pendant quelque temps, mais cela ne le changera pas profondément.

De même qu'être soumis à la torture ne l'avait pas mis au pas. Peut-être son frère aîné Wesley avait-il hérité de toute l'impassibilité qui coulait dans le sang des Courtenay. Sans doute Vitor, qui n'avait pas la moindre goutte de ce sang dans les veines, n'avait-il hérité que de l'inconstance de leur mère.

Il était bel et bien un vagabond.

— Sebastiao est instable et enclin aux excès, répondit Denis. Toutefois, cette neige le retiendra jusqu'à ce que la volonté de votre père soit accomplie. Et le prince Raynaldo sait que tu accéderas à son souhait.

Comme chaque fois. Mais cette mission était indigne de lui.

— Quand ce sera terminé, Denis, je retournerai en Angleterre.

— Pour quoi faire, *mon fils* ? Pour dépenser ton or en boissons, au jeu et en femmes de mœurs dissolues ?

— Pourquoi pas ? Je n'ai rien d'autre à en faire.

Durant les longues nuits silencieuses au monastère, le ventre vide et les mains rêches, il avait été tenté de retourner à la vie dans laquelle il était né, la vie qu'il pouvait tout à fait se permettre. Mais, même alors, il savait que cela ne le satisferait pas, que dès qu'un événement quelconque à l'étranger titillerait sa curiosité ou qu'il sentirait la fraîcheur du vent printanier, il repartirait sur les routes.

Distraitement, il frotta la cicatrice encore douloureuse entre son majeur et son index à travers ses gants.

— Bon.

Le prêtre posa la flasque sur la marche et croisa les mains.

— Tu as confessé ton péché de luxure, *mon fils*, dit-il. Tu te repens, *n'est-ce pas* ?

Vitor ferma les yeux et vit ceux de la jeune fille, aussi étincelants que des étoiles.

— Oui.

— En pénitence, tu réciteras dix *Je vous salue Marie* et tu veilleras à ce que ton frère choisisse une femme capable de l'assagir.

— C'est tout ? s'étonna Vitor. Mon père, vous êtes trop indulgent.

Le prêtre traça le signe de croix dans les airs au-dessus de son front.

— *Ego te absolvo a peccatis tuis in nomine Patris, et Filii, et Spiritus Sancti.*

— Amen.

— Et maintenant, va te trouver une vraie *puta* et brûler un peu du feu qui coule dans tes veines, déclara le vieil homme en reprenant la flasque.

Le sentier qui descendait la montagne était saupoudré de neige. Elle tombait plus dru, à présent, sous la voûte formée par les épicéas et les sapins. Telle une ombre à travers le rideau blanc, un cavalier apparut. Le col bien droit, les boutons dorés, le pantalon impeccable, il ne se départait pas de son élégance, même à cheval.

— Encore à tes dévotions papales, mon frère ? demanda Wesley Courtenay, comte de Case, d'une voix traînante.

Des flocons s'accrochaient à ses cheveux châtains et obscurcissaient les yeux bleu marine qu'ils tenaient tous deux de leur mère.

— Encore à tes grands airs d'aristocrate, mon frère ?

Arrivés l'un devant l'autre, ils se serrèrent la main.

Wesley sourit.

— Heureux de te revoir, depuis tout ce temps, Vitor.

Sa voix, parfois aussi glaciale que de l'acier en hiver, était grave et chaleureuse.

— Que diable t'es-tu fait à la lèvre ?

Il agita une main.

— Peu importe. Cela nuit à ton charme ravageur, et je n'en suis pas fâché... Pour un peu, j'aurais pitié de toi !

— Mon valet a dû me couper en me rasant.

— Encore faudrait-il que tu en aies un, répondit son demi-frère aîné. Mais peut-être est-ce le cas maintenant… Cela fait si longtemps que tu as quitté l'Angleterre que je ne sais même plus quelle existence tu mènes. J'étais ravi de recevoir ton invitation à cette partie de campagne, ajouta-t-il sur le ton de la conversation.

Ils chevauchaient côte à côte à présent, la neige alentour atténuant tous les bruits.

— Sincèrement ?

— Un château entier rempli de demoiselles déterminées à trouver un mari ? fit Wesley en mimant la surprise. Voyons ! Quel homme raisonnable ne se réjouirait pas d'une telle perspective ?

Vitor éclata de rire.

— Les demoiselles en question sont probablement trop innocentes à ton goût, Wes. Mais leurs pères ont les poches bien pleines. Les parties de cartes le soir ne manqueront pas d'être intéressantes.

— Ah, le jeu… Bien sûr. Pourquoi m'as-tu invité, Vitor ?

— Je ne t'ai pas invité. C'est père qui l'a fait, mais il t'a laissé croire que l'initiative venait de moi. Je n'ai reçu son courrier que la veille de mon départ de Lisbonne.

Wesley fit halte, et Vitor poursuivit en lâchant la bride à Ashdod :

— Apparemment, notre mère est impatiente d'avoir des petits-enfants. Peut-être espère-t-elle que, piégé en compagnie de jeunes filles à marier, tu trouveras une fiancée.

— Père veut nous obliger à nous réconcilier, dit Wesley dans son dos.

Vitor immobilisa sa monture et regarda par-dessus son épaule.

— Crois-moi si tu veux, mais je me réjouis de cette initiative. Je suis heureux de te revoir, Wes.

— Au bout de sept ans, c'est à espérer.

Mais cela ne faisait pas sept ans que Vitor n'avait pas entendu la voix de son frère. Quatre seulement. Wesley, dans son arrogance, ignorait qu'il le savait.

— Quoi qu'il en soit, je n'ai pu résister à l'attrait de cette invitation, déclara Wesley en regardant autour de lui, ses yeux parcourant cette montagne boisée si éloignée de son environnement habituel. On s'ennuie à mourir à Londres, ces temps-ci, et mère est de mauvaise humeur.

Ses yeux brillèrent.

— Si seulement tu avais pu naître avant moi et être l'aîné...

— La destinée est une agréable maîtresse, Wes, si tu acquiesces à ses exigences.

Quatre ans plus tôt, elle l'avait fait tomber entre les mains de mercenaires qui l'avaient remis aux Britanniques afin qu'il soit torturé...

Wesley s'esclaffa.

— Écoutez ce moine qui me parle de maîtresses ! À ce propos... notre cher prince ne paraît pas plus désireux qu'auparavant de se marier. Lui a-t-on imposé ce séjour ?

— Pose-lui la question toi-même.

Wesley n'avait jamais reconnu officiellement les liens de Vitor avec la famille royale portugaise. Mais il savait que leur mère avait eu une liaison et qu'un enfant en était né. Le marquis d'Airedale, père complaisant vis-à-vis de ses deux fils, n'avait pas regimbé quand Vitor avait quitté l'Angleterre à l'âge de quinze ans pour vivre dans la maison de celui qui avait été l'amant de sa femme. La seule fois où Vitor était retourné en Angleterre, des années plus tard, le marquis l'avait accueilli chaleureusement.

Vitor comprenait son frère aîné. Bien que Wesley lui soit attaché, il était jaloux de l'amour que lui portait le marquis. Il lui en voulait également à cause d'un événement vieux de sept ans, qu'il ne parvenait manifestement ni à oublier ni à pardonner : pendant la guerre, lorsque Vitor s'était retrouvé prisonnier de son propre pays et accusé de trahison, il l'avait entendu dans la voix froide de Wesley, qui le torturait.

Ravenna s'approcha de la porte du salon en traînant des pieds. Le monde environnant le château se réduisait à une masse tourbillonnante de neige et de vent, et elle ne pouvait éviter les autres invités à moins de rester enfermée dans sa chambre, ce que Petti et sir Beverley ne lui laisseraient pas faire. Mais elle repoussait ce moment autant que possible.

Elle sourit au valet de pied posté devant l'entrée et jeta un coup d'œil derrière lui.

— À notre hôte ! s'exclamait sir Henry, l'éleveur de pur-sang. Santé et prospérité !

— Santé et prospérité !

Les invités levèrent leur verre en direction du prince. Celui-ci se tenait, resplendissant, au milieu de la pièce, arborant une veste à revers immenses, le col de sa chemise lui frôlant le menton. Le regard vague, les yeux injectés de sang, le sourire hésitant, il s'inclina avec l'excès de l'ivresse.

Le comte de Whitebarrow, un grand homme aux cheveux dorés, au regard arrogant et au nez patricien, jaugea Ravenna d'un coup d'œil. Le jeune M. Martin Anders la dévisagea avec intensité de sous une mèche rebelle. La peau autour de son œil droit était rouge et bistre, comme s'il avait reçu un coup de poing. Son père, le baron de Prunesly, un célèbre biologiste, observa un instant Ravenna par-dessus ses lunettes et fronça les sourcils.

Elle chercha des yeux la délicate Mlle Dijon, qu'elle trouva assise à côté de son père, le général, son minuscule chien blanc blotti sur ses genoux, décoré de rubans assortis à la robe de sa maîtresse. Au moins y avait-il une personne sous ce toit qui était en bonne compagnie.

Le déjeuner avait été un purgatoire de conversations oiseuses, de regards sournois et scrutateurs de la part de ces dames, d'examens attentifs de la part de ces messieurs. Le dîner se déroulerait certainement sur le même mode. Et des dizaines de repas encore seraient à subir avant que sir Beverley ne la libère de cette prison. Il fallait qu'elle se trouve rapidement d'autres occupations.

Des occupations éloignées de l'écurie, de préférence.

Sir Beverley avait interrogé le maître palefrenier du prince. Aucun garçon d'écurie, cocher, ni autre domestique accompagnant les invités ne ressemblait à l'individu qui avait cloué Ravenna au sol la veille au soir. Un hameau flanquait la forteresse, mais le maître palefrenier avait dit que les habitants étaient peu nombreux et qu'il les connaissait tous bien. Chevriot appartenait à la famille du prince Sebastiao depuis un siècle, à la suite d'une union avec une héritière française. Les villageois étaient loyaux envers leurs seigneurs absents et se méfiaient des inconnus.

Au lever du jour, Ravenna était tout de même sortie dans la neige et s'était aventurée jusqu'au village pour se renseigner. Si elle affrontait son agresseur en plein jour et en public, le prince serait obligé de sévir. Il y avait des avantages à être considérée comme une dame, finalement.

Mais elle n'avait rencontré aucun homme aux larges épaules, aux yeux indigo, et dont la fossette au creux de la joue gauche lui donnait l'impression que son ventre la chatouillait. De la neige accrochée à ses bas, l'ourlet de ses jupes raidi par la glace, elle était retournée au château d'une humeur massacrante.

Humeur que cette soirée n'arrangeait en rien.

De l'autre côté du salon, les blondes jumelles Whitebarrow se dirigeaient vers la timide Ann Feathers. Elles affichaient un air nonchalant, mais leurs yeux bleu clair luisaient de méchanceté. Ravenna sentit les cheveux sur sa nuque se hérisser.

Mlle Ann Feathers leva les yeux du sol où elle les gardait rivés et esquissa une révérence maladroite. Et la torture commença. On aurait dit deux vilaines petites filles qui arrachaient les ailes d'un papillon. Ravenna n'avait pas besoin de distinguer leurs propos pour saisir la teneur de la conversation. Les joues rondes de Mlle Ann Feathers devinrent écarlates, ses yeux s'écarquillèrent davantage encore, et le champagne se mit à danser dans son verre tant ses doigts tremblaient. Elle passa une main sur les ruchés qui couvraient sa gorge, et le sourire de lady Pénélope se durcit.

Un petit son échappa à Ravenna. Elle s'écarta du mur pour se diriger vers le trio.

À cet instant, quelqu'un lui toucha le coude, et elle se retourna. Lady Iona McCall la regardait, ses yeux d'un bleu aussi vif qu'une libellule en été.

— Mademoiselle Caulfield, dit-elle avec calme, une intonation musicale dans sa voix claire, j'admire votre courage.

Elle jeta un coup d'œil aux sœurs Whitebarrow qui martyrisaient Mlle Feathers.

— Mais, à votre place, je m'efforcerais de ne m'attirer les foudres de personne à ce stade du jeu.

Ravenna éclata de rire.

— Eh bien, je me réjouis de voir que je ne suis pas la seule à avoir compris qu'il s'agissait d'un jeu.

— Oh oui, c'est bel et bien une compétition, renchérit lady Iona.

De minuscules diamants scintillaient dans les cheveux flamboyants de la beauté écossaise, relevés au-dessus de sa tête. Fille d'une duchesse veuve, lady Iona était une héritière et avait plus de chances que n'importe quelle autre jeune fille d'attirer l'admiration du prince.

— Mais, pour une demoiselle intelligente, il y a des trophées tout aussi intéressants que Son Altesse Royale à envisager, ajouta-t-elle.

Ravenna suivit son regard amusé dans un autre coin du salon.

Lord Prunesly et sa fille Cécilia se tenaient à côté de la cheminée en compagniede deux messieurs, le comte de Case et un autre gentleman qui leur tournait le dos.

— Lord Case est sans conteste fort bel homme, concéda Ravenna.

— Certes, mais son frère l'est davantage encore, roucoula Iona avec ravissement. Nous ne nous sommes parlé qu'un bref moment, et pourtant je crois bien que je suis déjà amoureuse de lui.

— Est-ce lui ?

Même de dos, il avait fière allure, avec ses longues jambes, sa posture pleine d'assurance et sa redingote parfaitement tendue sur ses larges épaules.

— Vient-il seulement d'arriver ? reprit Ravenna.

— Non. Il est là depuis hier, mais personne ne l'avait encore vu jusqu'à ce soir. Lord Case dit qu'il a passé la journée à l'ermitage en haut de la montagne.

Elle pouffa.

— N'est-ce pas inouï, mademoiselle Caulfield ? Un lord anglais qui préfère la prière au divertissement ?

Le lord en question tourna la tête vers Cécilia Anders, et un étrange petit papillonnement parcourut Ravenna. Sa mâchoire était lisse et volontaire ; ses cheveux presque aussi noirs que les siens frôlaient son col. Mlle Anders rit d'une chose qu'il disait, et il sourit. De l'autre bout de la pièce, Ravenna reconnut sa fossette sur la joue bien rasée.

Son corps tout entier devint soudain chaud. Puis froid. Puis de nouveau chaud.

*Impossible.*

Comme s'il avait senti son émoi, il regarda par-dessus son épaule, et ses yeux se posèrent sur elle. Avec un petit sourire qui retroussait sa lèvre tuméfiée, il inclina la tête dans sa direction.

— Voyez-vous cela, mademoiselle Caulfield, dit lady Iona, vous avez déjà un admirateur. Bien joué, ma chère !

Ravenna ne pouvait pas y croire. Et pourtant il était là, comme en témoignait sa lèvre violacée.

C'était donc un aristocrate ? Fils d'un marquis et frère d'un comte ? Quelle malchance ! Elle aurait sans doute pu faire renvoyer un garçon d'écurie. Mais son agresseur était un membre de la noblesse. Jamais elle n'obtiendrait réparation.

Elle pouvait cependant veiller à ce que justice soit faite ailleurs. Après un hochement de tête à l'adresse de lady Iona, elle poursuivit sa route en direction de la timide Ann Feathers et des jumelles Whitebarrow. En s'approchant, elle remarqua que lady Pénélope et lady Grace semblaient étudier le réticule de leur malheureuse victime.

— N'est-ce pas tout à fait charmant, Grace ? dit lady Pénélope.

— Oh oui, Penny. Toutes ces perles… renchérit lady Grace avec un petit sourire pincé.

— Les perles sur les réticules et les éventails étaient délicieusement à la mode…

Pénélope agita son éventail devant sa bouche et termina dans un murmure audible :

— … l'an dernier.

Mlle Feathers passa les doigts sur la jolie spirale que formaient les perles chatoyantes cousues sur son réticule.

— Papa me l'a acheté sur Bond Street en janvier.

Lady Pénélope lui adressa une moue compatissante.

— Voilà qui explique pourquoi il est passé de mode. Toutes les bonnes boutiques de la ville ferment après Noël.

— Vraiment ?

De même que tout ce qui se rapportait à sa personne, les yeux de Mlle Feathers étaient ronds comme des roues de carrosse.

— J'en doute fort, intervint Ravenna en pénétrant dans le petit cercle crépitant de cruauté et de désespoir. Elle dit cela pour le plaisir de vous rabaisser, mademoiselle Feathers. Ces perles sont très jolies. Plus jolies que tout ce que je possède, incontestablement.

— En voilà une recommandation enviable, ironisa lady Pénélope, ses paupières à demi closes.

— Chère mademoiselle Caulfield, ronronna lady Grace, où donc avez-vous trouvé cette toilette ? Dans la garde-robe de la gouvernante ?

— Précisément, répondit Ravenna, la nuque brûlante.

Ce n'était pas vrai. Mais lorsque Petti avait froncé les sourcils à la vue des robes qu'elle avait préparées pour le voyage, elle avait répliqué que les mousselines et les soies délicates n'étaient pas faites pour elle, qu'elle abîmerait de si élégants atours et qu'elle se sentait beaucoup plus à l'aise dans de bons vêtements de laine. Plus elle-même.

— Doux Jésus, dit lady Pénélope.

Elle était plus subtile que Grace, et son regard glissa de nouveau vers son souffre-douleur.

— Votre mère n'était-elle pas gouvernante autrefois, mademoiselle Feathers ?

— Elle était la cuisinière d'un comte lorsque mon père et elle ont fait connaissance, répondit Mlle Feathers en chuchotant.

— Cuisinière ? Ah. Ceci explique cela, déclara lady Grace en jetant un coup d'œil aux formes rebondies de lady Feathers. Mais... chère mademoiselle Caulfield, reprit-elle en se tournant de nouveau vers Ravenna. Vous avez dû passer tout l'été et l'automne au bord de la mer.

— Non.

— Alors, comment votre peau a-t-elle acquis cet étonnant... éclat ?

— Peut-être aime-t-elle la marche, Gracie, suggéra lady Pénélope. Te souviens-tu, la saison dernière, lorsque tu t'es promenée pendant une semaine dans le parc au bras du vicomte Crowley ? Même une capeline et une ombrelle ne t'ont pas entièrement protégée du soleil.

— Mais en ce qui concerne Mlle Caulfield, ce désagrément ne provient certainement pas de ce qu'elle s'est promenée au bras d'un vicomte, Penny, objecta lady Grace. N'est-ce pas, mademoiselle Caulfield ?

— Tu as sans doute raison, Grace, dit sa sœur. Mais peut-être est-elle passionnée d'équitation. Cela peut procurer à une jeune fille un épouvantable hâle. Montez-vous à cheval, mademoiselle Caulfield ?

« Il faut à tout prix que je quitte cet endroit », songea Ravenna alors qu'un valet de pied chargé d'un plateau de coupes de champagne apparaissait à côté d'elle. De toutes ses forces, elle ordonna mentalement au soleil de briller et à la neige de fondre, et s'apprêta à prendre un verre.

— Permettez-moi…

La voix des ombres de la nuit précédente, veloutée, merveilleusement modulée, et résolument différente de celle d'un garçon d'écurie, s'était élevée près de son épaule. De sa main marquée d'une cicatrice, le nouveau venu ôta des doigts de Mlle Feathers son verre à moitié vide et le remplaça par une coupe pleine, avant d'en offrir une à Ravenna. Elle fut obligée d'accepter, alors qu'il ne lui avait pas même adressé un regard. Il devait pourtant l'avoir reconnue.

— Bonsoir, monsieur, roucoula lady Pénélope en faisant la révérence.

Lady Grace et Mlle Feathers l'imitèrent. Toutes trois le fixaient du regard comme s'il était un dieu. Seule Ravenna demeura immobile, sans faire de révérence. Pas question de manifester du respect à un homme qui l'avait attaquée dans le noir.

— Mademoiselle Feathers, puisque vous êtes la seule personne de ce charmant quatuor que je connaisse, dit-il avec un sourire signifiant qu'il avait parfaitement conscience de l'attrait qu'il exerçait sur les femmes présentes dans la pièce, voudriez-vous avoir l'obligeance de faire les présentations ?

Mlle Feathers s'exécuta. Les jumelles firent de nouveau la révérence, plus profondément cette fois. Lord Vitor Courtenay, fils cadet du marquis d'Airedale, s'inclina.

— Qu'est-il arrivé à votre lèvre ? lui demanda Ravenna. Vous êtes blessé, dirait-on.

Les doigts de Mlle Feathers volèrent vers sa propre bouche.

— Je vous remercie de vous soucier de ma santé, mademoiselle Caulfield.

Ses yeux étaient d'un bleu très foncé, et frangés des cils les plus longs que Ravenna eût jamais vus chez un homme. La beauté, la virilité et l'assurance, ajoutées à l'arrogance des privilégiés, se mêlaient en lui et concouraient à produire un effet remarquable. Rien d'étonnant à ce que ces trois sottes le dévisagent ainsi.

— On m'a mordu, répondit-il.

— Dieu du ciel ! dit lady Pénélope avec une charmante petite moue. Cela a dû être effrayant.

— Non, pas trop. Ce n'est pas la première fois que je me fais mordre par une chatte.

Un coin de sa bouche se retroussa.

— Hormis cela, la chatte en question, ajouta-t-il en tournant son regard rieur et ténébreux vers Ravenna, était adorable.

— Et cet hématome sur votre front ? s'enquit Ravenna. Est-ce également la chatte qui vous l'a fait ?

— Je suis tombé de cheval, expliqua-t-il avec un lent sourire, en abaissant les yeux vers sa bouche. Je me suis aussi blessé à la jambe, du reste.

Aucune contrition chez lui, mais un redoutable charme. C'était typique d'un noble trop gâté, le genre d'homme à se conduire de façon irresponsable sans jamais avoir à répondre de ses actes. Exactement comme le prince, supposait-elle.

— Comme c'est fâcheux, dit-elle. Être agressé successivement par une chatte et par un cheval en dit long sur vos relations avec les animaux, n'est-ce pas ? Peut-être devriez-vous les éviter.

— Eh bien, figurez-vous que cela renforce au contraire ma résolution de me rapprocher de la gent animale. Quel genre d'homme recule devant le défi ?

Un frisson d'affolement se mêla à l'étrange chaleur qui envahissait Ravenna. Il y avait quelque chose dans son sourire… Pourquoi donc sa bouche lui paraissait-elle si familière ?

Parce que, pendant qu'il la plaquait dans la paille, elle l'avait fixée des yeux.

Non.

*Si.* Uniquement parce qu'elle était affolée, naturellement.

Quoi qu'il en soit, sa bouche était parfaite, aussi bien au repos que lorsqu'elle souriait ou saignait. Et il le savait.

— Monsieur, dit lady Grace d'une voix mielleuse, il ne faut pas en vouloir à Mlle Caulfield de méconnaître la force de caractère d'un gentleman. Son père est un pasteur de la campagne. Il n'est pas surprenant qu'elle ignore tout de ce qu'est une noble résolution.

Même le souffle qui sortait de ses lèvres était condescendant.

— Mais servir l'Église est la plus noble des professions, milady, répondit lord Vitor en prenant deux autres verres sur le plateau du valet de pied qui attendait à côté d'eux.

Il en tendit un à lady Pénélope.

— Mademoiselle Caulfield, vous avez donc bénéficié d'un guide moral admirable durant votre jeun…

À cet instant, le valet de pied se pencha brutalement en avant, le plateau fut secoué, et le dernier verre de champagne se répandit sur lady Grace.

Elle poussa un cri. Le valet saisit la coupe au vol, tandis que lord Vitor lui prenait le plateau des mains et le posait par terre. Ravenna, stupéfaite, ne regardait plus lady Grace, mais la fossette qui s'était accentuée sur la joue de lord Vitor Courtenay.

Lady Grace posa des yeux furieux sur le domestique.

— Vous…

— Je crains, madame, que ce ne soit pas la faute de ce pauvre garçon, mais la mienne, intervint lord Vitor.

— Mais… monseigneur… bredouilla le valet de pied.

— Non, non, mon brave. Je refuse que vous endossiez la responsabilité de ma bévue. À cause de cette satanée blessure, ma jambe a été secouée d'un spasme. Je suis terriblement désolé de vous avoir donné ce coup de pied qui vous a fait trébucher.

Il se tourna vers lady Grace et s'inclina.

— Je suis anéanti, milady. Pourrez-vous jamais me pardonner ?

Elle ouvrit les lèvres et, après un moment de silence, dit :

— Assurément, monsieur.

Lady Whitebarrow apparut entre Ravenna et Mlle Feathers.

— Ma chère Grace, que s'est-il donc passé ? demanda-t-elle froidement. Viens. Tout le monde attendra pour dîner que tu sois montée te changer. N'aie crainte, nous exigerons que Son Altesse congédie ce valet sur-le-champ.

Lady Pénélope mit une main sur celle de sa mère.

— Ce ne sera pas nécessaire, mère. Il suffit que Grace change de robe.

Son regard se posa sur Ravenna, et le bleu de ses yeux clairs devint aussi dur qu'un diamant lorsqu'elle ajouta :

— Personne n'est fautif.

Ravenna soutint son regard. Si l'innocente Ann Feathers n'avait pas compris ce qui venait de se passer, il en allait tout autrement de lady Pénélope. C'était peut-être l'aristocrate qui avait commis l'offense, mais ce serait Ravenna qui paierait.

Cette fois-ci, cependant, il n'y avait ni oiseau ni oisillons pour la blesser. Elle était seule, et si elle avait su tenir tête à un agresseur dans l'obscurité, elle réussirait à se protéger des attaques de deux filles malintentionnées. Elle pourrait même se venger d'un lord arrogant.

# 4

# Le chevalier

Vitor avait déjà rejoint l'escalier qui menait au premier étage lorsqu'il entendit le bruit de ses pas, léger et beaucoup trop rapide pour une dame, dans son dos. Il ralentit, et elle accéléra l'allure.

— Attendez, je vous prie ! lui cria-t-elle.

L'affrontement était inévitable. La main sur la rampe, il s'arrêta sur la dernière marche et se retourna en dissimulant une grimace causée par la douleur à sa jambe. Telle une furie, elle grimpa l'escalier.

— Mademoiselle Caulfield.

Ce fut la seule chose qu'il trouva à dire. Comme dans l'écurie, puis dans le salon, il éprouvait le désir impérieux de la prendre par la taille et de l'embrasser. C'était instinctif, animal et profondément ignoble ; certainement le résultat de deux années de célibat forcé.

Elle s'arrêta à côté de lui.

— Eh bien ?

Les joues rosies, les yeux étincelant comme des étoiles à minuit, elle le regardait droit dans les yeux. Il n'y avait pas de coquetterie chez cette jeune fille, pas de retenue pudibonde, pas de politesse superficielle. Elle n'était qu'indignation, ce qui la rendait prodigieusement jolie.

— Eh bien ? répéta-t-elle.

Il dut faire un effort pour retrouver sa langue et répondre :

— Votre éloquence, mademoiselle Caulfield, me pousse à suggérer que vous êtes peut-être aussi fatiguée que moi à la fin de cette longue journée, d'autant plus que la nuit dernière fut quelque peu agitée... bien qu'elle n'ait pas eu des conséquences aussi pénibles pour vous que pour moi.

Il s'autorisa un léger sourire.

— Je vous conseille de regagner vos appartements pour y passer une bonne nuit de sommeil, comme j'ai personnellement l'intention de le faire.

— Quel esprit ! ironisa-t-elle avec un grand sourire. Je suis transportée.

Après un rapide examen de sa redingote, de son gilet, de son pantalon et de ses bottes, d'abord de haut en bas, puis de bas en haut, qui accentua fort désagréablement la tension de son abdomen, elle monta la dernière marche menant au palier. Ses yeux couleur de nuit étaient maintenant à la hauteur des siens. « Danger ! », songea Vitor.

— Vous m'avez plaquée au sol, puis embrassée, l'accusa-t-elle.

— Et vous m'avez frappé avec une porte, puis avec une fourche, et mordu. Il semblerait que nous ayons tous deux des raisons d'être outrés.

— C'est possible, concéda-t-elle avec une moue de ses lèvres tendres et charnues qui avaient la couleur du crépuscule en été sur la Méditerranée. Mais vous l'aviez mérité.

— Je ne sais pas ce qui m'a pris.

La chasteté. Deux longues années de chasteté, auxquelles il fallait ajouter des lèvres duveteuses et séduisantes trop proches des siennes, ainsi qu'un doux corps au galbe irrésistible, également trop proche du sien. Ce soir, ses courbes, comme la veille, étaient dissimulées par une robe d'étoffe quelconque et de coupe pratique, et pourtant Vitor était incapable d'en détacher les yeux.

64

Il ignorait quels péchés il avait commis pour mériter ce tourment, mais il était disposé à s'infliger mille *Je vous salue Marie* pour ne plus jamais avoir à lui parler en tête à tête.

Elle planta les mains sur ses hanches, ce qui mit en valeur sa lascive silhouette. Malgré sa mise ordinaire et sa coiffure sans apprêt, sa beauté lui coupait le souffle.

— Vous m'avez embrassée parce que vous me preniez pour une servante, ce qui est méprisable.

— Je vous ai embrassée parce que vous étiez douce et voluptueuse et, de plus, sous moi, ce qui rendait la chose parfaitement logique.

— Ce n'est pas moi qui me suis placée là.

— Et moi, je ne m'attendais pas à être attaqué par une chatte féroce dans la nuit. Ce fut une erreur. Dormez bien, mademoiselle Caulfield.

Il s'engagea sur le palier et partit d'un pas rapide dans la longue et haute galerie que son grand-père biologique avait fait construire pour exhiber la vaste collection d'armures médiévales de la famille. De part et d'autre étaient exposées des cottes de mailles et des armures, certaines en métal martelé simple, d'autres estampées et peintes avec recherche.

— Est-ce tout ce que vous m'accorderez ? demanda-t-elle en lui emboîtant le pas. Vous jugez probablement indigne de vous de me faire des excuses.

Il s'immobilisa.

— Madame, je vous présente mes plus sincères excuses. Cela ne se reproduira plus.

Comme si ses pieds bougeaient indépendamment de sa volonté, il avança vers elle.

— Sauf si vous le désirez.

Elle recula.

— Jamais de la vie.

Ses yeux étaient méfiants.

Tant mieux. Qu'elle reste sur ses gardes. Car cet irrésistible besoin d'être près d'elle continuait à le ronger. Quoi de plus naturel ? Après deux longues années de chasteté, il avait envie d'une femme. Mais ce n'était pas parmi les fiancées potentielles de son frère qu'il devait la chercher.

— Je m'en réjouis, dit-il.

Elle fronça les sourcils.

— Pardon ?

— Votre coup de fourche est impressionnant.

— Et je sais même utiliser les dents, pas seulement le manche.

Un petit sourire jouait sur ses lèvres, un sourire hésitant qu'il était tenté d'emprisonner sous sa bouche pour qu'il s'épanouisse.

— Je n'en doute pas, dit-il en reculant légèrement. Et je ne manquerais pas de m'adresser à vous si, par hasard, je désirais un petit coup de pouce pour précipiter mon trépas.

Il se détourna de la tentatrice et s'apprêta à repartir dans la galerie. Cependant, une question lui trottait dans la tête. Il la regarda par-dessus son épaule.

— Comment avez-vous su ce que signifiait « *colhões* » ?

— Je l'ai deviné.

— Deviné ?

— Je passe beaucoup de temps en compagnie de garçons d'écurie et de fermiers. Et vous oubliez les autres excuses que vous me devez.

En regardant son visage levé vers lui, il regretta de n'avoir pas une liste de mauvaises actions pour lesquelles s'excuser. La nuit précédente, s'il avait pris le temps de réfléchir, il n'aurait peut-être pas agi ainsi. Il l'aurait séduite lentement, précautionneusement... et avec succès. Il l'aurait attirée à lui, lui aurait donné envie de le toucher. Puis, dans la pénombre, il aurait laissé ses mains explorer ces hanches et cette taille, remonter vers ces seins ronds et jeunes, faits pour la main d'un homme, écarter ses genoux et...

*Non*.

Il secoua la tête.

— Je ne vous ai rien fait d'autre.

*Malheureusement.*

— Je ne parle pas de cela, mais de lady Grace dans le salon.

Ah. Le salut par le champagne. Des tigresses telles que les jumelles Whitebarrow avaient besoin qu'on leur administre occasionnellement de petites doses d'humilité. C'était bon pour leur âme.

— Ne me remerciez pas, dit-il en balayant l'épisode d'un geste. Je n'ai rien fait.

— Si. Vous avez empiré les choses.

— Quoi ?

— Elles sont furieuses contre moi, car j'ai été témoin de l'humiliation de lady Grace.

— Mais elles ont cessé de vous insulter, n'est-ce pas ?

Un froncement de sourcils entêté plissa le front de la jeune fille.

— Je sais me défendre.

— De façon saisissante, comme j'ai pu le constater.

Ravenna contempla ses yeux d'un bleu profond et fut agacée d'y discerner de l'humour. Cet aristocrate séduisant et viril, avec ce saphir épinglé sur sa cravate blanche amidonnée et ses traits patriciens qui révélaient la noblesse de sa lignée, n'avait aucune idée du combat permanent qu'elle devait mener pour se retenir de faire savoir à des filles comme Pénélope et Grace très exactement ce qu'elle pensait d'elles. Il ne pouvait rien comprendre au commun des mortels. Cependant, elle se trouva incapable de répliquer quoi que ce soit. La fossette sur la joue gauche de lord Courtenay l'emplissait de confusion, tout comme l'avaient fait ses lèvres sur les siennes.

— Mmm, murmura-t-il. C'est bien ce que je pensais. Bonne nuit, mademoiselle Caulfield. Faites de beaux rêves en ourdissant votre vengeance.

Il s'inclina. Sa démarche tandis qu'il s'éloignait n'était pas tout à fait régulière. Il s'efforçait de ménager sa jambe gauche, celle qu'elle avait frappée avec la fourche.

Une pointe de culpabilité se glissa insidieusement en elle.

— Il est hors de question que je rêve de vous, même pour ourdir ma vengeance, lança-t-elle dans son dos.

Le sourire qu'il lui adressa par-dessus son épaule laissa Ravenna sans voix. Pendant un instant, elle crut y déceler du regret.

— Je faisais allusion à votre revanche sur les demoiselles Whitebarrow, bien sûr.

Une sensation étrange balaya le visage de Ravenna. Elle toucha sa joue. Elle était brûlante. *Brûlante ?*

Lentement, il revint vers elle. Son sourire avait disparu. Il s'arrêta devant elle et s'inclina de nouveau, cette fois-ci sérieusement.

— Mademoiselle Caulfield, j'implore votre pardon.

Sa voix était grave, et son regard semblait chercher le sien.

— Je ne vous voulais aucun mal, croyez-moi. Cependant, j'ai commis un acte déshonorant et inadmissible en vous assaillant, puis en vous taquinant, puis en vous tirant d'embarras, puis en vous taquinant de nouveau. Pourrez-vous me pardonner ? Ou ces yeux qui ressemblent à des étoiles darderont-ils sur moi des regards accusateurs pendant toutes les semaines que durera ce séjour à Chevriot ?

Des yeux qui ressemblaient à des étoiles ? Heureusement qu'elle ne fréquentait pas régulièrement des aristocrates. Leurs viles flatteries étaient positivement ineptes.

— Vous continuez à me taquiner. Et vous implorez mon pardon de la même manière que vous avez demandé celui de lady Grace.

— Mais, cette fois-ci, je suis tout à fait sincère.

— Je n'ai pas l'habitude de pardonner.

— Vous pourriez faire une exception.

— Je ne vois pas pourquoi.

— Songez à mes blessures.

La fossette s'accentua.

— Ne suis-je pas déjà suffisamment puni ?

Elle s'efforça de ne pas sourire.

— Je refuse de m'excuser pour cela.

— Je ne vous l'ai jamais demandé. Et maintenant, pouvons-nous oublier ce fâcheux épisode et faire comme si nous nous étions rencontrés par hasard autour d'une coupe de champagne renversée ?

— Pourquoi ferions-nous une chose pareille ?

— C'est soit cela, soit l'épisode de la fourche.

Les yeux noirs de Ravenna brillèrent.

— Entendu. Mais ne recommencez pas.

— À vous embrasser dans une écurie ou à vous défendre contre des harpies ?

Elle sentit de nouveau ses joues s'empourprer.

— Les deux.

— Je pense pouvoir vous le promettre, répondit-il, avant de déclarer : Bonne nuit, madame.

Puis il s'éloigna.

Ravenna contempla son dos, mais ses joues la brûlaient encore. Elle reporta son attention sur le sol. Il n'y avait rien là qui risquait de lui donner particulièrement chaud, ni de la déstabiliser comme le faisaient ses épaules, ses cheveux noirs et ses longues jambes musclées.

À l'endroit où se posa son regard, une tache sombre s'était formée autour de la poulaine d'une armure. Elle s'accroupit pour l'étudier. La tache n'était pas noire, mais rouge foncé, et épaisse. C'était du sang. Indéniablement du sang. Et il y en avait beaucoup trop pour qu'il vînt d'une souris enfermée dans le pied de l'armure, ou même d'un chat. Elle huma l'air. L'odeur qu'elle identifia ressemblait à celle d'un animal mort, tout en ne lui étant pas totalement familière. Les petits cheveux sur sa nuque se hérissèrent.

Elle se redressa et regarda à travers la fente du casque de l'armure, mais ne vit que du noir. L'acier paraissait impénétrable dans cet armet ancien, doté seulement d'une minuscule fente pour les yeux – c'était à se demander comment un chevalier avait pu voir quoi que ce soit avec un casque pareil. Elle souleva la visière.

Ravenna fit un bond en arrière tandis que la visière se refermait dans un claquement métallique. Elle n'avait pu jeter qu'un coup d'œil à l'intérieur, mais elle en avait vu suffisamment pour que sa peau devienne moite.

La voix de lord Vitor résonna de l'autre bout de la galerie.

— Vous vous intéressez aux armures médiévales, mademoiselle Caulfield ? Moi qui croyais que vous préfériez comme objets d'étude les outils de la ferme.

— Il y a un mort dans cette armure.

Il revint vers elle à vive allure, sans plus manifester le moindre boitement.

— C'est la tache de sang sur le sol, au bout de la poulaine, qui a attiré mon attention, expliqua-t-elle lorsqu'il fut à côté d'elle.

Il souleva la visière, puis la rabaissa et regarda Ravenna. Ses yeux saphir n'étaient plus ni chaleureux ni rieurs.

— Je vous en prie, mademoiselle Caulfield, allez-vous-en, demanda-t-il.

— Non.

— Partez, de grâce.

— Pourquoi ?

— Une dame ne doit pas voir cela.

— Je ne suis pas une dame. Et j'ai déjà vu des morts.

La Bête, en dernier lieu, songea Ravenna en crispant la mâchoire. Elle avait creusé sa tombe, enveloppé l'animal dans sa couverture préférée, puis elle avait arrosé la terre de ses larmes.

— Partez.

— Je me demande de qui il s'agit. Cette dent en or a dû coûter fort cher, ce n'est donc certainement pas un domestique.

— C'était un homme plus vaniteux que nanti.

Elle détourna les yeux de l'armure et les posa sur l'aristocrate qui se tenait à côté d'elle. Il était si...

vivant. Cette pensée lui parut étrange. Même confrontée à la mort, elle ne s'était jamais fait ce genre de réflexion. Mais il émanait de son regard et de son assurance tranquille une vitalité particulièrement intense.

— Comment le savez-vous ?

— Son nom est Oliver Walsh. Je le connaissais depuis de nombreuses années, mais j'ignorais qu'il était invité ici.

— Oh. Je suis désolée.

Elle reporta son attention sur l'armure.

— Il a pu se retrouver enfermé là-dedans et suffoquer. Bien sûr, cela n'explique pas le sang. Il faut que nous...

Lord Vitor lui saisit le bras.

— Mademoiselle Caulfield, voulez-vous bien vous retirer, à présent ? Je vais envoyer la gouvernante s'occuper de vous.

Elle se dégagea.

— Je n'ai pas besoin qu'on s'occupe de moi. Je vous ai dit...

— Femme, faites ce que je vous demande, grogna-t-il.

— Ah, voilà que vous reprenez le ton que vous aviez dans l'écurie.

Un muscle tressaillit dans la joue de lord Vitor.

— Mademoiselle Caulfield...

— Vous ne croyez pas qu'il ait suffoqué. Vous pensez que quelqu'un l'a tué et a dissimulé le cadavre dans cette armure.

Il secoua la tête.

— Vous êtes la dame la plus singulière que j'aie jamais rencontrée.

— Je vous ai déjà dit que je n'étais pas une dame. Laissez-moi vous aider.

— M'aider ?

— À l'extraire de cette armure et à l'examiner.

— Non.

— Je suis très douée pour ce genre de chose.

— Non.

— Je soigne quotidiennement aussi bien les animaux que les êtres humains.

— Les humains vivants, je suppose ?

— En général, oui, mais pas exclusivement. Il y a trois mois, j'ai résolu le mystère qui entourait la mort du boucher du village.

Il cligna les yeux. Deux fois.

— Est-ce vrai ?

— C'était un empoisonnement à la soude caustique. La viande qu'il avait mangée en était colorée.

Il se frotta la mâchoire et secoua la tête.

— Mademoiselle Caulfield, ce n'est pas...

— Je suis navrée. Je sais que M. Walsh était votre ami, mais...

— Ce n'était pas mon ami.

— Vous ne savez pas pourquoi il faisait partie des invités du prince, mais je vois que vous soupçonnez quelque chose. Quoi donc ?

— Vous n'aurez de cesse que vous n'ayez obtenu gain de cause, n'est-ce pas ?

— Oui.

— Dans ce cas, allez, si vous le voulez bien, chercher le majordome. Demandez-lui de prendre avec lui deux valets de pied bien bâtis. N'en parlez à personne d'autre.

Soupçonneuse, elle demanda :

— Vous n'allez pas faire disparaître le cadavre pendant mon absence, puis à mon retour feindre que vous ne comprenez pas de quoi je veux parler ?

Son beau front se plissa.

— Pourquoi ferais-je une chose pareille ?

— Je vous trouve un air cachottier.

— Je n'ai aucune mauvaise intention, mademoiselle Caulfield.

Elle ne le croyait pas. Le détachement tranquille qu'elle lisait dans ses yeux démentait ses propos.

— Soit, je vais chercher le majordome, dit-elle en s'éloignant, toujours soupçonneuse.

Ils sortirent M. Walsh de l'armure pendant que les valets bloquaient les deux entrées de la galerie, puis se rendirent dans le salon le plus reculé du château. La pendule posée sur le manteau de la cheminée tinta deux fois au moment où Vitor congédiait le majordome et les valets de pied et refermait la porte. Les domestiques avaient apporté des lampes. Ravenna le regarda les disposer autour du corps étendu sur la table.

— N'êtes-vous pas à Chevriot à titre d'invité ? demanda-t-elle subitement.

Lord Vitor dénoua la cravate de M. Walsh.

— Si, tout comme vous.

— Pas vraiment. Vous faites partie de cette société, alors que je ne suis ici que par accident.

— Par accident ?

— Jusqu'à son mariage, ma sœur était gouvernante. Mais elle est maintenant duchesse et espère que je vais épouser un prince. Sir Beverley et M. Pettigrew connaissent littéralement tout le monde en Europe, et ils ont pensé que ce serait follement amusant de me mettre sur la route d'une altesse royale et d'observer ce qui se passerait.

Il releva brièvement les yeux, qu'une mèche noire cachait à demi, puis reporta son attention sur le cadavre.

— Si vous êtes un invité, reprit-elle devant son silence, pourquoi le majordome s'est-il plié à tous vos caprices ?

— Je suis bien connu des domestiques de la famille royale. Je suis déjà venu en visite à Chevriot.

— Pourquoi le prince ne voyage-t-il pas avec un médecin ?

— C'était le cas. Lorsqu'il a débarqué à Bordeaux, il a mis son médecin ainsi que deux de ses conseillers les plus éminents dans une voiture et les a envoyés prendre des vacances à Nantes.

Elle eut un petit rire.

— Pourquoi ?

— Parce que son père insistait pour qu'ils l'accompagnent ici, très probablement.

— Ils condamnent la vie dissipée du prince ?

— Cela arrive.

Il sortit de la poche de poitrine de sa redingote un objet métallique plat. Lorsqu'il le déplia, Ravenna vit que c'était un couteau. Vitor s'en servit pour découper, prestement et efficacement, les vêtements de M. Walsh, puis il ôta ses bottes au mort.

C'était manifestement une lame qui avait accompli la funeste besogne. Largement concentré dans la région de l'aine, le sang maculait la chemise au niveau de la taille ainsi que tout le pantalon jusqu'aux pieds.

— Je vous prie de vous retourner à présent, mademoiselle Caulfield, demanda Vitor après avoir sorti la chemise ensanglantée du pantalon.

— J'ai déjà vu cela.

La fossette reparut sur sa joue.

— Chez des taureaux et des béliers, peut-être ?

Elle avait beau être curieuse de découvrir enfin l'instrument d'un homme et ses accompagnements, elle ne pouvait mentir. Elle avait administré des soins médicaux aux parties viriles de la plupart des animaux et avait aidé à castrer nombre de mâles, mais les hommes qu'elle avait commencé à soigner ces dernières années n'avaient jamais accepté de lui dévoiler leur intimité. Elle s'occupait essentiellement des femmes, et uniquement lorsque le docteur Snow ne pouvait être appelé suffisamment vite, ou si le mal était mineur : une simple blessure, une fracture ou de la fièvre.

— En effet. Mais je me sens parfaitement à l'aise...

Elle désigna le bas du corps.

— ... pour que nous examinions la blessure ensemble.

— Vous êtes peut-être parfaitement à l'aise avec ce genre d'examen, dit-il en lui coulant un regard oblique, mais je ne crois pas que je sois préparé à être témoin de votre aisance.

74

— Venant de l'homme que j'ai rencontré dans l'écurie hier soir, j'en doute fort.

Ce ne fut pas la contrariété qu'exprima alors le visage de lord Vitor, ni l'amusement, mais une gêne flagrante.

Ravenna se retourna donc et fouilla les vêtements de M. Walsh. D'excellente facture, ils convenaient parfaitement à sa silhouette jeune et bien proportionnée. Un front haut et un nez patricien complétaient le portrait du mort. Le nez de Ravenna, quant à lui, était glacé, ainsi que ses orteils et ses doigts. Mais lord Vitor avait demandé aux domestiques de porter le cadavre dans cette pièce non chauffée afin de préserver le plus longtemps possible l'état du corps.

Il y avait peu de choses intéressantes à examiner parmi les vêtements du mort. Rien ne laissait supposer que la dent en or de M. Walsh était l'indice d'un état de richesse générale. Ses possessions consistaient en une tabatière dont l'usure avait effacé l'insigne, un mouchoir élimé, un étui à couteau et une pince à billets ne renfermant qu'un billet d'une livre.

— Si l'assassin avait voulu le dépouiller, dit-elle, il aurait pris la dent en or. C'est ce qu'il a de plus précieux.

— Ses bagages nous réservent peut-être des surprises.

Elle étudia l'étui vide.

— La lame prévue pour ce fourreau mesure au moins six pouces de long. Largement de quoi infliger de sérieuses blessures.

Son compagnon ne répondit pas.

Dans la poche du gilet de M. Walsh, elle découvrit un morceau de papier. Elle marqua une pause.

— Puis-je me retourner à présent ?

— Oui.

Lord Vitor avait roulé en boule le pantalon de M. Walsh, dévoilant les jambes pâles et poilues du mort, dont le bas-ventre était recouvert par la chemise ensanglantée.

— Désirez-vous que je le lise à voix haute ?

Lord Vitor tendit la main. Elle lui remit le papier, en essayant de ne pas penser à l'effet qu'avait exercé cette main sur son visage. Elle ne se rappelait pas la dernière fois qu'un homme l'avait touchée, à l'exception de Petti, bien sûr, dont les témoignages d'affection ressemblaient un peu aux caresses distraites qu'il accordait aux animaux. Au mariage de sa sœur, Ravenna avait embrassé le duc sur la joue et senti sa cicatrice contre ses lèvres ; elle faisait la même chose avec son père lorsqu'elle le voyait, occasionnellement.

— Que dit-il ?

Il lui remit le papier, et elle lut :

— « *Venez dans ma chambre à 22 heures.* » Pas de signature. Je suppose que les assassins ne signent pas de leur nom.

— Généralement, non, concéda-t-il.

— Tiens donc ? Vous y connaissez-vous en assassins ?

Il s'essuya les mains avec un chiffon et plaça un drap sur le cadavre de M. Walsh, recouvrant son visage figé sur une grimace d'horreur.

— Je sais qu'il y a un meurtrier dans les parages en ce moment, répondit-il.

— Le sang sur les vêtements est encore humide, mais commence à sécher sur les contours. Au sol, il était à peine sec quand je l'ai découvert, et son corps n'avait pas encore la température de l'air. Je pense qu'il est mort environ une heure plus tôt, c'est-à-dire aux alentours de 23 h 20. Avec cette neige, le coupable ne peut être venu de loin. Je me demande si M. Walsh a honoré ce rendez-vous de 22 heures. Êtes-vous certain que c'est un meurtre ?

— Aussi certain qu'on peut l'être, répondit lord Vitor, la mine sombre. La plupart des hommes ne choisissent pas de s'émasculer.

Elle ne put réprimer sa surprise.

Il hocha la tête.

Ravenna se ressaisit.

— Piégé ici en pleine tempête de neige, sans aucune possibilité de s'enfuir... Se faire poignarder l'entre-jambe...

Son pouls battit plus vite.

— C'est un crime passionnel ! s'écria-t-elle.

— Peut-être. Encore que la difficulté et la minutie de la procédure suggèrent qu'il était vraisemblablement déjà mort lorsque cela a été accompli.

— Je préfère ne pas savoir comment vous pouvez affirmer une chose pareille avec autant d'assurance, murmura-t-elle. Je suppose que c'est logique, à moins qu'il n'y ait eu plusieurs meurtriers et que l'un d'eux n'ait tenu M. Walsh.

— Il est rare que les meurtriers soient multiples dans un cas de crime passionnel, objecta-t-il. Du reste, il y a autre chose qui me laisse songeur à propos de cette blessure.

— La grande quantité de sang.

Il observa attentivement Ravenna.

— Oui.

— Ni la castration ni la suppression du membre mâle ne peuvent causer une telle hémorragie, poursuivit-elle.

— C'est aussi mon avis. Le tueur a peut-être délibéré-ment enfoncé son arme plus loin.

— À travers l'artère iliaque, sans aucun doute. Mais avant de pouvoir commettre un tel acte, il a fallu qu'il neutralise M. Walsh. Comment s'y est-il pris ? En l'empoisonnant ? Ou en l'étouffant, comme je l'ai d'abord cru ?

Elle alla au bout de la table, découvrit le visage cireux de l'homme et renifla.

— Sa langue n'est pas déformée, son visage n'est pas bleu comme l'était celui de la femme du pasteur lorsqu'elle s'est étranglée avec un morceau de fruit sec dans son pudding à Noël dernier et a expiré quelques instants plus tard.

Il lui lança un regard intrigué.

— Du pudding ?

— En ce qui me concerne, je n'aime guère cela, ce dont je me félicite, en l'occurrence. D'ailleurs, je ne discerne pas d'odeur putride dans sa bouche.

— Moi non plus.

Il fit un signe de tête.

— Et maintenant, mademoiselle Caulfield, j'espère que votre curiosité est satisfaite.

— Au contraire. Elle est piquée au plus haut point.

— C'est ce que je craignais.

Il se dirigea vers la porte.

— Permettez-moi de vous raccompagner à votre chambre.

Elle le rejoignit. Il mesurait presque une tête de plus qu'elle, et c'était incontestablement l'homme le plus séduisant qu'elle eût jamais vu de si près, avec sa chemise finement tissée et son gilet de brocart. La barbe naissante qui avait égratigné son menton la veille avait disparu. Ses joues étaient lisses, ses pommettes hautes, sa mâchoire ferme.

— Cette affaire ne semble pas beaucoup vous impressionner, fit-elle remarquer.

— J'ai fait la guerre, mademoiselle Caulfield. Bien peu de choses peuvent me désarçonner maintenant.

Mais ce n'était pas l'entière vérité. Il n'était pas aussi à l'aise qu'il voulait bien le montrer.

— Comme vous le voyez, je possède des connaissances qui pourront vous aider à retrouver l'assassin, reprit-elle.

— Qu'est-ce qui vous fait penser que j'ai l'intention de me livrer à une chasse à l'homme ?

— Cela crève les yeux, sans quoi vous n'auriez pas amené le corps ici en soudoyant les domestiques pour qu'ils gardent le secret.

— Je ne les ai pas soudoyés.

— Bien sûr que si. Personnellement, je l'aurais fait. Quand vous aurez prévenu le prince, je suppose qu'il fera venir du village un représentant de la loi. Le moment venu, laissez-moi apporter mon aide à l'enquête.

— En toute bonne conscience, je ne puis l'autoriser.

— Alors, autorisez-le en toute mauvaise conscience.

— Mademoiselle Caulfield...

— Vous devez me permettre de vous aider.

— Malgré mon désir de vous être agréable, je n'en ferai rien.

— Vous ne désirez pas m'être agréable. Vous ne désirez que me contrarier.

— Vous avez raison. Au moins sur ce point.

Son regard glissa sur son épaule, puis sur ses bras qu'elle serrait autour de sa taille, évitant délibérément ses seins.

— Vos lèvres sont bleues de froid. Vous devez vous retirer dans la chaleur de votre chambre. Je vais demander à M. Brazil qu'il envoie une bonne ranimer votre feu.

— Ne craignez-vous pas que le meurtrier ne comprenne que nous avons découvert le corps et, sachant que je suis au courant, ne s'en prenne à moi ?

De nouveau, un muscle tressaillit dans sa mâchoire, mais elle n'aurait su dire si c'était parce qu'il était amusé ou irrité.

— Si.

— Si vous me gardez à vos côtés, il aura du mal à m'attaquer.

— Voilà une déclaration intéressante, de la part d'une femme qui a juré il y a à peine deux heures que pour rien au monde elle ne voudrait avoir encore affaire à moi.

— Il s'agit uniquement de résoudre le mystère du meurtre, dit-elle, la bouche soudain sèche. Naturellement.

— Ah.

Un sourire retroussa le coin de sa bouche, et la fossette surgit sur sa joue.

— Naturellement, répéta-t-il.

— Que savez-vous de M. Walsh ? demanda-t-elle.

— À une époque, il servait de secrétaire à un homme de très haut rang immensément riche. Par la suite, il a combattu l'armée de Napoléon en Espagne. Il avait environ trente-cinq ans, et il aimait les jeux de hasard.

— C'est ce qui vous rend soupçonneux quant à ce qui a motivé sa venue à la partie de campagne du prince ?

— J'ai peut-être d'autres raisons.

— Je suppose que la présence d'un homme tel que lui n'est pas plus légitime que la mienne dans le château d'un prince. Mais peu importe. Je possède nombre de compétences pour mener cette enquête, et la police locale saura les apprécier.

— Une grande expertise en matière de cadavres dissimulés dans des armures médiévales, par exemple ?

— Un corps de femme.

Cela le laissa muet. Son regard plongea une fois de plus, mais au lieu d'éviter ses seins, il s'y attarda.

— J'avoue ne pas comprendre en quoi cela fait de vous une enquêtrice experte en assassinats en tout genre.

Il releva les yeux vers les siens. Son regard était sombre et vague, comme la nuit précédente, lorsque son corps au-dessus du sien avait commencé à s'exciter.

— Je peux bavarder beaucoup plus simplement que vous avec les femmes réunies sous ce toit. Au détour d'une conversation banale, je suis à même d'encourager leurs confidences et de les amener à laisser échapper des informations susceptibles de nous aider à découvrir pourquoi cet homme a été assassiné et fourré dans une armure.

Le majordome de Chevriot apparut sur le seuil, et elle s'approcha de lui.

— Monsieur Brazil, avez-vous une femme, ou une grande fille ?

— Une fille, *mademoiselle*.

— Comment s'appelle-t-elle ?

— Clarisse, *mademoiselle*.

— Si je devais parler à Clarisse d'une affaire privée, me révélerait-elle davantage d'informations qu'elle ne le ferait si c'était un homme qui lui parlait ?

— Euh… *mademoiselle*, je ne…

— Bien sûr que oui.

Elle se tourna vers lord Vitor.

— Par ailleurs, je peux d'ores et déjà soustraire près de deux douzaines de personnes de la liste des suspects.

— Vraiment ?

— Vous ne me croyez pas ? Monsieur Brazil, où se trouvaient les domestiques de la maisonnée et ceux des invités avant, pendant et immédiatement après le dîner ?

— À l'exception du cuisinier, des filles de cuisine et des valets qui ont servi à table, ils sont restés dans la salle à manger des domestiques pour dîner et passer en revue les questions de protocole dans le château.

Lord Vitor se tourna vers le majordome.

— Pouvez-vous nous fournir une liste précise des individus qui ont quitté la salle à manger des domestiques à un moment donné pendant cet intervalle ?

— Oui, *monseigneur*.

— Alors, faites-le, par écrit, et rédigez également la liste de ceux qui n'ont pas bougé de la pièce ; consignez les noms des invités à côté de ceux de leurs domestiques. Apportez-moi la liste dès que vous aurez terminé.

— Oui, *monseigneur*.

Le majordome s'inclina et s'éloigna d'un pas vif, la lumière de sa bougie se reflétant sur la passementerie argentée de son habit. Lord Vitor se tourna vers Ravenna.

— Comment avez-vous eu l'idée de lui poser cette question ?

— Pendant six ans, j'ai travaillé dans une maison de maître dont le propriétaire reçoit beaucoup.

— Et maintenant, vous êtes une dame qui cherche un mari princier dans un château.

Ce n'était pas le cas, quoi que sa sœur espérât.

— J'enquêterai sur ce meurtre, que vous ou la police locale le désiriez ou non.

Pendant un long moment, il la dévisagea avec une immobilité qui finit par lui donner la chair de poule.

— Il semblerait que vous me mettiez au pied du mur, dit-il enfin.

— En effet.

— Si j'ai la moindre inquiétude pour votre sécurité, je vous ferai installer au village.

— En aucun cas. Vous n'en avez pas le droit. Je ne suis peut-être pas exactement une dame, mais je suis l'invitée du prince…

— Qui fera ce que je lui conseille de faire.

Il semblait absolument sûr de lui.

Les soupçons s'insinuèrent de nouveau dans l'esprit de Ravenna.

— Qui me dit que vous n'êtes pas le coupable et que, me jugeant trop encombrante, vous n'allez pas m'éliminer également ?

— Nul autre que moi.

Elle jeta un coup d'œil dans les ombres où avait disparu le majordome, puis son regard revint vers le grand homme ténébreux qui l'avait maîtrisée sans effort dans l'écurie la veille.

— C'est maintenant que vous allez brandir la dague sanglante, n'est-ce pas ?

— Pourquoi ne l'aurais-je pas fait plus tôt, avant que M. Brazil ne sache que vous êtes au courant ?

— Probablement parce que vous venez seulement d'y penser.

— On dirait que je suis bien irréfléchi.

— On le dirait, oui.

— Mademoiselle Caulfield ?

— Vous n'êtes pas l'assassin ?

— Allez vous coucher.

Il saisit ses doigts et les plaça autour de la poignée d'une lampe. Pendant un bref moment, sa main large et solide s'attarda sur la sienne, et elle se dit qu'un homme capable d'en tuer un autre ne pouvait pas avoir une main aussi merveilleusement chaude et agréable. Puis il la laissa aller.

— Le prince réunira les invités après le petit déjeuner, reprit-il. Si vous avez réellement l'intention de participer à ce...

— Oui.

— Il faut que vous ayez les idées claires.

— J'ai toujours les idées claires.

— Je commence à m'en apercevoir.

— Vous ne m'avez pas renvoyée parce que vous savez que vous avez besoin de mon aide.

— Vraiment ? demanda-t-il en faisant un pas vers elle. Ou peut-être ne vous ai-je pas encore renvoyée parce que, dépravé comme je le suis, quand je regarde vos lèvres, je sens votre corps sous le mien dans la paille. Si je me débarrassais de vous maintenant, cette scène ne pourrait jamais plus se reproduire.

Le souffle de Ravenna se fit bizarrement précipité.

— Faites de beaux rêves, monsieur. C'est tout ce que vous aurez de ma part.

Il sourit.

D'un mouvement preste, elle se baissa pour le contourner et se sauva.

# 5

# Les suspects

La neige qui s'était remise à tomber baignait le salon d'une lueur blême que réchauffait la clarté dorée des lampes et des cheminées de la pièce. Les hôtes du prince Sebastiao étaient assis par petits groupes inquiets autour des tables marquetées. Partout, des portraits de rois et de reines décédés depuis longtemps, affublés de perruques et de volumineuses collerettes, les observaient dans leurs cadres dorés. Près de la porte, le prince examinait ses invités, lord Vitor à ses côtés.

— Pourquoi pensez-vous qu'on nous a tous convoqués de la sorte ? demanda lady Iona en se penchant vers l'épaule de Ravenna. Croyez-vous que le prince ait déjà choisi une fiancée ?

— J'en serais fort surprise.

Cette réunion guindée n'avait rien à voir avec l'annonce d'un mariage.

— J'aimerais bien qu'il désigne des fiancées pour ses amis. Voilà qui serait mieux encore, n'est-ce pas ? Je vous laisserais celui que vous préférez, de lord Case ou de lord Vitor, et je prendrais l'autre. Marché conclu ?

Lord Whitebarrow et sa femme compassée entrèrent dans le salon. Lady Iona émit un petit bruit de gorge.

— En voilà un, justement, à qui je ne dirais pas non, chuchota-t-elle. Il porte beau pour ses quarante-cinq ans. J'adore les cheveux frisés. Dommage que la Mégère Réfrigérée lui ait déjà mis le grappin dessus. Son joli minois a dû lui tourner la tête, et il était trop tard quand il a découvert son cœur de pierre.

Lady Pénélope et lady Grace, dignes descendantes de la glaciale lady Whitebarrow, suivirent leurs parents dans le salon. Pénélope s'arrêta à côté de lord Vitor et du prince le temps d'un pudique battement de cils dorés.

— Celle-là, qui reprend à son compte les minauderies de sa mère, je lui donnerais volontiers des claques, murmura lady Iona.

Ravenna éclata de rire. Cela attira l'attention de lord Vitor sur elle, et quelque chose de brûlant et d'importun lui chatouilla le ventre.

Les valets de pied refermèrent les portes.

— Je suis consterné de gâcher la fête alors qu'elle vient à peine de débuter, commença le prince Sebastiao.

Son élocution pâteuse pouvait être due à un phrasé délibérément traînant autant qu'à un excès de boisson. À 11 heures du matin, Ravenna espérait que ce n'était que de l'affectation. Quoi qu'il en soit, il avait un accent charmant lorsqu'il s'exprimait en anglais, faisant rouler certains mots et butant sur d'autres.

— Je crains cependant de devoir vous faire part d'une terrible tragédie : quelqu'un est mort dans la maison.

Le silence se fit. Seuls quelques murmures choqués le troublèrent, tandis que les invités échangeaient des regards.

— De qui s'agit-il, Votre Altesse ? demanda enfin M. Martin Anders, un éclat dramatique faisant briller celui de ses yeux que ne voilait pas un rideau de cheveux bruns.

— D'un Anglais appelé Oliver Walsh. Et malheureusement, poursuivit le prince en agitant un poignet orné de galons militaires, il semblerait qu'il ait été assassiné.

Lady Margaret poussa un cri, et les bijoux qu'elle portait aux oreilles, aux poignets et au cou tintinnabulèrent.

Les mains délicates de Mlle Arielle Dijon volèrent vers sa bouche. Un vieil évêque italien arrivé juste avant la tempête de neige se signa avec une dévotion inquiète. Sa charmante nièce, Mlle Juliana Abraccia, l'imita et courba pieusement la tête en croisant ses mains gantées. Les joues rondes de Mlle Ann Feathers devinrent très pâles, tandis que les yeux brillants de lady Iona restaient tranquillement fixés sur le prince.

— Ce pauvre garçon est mort depuis moins de vingt-quatre heures. Étant donné la neige qui nous a piégés ici, nous en avons déduit que l'assassin devait être l'un d'entre nous, déclara le prince avec une emphase théâtrale.

— Mon Dieu !

— *Mater Dei !*

— Votre Altesse !

— Nous ne pouvons pas faire grand-chose, malheureusement, ajouta le prince en secouant la tête d'un air désolé. La police locale va bientôt venir pour nous interroger.

— Votre Altesse, c'est une insulte, protesta le comte de Whitebarrow, qui fit un pas vers lui en lançant en avant sa mâchoire carrée.

— Pour nous tous, renchérit lord Case, dont les yeux se mirent à luire d'un éclat particulier tandis qu'il regardait son frère.

— Je présume que les gens de qualité ne seront pas soumis à cet interrogatoire, déclara lord Whitebarrow.

— C'est assurément l'œuvre d'un domestique, décréta son épouse en relevant le nez d'un air entendu en direction de lady Margaret et de sir Henry, et de leur discrète enfant. On ne peut se fier entièrement à la classe populaire.

— Ce ne peut pas être mon Merton, objecta lord Prunesly en plissant les yeux derrière ses lunettes. Cela fait des années qu'il est à mon service.

— La plupart de vos gens se trouvaient réunis dans la salle à manger des domestiques à l'heure du crime, intervint lord Vitor. Ils ont donc presque tous été innocentés et sont déjà en route pour le village, où ils logeront jusqu'à ce que l'identité du meurtrier soit découverte.

— Nos domestiques sont partis ? s'exclama lady Pénélope, dont les yeux clairs s'écarquillèrent d'horreur. Mère, vous ne pouvez l'autoriser.

— Il est regrettable que la beauté d'une jeune fille réside entre les mains de ses domestiques, décréta la duchesse McCall.

Elle décocha à sa fille un regard rempli de fierté et ajouta :

— Si vous le souhaitez, mon enfant, Iona peut essayer de vous aider.

— Repassera-t-elle aussi mes robes et cirera-t-elle mes chaussures ? rétorqua sans s'émouvoir la blonde aux yeux de cristal.

— Assez, Pénélope, siffla lady Whitebarrow.

Elle se tourna vers la duchesse.

— Duchesse, ayant toujours vécu à Londres, ma fille n'a pas l'habitude de la rusticité qui doit être la règle dans vos maisons en Écosse. Nous nous accommoderons cependant de la situation. Merci.

Mlle Cécilia Anders pouffa. Lady Pénélope lui décocha un regard glacial.

— Les domestiques qui ne se sont pas trouvés en permanence en présence de témoins pendant le laps de temps durant lequel le meurtre a été commis, reprit lord Vitor, sont les suivants : une fille de cuisine, le cuisinier, trois valets de pied, et la femme de chambre de lady Iona. Ils resteront au château tant que le mystère de la mort de M. Walsh n'aura pas été résolu. Les gardes de Son Altesse y demeureront également.

Lord Whitebarrow se rembrunit.

— C'est un scandale.

— Ma foi, dit la duchesse, si vous êtes innocent, vous n'avez pas d'inquiétude à avoir.

— Je vous demande pardon ?

Les yeux de la duchesse pétillaient du même éclat espiègle que ceux de sa fille.

— Ce n'est peut-être pas mon pardon que vous devriez demander, mais celui du mort.

— Ma parole, je...

— Allons, allons, dit le prince Sebastiao avec un ample mouvement du bras. Il se peut également qu'un intrus ait pénétré ici hier pendant que nous buvions du champagne et soit tombé par hasard sur ce malheureux.

— Pour l'amour du Ciel, qui était ce pauvre Walsh ? demanda sir Henry.

À côté de lui, sa fille baissa timidement la tête.

— Un ami éloigné de la famille, répondit le prince en jetant un bref coup d'œil en direction de lord Case, puis en portant son verre à ses lèvres. Mais sans doute le connaissiez-vous, sir Henry... Peut-être même assez bien pour désirer sa mort.

Sir Henry fronça des sourcils menaçants.

— Votre Altesse, si vous...

— Père, chuchota Ann Feathers. S'il vous plaît.

Sa mère se leva dans un craquement de corset.

— Je n'ai jamais rien entendu d'aussi effarant. Mais si Votre Altesse souhaite nous interroger, je serai la première à accepter. Je crois que nous devrions tous faire de même, afin que l'assassin soit démasqué au plus vite et que nous puissions dormir sur nos deux oreilles.

Lady Margaret affecta un frisson d'angoisse qui secoua de nouveau ses bijoux.

— On se demande déjà comment elle a pu dormir cette nuit, après avoir englouti tout le dessert de sir Henry au dîner en plus du sien, chuchota Pénélope à sa sœur.

Les taches rouges sur les joues rondes d'Ann Feathers s'élargirent.

— Cela ne se fait pas, Margaret, protesta sir Henry. Je ne puis laisser un homme vous interroger, fût-il un gentleman.

— Vous le ferez pourtant, monsieur, déclara un petit homme en apparaissant sur le seuil.

Ses moustaches rousses frémirent tandis qu'il examinait l'assemblée.

— Sans quoi, ajouta-t-il, Son Altesse vous fera enfermer dans vos chambres, votre famille et vous, jusqu'à ce que nous ayons découvert l'identité de l'assassin. *Sommes-nous bien d'accord ?*

Lord Whitebarrow rougit violemment.

— Nom d'un chien, qui êtes-vous ?

— Gaston Sepic, déclara le nouveau venu avec un bref signe de tête. *Maire de* Chevriot depuis six ans. Le poste de gendarmerie le plus proche se trouve sur l'autre versant de la montagne. Aussi, en l'absence de détective de la police, c'est moi qui superviserai *cette enquête*. Voici M. Paul, mon adjoint.

Il se retourna pour désigner un homme aux joues pendantes et aux yeux injectés de sang, qui portait un long manteau et des bottes aussi élimées que s'il les avait enfilées en janvier et oubliées depuis à ses pieds.

— Il me secondera, ajouta M. Sepic.

M. Paul ôta sa casquette, dévoilant des cheveux filasse.

— Je refuse catégoriquement, s'obstina lord Whitebarrow.

— Allons, milord, intervint le prince Sebastiao avec un sourire enjôleur. Plions-nous à la requête du maire, voulez-vous ? Plus vite ce sera terminé, plus vite nous pourrons recommencer à nous amuser.

— *Alors*, reprit le maire, je vais convoquer les premiers suspects pour les interroger *cet après-midi*.

Il pivota vers le prince et lord Vitor, tournant le dos au salon rempli d'aristocrates, dont les rangs furent bientôt parcourus de murmures.

Ravenna se dirigea vers lord Vitor et le maire.

— Monsieur Sepic, disait le premier au moment où elle s'approcha d'eux, les gardes du prince ont reçu pour instruction de surveiller toutes les entrées et sorties du château et du village.

Le maire se pencha pour parler à voix basse, en coulant un regard en coin à son adjoint.

— Malheureusement, *monseigneur*, je ne dispose que de ce seul adjoint. Il est, je le déplore, *incompétent* pour une tâche aussi importante, mais nous devons faire avec ses limites.

Il secoua la tête.

— *Quoi qu'il en soit*, dès que je connaîtrai les faits, je le renverrai au village pour y interroger les domestiques que vous avez fait partir là-bas.

Il dévisagea lord Vitor.

— Vous avez eu là une judicieuse idée, *monseigneur*. Mais vous devez maintenant laisser cette enquête aux professionnels.

Il se tourna vers le majordome.

— *À présent*, monsieur Brazil, conduisez-moi près du corps. Je vais commencer de ce pas mon travail.

Le majordome les emmena, son adjoint et lui.

— Sale affaire, déclara le prince Sebastiao en secouant la tête comme s'il était peiné.

Puis son visage s'éclaira, et il tapa dans ses mains.

— Et maintenant, qui veut jouer aux cartes ?

Plusieurs personnes le suivirent dans la pièce voisine. Lord Case s'approcha de son frère.

— Tu vas lui sauver la mise encore une fois, n'est-ce pas ? dit-il de sa voix traînante en jetant un coup d'œil au prince Sebastiao, qui s'éloignait.

Il se tourna pour examiner Ravenna d'un œil approbateur, puis il s'inclina devant elle.

— Ou bien ta conversation confidentielle avec M. le maire n'était-elle destinée qu'à impressionner cette demoiselle ?

— C'est peu probable, répondit-elle. L'autre soir, il a essayé de m'embrasser, et je l'ai attaqué avec une fourche.

La bouche du comte se retroussa sur un sourire.

— Bien joué, mademoiselle Caulfield. Dois-je exiger réparation de votre part ? Cela ne se fait pas de tirer une

91

balle dans le cœur de son frère, mais pour défendre l'honneur d'une dame, je suis prêt à tout.

— Je vous remercie, mais je peux me défendre toute seule. Et j'ai l'intention d'aider M. Sepic à mener cette enquête.

— Il ne veut aucune aide, objecta Vitor en posant sur elle ses yeux sombres à l'éclat troublant. Comment espérez-vous surmonter cet obstacle ?

— De la même manière que vous, je suppose.

Il lui adressa un petit sourire.

— À ton avis, Vitor, que faisait Walsh à Chevriot ? demanda lord Case. Précisément en même temps que nous ?

— Je l'ignore. Et toi ?

— Moi aussi.

Les yeux plissés, le comte observa son frère, puis le reste des invités présents dans la pièce.

— Nous avons là des... suspects intéressants. Le prince a-t-il une idée de ce qui s'est passé ?

— Pas davantage que toi ou moi.

Un échange muet passa entre eux. Ravenna l'observa avec intérêt, notant l'étonnante colère dans le regard de lord Case, et l'acceptation silencieuse de cette émotion dans celui de son frère.

— Sebastiao ou son père ont-ils invité Walsh ici ? s'enquit enfin lord Case.

— Il me dit que non.

— Ah.

Après une brève pause, Case demanda :

— Et toi, Vitor ?

— Pourquoi diantre l'aurais-je fait, Wesley ?

À cet instant, un cri de détresse retentit du côté de la porte. Mlle Dijon apparut, ses yeux ravissants écarquillés, une main pâle couvrant sa bouche.

— *Ma petite* Marie a disparu ! s'exclama-t-elle à travers ses doigts. On a volé mon petit chien !

M. Sepic et M. Paul étudièrent le corps et les bagages de M. Walsh et déclarèrent que rien n'avait été dérobé. Ravenna se demanda par quel mystère ils avaient pu aboutir à cette conclusion. Elle ne se faisait aucune illusion quant aux facultés intellectuelles du maire et de son adjoint. L'énigme avait besoin d'une véritable tête pensante.

Elle passa l'après-midi et la soirée à consoler Arielle Dijon de la perte de son chien, et à boire d'innombrables tasses de thé tout en encourageant les commérages parmi ces dames. À la nuit tombée, pendant que M. Sepic prenait l'apéritif avec les gentlemen, M. Paul commença à interroger les dames. Ravenna répondit à ses questions monosyllabiques sans rien dissimuler. Au bout d'un quart d'heure, il la congédia et prit un pichet de vin sur la table.

Le lendemain matin, après avoir fait du feu dans sa chambre à coucher, s'être lavée à l'eau glacée et avoir promené les carlins dans la cour, Ravenna retourna au salon dans lequel les dames s'étaient réunies la veille. Elle n'y trouva que le majordome, qui débarrassait les tasses et les soucoupes. Dans sa livrée immaculée et à son âge, c'était étrange de le voir s'acquitter de cette tâche indigne de lui. Mais il ne restait au château que le cuisinier, une fille de cuisine et quelques valets de pied, et ils étaient fort occupés à préparer et à servir les repas, à allumer les feux et à satisfaire les diverses exigences des invités ; M. Brazil devait accomplir la tâche de deux douzaines de domestiques.

— Bonjour, *monsieur*. Où puis-je trouver lord Vitor ?

— Il est parti, *mademoiselle*.

Son cœur décrivit un petit bond.

— Parti ?

— Oui, *mademoiselle*.

Ravenna regarda par la fenêtre l'étendue blanche qui tapissait l'avant-cour. Toute la nuit, la neige était tombée sur les tours, les remparts, les collines et les arbres qui entouraient le château. Le soleil brillait à présent dans un ciel d'un bleu lumineux.

— Où donc ?

— Il ne l'a pas précisé, *mademoiselle*, répondit le majordome d'un ton compassé.

— Est-il parti à cheval ?

— Non, *mademoiselle*.

Elle descendit dans le vestibule, enfila sa cape, rabattit la capuche sur sa tête et sortit, éblouie par l'éclat du jour. Il n'y avait qu'une trace de pas dans la neige, et elle se dirigeait vers la grille principale. En se retournant pour regarder le château, Ravenna surprit un mouvement à l'une des fenêtres, un rideau qui retombait.

Un domestique montait la garde à côté de la herse ouverte.

— Bonjour, lui dit-elle.

Le prince avait donné l'ordre que personne ne quitte l'enceinte de Chevriot. Le garde lui adressa un signe de tête, mais ne dit rien. Elle franchit rapidement la grille avant qu'il ne lui vienne à l'esprit de la rappeler.

Dans la neige fraîche, les empreintes ne se dirigeaient pas vers le village, mais sur la droite, en direction de l'aile nord du château, épousant la courbe de la rivière qui sinuait en contrebas. Ravenna suivit les traces de pas le long du mur d'enceinte extérieur. D'un côté, une rangée d'arbres descendait jusqu'au cours d'eau. De l'autre, un chapelet de cèdres séculaires longeait le pied d'une colline. Elle avait emprunté cette route deux jours plus tôt, avant la tempête. Méconnaissable maintenant sous le manteau neigeux, elle longeait la rivière jusqu'aux salines, un kilomètre plus loin. Plusieurs centaines d'années auparavant, les maîtres de cette montagne avaient construit la forteresse pour protéger cette précieuse industrie.

Marcher dans la neige était plus pénible qu'elle ne l'avait pensé. Sa peau devint humide, son souffle rapide. Elle fit une halte et se retourna. Partant de la rivière argentée, les murs imposants du château trônaient majestueusement parmi les sapins et les cyprès. Tel un géant planté sur le paysage hivernal, il ne déparait pas cette immensité à la beauté sauvage.

En bordure des buissons, de l'autre côté de la route, un lièvre amaigri par le long hiver passa son museau à travers le feuillage et huma le soleil. Ravenna sourit.

C'est alors qu'un bras se referma autour de sa taille, tandis qu'une main se plaquait sur sa bouche. Elle se débattit et essaya de crier, et des larmes lui montèrent aux yeux.

— Quelle inconscience ! gronda une voix dure à son oreille.

Couvrant l'odeur de sa peur, elle reconnut les effluves d'homme, de propre, de cuir. Elle s'affaissa légèrement.

Lord Vitor la lâcha et, les mains sur ses épaules, la fit pivoter vers lui. Le soleil oblique ciselait ses pommettes comme l'aurait fait le burin d'un sculpteur.

— Vous prenez le risque de devenir la deuxième victime de l'assassin. Auriez-vous envie de mourir ?

— J'ai un indice, répliqua-t-elle

Elle se dégagea d'une secousse et recula en trébuchant.

— Mais si vous recommencez à me sauter dessus sans permission, je vous ferai subir le même sort que l'assassin a infligé à M. Walsh.

Les yeux bleu nuit de lord Vitor étincelaient.

— Sans permission ?

— Je ne vous l'accorderai jamais.

— Un indice, disiez-vous ?

— Concernant le meurtre.

Son visage était brûlant, mais ses pieds glacés. Autour d'eux, la neige ouatait tout. On n'entendait que le gazouillis de quelques oiseaux et son souffle court.

— L'émasculation n'a pas de secret pour moi, figurez-vous.

La bouche parfaite de lord Vitor se retroussa.

— Grâce au bétail et aux moutons ?

— C'est-à-dire… Je ne l'ai pas pratiquée moi-même, mais j'ai assisté à la procédure un grand nombre de fois.

— Me voilà rassuré quant à votre expertise professionnelle. Pouvons-nous en venir à l'indice en question ?

— Vous n'allez pas m'empêcher d'essayer de résoudre ce crime ?

— Pourrais-je vous en dissuader ?

— Probablement pas, reconnut-elle.

Le jour lumineux encadrait d'azur le visage de lord Vitor. Derrière lui, les cyprès s'élevaient vers le ciel, noirs et denses.

— Que faites-vous ici, à vous cacher derrière les arbres pour sauter sur les passantes sans crier gare ? demanda-t-elle à brûle-pourpoint.

— Je suis allé au village voir comment M. Paul interrogeait les domestiques. Le maire a sous-estimé l'incompétence de son adjoint.

— Est-il parfaitement incapable ?

— C'est un simple d'esprit doublé d'un ivrogne. Et, incidemment, le neveu de M. Sepic.

Encore ce petit sourire.

— Hélas, les communautés de montagne…

— Mais nous sommes au nord du château, lui fit remarquer Ravenna. Le village se trouve du côté opposé.

— J'ai dû me perdre.

Elle fit la moue.

— Vous me dissimulez des informations. Cela crève les yeux. Or, M. Sepic n'est pas bien plus futé que son adjoint. Si nous espérons découvrir l'identité du meurtrier, mieux vaut que nous œuvrions de concert. Est-ce entendu ?

Il l'observa en silence, semblant méditer ses propos, puis il demanda :

— Qu'avez-vous appris ?

Elle ôta ses gants et ouvrit sa cape pour fouiller dans la poche de sa jupe. Comme elle en ressortait un papier plié, lord Vitor lui prit la main. La sienne était large et chaude, bien qu'il ne portât pas de gants. Elle fit un petit bond en arrière et dit beaucoup trop précipitamment :

— J'ai discuté avec Mlle Dijon, ainsi qu'avec lady Margaret et sa fille Ann. Puis avec la duchesse et lady Iona. Hélas, je n'ai rien appris d'utile. Les cancans ne suffiront peut-être pas.

— Vous avez l'honnêteté de l'admettre.

— Reconnaître mes erreurs ne blesse pas ma fierté.

Il se rapprocha d'elle.

— Voilà qui est bien agréable à entendre. L'orgueil est l'un de mes pires défauts.

— Vous avouez avoir un défaut ? Vous m'en voyez stupéfaite.

— J'espère vous mettre ainsi dans de bonnes dispositions.

Elle leva les yeux du petit paquet en papier qu'elle tenait entre les mains, et sa langue s'englua à son palais. Elle la détacha avec effort.

— Ne me regardez pas de la sorte.

— Comment ?

— Comme si vous aviez l'intention de m'embrasser encore.

— Je ne vous regarde pas ainsi.

— Mais est-ce votre intention ?

— Depuis que vous m'avez fait clairement comprendre quelles seraient les conséquences d'un baiser que vous n'auriez pas autorisé…

— Jamais cela n'arrivera !

— Ce ne serait pas dans mon intérêt, n'est-ce pas ?

— Je ne suis pas femme à me laisser attendrir par un joli visage.

Il haussa un sourcil noir. Il avait la tête nue et le soleil brillait dans ses yeux, leur donnant des éclats de saphir qui lui rappelèrent celui qu'il portait sur sa cravate la veille.

— Un joli visage ?

— Ou plutôt, un beau visage. Même La Bête était le chiot le plus laid de la portée.

— Qui donc est La Bête ?

— Le meilleur…

Sa gorge se noua.

— Contentez-vous de ne rien tenter.

Les pommettes de lord Vitor étaient colorées, et son regard se fit soudain sérieux, comme lorsqu'il avait discuté avec son frère dans le salon.

— J'ai effectivement envie de vous embrasser, mademoiselle Caulfield, même si c'est tout à fait déraisonnable.

Le cœur de Ravenna battait si fort qu'elle avait l'impression de l'entendre.

— Mais vous n'en ferez rien.

— Je tiens à l'intégrité de ma personne.

— Boitez-vous encore aujourd'hui ?

— Je ne boite jamais.

— Hier soir, si.

Il soutint son regard.

— Alors, cet indice ?

— Après m'être entretenue avec les dames, j'ai demandé à M. Brazil ce que le maire pensait de la blessure et des habits de M. Walsh. Il a répondu que M. Sepic n'avait pas paru s'y intéresser. De sorte que je me suis de nouveau penchée sur ses vêtements.

— Vraiment ?

— Cessez de prendre ce ton paternaliste.

— Je ne suis pas paternaliste. Je m'étonne simplement de votre esprit éminemment curieux et du plaisir que cela me procure.

La fossette avait réapparu sur sa joue. Avec effort, elle en détacha les yeux… qui se posèrent malheureusement sur sa bouche, ferme et aux contours remarquablement bien dessinés. Bouche qui l'avait embrassée, ce qui la rendait en ce point unique parmi les bouches masculines.

— J'ai trouvé ceci accroché à un bouton de la redingote de M. Walsh.

De ses doigts glacés, elle sortit un cheveu du papier.

— C'est la couleur des cheveux de Martin Anders, déclara lord Vitor après l'avoir examiné.

— Correct. Ajouté à son œil poché, au sujet duquel il n'a fourni aucune explication à qui que ce soit, cela pourrait faire de lui notre principal suspect.

— Ma lèvre est blessée, et je ne m'en suis aucunement justifié. Cela pourrait-il également m'incriminer ?

— Vous vous en êtes expliqué devant lady Pénélope, lady Grace et Mlle Feathers.

— En effet, j'oubliais.

— Le champ des suspects est donc restreint aux personnes ayant les cheveux longs.

Il observa son visage, puis ses cheveux, libérés de la capuche qui était retombée. Arabella et Eleanor avaient eu beau essayer de lui apprendre à dompter ses cheveux, et Petti la taquiner régulièrement à ce sujet, Ravenna ne s'était jamais préoccupée de sa coiffure. Elle eut soudain désagréablement conscience de sa chevelure ébouriffée, que sa marche rapide dans la neige avait rendue humide. Pendant un instant, elle regretta de ne pas savoir lisser et attacher correctement ses cheveux – comme la flamboyante Iona McCall, ou l'adorable Arielle Dijon, ou toute autre des ravissantes jeunes filles présentes au château, dont les chaussures et les ourlets n'étaient pas détrempés et couverts de neige, et que, elle en aurait mis sa main à couper, cet aristocrate n'aurait jamais prises pour des domestiques.

Soudain, elle fronça les sourcils. Une chose étrange venait de se rappeler à sa mémoire.

— Pourquoi le garde m'a-t-il laissée quitter le château ?

— J'ai donné des instructions en ce sens.

Elle en resta bouche bée. Il lui faisait confiance et respectait son intelligence. Il semblait même l'apprécier. Ravenna avait lié des rapports amicaux avec ses anciens employeurs et divers fermiers et palefreniers dans toute la campagne avoisinant Shelton Grange, mais elle n'avait jamais sympathisé avec un jeune et beau noble. L'idée de devenir l'amie d'un homme tel que lui éveilla en elle un frisson de plaisir qui alla de sa gorge jusqu'au bout de ses doigts.

— Rien ne vous dit que ce n'est pas moi qui l'ai tué, reprit-elle. Vous avez à présent la preuve que c'est envisageable.

— Preuve que vous produisez vous-même.

— Et s'il ne s'agissait que d'une tentative de diversion ?

Il observa de nouveau ses cheveux, puis sa bouche, un instant de trop. Lorsqu'il tendit la main vers son visage, tout le sang de Ravenna afflua brutalement vers son cœur. Il allait la toucher. Le frisson de plaisir dans ses veines se transforma en un raz-de-marée d'angoisse brûlante. Elle recula d'un pas.

— Aïe ! fit-elle en portant une main à son cuir chevelu.

Il brandit le cheveu qu'il venait d'arracher.

— Comparons.

— Vous l'avez fait exprès.

— Quoi donc ?

Il étendit son cheveu noir sur sa large paume comme s'il disposait une rangée de perles sur un coussin en satin.

— Vous m'avez fait croire...

Elle se mit à bredouiller.

— Zut, peu importe.

Elle posa à côté du sien le cheveu qu'elle avait trouvé sur la redingote de M. Walsh. Le sien était d'un noir de jais comparé à l'autre, plutôt châtain foncé avec un léger reflet auburn.

— Me voilà rassuré, déclara-t-il en lui rendant les deux cheveux.

Elle étudia son visage.

— Vous n'aviez pas peur.

— Pas de cela.

Il baissa la tête.

— Quoi qu'il arrive, mademoiselle Caulfield, ne quittez plus le château sans protection.

— Vous préférez que je demeure enfermée à l'intérieur avec l'assassin ?

— J'ai demandé à un valet de rester près de vous au château.

Elle cligna des yeux.

— Vraiment ? Mais pas à l'extérieur ?

— Il aurait dû vous suivre dehors. Je vais y remédier. Y voyez-vous une objection ?

— Mon beau-frère, le duc de Lycombe, a fait surveiller ma sœur sans le lui dire. Elle pensait qu'il la croyait infidèle, mais en réalité, c'était parce qu'il craignait pour sa sécurité. Lord Case me servirait-il de protecteur, si je quittais le château avec lui ? Ou le prince ?

Il fronça les sourcils.

— Le prince, oui.

— Mais pas votre frère ?

Il regarda par-dessus son épaule la majestueuse bâtisse drapée dans son linceul hivernal.

Un frisson parcourut l'échine de Ravenna.

— Dans le salon, hier, vous aviez l'air de deux béliers prêts à charger. Le soupçonnez-vous ?

— Mon frère et Oliver Walsh ne s'appréciaient pas outre mesure.

— Quel était leur lien ?

— Walsh a été le secrétaire particulier de mon père pendant plusieurs années. À une époque, Wesley a voulu épouser sa sœur.

Le secrétaire de son père ?

— À une époque ?

— Elle est décédée avant le mariage.

— Mon Dieu ! C'est tragique. De quoi est-elle morte ?

— D'un chagrin d'amour.

# 6

# L'accélération

Les grands yeux sombres de la jeune fille reflétaient le soleil vif de l'hiver. Ses lèvres s'étaient entrouvertes, rose poudré, expressives. Encadrée par la masse folle de boucles noires soyeuses, la peau de son visage était rosie par le froid ; il aurait pu poser la bouche sur son cou et sentir sous son baiser la vie palpiter en elle. Elle vibrait de plaisir, et d'une vitalité qui anéantissait tout son bon sens et lui faisait admettre à voix haute qu'il avait envie de l'embrasser encore, alors qu'il s'était promis de ne plus l'approcher.

Pourtant, au fond de ses yeux, il percevait une certaine tristesse, qui avait miroité brièvement lorsqu'elle avait parlé de La Bête. Il l'y discerna de nouveau avant qu'elle ne la dissimule.

— Je ne pense pas qu'on puisse mourir d'un chagrin d'amour, déclara-t-elle. À quoi a-t-elle succombé ?

— À la fièvre.

— Lord Case n'aimait pas M. Walsh ?

— Non.

— Vous devez connaître votre frère mieux que quiconque, et pourtant je ne puis l'imaginer assassinant et castrant un homme, dit-elle en fronçant légèrement les sourcils. Il s'est montré aimable et attentionné vis-à-vis d'Arielle Dijon après l'enlèvement de sa chienne.

Encore un mystère. L'animal avait disparu. Précieuse reproductrice, l'un des très rares barbichons lyonnais femelles sur le continent et en Amérique, l'animal de compagnie de la jeune Française valait une fortune. Le général l'avait confirmé. D'abord convaincus qu'elle s'était simplement égarée dans un recoin du vaste château, les invités avaient tous entrepris de partir à sa recherche, en vain. Vitor s'était rendu au village autant pour échapper au branle-bas de combat que pour éviter la femme qu'il avait en ce moment sous les yeux.

— Pensez-vous réellement que quelqu'un l'ait volée ? s'enquit-elle.

— Peut-être.

Fronçant toujours les sourcils, elle demanda :

— Pourquoi êtes-vous ici ?

— Le prince Raynaldo m'a demandé de veiller à ce que Sebastiao trouve une épouse convenable.

— Non. Je veux dire, que faites-vous dehors maintenant ?

— Je suis venu examiner ceci.

Il lui prit le bras à travers sa cape et la fit pivoter vers le château. Elle se tendit, sans cependant se dérober. Elle était menue, mais forte, ce qu'il savait déjà, et courageuse. Il se doutait que si elle se sentait menacée, même par lui, elle se battrait avant d'appeler à l'aide.

— Voyez-vous cet escalier qui flanque la façade, derrière les arbres ?

— Je crois, oui. Il est couvert de neige, n'est-ce pas ? Je ne distingue pas jusqu'où il monte.

— Il part du haut de la tour nord-ouest et descend en décrivant un coude autour du mur, jusqu'à une plateforme rocheuse qui se trouve sur la berge de la rivière.

Il lut l'inquiétude sur son visage lorsqu'elle demanda :

— L'assassin aurait pu prendre la fuite en bateau ?

— Ce n'est pas exclu. Je vais étudier la plateforme en question, mais d'ici, rien ne semble indiquer que quelqu'un ait utilisé cet escalier depuis qu'il a commencé à neiger.

— Le désespoir peut rendre téméraire. Si nous descendons ces marches, quelles sont nos chances de découvrir une personne qui, il y a deux nuits, aurait essayé de disparaître par là, dérapé dans la neige et trouvé la mort au pied du château ?

— Elles sont minces.

— Dites-vous cela parce que vous le croyez, ou parce que vous ne voulez pas que je vous accompagne ?

— À votre avis ?

Ravenna fit volte-face et, tel un enfant bondissant à travers la neige, traversa la route en direction de la rivière, sa cape flottant dans son dos. Il resta derrière elle jusqu'aux arbres, puis, songeant qu'un individu pouvait s'y dissimuler, il la rattrapa et marcha à côté d'elle. Éblouis par la réverbération du soleil, ils avaient du mal à sonder les ombres, et il ne la quitta pas d'une semelle. Lorsqu'elle glissa à cause du verglas, il lui saisit le bras, mais elle le fusilla du regard et se dégagea sèchement. Il continua cependant de la suivre de près.

Les paroles de Denis résonnaient dans son esprit : le diable se plaisait à prendre une figure féminine pour attirer les hommes. Balivernes. Vitor connaissait la vérité. Il voulait cette femme parce qu'il ne pouvait pas l'avoir. Et parce qu'elle exprimait franchement ce qu'elle pensait. Et parce qu'elle était tout simplement enchanteresse, avec ses cheveux noirs emmêlés sur ses épaules et ses yeux étoilés qui se dérobaient lorsqu'elle le surprenait à l'observer.

Au pied du château, la rive plongeait abruptement vers la rivière. Au bord de l'eau s'était formée une grosse congère qui reflétait le ciel comme un miroir. Vitor avait déjà navigué sur ce large ruban argenté au calme trompeur. Il était capable d'avaler un homme sans lui laisser le temps de murmurer un mot de protestation.

Ravenna s'éloigna de la surface luisante de l'eau pour se diriger vers le pied de l'escalier, lequel grimpait sur le flanc du château jusqu'à la pièce la plus haute de la tourelle. De la neige jusqu'aux genoux, elle essaya de gravir les marches. À la troisième tentative, elle tomba sur les fesses.

— Avez-vous terminé ? demanda-t-il à quelque distance d'elle.

— Pour l'instant.

Elle épousseta sa cape et examina les marches.

— Personne n'a pu descendre par là à partir du moment où il s'est mis à neiger. Croyez-vous sincèrement que quelqu'un ait essayé ?

— Je ne le crois pas, j'en suis certain.

— Pourquoi ?

— Dans le petit salon qui se situe tout en haut de la tour, à proximité de la porte, le tapis et le plancher étaient trempés, et des traces de pas menaient à l'escalier. En outre, j'ai trouvé des fragments de rouille éparpillés autour du seuil, ce qui suggère que la porte a été ouverte après une inutilisation prolongée. Quelqu'un a dû tenter de s'enfuir par là, avant de renoncer.

— Dans ce cas, pourquoi venir ici inspecter les lieux alors que l'assassin n'a pas pu descendre ?

Il avança vers la plateforme, de laquelle, du printemps à l'automne, on pouvait mettre un bateau à l'eau.

— Pour m'efforcer d'imaginer quelle pouvait être l'intention du meurtrier.

Elle s'écarta et, levant les yeux vers la tourelle, disparut au coin de l'édifice.

— Peut-être n'est-ce pas l'assassin qui a ouvert cette porte dans la tour, cria-t-elle. Peut-être est-ce quelqu'un d'autre.

— J'ai trouvé du sang sur la poignée et, par terre, une bougie ensanglantée.

Devant lui, à moitié enterrée, une porte donnait sur un entrepôt aménagé dans le mur du château. On y remisait un bateau et des rames.

— Peut-être faudrait-il que vous fouilliez les affaires des dames à la recherche de vêtements ou de linge présentant des taches de sang suspectes.

— Je ferai mon possible. Il serait relativement facile de faire passer ce genre de taches pour... Hein ? Non !

Le bruit d'éclaboussement qui suivit son exclamation catapulta les jambes de Vitor le long du mur jusqu'à l'angle du château où elle avait disparu. Il entraperçut brièvement une silhouette sombre qui fuyait entre les arbres, mais ses yeux cherchaient la femme dans la rivière. Si sa cape et ses jupes étaient pour l'instant gonflées par l'air enfermé dedans, elles ne tarderaient pas à l'entraîner au fond de l'eau. Sans gaspiller son souffle à crier, elle bataillait contre le courant pour regagner la rive, mais elle était emportée plus vite qu'elle ne pouvait nager.

Aussitôt, il ôta son manteau et ses bottes, et plongea.

# 7

# Le héros

La peau brûlée par l'eau glacée, Vitor rejoignit Ravenna et la saisit sous les bras. Ses jambes s'empêtrèrent dans les jupes de la jeune fille. Il les dégagea avec force mouvements et remonta à contre-courant. Elle l'aidait, mais sa peau était déjà livide.

Il lui sembla qu'une éternité de supplice transi s'écoulait avant qu'ils n'atteignent la plateforme. Ensemble, ils bataillèrent contre ses vêtements alourdis par l'eau jusqu'à ce qu'elle soit entièrement hors de la rivière. Les mains tremblantes, Ravenna essaya de dénouer sa cape. Vitor se releva tant bien que mal, attrapa son manteau, en sortit son couteau et tomba à genoux devant elle.

— Peux pas...

Elle s'escrimait sur le nœud.

— ... défaire...

Ses mots étaient à peine audibles, ses lèvres bleuies.

Il lui écarta les mains et trancha les attaches qui fermaient sa cape, puis il la fit se retourner et découpa de bas en haut les liens qui resserraient sa lourde robe de laine dans son dos, ainsi que la chemise de coton qu'elle portait dessous. Les lacets du corset cédèrent sous la lame affûtée, et elle se débarrassa de ses vêtements. Elle glissa les bras avec raideur dans le manteau qu'il lui tendait et parvint à se mettre debout pendant qu'il enfilait ses bottes. Ses longs cheveux noirs plaqués autour de sa tête et de son cou lui donnaient l'air d'un spectre, et ses yeux étaient pareils à deux éclats d'ébène dans l'ovale blanc de son visage.

Il la prit dans ses bras. Légère comme une plume et glacée, elle enfouit la tête et les mains contre sa poitrine et ne protesta pas, ce qui le terrifia.

Quand il franchit la grande grille, son corps frêle était secoué de violents frissons. Mais il sentait qu'elle respirait avec application et savait qu'elle essayait de maîtriser ses tremblements. Un valet lui emboîta le pas tandis qu'il traversait le vestibule en direction du boudoir de la gouvernante, petit et facile à chauffer.

— Faites préparer un feu immédiatement et apportez du thé, ordonna-t-il au domestique. Puis prévenez M. Brazil et sir Beverley, mais personne d'autre. De toute urgence.

— *Sim, meu senhor.*

L'homme disparut.

Vitor assit Ravenna sur le fauteuil devant la cheminée, ôta son manteau de ses membres raidis et l'enveloppa dans une couverture. Elle se laissa faire dans un silence tremblant. Mais lorsqu'il borda l'étoffe de laine autour de ses pieds, puis prit ses mains entre les siennes pour les réchauffer, elle se déroba.

— Allez… chuchota-t-elle entre ses dents qui claquaient violemment. Sécher.

— Vous devez enlever ce qu'il vous reste de vêtements mouillés. Qui voulez-vous que j'appelle pour vous aider ?

Elle secoua la tête.

— Partez.

— Tout à l'heure.

Ses cils humides se soulevèrent au-dessus de ses yeux noirs que l'irritation faisait étinceler.

— Partez !

— Nom de…

— *Meu senhor*, dit le valet en entrant, une lampe dans une main et un fagot de bois sous l'autre bras. M. Brazil s'occupe du thé lui-même.

Il s'agenouilla devant le feu et s'affaira.

— Allez-vous-en, dit-elle à lord Vitor.

Ses lèvres crispées remuaient à peine.

— Sinon, je raconte à tout le monde comment vous vous êtes blessé à la lèvre.

— Essayez donc. Je m'en irai quand sir Beverley sera arrivé.

Elle lui jeta un regard noir, mais elle avait perdu sa combativité. Et lorsqu'il lui reprit les mains, elle se laissa faire.

— Qu'avez-vous vu ? demanda-t-il doucement.

— Rien.

Un frisson la secoua. Elle grelottait.

— Ne restez...

— Si vous continuez à m'ordonner de disparaître, je vous retirerai cette camisole trempée moi-même.

Ravenna pinça les lèvres en une ligne tremblante et cessa d'insister.

Le temps que le valet sorte et revienne avec le thé, le feu réchauffait déjà la pièce minuscule. Ravenna avalait une gorgée de breuvage fumant lorsque sir Beverley et M. Pettigrew entrèrent.

— Dieu tout-puissant ! s'exclama sir Beverley en avançant vers elle, la mine sombre. Brazil me dit qu'elle est tombée dans la rivière.

— Quelqu'un l'a poussée.

— Ma pauvre enfant, quelle effroyable histoire !

Pettigrew s'assit à côté d'elle et lui tapota la main.

Elle tourna les yeux vers Vitor.

— Allez.

Ses dents s'entrechoquaient avec la porcelaine de sa tasse.

— Vite.

Il reprit son manteau et sortit. M. Brazil s'attardait dans le corridor.

— *Monseigneur*, je me suis permis de préparer un bain pour *mademoiselle* dans sa chambre.

— Parfait.

Ses lèvres engourdies rendaient sa voix pâteuse. Ses vêtements mouillés lui collaient au corps.

— Informez-en sir Beverley.

Il traversa le vestibule. La porte donnant sur l'avant-cour et, au-delà, sur d'éventuels indices concernant l'agresseur de la jeune femme l'attirait. Mais il ne lui serait d'aucune utilité s'il succombait à la fièvre. Il monta l'escalier. Dans ses appartements, il enfila rapidement des habits secs, puis il ressortit pour se rendre dans la chambre de Mlle Caulfield. Là, il resta debout dans le couloir, perplexe.

Sans domestique pour l'aider, il était perdu. Il ne connaissait des vêtements féminins que ce qu'il avait besoin de savoir pour les ôter. Du reste, quelque chose lui disait que, si cette femme-là apprenait qu'il était entré dans sa chambre, ne serait-ce que pour lui apporter des vêtements secs, elle sortirait les griffes.

Il lui fallut trois secondes entières pour décider qu'il était capable d'en assumer les conséquences. Il posa la main sur la poignée.

— Ah, milord ! Vous voilà. Je vous cherchais.

Sebastiao avança vers lui d'un pas exagérément nonchalant.

— Que faites-vous en contemplation devant cette porte ? Pensez-vous que si vous la fixez des yeux suffisamment longtemps, elle s'ouvrira par le seul pouvoir de votre formidable volonté ? D'ailleurs, qui occupe cette chambre ?

— Mlle Caulfield.

— Ah, la jolie petite bohémienne.

Vitor pivota vers son demi-frère.

— Bohémienne ?

— Elle est mate comme une Sarrasine, non ? Si elle n'était pas anglaise, elle pourrait être andalouse. À votre avis, quel était le dessein de mon père pour qu'il l'intègre à ce groupe de jeunes filles à marier ?

Vitor se surprit à serrer le poing.

— Votre bonheur, je pense.

Sebastiao prit une pose, plaçant le menton entre le pouce et l'index et avançant la lèvre inférieure.

— Elle n'a pas sa langue dans sa poche. J'apprécie cela chez une femme. Mais, bien entendu, il n'y a rien d'autre à apprécier chez une femme vertueuse que sa conversation.

Il sourit, puis ses yeux se plissèrent.

— J'ai connu une Andalouse, jadis, vous savez.

— Sebastiao...

— Elle m'a monté comme un jockey pendant trois jours, en s'interrompant à peine pour boire du vin. Il semblerait que ce qu'on raconte sur la vertu des femmes méridionales soit vrai.

Il lui adressa le sourire typique du jeune homme qui prend plaisir à se vanter de ses conquêtes.

— Elles ont le sang particulièrement chaud, voyez-vous. Vers le bas du corps.

Il haussa les sourcils.

— Croyez-vous que le sang de notre petite Gitane soit chaud également ?

Vitor prit une profonde et lente inspiration.

— Votre Altesse.

Brusquement, le visage de Sebastiao se décomposa.

— Oh, cessez de me donner du « Votre Altesse ». Je déteste cela.

Ses épaules s'affaissèrent, et toute son insolence le déserta subitement.

— Je suis un peu nerveux, pour tout vous dire. Whitebarrow me prend de haut, et je ne supporte pas son petit air supérieur. Il a l'air de penser qu'il me ferait une faveur en m'accordant la main d'une de ses glaciales filles, ajouta-t-il d'un air morose. La mère me traite avec déférence, cependant. Je suppose qu'elle veut des petits-enfants de sang royal, à n'importe quel prix.

Il redressa la tête et déclara d'un ton sobre :

— Mes mots ont dépassé ma pensée, Vitor. Je ne voulais pas laisser entendre que Mlle Caulfield n'était pas vertueuse, cela va de soi. Du moins, je l'ai fait, mais ce n'était pas mon intention. Vous le savez bien.

C'était presque une supplique. Il en avait toujours été ainsi entre eux : Sebastiao se comportait de façon odieuse, fanfaronnait pour justifier ses fautes, puis se répandait en excuses avant de le supplier de le comprendre. C'était un garçon à la conscience délicate dans la peau d'un prince trop choyé, au pire instable et au mieux gâté.

— Vous n'avez rien à me prouver, Sebastiao.

— Au contraire ! Vous et mon père, vous êtes les seuls vis-à-vis de qui je dois continuellement faire mes preuves.

Il détourna le visage et s'adressa à la porte fermée.

— Il vous admire. Il vous fait confiance. Et il ne rate pas une occasion de me le répéter.

Avec un long soupir, il se retourna vers Vitor.

— Vous n'avez aucune idée de la corvée que c'est d'essayer de me montrer à la hauteur.

— Vous savez aussi bien que moi qu'il est ridicule de raisonner ainsi.

— Vous voyez ? En quelques mots, vous prouvez que je suis un idiot. Comme d'habitude. Votre existence de bons et loyaux services est un exemple qu'aucun homme ne devrait être obligé de suivre.

— Votre père n'a jamais attendu de vous que vous soyez autre chose que celui que vous êtes.

— Mon père m'a envoyé en exil dans ce château avec vous en guise de chien de garde, dans l'espoir futile que j'apprendrai à devenir un homme. Qu'une femme me guérirait de mes mœurs dissolues et materait mon esprit indiscipliné. Ah ! Si nous n'avons pas là tous les éléments d'une bonne comédie, alors je n'ai jamais mis les pieds dans un théâtre digne de ce nom.

Vitor ne dit rien. Basculant en un clin d'œil de l'exaltation à l'abjection, les humeurs de Sebastiao avaient toujours pris le contrôle de sa langue. Cependant, contrairement aux crises qu'il avait eues ces dix dernières années, il était sobre, à présent, et la souffrance déformait ses traits.

— Ah, mon frère ! s'écria Sebastiao devant son silence. Vous n'avez pas besoin de parler, je sais ce que vous pensez. Votre souffle suffit à me faire honte !

— Bonjour, Votre Altesse. Milord ?

Le chuchotement timide venait de quelques mètres plus loin. Ann Feathers se tenait derrière un rayon de soleil tombant à l'oblique à travers une fenêtre. Avec sa robe composée de superpositions de tissus bouffants et de volants, ses cheveux attachés en un chignon bien serré qui rendait la partie inférieure de son visage particulièrement pâle et ronde, elle ressemblait à une mésange effrayée.

Mais c'était précisément la personne dont Vitor avait besoin en cet instant précis.

— Bonjour, madame.

La démarche de la jeune fille donnait l'impression qu'elle avançait sur la pointe des pieds.

Sebastiao, qui s'était ressaisi, lui adressa un élégant salut plongeant.

— J'ai trouvé ce garçon qui déambulait dans les couloirs, et je lui conseillais de me rejoindre au salon pour une partie de cartes. De grâce, venez animer la compagnie.

Elle fit une profonde révérence.

— Je suis honorée, Votre Altesse, mais je crains de n'être pas particulièrement amusante.

— Vous ne devez pas me contredire. Je suis un prince, vous savez.

Sur ce, il saisit la main de la jeune fille pour la relever de sa révérence.

— Mademoiselle Feathers, puis-je vous demander un service ? dit Vitor.

Elle opina de la tête.

— Mlle Caulfield a été victime d'un accident...

Elle poussa un petit cri, et Sebastiao écarquilla les yeux.

— Elle va bien.

Du moins l'espérait-il.

— Mais elle a besoin de vêtements propres. En l'absence des bonnes, puis-je compter sur vous pour lui choisir une tenue appropriée ?

— Bien entendu, milord.

Sebastiao redressa les épaules.

— Veuillez accepter mon aide, madame. Une demoiselle aussi délicate que vous ne doit pas accomplir de besognes réservées aux domestiques.

— Oh, cela ne me dérange pas, répondit-elle en fixant ses chaussures. J'aime me rendre utile.

Sebastiao posa la main de la jeune fille sur son bras.

— Venez-vous ?

Il ouvrit la porte de la chambre de Mlle Caulfield et, ensemble, ils en franchirent le seuil. Vitor se frotta la nuque et s'éloigna en direction du vestibule.

— Merci, mademoiselle Feathers. C'est fort gentil à vous de me prêter ces vêtements.

Ravenna passa les doigts sur le col vaporeux de la robe en mousseline. C'était une tenue fort peu appropriée à un château en plein hiver, mais il lui avait été impossible de refuser.

— J'espérais que cela vous plairait. Le prince a insisté. Il a dit que...

Les joues rondes de Mlle Feathers s'empourprèrent.

— Que vos robes...

— Que mes robes ne sont pas aussi à la mode que celles des autres jeunes filles ?

C'était un euphémisme. Petti avait insisté pour que Ravenna emporte d'autres tenues que celles qu'elle portait au quotidien, mais même ainsi, elle n'avait rien de l'élégance des fiancées potentielles.

— Cela ne me dérange pas, mademoiselle Feathers. En général, voyez-vous, je n'ai aucun besoin d'habits si raffinés.

— Mademoiselle Caulfield ?

116

Ravenna but une nouvelle gorgée de thé. Elle avait l'impression qu'elle aurait pu en avaler plusieurs théières. Elle commençait tout juste à se sentir moins glacée. Petti avait suggéré qu'elle ajoute un doigt de whisky au breuvage, mais elle n'avait pas envie d'avoir l'esprit embrumé la prochaine fois que l'assassin essaierait de se débarrasser d'elle. Ou la prochaine fois que lord Vitor Courtenay s'approcherait dans un périmètre de cinq mètres autour d'elle.

— Oui ?

— Voulez-vous... commença Mlle Feathers. Eh bien, je me demandais si cela ne vous ennuierait pas de... je veux dire, si vous pouviez envisager...

— Je vous appellerai volontiers Ann si vous m'appelez Ravenna.

Le visage de Mlle Feathers se détendit.

— Vous ne m'en voulez pas de vous l'avoir demandé ?

— Vous ne me l'avez pas demandé. C'est moi qui vous l'ai proposé.

Ann passa un doigt sur sa manchette volantée.

— Je n'ai pas de sœur. Et j'ai rarement eu...

— Des amies ?

Ravenna prit la main d'Ann et la serra.

— Vous en avez une maintenant.

— Vous ne pensez pas que... enfin, c'est-à-dire... que je...

Rouge de confusion, Ann baissa les yeux.

— Que vous êtes l'assassin ? Non. Vous êtes bien trop bonne, comme le prouvent cette robe et tout ce que vous m'avez prêté.

Elle avait enlevé sa camisole mouillée pour enfiler un ravissant corsage français en fine batiste, un corset muni des lacets les plus délicats, un jupon brodé de minuscules roses saumon et une robe rayée vert pâle. Enveloppée dans une couverture et blottie dans le fauteuil remarquablement confortable que M. Brazil avait placé devant la cheminée de sa chambre, où flambait un bon feu, elle avait l'impression d'être une reine.

— Vous n'avez peut-être guère eu d'amies, mais moi, je n'avais jamais porté une si jolie robe.

Malgré trois falbalas superflus à l'ourlet. Mais elle pourrait les supprimer grâce à l'aiguille et aux ciseaux pointus qu'elle gardait dans sa sacoche noire en cas d'interventions chirurgicales urgentes.

Le couteau de lord Vitor serait encore plus efficace, songea-t-elle. Il l'avait débarrassée de ses habits trempés comme s'il passait ses journées à découper les vêtements des femmes dans leur dos. Puis il l'avait portée dans ses bras, contre sa poitrine…

— Mais… vous comprenez, Ravenna…

Ann prononçait le prénom précautionneusement, comme s'il était étranger – ce qui était le cas. Ravenna n'avait aucun souvenir de sa mère ni de son père, et elle ignorait complètement pourquoi ils lui avaient donné le nom d'une cité italienne antique. Par caprice, peut-être. Le même caprice qui avait poussé leur mère à envoyer ses trois petites filles des Antilles en Angleterre à bord d'un bateau, sans autre protection qu'une vieille nounou.

— Qu'est-ce que je comprends ? l'encouragea-t-elle.

Les yeux d'Ann se posèrent sur la porte fermée, avant de revenir vers elle telles deux soyeuses fleurs grises.

— J'ai rencontré M. Walsh le soir où…

Elle porta la main à sa bouche et termina précipitamment :

— Je crois que je l'ai croisé juste avant sa mort.

Ravenna eut un violent sursaut. Du thé éclaboussa la couverture.

— Oh non ! s'exclama Ann. Regardez ce que je vous ai fait faire. Je savais que je n'aurais pas dû…

— Ann, je vous en supplie, racontez-moi tout.

La porte s'ouvrit, livrant passage au prince Sebastiao, qui souriait de toutes ses dents. Des épaulettes dorées et une écharpe tapissée de médailles décoraient son habit d'un rouge éclatant.

— Mademoiselle Feathers, vous m'avez prié d'attendre, mais je n'y tenais plus. Je suis d'un tempérament impétueux.

Il s'inclina profondément devant Ravenna. Ann et elle commencèrent à se lever, mais il les en empêcha.

— Non ! Ne vous levez pas pour moi. C'est moi qui devrais me prosterner à vos pieds. Mademoiselle Caulfield, je suis anéanti qu'on ait tenté de vous nuire sous mon toit.

Son sourire était à la fois éblouissant et taquin. Bien qu'il ne fût pas particulièrement beau, il ne manquait pas de charme, lorsqu'il n'était pas sous l'emprise de l'alcool. Un sourire frémissait au coin de ses yeux au regard rieur.

— Je vous en prie, ne vous prosternez pas, Votre Altesse, dit Ravenna.

— Ah, voilà qui me soulage, répondit-il avec un soupir exagéré. Sans mon escouade habituelle de serviteurs, je ne puis espérer un nouveau pantalon dans un délai raisonnable. Je ne dois donc pas salir les genoux de celui-ci.

— Et si vous vous prosterniez, votre habit en souffrirait aussi. Ces médailles sont trop belles pour être abîmées.

Il baissa les yeux vers sa poitrine et joua avec les décorations.

— Oui, n'est-ce pas ?

Le coin de sa bouche se retroussa.

— Elles sont fausses. Toutes. Créées par le bijoutier royal uniquement pour faire illusion. Je suis le seul héritier de mon père, et il ne m'a pas autorisé à aller à la guerre.

Mlle Feathers écarquilla les yeux.

— Vous êtes stupéfaite. À juste titre. En vérité, soupira-t-il, je n'ai jamais eu la prétention d'être un noble guerrier. Les pistolets font du bruit et sont horriblement salissants.

— Vous êtes trop modeste, Votre Altesse.

— Pas du tout. Simplement honnête... du moins sur ce point.

Il s'inclina.

— Mes chères demoiselles, vous semblez faire ressortir ce qu'il y a de meilleur en moi.

Peut-être n'était-il pas dissipé et mauvais, finalement, seulement puéril et trop gâté.

— Bon, assez parlé de moi. Mademoiselle Caulfield, un mot de vous, et j'ordonne que cette misérable rivière soit asséchée et remblayée.

Mlle Feathers pouffa délicatement.

— Ce ne sera pas nécessaire, Votre Altesse.

Les joues du prince rosirent de plaisir, et il décocha à Ann un sourire paresseux.

— Elle rejette mon offre. Ah, mademoiselle Feathers, comment réagir face à une femme obstinée ?

— La laisser faire, répondit lord Vitor depuis le seuil. Elle apprendra avec le temps que ce n'est pas dans son intérêt.

— Vous êtes un monstre, Courtenay, le gronda le prince en pivotant vers lui. Aucun vrai gentleman ne peut se montrer aussi insensible.

Le regard de lord Vitor se posa sur Ravenna.

— Dans ce cas, je ne dois pas être un vrai gentleman.

— J'ai une idée ! s'écria soudain le prince en s'illuminant. Nous allons mettre sur pied une pièce de théâtre. Il y a deux ans, pour célébrer la deuxième capture de Napoléon, j'ai organisé ici un grand bal masqué. Ce fut une somptueuse réception. Tout le monde portait des costumes spectaculaires. Je suis sûr que Brazil saura les retrouver – ils doivent être au grenier ou je ne sais où. C'est exactement ce qu'il nous faut pour mettre un peu de gaieté ici. Mademoiselle Caulfield, vous serez la reine de la fête.

— Mais, Votre Altesse, chuchota Ann, il y a eu un… un meurtre.

— Raison de plus pour organiser des festivités. Nous ne pouvons rien faire tant que le coupable n'aura pas été démasqué et tout danger écarté. Sepic travaille diligemment sur l'enquête.

Il saisit la main d'Ann et la fit se lever.

— En attendant, la prochaine victime pourrait être n'importe lequel d'entre nous. Profitons de notre jeunesse et vivons, mademoiselle Feathers.

Cette dernière, l'air confus, semblait se demander où poser les yeux. Le prince éclata de rire et l'emmena vers la porte.

— Venez, Courtenay, dit-il avec une autorité enjouée. Avec votre mine sévère, vous nous rappellerez à quel point nous avons besoin de gaieté. Mademoiselle Caulfield, je vous ordonne de garder le lit pendant vingt-quatre heures. La couleur sur vos joues ravissantes ne doit pas pâtir de cette mésaventure.

Il sortit avec Mlle Feathers, mais lord Vitor ne les suivit pas.

L'estomac étrangement noué, Ravenna bondit sur ses pieds.

— Je vais avec eux.

Lord Vitor lui saisit le poignet pour l'immobiliser.

— Vous restez ici, lui dit-il avec calme.

Elle se dégagea sèchement et cria dans le couloir :

— Mademoiselle Feathers, j'espère que nous pourrons poursuivre notre conversation plus tard.

Ann lui jeta un rapide regard par-dessus son épaule. Ses yeux étaient troublés par un mélange d'inquiétude et de plaisir.

Ravenna se tourna vers son sauveur.

— Elle a croisé M. Walsh le soir de sa mort. Le prince Sebastiao vient d'interrompre la confession qu'elle s'apprêtait à me faire.

— Intéressant. Cette confession pourrait être aussi bien une tentative de diversion que la vérité.

— Mlle Feathers me fait l'effet d'une personne honnête.

— Néanmoins, je souhaiterais que vous inspectiez les vêtements des dames, y compris les siens.

— À la recherche de taches ?

— Ou de tout ce qui vous paraîtrait suspect. Mais pas avant demain. Aujourd'hui, vous vous reposez.

— Je n'ai pas besoin de...

— Ordre du prince. Et de moi-même.

— Vous n'avez aucune autorité sur moi. Lui non plus, du reste. Et je vais devenir folle si je reste confinée dans ma chambre.

— Je me demande quelle serait votre réaction si j'essayais de vous en convaincre avec de gentilles paroles d'encouragement, en vous garantissant que tout se passera bien en votre absence et que votre santé et votre bien-être sont pour nous tous de la plus haute importance.

— Je m'endormirais probablement au milieu de votre discours.

Un muscle tressaillit dans la mâchoire de lord Vitor, et la petite fossette commença à se creuser sur sa joue.

— Allons, dit-elle. Je me sens suffisamment rétablie pour descendre dîner ce soir. Ce n'était qu'un...

— Un incident qui aurait pu être mortel.

— Il m'est arrivé d'assurer une semaine entière d'agnelage alors que j'étais en proie à une forte fièvre. Je suis résistante.

— Si je vous ai dans les pattes alors que vous êtes convalescente, si vaillante soyez-vous, je risque d'être... distrait.

— Portez des œillères.

— Distrait par le danger que vous courrez, précisa-t-il. Quelqu'un a voulu vous noyer.

Elle fut parcourue d'un frisson, mais déclara :

— Je ne comprends pas pourquoi. Personne ne sait que j'enquête sur le meurtre... excepté vous.

— Si je désirais vous éliminer, je ne vois pas en quoi le fait de plonger dans une rivière glacée pour vous sauver servirait mon dessein. Autant ne pas vous y pousser !

— Peut-être espériez-vous seulement que je tombe-rais malade après mon petit plongeon et que je cesse-rais de vous encombrer.

— Ce en quoi je me trompais, étant donné que je suis en train de perdre un temps précieux à vous convaincre de garder la chambre jusqu'à demain... Vous venez de claquer des dents.

— Non.

— Si.

Elle regarda avec envie la tasse de thé qui refroidissait sur la table.

— Si je vous promets de vous rapporter les moindres renseignements que je recueillerai, garderez-vous la chambre ?

Elle sentait encore jusque dans ses os l'eau glacée de la rivière.

— Soit.

Il hocha la tête et s'apprêta à sortir.

— Attendez, lança-t-elle. Racontez-moi d'abord ce que vous avez vu à la rivière.

— D'après la profondeur des empreintes, la personne que j'ai aperçue pourrait être un homme peu corpulent ou une femme.

— Le prince est à peine plus grand que moi, et il est mince. Peut-être M. Anders... Une seconde ! Vous n'êtes tout de même pas ressorti pour analyser les traces de pas pendant que je me prélassais dans un bain chaud en buvant du thé ?

— Si vous m'aviez invité à partager votre bain, j'aurais volontiers repoussé ma petite excursion.

Ravenna s'éclaircit la gorge, gênée.

— Et vous me traitez de tête de mule !

— Je ne me rappelle pas avoir employé ces mots.

— Vous l'avez sous-entendu. Et pourtant, vous déclarez sans sourciller que vous avez envie de m'embrasser et de partager mon bain.

Il croisa les bras sur la poitrine contre laquelle elle avait enfoui son visage et s'appuya d'une épaule contre le chambranle de la porte.

— Je m'interroge sur l'effet que peut produire un tel paradoxe sur une dame.

— Cela lui donne envie de vous frotter les oreilles.

— Mmm. Dans ce cas, mon but est atteint, dit-il en esquissant un sourire.

Ravenna préféra ne pas relever.

— Comment la personne qui m'a poussée dans la rivière a-t-elle pu s'enfuir ? reprit-elle. Et comment a-t-elle atteint la rivière sans que nous nous en rendions compte ?

— Un sentier longe le cimetière jusqu'à une brèche dans le mur, puis descend à pic jusqu'aux arbres. Je viens de découvrir l'existence de cette ouverture.

— Je comprends mieux pourquoi vous désirez que j'inspecte les vêtements des dames. Mais les gardes à la porte ? N'auraient-ils pas remarqué quelqu'un se rendant au cimetière ?

— Il n'y en avait qu'un en faction à la grille, et il vous a suivie jusqu'à ce qu'il vous voie me retrouver.

— Mon agresseur a dû en profiter pour quitter le château à ce moment-là. Mais comment est-il revenu ? Il ou elle, bien sûr.

— Le gardien ne connaissait que cette sortie. Il est resté à la grille en attendant votre retour.

Les épaules de Ravenna s'affaissèrent.

— La taille de Chevriot rend tout cela...

— Très difficile, acheva-t-il. Mais pas impossible. Et désormais, vous serez bien protégée.

— Et vous ? s'enquit-elle sans oser le regarder vraiment. Si le meurtrier vous poussait à l'eau ?

— Je n'ai pas de jupes pour m'empêcher de regagner la rive à la nage.

Quelque chose dans le ton de sa voix alarma Ravenna, qui leva les yeux vers son beau visage.

— Il est hors de question que vous songiez à essayer de me protéger, déclara-t-il avec fermeté.

Elle fronça les sourcils.

— Je n'envisageais pas...

— Si.

— Non.

— Le prince vous admire, reprit-il à brûle-pourpoint.

— Allons donc ! Vous dites cela pour détourner mon attention, mais je ne suis pas sotte, et je ne me laisserai pas distraire.

Un sourire jouait toujours sur les lèvres de Vitor… des lèvres qu'elle sentait encore contre les siennes. Un petit diable en elle regrettait qu'elle ne l'ait pas laissé l'embrasser réellement dans l'écurie. Elle n'avait jamais eu envie d'embrasser personne avant cela. Et, jusqu'à ce qu'il la porte, elle n'avait jamais eu envie non plus d'enfouir son visage contre la poitrine d'un homme et de se lover contre lui.

— Impossible, décréta-t-elle. Je ne lui ai adressé la parole que trois fois.

— Il s'enflamme vite. Et cela fait des mois que je ne l'ai pas vu aussi sobre.

Elle ne le croyait pas. Aucun prince, si jeune et écervelé soit-il, ne la choisirait comme épouse parmi toutes les autres demoiselles. Il était déjà incroyable qu'un noble qu'elle connaissait à peine bavarde avec elle.

— Merci, dit-elle.

— Pourquoi me remerciez-vous ? Parce que je vous donne l'espoir de devenir peut-être une princesse ?

— Parce que vous avez risqué votre vie pour sauver la mienne.

Il décroisa les bras. Pendant un moment, elle craignit qu'il ne tente de la toucher.

— Vous me surprenez. Je m'attendais à des reproches.

— Des reproches ?

— Pour être encore venu à votre secours. Vous avez pris l'incident du champagne renversé sur lady Grace avec tant de grâce…

— Comme vous êtes spirituel ! grinça-t-elle. Si mes remerciements vous déplaisent, ne me venez pas en aide.

— Espérons que je n'aurai pas l'occasion de recommencer. Mais le garde du corps que je vous ai affecté devrait veiller à votre sécurité.

— Pourquoi avoir fait cela ?

— Je viens de vous le dire : pour votre sécurité.

— Je ne parlais pas du garde. Pourquoi avoir risqué votre vie pour me sortir de l'eau ?

— Serait-ce parce que je compte sur vous pour m'aider à démasquer l'assassin ?

Son sourire n'était qu'une esquisse.

— Je vous prouverai que vous avez besoin de moi, décréta Ravenna, dont le cœur décrivit un petit bond. Pour résoudre l'affaire, ajouta-t-elle vivement.

Il étudia son visage.

— Je ne veux pas que, par ma négligence, vous soyez la deuxième victime du meurtrier.

— C'est moi qui ai été négligente, pas vous.

Il se tourna, prêt à partir.

— J'ai demandé à M. Brazil qu'il vous fasse monter un repas.

— Vous saviez que j'accepterais.

— Cela, oui.

— Et si ce n'avait pas été le cas ?

Il fit un geste.

— Je vous aurais attachée à ce lit.

Un petit frisson parcourut le ventre de Ravenna.

— L'incident de la fourche ne vous a donc rien appris ?

Il lui adressa un de ses petits sourires énigmatiques, puis s'inclina.

— À demain, mademoiselle Caulfield.

Elle le regarda partir. Puis, resserrant étroitement la couverture autour de ses épaules, elle se dirigea vers son lit froid et vide.

# 8

# Flirts et conséquences

Ce jour-là, lord Vitor ne revint pas et ne lui donna pas de nouvelles. Petti et les carlins passèrent la voir après le dîner.

— Ma chère enfant, je continue à m'extasier sur la bisque de homard, mais je vois que vos paupières s'alourdissent...

— Pardonnez-moi, Petti. Je suis terriblement fatiguée.

— Quoi de plus naturel, après un plongeon dans une rivière glacée ? Deux mois sans sommeil doivent également y contribuer.

Elle écarquilla les yeux.

— Pardon ?

— Je vous rappelle que nous avons voyagé jusqu'ici avec vous, Beverley et moi. Et nous étions ensemble à Shelton Grange, auparavant.

— Vous saviez que le sommeil me fuyait ?

— Ma chère enfant, nous ne sommes pas vos nou-nous, comme vous vous amusez à nous appeler. Nous ne nous mêlons pas de vos affaires, dit-il avec un sourire affectueux. Mais nous n'aimons pas vous voir si malheureuse.

— Je ne suis pas malheureuse. La Bête me manque. Horriblement.

Il lui tapota la main.

— Je comprends, je comprends.

Le lendemain matin, Ann vint l'avertir que le prince avait annoncé que toute personne l'apercevant avant l'heure du dîner devait la renvoyer au lit. Ravenna passa donc l'après-midi à faire les cent pas dans sa chambre à coucher.

Quand la cloche du dîner retentit enfin, elle jaillit de sa cellule... et découvrit avec consternation l'insolite spectacle qu'était devenu le dîner à Chevriot durant sa convalescence. Le prince Sebastiao présidait la table avec une faconde régalienne, racontant les réceptions scandaleusement opulentes qu'avait abritées le château depuis la guerre. Ses anecdotes lui attiraient de timides sourires de la part d'Ann Feathers, assise à sa gauche, et des gloussements de la duchesse McCall, placée à sa droite, de sorte qu'il accordait toute son attention à ces deux dames. Le reste des invités réagissait à son exubérance avec des degrés divers de déférence, tout en grommelant entre voisins de table.

— Ce confinement au château est ridicule et insultant, marmonnait le comte de Whitebarrow à sir Henry. Croyez-moi, c'est quelqu'un de l'extérieur qui a tué cet homme.

— Qui était ce Walsh, du reste ? s'enquit sir Henry, la joue remplie de fricassée de foie de veau.

— Un arriviste, ai-je cru comprendre, répondit froidement lady Whitebarrow.

— En l'absence de mon valet, j'ai été obligé de transporter moi-même une bassine d'eau chaude de la cuisine à ma chambre, ce matin, déclara lord Prunesly.

— Dieu tout-puissant ! s'écria lady Margaret. C'est affreux !

— Eh bien, figurez-vous, madame, que j'ai trouvé cela fascinant. Pendant que je remontais l'escalier, l'eau débordait de la cuvette de façon directement proportionnelle à la force de mes pas sur les marches.

— Je présume que vous avez recueilli l'eau renversée et l'avez soigneusement mesurée, père ? dit Martin

Anders d'un ton aigre. L'expérimentation scientifique avant tout, n'est-ce pas ?

— La servante n'est venue allumer le feu dans ma chambre qu'à 9 heures ce matin, se plaignit lady Margaret. Je grelottais sous les couvertures et n'ai pas pu me lever avant 10 heures.

Ses bijoux tressautèrent sur sa large poitrine tandis qu'elle illustrait ses propos d'un frisson.

Ravenna se pencha vers Petti et chuchota :

— Étaient-ils aussi exaspérants hier soir ?

— Ainsi que toute la journée d'aujourd'hui.

Il mordit dans une bouchée de tourte au canard.

— C'était un intrus, je vous l'assure, insista lord Whitebarrow en redressant son nez patricien et en jetant un coup d'œil à la tablée.

Son regard se posa sur lady Iona, dont le rire sonore résonnait sur l'argenterie et la porcelaine, telle une friandise à savourer avec le vin. Ses cheveux, retenus par un bandeau écarlate assorti à l'entrelacs de broderies qui ornaient le bustier de sa robe, étincelaient à la lueur des bougies. La couleur vive des motifs en spirale attirait l'attention sur sa poitrine plus efficacement encore que les bijoux de lady Margaret ne le faisaient sur la sienne.

En croisant le regard de lord Whitebarrow, Iona glissa une cerise au brandy dans sa bouche et en ressortit lentement la queue entre ses lèvres. Puis la pointe rose de sa langue apparut pour lécher une gouttelette de liqueur sur sa lèvre inférieure.

Les yeux rivés sur elle, Martin Anders, qui portait sa cuillère à sa bouche, manqua son but.

En le regardant, sa sœur Cécilia fronça les sourcils avec inquiétude. Si elle avait eu un frère aussi sot que Martin Anders, Ravenna se serait fait du souci pour lui, elle aussi. Elle avait toujours considéré Taliesin, le Gitan à qui son père avait donné des leçons, comme son frère, mais c'était lui qui s'inquiétait pour elle. De même que ses sœurs et leur pauvre père, le studieux révérend dépassé non seulement par le chien noir géant qu'il lui avait offert lorsqu'elle était petite, mais également par la maîtresse du chien en question.

Toutefois, d'après ce que Ravenna avait pu en voir, les hommes d'Église étaient souvent démunis face au commun des mortels. Le prélat qui figurait parmi leur groupe, l'évêque Abraccia, toujours vêtu de sa soutane noire et pourpre, n'était même pas capable de manger son dîner sans l'aide de sa nièce. Tout en lui découpant sa viande, Juliana Abraccia jetait à Martin de rapides coups d'œil faussement pudiques. Cependant, l'attention de Martin Anders restait accaparée par la beauté écossaise.

Ravenna engloba la tablée du regard. Les invités du prince ne se contentaient pas de marmonner entre eux. Tous autant qu'ils étaient, ils s'observaient. Dans la lumière des bougies qui jetait sur les visages ombres et reflets ambrés, chacun d'entre eux semblait regarder un autre des invités avec une attention particulière.

Et pour cause. L'un d'eux avait assassiné M. Walsh et pouvait bien tuer encore.

Mais personne ne dévisageait Ravenna, et tous n'étaient pas méfiants ou soupçonneux. Peut-être ces regards appuyés n'étaient-ils pas liés au meurtre.

La comtesse de Whitebarrow toisait froidement son mari, tandis que ce dernier continuait à observer lady Iona. Le général Dijon regardait sa fille, tout comme le comte de Case. Les yeux baissés, Arielle chipotait dans son assiette, faisant semblant de manger, ce que Ravenna comprenait fort bien : la jeune Française avait perdu sa chère petite Marie deux jours plus tôt seulement. Mais elle n'était pas la seule demoiselle maussade. Le regard morose de lady Grace était posé sur sa mère.

— Au nom de Zeus, cette chienne a donc disparu pour de bon ? demanda sir Henry à la cantonade. Le visage de cette pauvre jeune fille me dit que personne ne l'a encore retrouvée.

— En effet, confirma gravement le général Dijon. Elle a été enlevée, mais nous ignorons par qui.

— Qu'est-ce que le vol d'une chienne à côté d'un meurtrier en liberté parmi nous ? demanda lady Margaret avec un frisson théâtral, cette fois, qui fit tinter ses bijoux tout aussi efficacement. Cette idée suffit à vous donner des cauchemars.

Elle jeta un autre regard en direction de lord Prunesly. Le professeur étudiait son verre de vin en le faisant tourner lentement, testant probablement sa théorie de débordement des liquides à une petite échelle.

— Cette chienne, expliqua avec raideur le général Dijon à lady Margaret, fait partie des quatre seules femelles adultes de sa race au monde. Sa valeur est supérieure à celle de tout le contenu de votre coffre à bijoux, croyez-moi.

Sir Henry posa sa fourchette.

— Monsieur, je ne tolérerai pas que vous vous adressiez à ma femme sur ce ton.

À côté de lui, sa fille Ann gardait la tête baissée, ses joues rondes écarlates, fixant un point sur ses genoux.

Le prince la regarda.

— Ma chère mademoiselle Feathers, dit-il, vous m'avez l'air un peu troublée. Buvez un peu de vin pour vous ragaillardir.

Il héla un valet de pied.

— Oh non, Votre Altesse, merci, protesta-t-elle faiblement. Je ne voudrais pas que cela me monte à la tête et me fasse dire des choses que je ne devrais pas dire.

Le haut front du prince se plissa. Puis il fit signe au valet de s'éloigner et écarta de son assiette son propre verre.

— C'est terrible d'être rouge écrevisse par un climat si glacial, fit remarquer lady Pénélope à lord Vitor, son voisin de table, avec un regard compatissant d'une parfaite hypocrisie en direction d'Ann.

Au lieu de frissonner vulgairement, elle passa le bout des doigts sur son châle comme pour le resserrer sur sa poitrine. Moulées dans ses gants, ses mains menues attirèrent subtilement l'attention sur ses seins parfaits.

Mais lord Vitor ne sembla pas le remarquer. Il regardait le prince. Puis il reporta son attention sur Ravenna, et la fossette se creusa sur sa joue.

Instantanément, la bouche de Ravenna devint sèche. *Du vin.*

Elle saisit son verre et croisa le regard de lord Case en face d'elle. Mais il se tourna vers son frère. Lord Vitor bavardait à présent avec la nièce de l'évêque, assise à sa gauche. Les yeux de Juliana pétillaient. Elle rit doucement, puis répondit à voix basse. Même à distance, sa voix avait un accent charmant ; avec ses intonations italiennes, on aurait dit de la musique.

Et soudain, le canard pesa des tonnes dans le ventre de Ravenna. Le rire cristallin d'Iona sonnait faux, les gloussements de sir Henry étaient forcés, les joues de lady Grace étaient cireuses, et l'inquiétude muette de Cécilia Anders retentissait comme une trompette. De l'autre côté de la table, sir Beverley dirigea un regard grave vers Petti. Il y avait quelque chose qu'ils ne lui disaient pas. Ils avaient des secrets qu'ils ne partageaient jamais avec elle, mais elle le comprenait. Cette fois-ci, elle ne comprenait pas.

Elle avait l'impression que tout le monde avait des secrets.

La tête se mit à lui tourner. La fumée des bougies, la nourriture trop lourde, la trop grande concentration d'individus qui se coulaient des regards remplis de suspicion, d'inquiétude ou d'elle ne savait quoi, tout cela l'étourdissait. Il fallait qu'elle s'en aille. Les murs de la salle à manger lui donnaient l'impression de se resserrer, la lumière des bougies de se voiler. Elle avait du mal à respirer.

— Mademoiselle Caulfield, lui dit sir Henry. Sir Beverley me dit que vous avez des talents dans le domaine de la médecine...

— Je soigne les animaux malades, en effet, parvint-elle à répondre.

Comment les autres pouvaient-ils supporter cette atmosphère ? Le froid et la neige dehors lui paraissaient infiniment préférables.

— Je me demande si vous voudriez bien venir avec moi à l'écurie demain, demanda sir Henry. L'une des bêtes que j'ai amenées pour la montrer à Son Altesse s'est mise à boiter. Mon cocher croit qu'il pourrait s'agir d'un abcès. Mais il est français, et je n'ai pas autant confiance en lui qu'en un Anglais... ou une Anglaise, ajouta-t-il avec un clin d'œil amical.

— Je l'examinerai volontiers.

— Bien, bien.

Il but une généreuse gorgée de vin.

— Je n'ai rien contre les voyages, voyez-vous, et lady Margaret non plus. Cependant, je n'aime pas laisser mes animaux entre des mains étrangères.

— Mais n'avez-vous pas l'intention d'entrer en affaires avec le père du prince Sebastiao ?

Il éclata d'un rire tonitruant.

— Au nom de Zeus, bien sûr que si ! Mais une fois qu'il aura payé pour les chevaux, ils ne seront plus à moi, n'est-ce pas ?

Il rit, et elle essaya de sourire. De l'autre côté de la table, lord Vitor souriait maintenant à Juliana.

— Mon enfant, dit doucement Petti. On dirait que vous vous apprêtez à jaillir de cette chaise d'un instant à l'autre.

— Ah ?

Elle baissa la tête.

— Non. Je ne voudrais pas vous plonger dans l'embarras, sir Beverley et vous.

— Ce Courtenay... commença Petti en détachant les syllabes. C'est un bien beau jeune homme, n'est-ce pas ?

— Vous trouvez ? demanda-t-elle d'une petite voix.

— Et fort intelligent, d'après ce que me dit Beverley.

Ses doigts exécutèrent un staccato songeur sur le bord de la table.

— Il vous plaît ? marmonna-t-elle.

— Mon cœur est pris, vous le savez bien. Mais je ne suis pas mort. J'apprécie la qualité, même de loin.

Ses yeux vert émeraude se mirent à pétiller.

— Je ne crois pas que vous devriez en faire autant.

— Apprécier la qualité ?

— L'apprécier de loin.

— Si vous continuez ainsi, chuchota-t-elle, je vais me lever et partir sur-le-champ, et au diable les bonnes manières.

Il rit.

— Beverley et moi ne serons pas toujours là, ma chère enfant. Vous devez chercher votre bonheur ailleurs tant que vous êtes encore jeune.

— Mais...

L'affolement s'empara de son estomac noué.

— Je...

Il lui tapota la main.

— Nous n'avons pas encore loué votre chambre à Shelton Grange, mon petit. Ne vous inquiétez pas.

Le prince Sebastiao se leva et offrit son bras à Ann.

— Passons-nous au salon ? Oui, oui ! Tous ensemble, que ces messieurs ne s'attardent pas dans la salle à manger. Venez, mademoiselle Feathers, venez. Lady Iona ?

Le valet ouvrit la double porte.

Ravenna choisit cet instant pour s'esquiver. Elle rejoignit le vestibule, puis gagna la porte d'entrée. Le valet en faction hocha la tête, mais il ne la suivit pas lorsqu'elle se dirigea vers l'écurie. Son garde du corps personnel, l'homme à qui lord Vitor avait ordonné de veiller sur elle, était invisible. Mais elle avait un couteau dans sa poche, cette fois-ci. Avertie et armée, elle ne craignait rien.

Les odeurs familières de l'écurie la réconfortèrent. Elle inspira profondément, resserra son châle autour de ses épaules et demanda à un garçon d'écurie de l'emmener vers l'étalon de sir Henry. C'était un cheval magnifique, bien que nerveux. Il resta au fond du box jusqu'à ce que, à force de paroles douces et encourageantes, elle parvienne à le convaincre de s'approcher. Il vint en boitant. Il semblait d'un bon tempérament. Mais elle n'entrerait pas dans la stalle. En plein jour, elle pourrait examiner le sabot plus efficacement. Et elle n'était pas vraiment venue pour lui.

La mère des chiots était étendue sur le côté dans la salle réservée aux équipements. Quatre des chiots la tétaient. Le plus petit, niché derrière ses frères et sœurs loin des mamelles, attendait son tour en espérant qu'il lui en resterait. La chienne leva la tête avec lassitude, et sa queue battit contre la paille.

— Comme vous avez grandi depuis l'autre jour, dit Ravenna en s'agenouillant.

Le chiot tourna la tête au son de sa voix, s'extirpa de son nid douillet et vint la rejoindre en vacillant sur la paille.

— Cette fois-ci, je ne suis pas venue les mains vides.

D'un nœud qu'elle avait fait dans sa robe, elle sortit une côtelette de veau enfermée entre deux tranches de pain. Elle déchira la nourriture en minuscules morceaux qu'elle donna à l'avorton. Puis, l'un après l'autre, elle prit les cinq chiots sur ses genoux. Les petites boules de muscles élastiques et de fourrure soyeuse la mordillèrent de leurs dents pointues tandis qu'elle les examinait. Tous étaient en bonne santé. Elle s'intéressa ensuite à la chienne, inspecta sa gueule, ses oreilles, ses pattes et son ventre. Quelqu'un la nourrissait bien, ce qui expliquait qu'elle laissât encore les chiots la téter et que le plus petit ait survécu.

Enfin, Ravenna se leva.

— À demain, dit-elle en se tournant pour partir.

Des dents minuscules attrapèrent son ourlet. L'avorton tirait sur le tissu.

— Attention, cette robe n'est pas à moi, il ne faut pas la déchirer.

Elle se baissa et caressa le chiot autour des oreilles en retirant ses mâchoires miniatures des volants de la robe d'Ann.

— Allez, au dodo.

À coups de petits bonds minuscules qui faisaient crisser la paille, il la suivit. Il gémit lorsqu'elle le repoussa doucement du bout du pied pour refermer la porte, puis se mit à gratter le battant en bois en jappant. Revenant sur ses pas, Ravenna entrouvrit la porte. L'avorton frétilla joyeusement et bondit vers ses chevilles. Contre le flanc de leur mère, ses frères et sœurs, au chaud et bien nourris, l'ignoraient.

— Toi, tu as envie d'aventures, pas vrai ?

Elle serra le petit être minuscule contre sa poitrine.

— J'ai connu jadis quelqu'un qui te ressemblait, ajouta-t-elle en caressant une petite patte soyeuse entre ses doigts. Il était tout noir et il est devenu beaucoup plus gros que tu le seras jamais. Mais tu as un peu de sa fougue, j'ai l'impression.

Elle frotta le nez contre son petit front blanc tout doux et inspira son odeur.

— Je sais exactement ce que je vais faire de toi.

Elle rabattit son châle sur lui et le serra contre son sein.

Le palefrenier lui souhaita une bonne nuit, et elle traversa l'avant-cour pour regagner le château. La dernière fois qu'elle avait parcouru ce court chemin, c'était au pas de course, effrayée, en colère et troublée, après avoir été jetée au sol et embrassée par un inconnu dans le noir.

Cette fois-ci, son pas était léger et excité. Dans le château, elle entendit les invités, encore au salon. Quelqu'un jouait remarquablement bien du pianoforte. Arielle Dijon, probablement. Peut-être lord Case avait-il réussi à la tirer momentanément de son désespoir. Ravenna se faufila dans l'escalier de service et monta jusqu'à l'étage des chambres. Au milieu du corridor, elle aperçut un valet.

— Quelle est la chambre de lord Vitor ? demanda-t-elle.

Il la lui désigna dans le couloir.

La porte s'ouvrit sans résistance. Une fois dans la chambre, elle versa de l'eau de la cruche dans la cuvette et la posa au sol pour le petit chien. Il jappa et protesta quand elle referma la porte en le laissant derrière elle, mais, dans la chaleur de la pièce, il s'endormirait vite. Souriant d'une oreille à l'autre, elle longea l'étroit couloir qui menait à sa chambre.

Un homme se tenait devant sa porte, adossé au mur ; une bougie dans sa main éclairait son visage.

— Monsieur Anders ?

Elle ne laissa pas paraître dans sa voix sa subite inquiétude. Son garde du corps avait manifestement disparu pour toujours. Elle se trouvait seule avec l'un des principaux suspects, et dans un endroit désert.

— Vous êtes dans l'aile des dames. Seriez-vous perdu ?

— Vous voulez dire, éperdu.

Il posa la bougie sur une console et s'avança vers elle.

— Oh.

Ravenna chercha la poignée de la porte.

— Eh bien, je vous souhaite une bonne nuit…

Il lui saisit l'épaule et la fit pivoter face à lui.

— Ne m'abandonnez pas si vite, très chère mademoiselle Caulfield.

Elle ne pouvait atteindre le couteau dans sa poche. *Idiote !*

— Vous abandonner ? répéta-t-elle d'un ton léger. Je ne vous ai pratiquement pas parlé. Comment voulez-vous que je vous abandonne ?

Il l'attrapa par les bras.

— J'ai pourtant la sensation que les moments durant lesquels je vous ai admirée de loin au milieu d'insipides individus ont été interminables… un véritable calvaire pour une admiration si ardente, et dont l'objet était si inaccessible…

Il ne sentait pas l'alcool, et elle ne percevait pas non plus en lui de malveillance.

— Monsieur Anders, il y a un garde au coin du couloir, mentit-elle, qui vous transpercera de sa grande épée portugaise si je l'appelle.

— Jamais je ne vous ferais de mal ! Vous êtes un trésor à chérir avec vénération.

Elle cessa soudain d'avoir peur. Il n'avait pas l'intention de l'assassiner. Ce n'était qu'un jeune homme impétueux et stupide. Elle ne l'avait jamais vraiment cru capable de meurtre, de toute façon.

— Monsieur, lâchez-moi ! Trêve d'inepties.

Des cheveux d'une longueur romantique – pas assez longs toutefois pour ressembler à celui qu'elle avait trouvé sur l'habit de M. Walsh – tombèrent sur l'un des yeux de Martin Anders. Mais l'autre œil la dévisageait avec passion.

— Maintenant que je vous ai touchée, je ne puis vous laisser partir. Permettez-moi de rester près de vous. Car plus la distance entre nous s'accroît, plus mon tourment est grand.

— Monsieur, ôtez vos mains de mes bras ou vous le regretterez amèrement.

— Mais je vous aime !

— Pardon ?

— Profondément. Sincèrement. Follement. Ma bien-aimée !

— Il n'y a pas deux heures, vous baviez dans votre soupe en regardant lady Iona. Si c'est cela, l'amour fou, je me demande ce qu'est une toquade.

Son front se rembrunit.

— Lady Iona est fort belle, mais la passion lui est étrangère. Elle dédaigne la chaleur des vrais sentiments. Vous, en revanche, mademoiselle Caulfield, êtes d'une race prompte à s'émouvoir.

— Quoi ? coassa-t-elle.

— Votre sang exotique connaît le véritable désir. Je le vois dans vos yeux. Ce sont les yeux d'une créature sauvage. Vous avez besoin d'un homme pour dompter votre cœur. Je veux être cet ho...

138

Son genou atteignit l'endroit précis qu'elle visait. Tandis que M. Anders se courbait en deux en poussant un grognement, elle se faufila vivement dans sa chambre et ferma la porte à clé. Sans allumer le feu, elle retira sa délicate robe rayée, puis se blottit sous les couvertures et attendit le matin.

Vitor retira le harnachement de son cheval, l'étrilla et remplit le râtelier à foin, l'esprit embrumé par sa nuit sans sommeil. Il avait passé des nuits plus calmes sur des champs de bataille. Plus il avait attaché le petit bâtard loin de son lit, plus celui-ci avait gémi.

Il se frotta les yeux et jeta un coup d'œil au chiot, roulé en boule dans la paille à côté des sabots d'Ashdod.

— Viens là, toi.

Le chiot inclina sa petite tête.

— Ta maîtresse va vouloir de tes nouvelles, reprit Vitor en rouvrant la porte du box.

Dans l'avant-cour, son frère aîné s'avança vers lui sous le ciel gris du petit matin.

— Tu as été autorisé à sortir à cheval alors que nous sommes tous cloîtrés entre ces murs ? lui dit Wesley en jetant un coup d'œil au petit chien qui trébuchait dans la neige sur les talons de Vitor.

— Le prince sait que je ne suis pas l'assassin.

— Mais le reste d'entre nous l'ignore, riposta Wesley en lui emboîtant le pas. Et qui sait si tu n'as pas d'autres noms sur ta liste ? Je suis peut-être ta prochaine victime. Moi disparu, tu deviendrais comte et, à la mort de père, tous tes vœux seraient exaucés.

— Cela n'a jamais été mon rêve.

Ce dont il rêvait, en revanche, c'était d'une femme aux yeux et aux cheveux noirs. Comme durant cet instant à côté de la rivière où il lui avait enlevé ses vêtements trempés, il voyait dans son sommeil son corps moulé dans un coton que l'eau rendait transparent, les pointes sombres de ses seins dressées contre le tissu. Dans ses rêves, il lui ôtait ce dernier vêtement et la réchauffait avec ses mains et sa bouche. Il n'avait jamais voulu les titres de son père ou de son frère. Il n'avait jamais voulu grand-chose, d'ailleurs, sinon se rendre utile aussi bien à ses deux pères qu'à leurs royaumes. Mais, désormais, il voulait Ravenna Caulfield.

— Tu le sais bien, ajouta-t-il.

— Oui, répondit Wesley sans s'émouvoir. Que penses-tu de la fille du général ?

— Tu veux savoir si je crois que c'est une meurtrière ?

— Je veux savoir si tu crois qu'elle pourrait devenir comtesse.

Quatre ans plus tôt, Vitor avait passé quinze jours interminables à supporter l'interrogatoire de son frère aîné sans ouvrir la bouche. Et en cet instant, bien que la question le surprît, il ne cilla pas.

— Je suppose.

— Elle est de sang noble.

Wesley avait dit cela comme si ce n'était qu'un avantage accessoire.

— Son père est le cinquième fils d'un comte français possédant peu de terres et de prestige, bien qu'il ait joui d'une certaine notoriété au début du règne de Bonaparte. Le général a d'abord suivi les pas de son père, mais après la pénible campagne de Russie, il a tout laissé tomber pour partir en Amérique. Il s'y est fait un nom en tant que conseiller militaire et s'est mis à élever des chiens au pedigree mondialement reconnu... Entreprise lucrative qui lui a rapporté une fortune considérable, ainsi que des terres. Je pense que père ne trouverait rien à redire à Mlle Arielle Dijon.

Vitor garda le silence. Il n'y avait rien à répondre.

— Mlle Caulfield est fort engageante également, reprit Wesley avec trop de désinvolture. Certes, aucun sang noble ne coule dans ses veines, de sorte que le mariage est exclu. Savais-tu qu'elle était orpheline ? Son père adoptif ne s'opposerait pas à un arrangement temporaire, je pense ; en revanche, sir Beverley pourrait bien poser problème. Mais je sais comment me sortir de ce genre de situation. J'ai eu une conversation intéressante avec lui hier soir après le dîner, pendant que Sebastiao distribuait les rôles de *Roméo et Juliette* – étrange d'avoir choisi cette pièce, au demeurant, compte tenu des macabres circonstances, ne trouves-tu pas ? Mais le prince est un drôle d'oiseau. Je me demande comment tu fais pour le supporter depuis toutes ces années.

Il s'interrompit et se tourna vers Vitor, qui avait cessé de marcher.

— Vitor ?

— Pourquoi me dis-tu tout cela ?

— Pourquoi pas ?

— Ne batifole pas avec elle pour me blesser, Wes. Tu t'en mordrais les doigts, crois-moi.

Son frère plissa les yeux.

— Tu ne nies donc pas ? Je crois cependant l'avoir entendue dire qu'elle t'avait déjà repoussé une fois.

Vitor s'avança vers lui et riva les yeux aux siens.

— Cela fait sept ans, Wes. Quand ta colère retombera-t-elle ?

— Peut-être l'intérêt que je porte à Mlle Caulfield ne découle-t-il pas de ma colère envers toi, mais de son charme naturel. Je ne serais pas le seul homme ici à lui accorder davantage qu'un regard distrait.

Dans le salon, la veille au soir, Sebastiao s'était interrogé sur l'absence de Ravenna, jusqu'à ce que Vitor se lance à sa recherche. Le garde qu'il avait chargé de la surveiller lui avait répondu qu'elle s'était retirée de bonne heure.

Wesley scrutait son visage.

— Ah, il ne sait trop ce que pense la demoiselle, semble-t-il, dit-il à mi-voix, l'air songeur. Peut-être croit-il qu'elle en préfère un autre.

Il plissa les yeux.

— Dis-moi, petit frère, quel effet cela fait-il ?

Il laissa planer un bref silence, avant de tourner les talons et de rentrer dans la maison.

Vitor lui emboîta le pas. On entendait du vestibule l'activité qui régnait dans le salon, de l'autre côté de la voûte. Ravenna apparut dans l'ouverture. Sans hésiter, elle vint vers lui, s'accroupit sur le sol en pierre et prit le chiot dans ses bras. Elle lui caressa la nuque et les oreilles de ses mains souples.

— M. Sepic est dans le salon, éminemment incompétent, annonça-t-elle en reposant le petit chien par terre.

Ce dernier attaqua aussitôt son ourlet.

— Il accuse lord Whitebarrow d'être obstiné et arrogant – ce qui est exact, naturellement – et la duchesse de dire des âneries. Il ne la comprend pas quand elle parle français, et elle refuse de s'exprimer en anglais avec lui. C'est fabuleusement divertissant.

Ses yeux brillaient. Puis elle fronça les sourcils.

— Bien plus que le dîner d'hier soir, en tout cas.

Elle traversa le vestibule à côté de lui, le chiot sur ses talons.

— Avez-vous appris quelque chose d'intéressant ce matin ?

— Les bottes de Martin Anders et l'ourlet de son manteau étaient trempés, répondit Vitor. Je les ai découverts qui séchaient près de la cheminée ici quand je suis sorti à l'aube. Il a dû rester dehors un certain temps.

— Comme tout le monde. Les invités déambulent entre les murs d'enceinte sous la surveillance des gardes du prince. Peut-être est-il allé se promener avant l'aube pour éviter les autres. Les bottes de sir Henry, en revanche, sont reluisantes, malgré plusieurs allers-retours à l'écurie.

— Feathers est immensément riche. Il doit en posséder plusieurs paires. Ce n'est peut-être pas le cas du fils de Prunesly.

— Et vous, êtes-vous immensément riche ?

Vitor ne put s'empêcher de sourire.

— Toujours aussi directe !

142

— Mon père a vainement essayé de m'enseigner les bonnes manières, et je fais le désespoir de Petti et de sir Beverley depuis des années. Cela dit, de nous deux, je ne suis pas la seule à avoir mon franc-parler.

— Pour répondre à votre question, je ne suis que le deuxième fils de la famille.

— Le fils cadet d'un noble fortuné, paraît-il, ce qui fait certainement de vous un homme très à l'aise, sinon odieusement riche, riposta Ravenna. Pourquoi êtes-vous ici ?

Il la regarda avec attention.

— Que faites-vous dans les montagnes françaises en ce début de mois de mars à la partie de campagne organisée pour marier un prince portugais ? précisa-t-elle.

— Depuis combien de temps vous posez-vous la question ?

— Depuis que je vous ai vu sortir votre cheval. C'est un animal magnifique. Il a dû vous coûter une fortune.

Ashdod avait en effet coûté une fortune, même si cela ne représentait qu'une infime fraction de l'argent qu'il possédait à la banque, à Londres et à Lisbonne.

— Vous m'avez regardé de la fenêtre ?

— J'étais dans l'écurie, en train d'examiner le sabot d'un cheval blessé.

Avant l'aube ? Mais pourquoi s'en étonnait-il ? Elle était bien dans l'écurie en pleine nuit, le jour où il l'avait rencontrée. Cette fois-ci, il ne l'avait pas entendue, et elle ne lui avait pas révélé sa présence.

— Dans cette tenue ?

Elle portait une robe rose et légère qui comprimait diaboliquement ses seins. Ses joues étaient fraîches, comme si elle venait tout juste de rentrer dans la maison, et des brins de paille et un peu de terre s'accrochaient à l'ourlet, aux endroits que le chien avait pour l'instant épargnés.

— Je vous rappelle que vous avez lacéré ma plus belle robe, lui dit-elle avec un sourire doucereux.

Il secoua la tête.

— Je...

— Vous vous sentez coupable ?

D'avoir entraperçu la beauté de son corps ? Non. Mais il n'en dit rien. Il semblait avoir perdu l'usage de la parole.

Elle éclata de rire.

— J'ai d'autres robes, bien sûr. Mais depuis qu'Ann Feathers a invité le prince à inspecter ma garde-robe pendant que j'étais dans le petit salon de la gouvernante, je sais qu'il préfère me voir porter les siennes. Elle m'a prêté celle-ci ainsi que deux autres toilettes, qui sont ornementées d'une quantité considérable de frous-frous et de dentelle. Lady Margaret a des goûts vestimentaires étonnamment... chargés.

Il s'inclina et parvint enfin à articuler :

— Je vous présente mes excuses pour avoir lacéré votre robe.

— Contentez-vous de ne plus recommencer. Vous êtes peut-être un aristocrate nanti, mais je ne suis que la fille d'un pasteur pauvre. Je ne pourrai me permettre de rembourser Mlle Feathers si vous abîmez une de ses robes.

— Il n'y aura pas de prochaine fois.

Elle battit des cils.

— En êtes-vous si sûr ? Peut-être devriez-vous vous interroger sur la fiabilité du garde que vous m'avez attribué. Il était introuvable lorsque M. Anders m'a acculée devant la porte de ma chambre hier soir.

Une flèche de jalousie brûlante transperça Vitor.

— Anders était encore dans le salon quand je suis parti.

Pourquoi le garde lui avait-il dit que Ravenna s'était retirée de bonne heure ?

— Quand l'avez-vous vu ?

— Je ne pense pas que ce soit l'assassin, dit-elle en guise de réponse.

— Qu'est-ce qui vous fait penser cela ?

— Rien. Étant une femme, je n'ai pas la faculté de raisonner, comme l'affirment de façon si catégorique tous ces théologiens médiévaux que mon père se plaît à citer. Par conséquent, je tire des conclusions qui ne se basent pas sur des faits, mais sur des émotions. Émotions que, d'après M. Anders, je possède en abondance.

Une ombre traversa le regard de la jeune fille. Vitor lui saisit le coude et l'immobilisa.

— Que s'est-il passé ?

*Ravenna.* Comme il aurait aimé prononcer son nom ! Elle regarda sa main posée sur son bras, et il vit sa gorge se serrer doucement. Elle se libéra.

— J'ai eu l'occasion d'étudier cet hématome sur son œil. Si sa santé est bonne et ses humeurs équilibrées, ce qui semble être le cas, je situerais sa blessure aux alentours du moment où nous avons découvert le corps. M. Walsh a pu lui donner un coup de poing dans l'œil. Cependant, le plus intéressant, c'est que M. Anders est un âne. Il a eu amplement l'occasion de me blesser, ou même de me menacer, mais il n'en a rien fait.

Vitor essaya de ne pas laisser transparaître la colère dans sa voix.

— Peut-être s'est-il montré aimable afin d'endormir vos soupçons et de mieux vous surprendre par la suite.

— Pour me séduire, vous voulez dire ? Serait-il aussi malintentionné que vous l'avez été vous-même ?

Il vit dans ses yeux à la fois le rire et le doute.

— Ravenna, fit-il, s'accordant enfin le plaisir grisant de goûter son prénom sur ses lèvres.

Elle baissa les yeux, comme si, pendant un instant, elle se laissait étourdir elle aussi. Puis elle releva la tête et riva son regard au sien.

— Je ne vous demanderai pas de vous excuser de nouveau, dit-elle en lui offrant un petit sourire. Mais j'aime beaucoup vous voir contrit.

— Ne vous méprenez pas. Je ne suis contrit que parce que je n'ai pas réussi à vous faire apprécier ce moment d'égarement dans l'écurie.

Les yeux de Ravenna lancèrent des étincelles.

— Pour cet aveu, je vais exiger à partir de maintenant des excuses en règle une fois par heure.

— Vous ne les aurez pas.

— Pourquoi donc ?

Parce que, pour obtenir l'absolution après avoir confessé un péché, il fallait se repentir sincèrement. Or Vitor ne se repentait aucunement. Il voulait non seulement qu'elle apprécie son contact, mais qu'elle le désire.

— Pourquoi pensez-vous qu'Anders n'a pas de mauvaises intentions vis-à-vis de vous ?

— Je me suis dit qu'il essayait peut-être de m'amadouer pour m'inspirer confiance. Mais, en toute honnêteté, je ne le crois pas suffisamment intelligent pour cela.

Elle marqua une pause, avant de demander :

— L'êtes-vous ?

— Je croyais que vous m'aviez disculpé depuis longtemps.

— Vous venez d'éluder ma question, et j'ignore toujours ce que vous faites à Chevriot. Par ailleurs, le soi-disant garde du corps que vous m'avez assigné est, dans le meilleur des cas, inconstant. Ma confiance en vous est mise à rude épreuve.

— Je vais dire deux mots à ce garde.

Il se rapprocha d'elle.

— Il faut que vous me fassiez confiance. Vous le pouvez.

Elle s'écarta vivement, comme si elle s'apprêtait à s'échapper.

— Pourquoi êtes-vous ici ? À moins que vous n'excelliez dans l'art du déguisement, vous n'êtes ni le père d'une jeune fille à marier ni une jeune fille à marier vous-même.

— Pendant dix ans, j'ai vécu à la cour du prince Raynaldo, le père de Sebastiao, en tant qu'intime de la famille. Les affaires d'État requièrent la présence de Raynaldo chez lui en ce moment. C'est pourquoi il m'a demandé de me rendre à cette réunion.

— Pour vous occuper du prince ?

— Pour m'assurer qu'il choisira bien une épouse.

— Avez-vous déjà une favorite ?

Il percevait encore une certaine réticence dans sa voix. Elle leva une main pour ramener derrière son oreille une mèche rebelle, puis mordilla le coin de sa lèvre inférieure.

— Pour lui ? précisa-t-elle.

Vitor s'obligea à détacher les yeux de sa bouche.

— N'importe laquelle de ces jeunes filles fera l'affaire, du moment qu'elle n'a pas assassiné et castré un homme.

— Je vois que vos critères de sélection sont drastiques. Le prince sait que vous enquêtez sur le meurtre parallèlement à M. Sepic, n'est-ce pas ?

— En effet.

— Et il vous fait confiance.

— Oui.

— Pourquoi ?

— Pendant la guerre, j'ai effectué des missions similaires.

Elle garda le silence pendant un long moment, puis reprit :

— Je crois que nous devrions répertorier les suspects et déterminer leurs éventuels mobiles. M. Sepic n'a pas encore entrepris cette tâche élémentaire, autant la lui suggérer. Puis nous pourrons commencer à éliminer de la liste les candidats improbables.

— Nous lui en parlerons cet après-midi, quand il reviendra, déclara-t-il.

Elle hocha la tête et commença à s'éloigner, avant de se retourner pour demander :

— Durant votre sortie à cheval, vous n'avez vu aucune trace de la chienne de Mlle Dijon ?

— Aucune.

Après une petite visite à l'ermitage pour apporter une bouteille à Denis, Vitor avait sillonné les chemins qui montaient et descendaient du château, puis avait longé la rivière qui avait essayé d'avaler Ravenna. À l'exception des sentiers empruntés par Sepic du village au château, les sabots d'Ashdod avaient foulé de la neige poudreuse. Aucun étranger n'était venu sur la montagne depuis la dernière chute de neige.

— Je n'ai vu que l'ermite.

— L'ermite ?

— Le moine qui vit dans l'ermitage au sommet de la montagne.

Les yeux noirs de la jeune fille s'écarquillèrent.

— Un ermite vit sur la montagne ? Vraiment ? Y a-t-il d'autres menus renseignements dont vous souhaitiez me faire part ? Ou Sa Grâce pense-t-elle que je ne mérite pas de connaître la totalité des détails susceptibles d'éclairer ce mystère ?

— Je ne vous cache rien.

Mais lorsque les yeux de la jeune fille devenaient ainsi distants, cela lui causait une douleur entre les côtes.

— Le père Denis vit là depuis trois décennies. C'est un proche de la famille du prince. Et je ne suis pas un duc, de sorte que « monsieur » suffira. Ou Vitor.

Il voulait l'entendre prononcer son nom.

— Je n'y tiens pas.

Son regard restait froid.

— Pourquoi avez-vous mis un chien dans ma chambre ?

— Je pensais que vous auriez peut-être besoin de compagnie.

Avec un bref sourire, elle se détourna de nouveau. Il la regarda partir, et la douleur en lui s'accentua.

Martin Anders ? Elle le considérait comme un imbécile, mais comment avait-elle reçu l'intérêt qu'il lui portait ? Et les autres hommes ? Qui parmi eux, en plus de Wesley et d'Anders, la voyait comme une conquête potentielle ?

En proie à une colère sourde, Vitor se dirigea vers le salon. Il n'était pas un assassin, mais si un autre homme la touchait, il pourrait bien en devenir un.

# 9

# Une armure comme une autre

Pendant que Ravenna rédigeait une liste de suspects et que le maire caressait, songeur, sa moustache, lord Vitor affichait la plus grande indifférence, assis dans un fauteuil de l'autre côté de la pièce. Il parlait peu, et uniquement lorsque M. Sepic l'interrogeait directement.

Enfin, Ravenna posa sa liste définitive sur la table.

— Martin et Cécilia Anders, lut-elle, Juliana Abraccia, Arielle Dijon, le prince Sebastiao et Ann Feathers. Ils ont tous de longs cheveux noirs, et aucun d'eux n'est particulièrement corpulent. J'ai brièvement envisagé également la fille de cuisine. Mais lorsqu'on lui a lavé les cheveux – une opération qu'elle n'avait jamais endurée auparavant et qui l'a fait hurler de terreur –, nous avons découvert qu'ils étaient blonds, sous toute la crasse. Telle est la vie dans les étages inférieurs…

Elle sourit, mais ses lèvres tremblaient. Lord Vitor resta imperturbable tandis qu'elle ajoutait :

— Vous avez donc les suspects, monsieur Sepic. Auxquels il faut m'ajouter, bien entendu.

À ces mots, lord Vitor lui accorda un regard bienveillant. Le maire la dévisagea d'un air confondu, ce qui semblait être la seule manière dont il regardait les gens, aussi Ravenna n'y accorda-t-elle guère de sens.

— Demandons à chacun d'entre eux d'écrire quelques lignes, afin de comparer leur écriture à celle du message que nous avons trouvé dans la poche de la victime, suggéra-t-elle devant le silence prolongé du maire.

— Mmm. *Peut-être.*

Il caressa sa moustache plus rapidement.

— *Mais*… objecta-t-il en se tournant vers l'aristocrate. Vous êtes-vous demandé pourquoi un homme qui n'est pas un chevalier endosserait une armure à 22 heures ?

— Ou pourquoi un meurtrier introduirait un cadavre dans une armure ? demanda lord Vitor d'un ton traînant.

Cette intonation ne lui ressemblait pas. L'individu qui avait plongé dans une rivière glacée et l'avait portée ensuite sans faiblir à travers la neige n'était pas le genre d'homme à s'exprimer avec nonchalance. Mais il semblait vouloir donner cette impression à Sepic.

— Comptez-vous inspecter l'armure plus attentivement, monsieur ? demanda-t-il avec ce même air indolent.

— Ah, *oui.* Excellente suggestion, *monseigneur.* Je vais faire venir le forgeron du village pour m'aider.

— Vous y connaissez-vous en armures médiévales ? chuchota Ravenna à lord Vitor lorsqu'ils quittèrent la pièce.

— Suffisamment.

— Une petite inspection me semble de mise, avant que Sepic et son forgeron ne puissent détruire d'éventuelles pièces à conviction.

— Dans ce cas, rendez-vous ce soir après le dîner, pendant que les autres seront occupés aux divertissements de la soirée, dit-il en la fixant de ses yeux bleu nuit qui la plongeaient dans la confusion.

Ils n'avaient pourtant pas cet effet sur Juliana Abraccia, lady Pénélope, Ann Feathers, ni aucune autre jeune fille. Certes, lorsque lord Vitor s'adressait à elles, elles répondaient avec plaisir et animation, comme s'il leur faisait une faveur en leur accordant son attention. Les gentlemen n'étaient pas non plus insensibles à son charme. Son aisance tranquille trahissait sa force et son autorité, laquelle en imposait même aux autres nobles et au prince. Et son petit sourire lui gagnait tout le monde. Dès qu'il souriait, les dames battaient des cils et poussaient des soupirs d'aise, et les messieurs se détendaient. Il mettait tout le monde à l'aise.

Excepté elle, apparemment.

— Ce soir, acquiesça-t-elle, s'efforçant d'ignorer le nœud qui s'était formé dans son ventre.

Sourd aux objections de plusieurs invités qui, eu égard à la présence d'un meurtrier dans le château, jugeaient la chose inappropriée, le prince Sebastiao insista pour qu'on danse après le dîner. Employant alternativement au clavier Arielle Dijon et Cécilia Anders, et désignant lord Case et M. Anders comme tourneurs de pages, le jeune maître de maison entreprit d'égayer ses hôtes moroses et agités.

— Avancez donc votre pied droit sur le seuil, ma chère enfant, et entrez entièrement dans la pièce, dit Petti par-dessus son épaule.

Il adressa à Ravenna un sourire affectueux tandis que s'égrenaient les notes enjouées du premier morceau.

— Aucun des messieurs ne vous mordra, vous savez, ajouta-t-il.

— L'un de ces messieurs – ou l'une de ces dames – est un assassin, chuchota-t-elle.

Elle regarda subrepticement entre l'épaule de Petti et celle de sir Beverley les hommes et les femmes disposés en deux rangées. Le prince Sebastiao bondissait entre eux en poussant des exclamations de plaisir, accouplant dames et messieurs avec ravissement.

— Me faire mordre est le cadet de mes soucis.

— Ah, ce n'est donc pas ce que vous avez fait, enfermée avec Courtenay pendant au moins une heure après le déjeuner ? demanda Petti d'un air malicieux. Je serais bien le dernier à vous le reprocher, remarquez.

Sir Beverley haussa un sourcil sévère.

— Ne la taquinez pas ainsi, Francis. Elle va se froisser.

— Vous avez raison, soupira Petti en secouant la tête. Cette petite est fière comme un paon.

— J'adore vous entendre parler de moi comme si je n'étais pas là… Dois-je préciser que Lord Vitor et moi n'étions pas seuls cet après-midi, mais avec M. Sepic ? Même si je l'avais désiré, il n'aurait pas été question de morsure.

— Mais le désiriez-vous ? s'enquit Petti.

Le visage de Ravenna s'enflamma.

— Pour l'amour du Ciel, allez donc danser !

Un éclat amusé dans les yeux, Petti s'éloigna en compagnie de sir Beverley. Lady Iona quitta le groupe des invités et rejoignit en hâte Ravenna.

— Ne partez pas maintenant ! Nous avons enfin une occasion de nous divertir un peu. Regardez ces messieurs si impatients de s'amuser.

— Je ne peux pas, répondit Ravenna en regardant lord Vitor bavarder avec Cécilia Anders.

De nouveau, son ventre se noua.

— J'ai une tâche à accomplir.

— Aucune tâche ne peut être plus importante que de remporter la main d'un prince, ma chère, la gronda la beauté des Highlands. C'est la raison même de notre présence ici. Et regardez ! Il n'a pas encore de cavalière.

— Vous n'avez pas de cavalier non plus. Du reste, je n'aime guère danser.

Ravenna détacha son regard de l'homme le plus séduisant de la pièce et ajouta :

— Allez vous amuser.

Les sourcils de lady Iona se haussèrent.

— Ma chère, je vous ai vue taper du pied.

— Battre la mesure n'est pas danser.

Iona s'empara de sa main.

— Allez, Ravenna, venez ! Trêve de discussion !

Elle la tira par le bras, mais Ravenna s'agrippa au chambranle.

— Ce n'est pas que je ne souhaite pas danser, Iona, chuchota-t-elle. Mais je ne sais pas.

Pas de la manière dont dansaient ces gens. Elle était plus ou moins capable d'exécuter une danse campagnarde, mais même alors, elle en faisait un véritable gâchis, attrapant la mauvaise main, s'élançant à droite quand il fallait aller à gauche. Cependant, tant que la bière et les rires coulaient à flots, les fermiers ne se souciaient guère de ce genre de broutille.

Parmi ces aristocrates élégants, il en serait tout autrement. Elle entendait déjà le ricanement cinglant de lady Pénélope.

— Ne vous a-t-on pas appris à danser ? lui demanda Iona.

— Jamais.

— Je vous montrerai.

Par-dessus l'épaule de lady Iona, elle vit lord Vitor qui s'approchait d'elles.

— Non.

Elle dégagea sa main.

— Non, je vous assure. Je dois partir.

Le ravissant visage d'Iona s'éclaira.

— Milord.

Elle lui prit le bras – étant la fille démonstrative d'une duchesse, elle pouvait faire ce genre de chose. Ravenna, elle, ne le souhaitait surtout pas, même si ce bras était certainement ferme et musclé. En fait, elle se sentait mal à l'aise à cette seule pensée.

— Mlle Caulfield vient de me raconter une histoire tragique, déclara Iona avec une jolie moue.

*Non. Oh non.*

— Ah ? fit lord Vitor sans manifester d'intérêt particulier, mais en l'observant.

— Elle ne sait pas danser.

Iona lâcha son bras et vint prendre Ravenna par les épaules.

— Je ne vois qu'une solution : vous devez lui apprendre, milord.

Un sourire joua sur les lèvres séduisantes de lord Vitor.

— J'en serais honoré.

— Non. Non, pas du tout, bredouilla Ravenna. J'ai glissé sur une plaque de verglas cet après-midi et me suis fait mal à la cheville, improvisa-t-elle. Demain, peut-être.

— Comme vous voudrez. Vous me voyez désolé d'apprendre que vous vous êtes blessée, lui dit-il d'un air tout à fait sincère, avant de se tourner vers la beauté écossaise. Voulez-vous danser, madame ?

Elle prit son bras.

— Avec plaisir, milord.

Ils s'éloignèrent. Iona jeta un regard intrigué à Ravenna, puis adressa un grand sourire à lord Vitor. Avec un soupir de soulagement, Ravenna quitta le salon et se rendit dans l'armurerie.

— Comment va votre cheville ?

La voix de lord Vitor venait de la porte de la salle d'armes. Un homme montait la garde juste derrière lui.

— Mieux, depuis que vous avez échappé à la danse ?

Ravenna posa le catalogue d'armes qu'elle avait découvert sur une étagère et se leva.

— Beaucoup mieux, merci.

Il congédia le garde d'un geste et entra.

— Y avait-il donc une grande quantité de verglas dans la chambre de lady Grace et de lady Pénélope cet après-midi ?

— Lady Whitebarrow m'a devancée, si bien que je n'ai pas pu fouiller leur chambre. J'ai réussi à accéder à celle de Mlle Anders, mais n'y ai rien trouvé d'intéressant, naturellement.

Elle croisa les mains dans son dos.

— Et je n'étais pas obligée d'invoquer ce prétexte. Je l'ai fait pour éviter de vous insulter.

— La perspective de danser avec moi était donc si atroce ?

— Je ne voulais pas nous humilier tous les deux. En vérité, je suis dépourvue de toute coordination. Si vous

154

me trouvez redoutable avec une fourche, sachez que mes talons peuvent se transformer en armes mortelles au milieu d'un pas de danse.

— Ce serait manquer de tact que de vous remercier de m'avoir épargné un tel sort, et par ailleurs peu sincère. Je m'en abstiendrai donc.

Il promena son regard dans la petite pièce, qui tenait davantage de l'entrepôt que d'une salle d'armes à proprement parler. Elle était remplie d'armures plus ou moins bien conservées.

— Que faisons-nous ici ?

— Mon intention était de me rendre dans le salon où nous avons emporté l'armure, mais j'ai finalement demandé à M. Brazil d'ouvrir cette pièce. Rappelez-vous, l'autre nuit, nous avons trouvé ceci dans la poche de M. Walsh.

Elle sortit un fourreau orné d'armoiries or, rouge et bleu. En assez bon état, il devait avoir une vingtaine d'années, à en juger par l'aspect du cuir et de la fermeture en métal. Il n'avait manifestement guère servi. Et il était vide.

Lord Vitor l'observa.

— Vous êtes venue chercher le poignard ici avant de fouiller les affaires de tout le monde ?

— Oui. Il nous faudra sans doute inspecter aussi le tas d'ordures qui se trouve derrière le mur de la cour de la cuisine, ainsi que les arbres à proximité de la terrasse sud. Sans oublier les abords de la rivière.

Il reposa l'étui à côté d'une rangée de poignards qu'elle avait rassemblés en l'attendant. Elle comprenait pourquoi il forçait l'admiration des autres invités : il évoluait avec une parfaite aisance, tout en donnant l'impression qu'aucun de ses mouvements n'était dû au hasard.

Ses mains larges et solides examinaient le fourreau. Ces mêmes mains qui l'avaient enlacée. D'autres demoiselles au château avaient-elles vécu la même expérience ?

Cela n'avait pas d'importance, se sermonna-t-elle.

— Cela m'a paru être la démarche la plus logique, ajouta-t-elle faiblement. Mieux vaut vérifier d'abord si le poignard est ici, avant d'envisager qu'il ait pu être jeté ou caché dans une chambre.

— Vous employez avec brio la faculté de raisonnement qui fait prétendument défaut aux femmes, mademoiselle Caulfield.

— Vous m'avez appelée Ravenna tout à l'heure.

— C'était avant que vous refusiez de danser avec moi, répliqua-t-il avec un petit sourire qui creusa sa fossette. J'ai ma dignité.

— Votre dignité vous autorise-t-elle à me donner votre avis sur un sujet un peu délicat ?

Il haussa légèrement les sourcils.

Elle s'approcha de lui et souleva le fourreau devant sa bougie pour l'éclairer au mieux.

— Voyez-vous ces fibres ?

— Eh bien ?

— Eh bien, l'étui n'est pas doublé de tissu. L'intérieur est en cuir retourné. Ces fibres proviennent d'une ficelle qu'on y a introduite de force… ou alors ce sont des brins d'une corde que la victime a tranchée et qui sont restés accrochés au poignard.

— Intéressant. Et ce sujet un peu délicat ?

— Pourquoi M. Walsh aurait-il tranché une corde à l'aide d'un poignard décoratif ? Ou plutôt, pourquoi se serait-il muni d'une telle arme pour se rendre à un rendez-vous avec une femme au milieu de la nuit – en supposant que c'était bien une femme qu'il devait rencontrer ?

Lord Vitor ne répondit rien. Elle leva les yeux vers lui.

— Avez-vous une idée ? insista-t-elle.

— Non. Mais je crois que vous allez me faire part d'une hypothèse.

— Imaginons que M. Walsh ait eu des penchants violents dans l'alcôve et que les choses aient mal tourné avant qu'il ait pu dissimuler les outils de sa débauche…

Il se serait alors retrouvé fâcheusement vulnérable. Voilà l'hypothèse que j'ai échafaudée.

— Je devrais être choqué que vous connaissiez ces penchants-là, et pourtant, curieusement, je ne le suis pas.

— Le boucher rendait visite à la cuisinière à l'orph... là où je vivais quand j'étais toute petite. À l'époque, je n'avais aucune idée de ce qui se passait dans l'office. Je savais seulement que j'étais obligée d'attendre un quart d'heure de plus pour aller chercher le thé de la directrice et que je me faisais toujours gronder en revenant. Des années plus tard, j'ai interprété ces événements différemment. Petti m'a raconté le reste. Il a fait la noce, quand il était jeune, vous savez.

— Ah oui ?

— Vous êtes choqué, maintenant.

— Non. Mais je m'étonne un peu que cette modeste pièce à conviction, dit-il en désignant le fourreau, vous amène à une telle conclusion.

— J'en ai envisagé d'autres. Aucune n'était aussi intéressante. Et surtout, aucune ne débouchait sur un crime passionnel comme celui dont a été victime M. Walsh. Sa blessure est éloquente.

— Peut-être.

— J'en ai fini avec cette pièce. Nous devrions à présent fouiller toutes les chambres.

— Cela attendra demain matin. La soirée touchait à sa fin lorsque je suis parti.

Il était resté longtemps au salon... Peut-être avait-il dansé avec les autres demoiselles. Certainement.

— Au fond du vestibule sont exposées des armes et des armures que nous pourrions d'ores et déjà examiner, reprit-elle, si vous n'êtes pas épuisé d'avoir dansé au point de ne pouvoir me prêter assistance, évidemment.

— Cela va être difficile, mais je pense pouvoir tenir debout encore quelques minutes.

Elle souleva sa lampe.

— En tant que noble honteusement riche, vous devez souvent passer la nuit à boire, à jouer aux cartes et à vous livrer à des excès en tous genres, puis dormir toute la journée du lendemain. N'est-ce pas ?

— Quelque chose dans ce goût-là.

Il éteignit sa propre bougie et lui prit sa lampe des mains, ses doigts effleurant les siens au passage. Elle s'écarta et s'éloigna rapidement en direction du vestibule.

À l'extrémité, une torchère unique éclairait un magnifique et impressionnant arsenal. Diverses pièces d'armure avaient été disposées sur un grillage métallique à la façon d'une guirlande en papier, d'un côté du vestibule à l'autre. Des éventails de lances, d'épées à double tranchant, de sabres et d'arcs étaient également accrochés de façon décorative, ainsi que des boucliers armoriés.

— Les seigneurs du château savaient s'équiper, murmura-t-elle.

— Cet endroit où la cuisinière rencontrait le boucher, dit-il tandis que l'éclat de la lampe faisait luire l'acier. Là où vous viviez. C'était un orphelinat, n'est-ce pas ?

— Oui.

Elle le regarda inspecter les équipements. Il était noble, et elle orpheline, et elle avait plus en commun avec une côtelette de mouton qu'avec lui. Mais il avait confiance en son intelligence, et il la faisait rire. Tandis qu'elle regardait son profil, Ravenna sentit son cœur se serrer, sous l'effet combiné de l'affolement et d'un étrange plaisir.

— Avez-vous baptisé votre chien ? demanda-t-elle.

— Ce n'est pas mon chien.

— Mais lui avez-vous donné un nom ?

— Gonzalo.

— Gonzalo ? Comme c'est bizarre !

— Beatus Gonzalo d'Amarante était un prêtre du XIII<sup>e</sup> siècle, qui a d'abord mené une vie séculière avant

158

de trouver la voie de la vraie sainteté et de vivre en ermite.

Il reporta son attention sur elle.

— Ce fichu chien a mâchouillé l'une de mes plus belles bottes.

Elle sourit.

— Il vous reste l'autre.

— Merci. Elle me sera fort utile.

— En possédez-vous deux paires semblables ?

Il haussa les sourcils.

— Que ferais-je de deux paires de bottes identiques ?

— Je n'en sais rien. C'est vous le noble odieusement riche. À vous de me le dire.

— Je...

Un éclat de rire cristallin résonna dans le vestibule, et la lueur d'une bougie dansa sur les murs dans leur direction. Lord Vitor éteignit la lampe et attira Ravenna derrière le râtelier protégé par un grillage métallique.

— Que faites...

Il posa un doigt en travers de sa bouche et la lâcha.

Des pas légers résonnèrent sur la pierre, et dans le grand vestibule médiéval apparut une délicate demoiselle vêtue d'une robe blanche vaporeuse, suivie d'un gentleman dont le col de la chemise était remonté jusqu'aux oreilles. Juliana Abraccia faisait semblant de s'enfuir, mais elle se déplaçait beaucoup trop lentement pour distancer Martin Anders et ses foulées déterminées.

— Oh, *signore* Anders ! Vous ne devriez pas !

— Oh si, ma bien-aimée !

Ravenna haussa les sourcils. Il l'avait appelée sa bien-aimée pas plus tard que la veille au soir.

Elle se frotta les bras. Uniquement muni de meurtrières, le grand vestibule était beaucoup plus froid que la petite salle d'armes, et elle avait la chair de poule. La robe de mousseline prêtée par Ann était idéale pour une soirée dans le salon, bien réchauffé par deux grandes cheminées modernes et une assemblée dansante, mais

159

terriblement légère pour se cacher ailleurs dans la forteresse.

L'homme qui se tenait à côté d'elle, cependant, ne semblait pas souffrir du froid. Probablement parce qu'il... non, elle n'en avait aucune idée. Elle savait fort peu de choses au sujet de lord Vitor Courtenay, sinon qu'il était moins pondéré qu'il ne voulait bien le faire croire et que si ses genoux s'entrechoquaient doucement sous sa jupe arachnéenne, c'était davantage à cause de la proximité de cet homme que du froid. Soudain, le souvenir de son corps au-dessus du sien dans l'écurie, de son poids la plaquant dans la paille, s'imposa à sa mémoire.

Ils n'avaient pas été aussi proches depuis qu'il l'avait sauvée de la rivière. Leurs bras s'effleuraient presque, celui de lord Vitor recouvert du tissu de son élégante redingote, le sien pratiquement nu jusqu'à l'épaule. Il respirait lentement et régulièrement. À l'évidence, cette proximité ne l'affectait pas, bien qu'il ait prétendu avoir encore envie de l'embrasser. Un plongeon impromptu dans l'eau glacée pouvait tempérer les ardeurs les plus fougueuses, supposait-elle.

— Pourquoi nous cachons-nous ? chuchota-t-elle pendant que retentissaient les protestations éminemment insincères de Juliana et les supplications éméchées de Martin Anders.

Lord Vitor lui jeta un regard noir.

— Ils ne peuvent pas m'entendre, se défendit-elle à voix basse. Les gloussements de Mlle Abraccia couvrent tous les autres bruits.

Un V se forma entre les sourcils de son compagnon, et il examina son visage ainsi qu'il le faisait parfois, comme s'il sondait ses traits à la recherche de la réponse à une question qu'il n'avait pas formulée. Lorsqu'il la regardait ainsi, elle ne sentait pas le froid. Elle avait chaud, au contraire, mais la caresse de son regard bleu nuit sur elle la mettait terriblement mal à l'aise.

Puis ses yeux se voilèrent, et son regard s'abaissa vers sa bouche.

— Comment se fait-il que mes orteils deviennent gourds les uns après les autres ? s'obligea-t-elle à dire.

Elle était prête à raconter n'importe quoi pour faire cesser le douloureux plaisir qui s'emparait d'elle. Car c'était bel et bien douloureux. Quand il la regardait ainsi, une détresse insupportable lui comprimait la poitrine et le ventre, et lui donnait envie de s'échapper. C'était la raison pour laquelle elle s'était enfuie du salon, plus tôt dans la soirée.

— Devons-nous vraiment regarder M. Anders tenter de séduire Mlle Abraccia après qu'il a échoué à s'attirer mes faveurs ? murmura-t-elle. Il se prend pour un poète, mais en vérité c'est un enfant.

Lord Vitor jeta un coup d'œil au-delà du râtelier.

— Les assassins portent parfois des masques.

Ravenna coula un regard à travers le treillis métallique. Son souffle formait un petit nuage contre le bouclier qui se trouvait devant elle. Juliana esquissa encore un pas pour s'éloigner de M. Anders. Puis elle fit volte-face et tomba contre sa poitrine, soumise.

Exaspérée, Ravenna cessa de regarder leur ridicule manège.

— Et comment savez-vous cela ?

— Parce que j'ai moi-même porté de tels masques. Mais ce n'est plus le cas.

Ses yeux, de nouveau sur elle, luisaient dans la pénombre qu'éclairait la torchère.

— Il n'a pas réussi ? demanda-t-il.

C'était un assassin ? Cet homme qui avait risqué sa vie pour la tirer de la rivière ?

— Pardon ? Pas réussi ? répéta-t-elle sans comprendre, brusquement incapable de réfléchir.

Dans le vestibule, M. Anders murmurait des choses à Mlle Abraccia. Un muscle tressaillit dans la mâchoire de lord Vitor.

— Vous voulez parler de Martin Anders ? chuchota Ravenna.

En guise de réponse, il la regarda.

— Bien sûr qu'il n'a pas réussi, reprit-elle. C'est un pathétique séduct...

— Il n'a pas réussi.

Les mots semblaient venir du plus profond de sa poitrine. Il leva les yeux vers le plafond, puis contempla ses pieds et enfin, comme à contrecœur, la bouche de Ravenna.

— Et moi, réussirais-je ? demanda-t-il d'une voix rauque et sensuelle.

Le cœur de Ravenna manqua un battement. Il ne plaisantait pas comme les autres fois. Il avait posé la question sérieusement et attendait une réponse. Il fallait qu'elle s'en aille. Vite. Qu'elle quitte cette cachette et échappe aux ennuis qui s'annonçaient.

— Réussiriez-vous ? s'entendit-elle répéter.

Sans sourire, il répondit à sa place :

— Oui.

Une bouffée de chaleur lui chatouillait à présent la peau. C'était du désir, comprit-elle brusquement. Elle voulait qu'il la touche, mais cela la terrifiait.

— Oui ? répéta-t-elle dans un souffle.

— Oui. À moins que vous ne me mordiez de nouveau.

Le rire pétillait dans ses yeux. Subitement, Ravenna put recommencer à respirer.

Puis la main de lord Vitor toucha la sienne, et elle oublia complètement le sens du mot respirer.

# 10

# La chaleur humaine

Ravenna avait rêvé d'un contact, un vrai contact, pas simplement le tapotement des doigts de Petti ou une rapide poignée de main amie. Depuis de longues semaines, la masse chaude de La Bête contre laquelle elle se blottissait lui manquait. Puis, pendant quelques instants, quand cet homme l'avait tenue dans ses bras après l'avoir sauvée de la noyade, malgré sa torpeur glacée, elle s'était sentie en sécurité.

Mais à présent, alors que sa main effleurait la sienne, elle ne ressentait que de la peur, aucun réconfort. Elle n'aspirait qu'à se sauver, et pourtant les semelles de ses chaussures restaient rivées au sol en pierre tandis que, doucement, ses doigts touchaient les siens. C'était un contact infime, mais Ravenna sentit un frémissement de vie renaître en elle. Du bout des doigts, il frôlait sa main. C'était à peine une caresse... et cela la comblait. Personne ne l'avait jamais touchée ainsi.

En continuant à soutenir son regard, il passa les doigts sur la pulpe des siens. Elle ne s'attendait pas au choc qui ébranla son corps, ni au petit cri qui s'échappa de ses lèvres. Et tandis qu'il la caressait doucement, elle sentit s'épanouir au fond de son cœur un désir enivrant. La main de lord Vitor était chaude. Ravenna percevait sa force dans la paume qui s'était refermée autour de son poing. À la lueur de la torchère, elle observa son visage, sa mâchoire volontaire, les ombres dans ses yeux. Cette caresse qu'il lui prodiguait était intime, et aussi déplacée que le baiser qu'il lui avait volé dans l'écurie. Mais, cette fois-ci, il ne lui imposait rien.

Lorsqu'il caressa sa paume du pouce, elle laissa échapper un souffle de protestation à peine perceptible. Il fallait qu'elle l'en empêche. Mais il répéta sa caresse, et elle ressentit un plaisir intense et étrange, inconnu. À chaque caresse sur sa paume, sa respiration s'accélérait. Mais celle de lord Vitor aussi : sa poitrine solide remuait plus rapidement.

Il lui retourna la main, enlaça ses doigts et rapprocha leurs paumes.

Ravenna étouffa un soupir et baissa les paupières. Ce contact, cette chaleur masculine qui s'unissait à la sienne lui paraissaient miraculeux. Elle n'avait aucun désir de s'éloigner, uniquement celui de rester avec lui dans cette communion silencieuse de peaux et de chaleur. Presque malgré elle, son menton se leva, ses yeux se posèrent sur ses lèvres. Leurs épaules s'effleurèrent, et il courba la tête.

— Ravenna, chuchota-t-il, tout contre sa bouche.

Le claquement d'une gifle résonna dans le vestibule.

— Non, *signore* !

Ravenna dégagea vivement sa main, se contraignit à se ressaisir et regarda derrière le grillage.

Les mains plaquées sur la bouche, Juliana s'enfuyait dans le vestibule, laissant derrière elle un Martin Anders légèrement chancelant et manifestement vexé. La jeune Italienne disparut vers l'escalier. Avec un soupir qui tenait du grognement, il lui emboîta le pas.

Ravenna enfonça les mains dans ses jupes et se tourna vers lord Vitor. Les épaules raidies, il fixait son profil. Pendant un long et silencieux moment, il garda les yeux rivés sur sa bouche.

— Vous devriez partir, dit-il enfin à voix basse. Tout de suite.

Ravenna prit la lampe, quitta le couvert du grillage et traversa rapidement le vestibule. Il la suivit à distance, sans chercher à se cacher, mais elle ne se retourna pas. Elle ignorait pourquoi elle l'avait laissé la toucher. Elle n'aurait pas dû. Mais elle savait qu'il la suivrait sans rien dire jusqu'à ce qu'il soit sûr qu'elle avait regagné sa chambre sans encombre.

Ravenna ne ferma pas l'œil de la nuit. Au matin, elle se frotta les yeux, s'habilla et partit à la recherche de la fille du général Dijon. Elle trouva Arielle dans le salon désert, ses doigts courant sur les touches du pianoforte. À la vue de Ravenna, une lueur d'espoir éclaira son joli visage.

— A-t-on retrouvé ma petite Marie ? s'écria-t-elle, son accent français donnant à sa voix une tonalité musicale.

Ravenna secoua la tête.

— Pas encore, mais cela ne saurait tarder, j'en suis certaine.

La veille, lord Vitor et elle n'avaient pas parlé de la chienne. Ils n'avaient pas non plus cherché le poignard ni réfléchi plus avant à leur enquête. Au lieu de cela, ils s'étaient tenu la main dans le noir. Et il avait failli l'embrasser.

Elle sentit ses joues s'empourprer tandis qu'Arielle et elle prenaient place sur le sofa.

— Que faites-vous toute seule ici ? Le prince a ordonné que chacun soit en permanence accompagné d'au moins deux personnes.

— Mlle Anders est venue ici avec moi, mais il y a quelques minutes elle s'est impatientée et est repartie.

— Quel était l'objet de son impatience ? Le savez-vous ?

Arielle secoua la tête.

— Mademoiselle Dijon, je n'ai pas encore eu l'occasion de m'entretenir avec vous au sujet du soir où M. Walsh a été tué.

La Française haussa ses ravissants sourcils.

— C'est donc vrai ! Lord Vitor et vous espérez démasquer le fou qui a commis ces crimes ?

— Cela se sait-il ?

— Lady Iona m'a dit qu'elle en était convaincue. M. Sepic est si…

Elle eut un haussement délicat de ses frêles épaules.

Lady Iona était trop observatrice au goût de Ravenna, et M. Sepic n'inspirait manifestement confiance à personne à Chevriot.

— Est-ce la vérité ? s'enquit Arielle.

— Puis-je être franche avec vous ?

La Française opina de la tête. Elle était absolument adorable, avec son teint de porcelaine, ses boucles noires et ses lèvres parfaites. On aurait dit une poupée.

— Hier, poursuivit Ravenna, M. Sepic nous a laissé entendre, à lord Vitor et à moi, que votre chienne avait opportunément disparu à un moment auquel, si vous aviez assassiné M. Walsh, vous auriez pu vouloir susciter la compassion tout en détournant les soupçons de vous.

Arielle écarquilla les yeux.

— *Mais* jamais je ne tuerais un homme !

Ravenna relâcha son souffle.

— J'espérais vous entendre répondre cela.

Arielle secoua la tête.

— Qu'aurais-je pu dire d'autre ?

— Que jamais vous ne mettriez Marie en danger ni ne vous sépareriez d'elle, même pour dissimuler un crime.

La détresse déforma la bouche en bouton de rose de la Française.

— Mais c'est le cas.

— À n'en pas douter, et je le sais pertinemment. Je comprends votre attachement à elle. C'est pourquoi votre première réaction, qui a été d'affirmer que vous étiez incapable de tuer, atteste de votre innocence.

— Si je ne considérais pas le meurtre comme un acte résolument impossible, j'aurais d'abord invoqué ma *petite* Marie ?

Ravenna hocha la tête.

La main menue d'Arielle se pressa contre ses lèvres tremblantes.

— Mais sa disparition m'anéantit.

Ravenna lui saisit la main.

— Nous la retrouverons. Je vous en fais la promesse.

— Quel touchant tableau, ronronna une voix à la porte.

Lady Pénélope courba sa tête dorée vers celle de sa sœur.

— Notre amie d'outre-Atlantique ne semble pas savoir qu'une demoiselle doit montrer plus de discernement dans ses affections.

Avec un sourire doucereux, elle pénétra dans le salon et posa sur un divan son postérieur revêtu d'une robe éblouissante. Sa sœur prit place à côté d'elle. Malgré l'absence de domestiques, elles étaient toutes les deux d'une impeccable élégance. Sans doute s'entraidaient-elles, songea Ravenna.

Arielle enveloppa de son autre main délicate celle de Ravenna.

— *Merci, mademoiselle*, dit-elle doucement.

Lady Pénélope pouffa.

— Ma chère *mademoiselle* Dijon, elle ne comprend pas le français. Mademoiselle Caulfield, Mlle Dijon dit qu'elle vous est reconnaissante.

— Merci de m'éclairer. Justement, je me réjouis de vous voir. M. Sepic m'a priée de vous interroger, ainsi que votre mère et lady Grace, à propos du soir où le meurtre de M. Walsh a eu lieu.

Elle avait menti sans l'ombre d'un remords.

— Nous pouvons commencer dès à présent, ajouta-t-elle.

— Veuillez appeler ma mère « lady Whitebarrow », la morigéna Pénélope, et uniquement lorsque je vous autoriserai à parler d'elle. Par ailleurs, quand ma sœur et moi-même serons prêtes à répondre aux questions impertinentes d'une pauvre campagnarde qui s'est vaguement élevée dans la société, je vous le ferai savoir.

— Sa sœur est duchesse, Penny, chuchota lady Grace comme si tout le monde ne pouvait l'entendre très distinctement.

— Avez-vous apprécié la soirée dansante, hier, mademoiselle Caulfield ? demanda lady Pénélope d'un ton mielleux. Oh, j'oubliais. Vous ne savez pas danser, n'est-ce pas ?

Ravenna sentit la moutarde lui monter au nez.

— Regarde, Grace, dit lady Pénélope, dont la bouche parfaitement ourlée fit une moue. Malgré sa peau mate, on voit lorsqu'elle rougit. C'est étonnant.

— Quelle charmante assemblée ! s'exclama lady Margaret d'une voix quelque peu essoufflée.

Elle se tenait sur le seuil de la porte, une main logée au creux du coude de Petti. Les yeux de ce dernier pétillaient de malice. Il aimait par-dessus tout la compagnie des femmes loquaces et des hommes séduisants. Avec lady Margaret et la duchesse McCall sous le même toit, ainsi que plusieurs charmants gentlemen, il était constamment de bonne humeur, en dépit du meurtre de M. Walsh et du vol de la petite chienne, dont l'ombre planait au-dessus d'eux tous. Ravenna ne put s'empêcher de sourire.

Ils entrèrent, et alors seulement la timide Ann apparut dans le sillage effervescent de sa mère.

— Approche, ma chère Ann, déclara lady Margaret en agitant une main replète. Viens montrer les perles que ton gentil papa t'a données ce matin.

La petite souris émergea de derrière la matrone.

— Oh, mademoiselle Feathers ! s'écria Arielle en attirant Ann vers une chaise à l'écart de sa mère. Comme votre père doit vous aimer ! C'est un collier ravissant.

Il était gros et vulgaire et devait peser une demi-livre. Sir Henry avait un goût exquis en matière de pur-sang, mais manifestement peu de discernement en matière de bijoux féminins. Les épaules de la pauvre Ann s'affaissèrent, et deux taches écarlates colorèrent ses pommettes, contrastant avec sa robe à rayures grises et jaunes.

— Que c'est impressionnant, ronronna lady Pénélope.

Ce n'était pas le rang de perles d'Ann qu'elle regardait, mais l'ample poitrine de lady Margaret, qui bouillonnait telle une soupe frémissante à la lisière de son vertigineux décolleté. L'épouse de sir Henry s'était mise à porter des robes audacieuses et à faire des minauderies devant lord Prunesly. Le savant réputé dans toute l'Europe pour ses découvertes en philosophie naturelle ne semblait pas remarquer ce spécimen du beau sexe pourtant empressé.

— Vous avez raison, ma chère, dit aimablement Petti avant d'installer lady Margaret sur un fauteuil à côté des jumelles. Le charme des dames opère tout particulièrement lorsqu'elles sont joliment parées.

Pénélope donna un coup de coude à sa sœur.

— Mais ne trouvez-vous pas, monsieur, intervint celle-ci, qu'au vu des circonstances, il est indécent de nous conduire comme si nous allions chaque jour à une réception ?

— Mais, ma chère, nous sommes à une réception. Et notre hôte veut nous voir nous amuser. Nous devons donc lui complaire. Dans des circonstances aussi dramatiques, il incombe à une dame de se rendre aussi jolie que possible afin de réconforter tout un chacun, voyez-vous. Prenons exemple sur cet homme au Moyen Âge qui a écrit ce livre si inspiré : pendant que la peste décimait les paysans, les nobles se sont retirés à la campagne, où ils se sont divertis en se racontant des histoires. Dix par soir pendant dix jours, jusqu'à l'éradication du fléau.

— Vraiment ? fit Ann timidement.

— Absolument, ma chère. Ces Italiens étaient particulièrement ingénieux.

— Mais, monsieur, la peste resterait parmi nous même si nous voulions lui échapper : l'un d'entre nous est un assassin ! s'exclama Arielle.

— Je plaide non coupable, déclara lord Case en entrant nonchalamment dans la pièce. Me croyez-vous sur parole, mademoiselle ?

Arielle baissa les yeux pudiquement.

— Si vous le souhaitez, milord.

— À propos d'Italiens, reprit Petti, où est passée Mlle Abraccia ? Et lady Iona ? Il ne nous manque plus qu'elles pour atteindre le nombre requis de vierges sacrificielles dans la maisonnée. Qu'en pensez-vous, monsieur ? Si nous appelions les absentes et faisions peindre un tableau ?

Un silence de mort s'abattit sur le salon. Ravenna étouffa un petit rire. Lord Case sourit, mais ses yeux se tournèrent vers la fille du général. Puis son attention se reporta sur elle, et toute trace d'amusement disparut de sa physionomie. Le rire s'éteignit dans la gorge de Ravenna.

— Oh, monsieur, gloussa lady Margaret en poussant un trille lyrique. Vous me flattez ! Cela fait dix-neuf ans que je suis mariée… Encore que cela ne se saurait pas si ma chère petite Ann n'était pas assise à côté de moi. Comme vous êtes amusant !

Elle lui tapota la main d'un air mutin.

— Monsieur Pettigrew, dit Ann en tordant les mains sur ses genoux. Veuillez me pardonner, mais vous êtes injuste envers Son Altesse. C'est un homme bon. Ce ne serait pas un sacrifice que de l'épouser. Bien au contraire.

Lady Margaret sourit fièrement d'une oreille ornée de bijoux à l'autre.

— Avec ces mots, vous révélez la dame que vous êtes, mademoiselle Feathers, déclara Petti.

Il promena son regard autour de lui avant d'ajouter :

— Et maintenant, qui voudrait réviser son Shakespeare ? Personnellement, je ne suis jamais monté sur les planches, mais j'ai connu beaucoup d'actrices en mon temps, et je suppose que je peux donc me targuer d'être une sommité en matière de théâtre.

— Oh, monsieur, pouffa lady Margaret. Vous êtes incorrigible !

— J'adore entendre cela dans la bouche d'une dame, ma chère. À présent, récitez-moi vos répliques, que je me rende utile. Mademoiselle Feathers, venez donc nous aider, votre mère et moi-même.

Ann obtempéra docilement, et ils courbèrent la tête tous les trois.

— Comte, dit lady Pénélope à lord Case, êtes-vous satisfait d'incarner Benvolio, le cousin de Roméo ? Ce rôle ne me semble pas suffisamment noble pour vous. Peut-être aurait-on dû l'attribuer à quelqu'un d'autre.

— En présence d'un prince, d'un baron et d'un chevalier, sans parler de mon propre frère terriblement impressionnant, je n'oserais réclamer d'autre rôle que celui que ces estimables gentlemen m'ont accordé.

— Vous êtes trop modeste, roucoula lady Pénélope. Cela prouve votre bon goût.

Elle jeta un coup d'œil à lady Margaret, arrêta brièvement son regard sur Ravenna, puis reporta son attention sur le comte et ajouta :

— Bon goût qui fait terriblement défaut aux invités du prince.

Lord Case sourit, mais sa bouche avait pris un pli dur.

— Détrompez-vous, c'est à contrecœur que je m'exprime avec humilité. En la matière, cette compagnie me surpasse largement.

— Je n'en crois rien, protesta lady Pénélope en se penchant légèrement vers lui, ignorant Arielle et Ravenna. Mais je suppose que nous devons nous montrer indulgents envers ceux qui nous sont inférieurs.

Mlle Dijon se leva.

— *Mademoiselle* Caulfield, je souhaiterais votre avis concernant un bonnet que je brode pour mon père. Voulez-vous bien m'aider ?

Ravenna la suivit hors de la pièce. Bien qu'accaparé par l'attention que lui réclamaient les jumelles, lord Case la regarda partir.

Dès qu'elles eurent franchi le seuil, Arielle baissa la tête, les lèvres pincées.

— *Ces sœurs...* lady Pénélope et lady Grace, *ce sont des vipères*. Dit-on cela en anglais ? Des vipères ?

Ravenna éclata de rire.

— Oui. Je suppose que les femmes peuvent être odieuses dans n'importe quelle langue.

— Cependant, reprit Arielle, je ne sais pas si vous vous en êtes rendu compte, mais lady Grace n'est pas toujours d'accord avec sa sœur.

— À quoi voyez-vous cela ?

— Hier soir, pendant que lady Pénélope dansait avec le prince, j'ai observé sa sœur. Debout toute seule à côté de sa mère, elle regardait lady Pénélope, et son visage était *froid comme de la pierre*.

Il en avait été de même deux jours plus tôt. Assise à côté de sa sœur pendant le dîner, Grace l'imitait en tout. Mais, loin de sa jumelle, elle révélait une autre facette de sa personnalité.

— Merci de me l'avoir fait remarquer, *mademoiselle* Dijon.

— *Je vous en prie, mademoiselle*. Quoi qu'il en soit, je ne pense pas que vous désiriez perdre votre temps aux travaux d'aiguille avec moi, si ? Partez, maintenant. Résolvez ce meurtre, je vous en conjure, et retrouvez *ma chère petite Marie*.

Ravenna traversa en hâte le vestibule où, la veille au soir, elle avait failli perdre la tête au contact de la main d'un homme. Au pied de l'escalier, elle s'immobilisa. Des voix masculines lui parvenaient d'une pièce située à côté de la salle à manger. Distinguant les intonations caractéristiques de M. Sepic, elle se dirigea vers la porte ouverte.

Des messieurs bavardaient, assis dans une pièce somptueusement lambrissée au centre de laquelle trônait un billard. Sir Henry et le prince étaient debout à côté de la table, des queues de billard à la main. Le général Dijon les regardait. Le dos tourné, lord Prunesly examinait derrière ses lunettes un tableau représentant des chiens de chasse. Son fils était avachi dans un coin ; une mèche de cheveux maussade retombait sur son front. Sir Beverley était assis avec sa sobre élégance habituelle dans une bergère Louis XV en face de M. Sepic, qui tenait à la main un verre rempli d'un liquide ambré. Lord Vitor, adossé au mur à côté de la cheminée, fut le seul à la remarquer et garda les yeux rivés sur elle.

Sir Henry releva les yeux de la table.

— Ah, mademoiselle Caulfield !

La queue de billard en main, il s'avança vers elle.

— Je suis positivement enchanté de vous voir. Comme vous le voyez, nous nous adonnons de bonne heure à notre vice. Son Altesse apprenait à milord…

Il désigna le distrait baron de Prunesly.

— … quelques coups de billard, et puisqu'il a encore neigé, nous sommes tous venus nous distraire. Mais tout cela n'a aucun intérêt pour une fille aussi intelligente que vous, n'est-ce pas ? Immensément intelligente, devrais-je dire, messieurs ! Le cataplasme dont elle a enveloppé le sabot de mon cheval a opéré des merveilles. Il a fait trois fois le tour de la cour ce matin sans se plaindre. Certes, il boite encore, et il faudra du temps pour qu'il cicatrise complètement, mais il va beaucoup mieux. Oui, beaucoup, beaucoup mieux ! Désormais, je vais devoir vous appeler lady Miracle.

Il resta un instant songeur.

— Voilà un beau nom pour un cheval.

— Ah, mademoiselle.

Le prince s'approcha, lui prit la main et la porta à ses lèvres.

— Le doux sourire que je lis dans vos yeux éclaire cette assemblée masculine. En ce qui me concerne, cela suffit à me garantir une matinée entière de bonheur.

Il inclina la tête.

— Je vous ordonne cependant de m'adresser, à moi qui suis votre hôte, la vision du sourire de vos lèvres également, afin que toute ma journée soit illuminée.

Elle s'exécuta.

— Cela conviendra-t-il, Votre Altesse ?

Il resserra les doigts sur les siens.

— Cela suffirait pour une vie entière, si je n'étais pas si gourmand.

Il montra d'un geste la table de billard.

— Comme vous le voyez, nous travaillons dur.

À ne pas résoudre le meurtre. Elle s'interdit de regarder lord Vitor.

— Je vois cela. Lord Prunesly est-il devenu un adversaire à la hauteur ?

— Je crains qu'il ne soit pas fait pour le jeu, répondit le prince en grimaçant.

Il ajouta en baissant la voix :

— Vous connaissez ces intellectuels. Que du cerveau. Aucun courage.

Il lui fit un clin d'œil.

— Ma sœur Eleanor est une grande érudite et possède néanmoins le courage d'un archange. Cependant, étant sous votre toit, je ne contesterai pas votre opinion erronée.

Il sourit et essaya de l'attirer dans la pièce, mais elle se déroba.

— Je ne veux pas perturber votre partie.

Ni s'approcher de l'homme à côté duquel elle s'était tenue dans le noir la veille. Son pouls était déjà beaucoup trop rapide alors qu'ils se trouvaient chacun à une extrémité de la vaste pièce.

— J'espérais m'entretenir avec M. Sepic.

— Ah.

Brusquement sérieux, le prince fit la moue.

— Chère demoiselle, vous vous consacrez corps et âme à la tâche que je préférerais feindre d'ignorer. Vous me couvrez de honte.

— Telle n'est pas mon intention.

— Vous savez, Dijon, lança sir Henry, je vous ai dit qu'elle avait un talent exceptionnel pour soigner les chevaux, mais je parierais qu'il en est de même avec les chiens. Vous devriez la laisser s'occuper de votre petite chienne quand vous la retrouverez.

— Merci, monsieur, dit-elle avant de se tourner vers le maire.

Les jambes croisées, les mains refermées sur son verre, il semblait installé là pour la journée.

— Puis-je vous dire un mot, monsieur ?

— *Mais bien sûr, mademoiselle*, répondit-il en se levant.

— Dans le couloir ? suggéra-t-elle.

Après s'être incliné devant chacun des gentlemen, il sortit enfin. Tous la regardaient, à présent, mais un seul l'intéressait : l'homme dont la redingote bleu marine tendue sur ses larges épaules semblait avoir été faite pour être assortie à ses iris et lui permettre de bouleverser toute femme ayant le malheur de poser les yeux sur lui. Si, la veille au soir, son regard avait sondé le sien avec intensité, seul un intérêt poli éclairait maintenant ses yeux.

Elle sortit à son tour dans le couloir.

— Monsieur, avez-vous réfléchi à ma suggestion ? Que tous les suspects rédigent le message que nous avons trouvé dans la poche de M. Walsh, afin que nous comparions les écritures ?

— Ah, *oui*.

Sepic hocha la tête et lissa sa moustache.

— C'est une excellente idée, *en vérité*. Mais cela ne servirait à rien pour l'instant. Mon enquête a pris un autre tour, voyez-vous.

Un tour qui l'avait conduit droit dans la salle de billard, apparemment.

— Pouvez-vous m'en dire plus ?

— Je regrette, mais je ne puis divulguer les affaires de la police à une dame, vous le comprenez bien.

Il lui adressa un sourire condescendant.

— Vous verrez, mademoiselle, tout ira bien. *Ne vous faites pas de souci.*

— *Monsieur*, il vous suffit de demander aux suspects de nous procurer un échantillon de leur écriture, et je m'occuperai de les comparer à la pièce à conviction.

— *Oui, oui.* Très bonne idée.

Il recommença à caresser sa moustache.

— Je vous promets d'y réfléchir.

Il regarda par-dessus l'épaule de Ravenna avec impatience.

— *Mademoiselle*, dit-il en s'inclinant avant de regagner la salle de billard.

Ravenna poussa un soupir frustré. Mais elle n'était pas surprise. Quelques jours plus tôt encore, Sepic n'était que le maire d'un hameau de montagne. À présent, des hommes de qualité se mettaient en quatre pour entrer dans ses bonnes grâces, dans l'espoir qu'il ne les accuserait pas d'un meurtre. M. Sepic flottait désormais dans un délire euphorique qui lui montait à la tête.

Elle le comprenait. Dans le vestibule, la veille, alors qu'un noble fortuné lui caressait la main et lui manifestait une attention qu'aucun homme encore ne lui avait accordée, elle aussi avait un peu déliré.

À l'étage des chambres, la porte de lady Pénélope et de lady Grace était fermée à clé. Ravenna lâcha lentement la poignée. Sepic ne la laisserait pas contribuer à l'enquête, et lord Vitor semblait se désintéresser de l'énigme, ce matin.

Peut-être sa défection n'avait-elle rien à voir avec le meurtre. La veille au soir, au milieu des boucliers, des lances et des épées, il lui avait demandé de s'en aller, et elle avait accepté sans se faire prier. Après cet imprudent contact de leurs mains, elle pouvait concevoir qu'ils se sentent légèrement mal à l'aise en présence l'un de l'autre. Pour l'instant, elle ne s'imaginait pas se retrouver en tête à tête avec lui. Peut-être partageait-il son avis.

Elle se dirigea vers le salon où ils avaient examiné le corps. Il ne restait plus là que les vêtements de M. Walsh et l'armure. Elle ne découvrit rien de nouveau dans ses affaires. Alors qu'elle effleurait les dernières possessions de la victime, elle s'arrêta sur sa chevalière, qui lui semblait soudain bien précieuse pour un simple roturier. Mais une certaine bague en or sertie de rubis était également bien précieuse pour une femme qui, trois mois plus tôt encore, n'était qu'une domestique.

Elle n'avait même pas jeté un regard à sa bague de famille depuis que sir Beverley la lui avait donnée. L'idée qu'elle puisse épouser le prince Sebastiao – ou quiconque, du reste – était risible. Elle le dirait à Arabella dès son retour en Angleterre. Elle lui rendrait la bague et retournerait à...

Nulle part. Elle ne pouvait demeurer à Shelton Grange. Pourtant, retourner vivre chez son père, se placer sous son autorité après six années de quasi-liberté, sans même la compagnie de La Bête, était impensable. Quant à aller vivre dans la demeure ducale d'Arabella, elle ne pouvait l'envisager. Les contraintes qui lui seraient imposées seraient moindres, mais resteraient plus pesantes qu'elle ne pouvait le supporter.

Elle examina la chevalière de M. Walsh. Il avait jadis été le secrétaire d'un marquis. Peut-être était-ce son employeur qui la lui avait donnée. À moins qu'il ne l'ait volée et ne se soit réfugié au château de Chevriot pour échapper à la prison... Comme elle.

Elle avait du mal à croire que cet homme soit venu jusqu'en France et se soit retrouvé dans la maison où résidaient les fils de son ancien employeur par pur hasard. Le prince Sebastiao avait juré que son père, le prince Raynaldo, n'avait pas invité Oliver Walsh, que celui-ci était un intrus. Mais sans doute ne savait-il pas tout. Et elle non plus : peut-être lord Vitor ne lui avait-il pas dit tout ce qu'il savait quant à la présence de M. Walsh à Chevriot. Lui dissimulait-il des choses ?

Le cœur lourd, Ravenna examina de plus près la lourde bague en or. Une strie dessinait l'arrière d'une tête de lion en relief. Un souvenir tressaillit dans sa mémoire. Elle ferma les yeux et passa les doigts le long de la strie, avant d'enfoncer la bague dans sa paume. Deux jours plus tôt, elle avait étudié l'ecchymose autour de l'œil de Martin Anders. Enfouie dans l'hématome, contre l'arcade sourcilière, une petite lacération correspondait à la strie du lion sur cette chevalière.

Elle aurait bien aimé l'emporter, mais si on la fouillait, elle passerait pour une voleuse spécialisée dans les bagues masculines, aussi la reposa-t-elle. Cependant, une petite bouffée d'allégresse l'envahit. Elle avait rapproché deux indices. Aucun d'eux ne concernait le marquis d'Airedale et ses fils. Sa poitrine se détendit. Elle devait faire part de sa découverte à lord Vitor immédiatement. Mais elle se ravisa aussitôt, paralysée par le souvenir de son regard impénétrable dans la salle de billard.

Elle pouvait bien attendre le déjeuner pour le lui raconter. Puis elle insisterait pour que M. Anders écrive quelques lignes, et ils compareraient les écritures.

Elle se tourna vers les vêtements de M. Walsh, qui ne lui procurèrent pas de nouvelle piste. Elle reprit le message, l'ouvrit, parcourut une nouvelle fois les mots et passa distraitement le pouce sur le sceau brisé tout en réfléchissant à un moyen de contraindre les suspects à fournir un échantillon de leur écriture. Peut-être pourrait-elle les piéger en inventant un jeu de société impliquant un peu de rédaction. Il lui suffirait d'en faire la suggestion au prince. Depuis qu'on l'avait poussée dans la rivière, il se montrait envers elle d'une sollicitude excessive, et extrêmement charmant. C'était un jeune homme brillant et parfois surexcité, mais attentionné et d'humeur toujours agréable. Ce n'était pas du tout le débauché pour lequel elle l'avait pris au début.

Qu'avait dit Vitor au prince de leur enquête parallèle ? À moins que, comme pour le baiser dans l'écurie et ce moment volé derrière le grillage métallique, la veille, il n'ait gardé le secret... un secret découvert par la fort perspicace lady Iona et, maintenant, par Arielle Dijon.

Le bout de son pouce se logea au milieu du disque de cire. Il s'insérait parfaitement dans la légère dépression. Rapprochant le papier de la lumière, elle discerna sur le sceau une empreinte digitale à peine visible.

La veille, M. Sepic avait découvert, dans un tiroir du salon de la tour, le papier et la cire avec lesquels le mot avait été écrit et cacheté. Cependant, sa curiosité concernant le message retrouvé sur le mort en était restée là. Pourtant, quelqu'un – une femme – avait enfoncé son doigt dans un cercle de cire chaude. Elle avait dû se brûler.

Il était temps de s'intéresser aux traces de sang. Ravenna quitta le petit salon glacial qui se trouvait dans un recoin éloigné du château et se dirigea vers la tour nord-ouest. Elle n'avait pas encore eu le temps d'inspecter la poignée de porte tachée de sang dont lui avait parlé lord Vitor, et elle soupçonnait M. Sepic d'avoir également négligé cet indice. Ensuite, elle tenterait une nouvelle fois de pénétrer dans la chambre des jumelles Whitebarrow.

Comment lord Vitor se figurait-il qu'elle parviendrait à fouiller parmi les vêtements de ces dames ? Et s'il essayait simplement de l'occuper à une tâche impossible ? Peut-être, en fait, ne se souciait-il guère d'élucider le mystère. Peut-être n'était-ce pas dans son intérêt de découvrir l'identité du meurtrier. Peut-être... peut-être qu'en lui prenant la main derrière le râtelier d'armes, la veille, il avait seulement voulu la distraire afin qu'elle oublie de chercher le poignard.

Aucun garde ne la suivit. Malgré les ordres de lord Vitor, elle n'avait jamais vu l'homme censé la protéger. Lui avait-il menti à ce propos aussi ?

Au sommet de l'escalier en colimaçon de la tourelle, l'air était glacial, et de petits nuages de vapeur se formaient devant sa bouche. Elle tourna la poignée et entra.

À l'autre bout de la pièce, une femme était penchée en avant sur une table, ses jupons remontés jusqu'à la taille, son postérieur entièrement dénudé éclairé par la lumière hivernale qui tombait à l'oblique des fenêtres. Debout entre ses jambes écartées, un homme aux cheveux dorés, le pantalon aux genoux, lui empoignait les hanches et s'enfonçait en elle comme un bélier en rut pilonnant une brebis.

Lord Whitebarrow était entré dans la danse.

Les membres de Ravenna cessèrent de lui obéir.

— Plus fort, gronda la femme.

Le grognement suivant était une supplique :

— De grâce, milord. Plus fort, maintenant.

— Petite drôlesse, grogna-t-il en la pénétrant avec une telle ardeur que la table craqua.

Ravenna recula d'un pas et se heurta l'épaule au chambranle de la porte. Son cri étouffé ne fut pas tout à fait couvert par les râles de lord Whitebarrow.

Lady Iona tourna le buste, ses seins jaillissant de sa robe, et ses yeux hagards croisèrent ceux de Ravenna. Elles se dévisagèrent, toutes les deux pétrifiées. Le comte se pencha, passa une main sous la chemise d'Iona et la pénétra de nouveau avec vigueur. Son visage ravissant fut déformé par une grimace de douleur. Elle ferma les yeux, courba la tête et gémit.

— Oui, milord. Oui. Comme cela.

Ce n'était donc manifestement pas une grimace de douleur.

Ravenna chercha à tâtons la poignée de la porte, sortit et referma le battant aussi doucement qu'elle le put. Puis elle se plaqua contre le mur et s'efforça de reprendre son souffle.

Lady Iona et lord Whitebarrow.

*Lady Iona et lord Whitebarrow ?*

Mlle Abraccia et M. Anders, pourquoi pas ? Même une incartade entre lady Margaret et lord Prunesly ne l'aurait pas surprise, en supposant que le baron ait pu se détourner de ses chers objets d'étude. Mais Iona et lord Whitebarrow ? Il était marié, et elle était... non, elle n'était plus une innocente demoiselle, de toute évidence. Certes, cela faisait plusieurs jours qu'elle proférait à l'oreille de Ravenna des remarques choquantes au sujet des messieurs, mais en dehors de cela, elle se conduisait en tout point comme une pudique jeune fille de bonne famille.

Il n'y avait rien de pudique à son comportement dans ce salon avec lord Whitebarrow. Ravenna ignorait qu'un homme pouvait prendre une femme comme un étalon montait une jument. Elle avait toujours imaginé que les humains copulaient face à face. D'un point de vue anatomique, c'était plus pratique. Chez les animaux, les femelles avaient des sabots, ou au moins des coussinets sous les pattes, sur lesquels s'arc-bouter. Pas les femmes. En face à face, une femme n'avait pas à craindre de s'égratigner les genoux ou, en l'occurrence, de s'enfoncer des échardes dans les avant-bras. Pourtant, Iona n'avait aucunement paru gênée par cette posture. Au contraire. Quant à lord Whitebarrow, il n'avait pas semblé particulièrement mal à l'aise non plus.

« Drôlesse » ?

Ravenna avait du mal à imaginer qu'on puisse l'appeler ainsi. « Garçon manqué », oui. Elle l'avait souvent entendu. Mais « drôlesse » ? Elle aurait aimé pouvoir effacer de son esprit les sons et les images qu'elle venait de surprendre, en particulier le regard horrifié d'Iona et son gémissement d'extase. L'intégralité de la scène. Son corset lui comprimait les côtes, et elle avait soudain très chaud.

De l'autre côté de la porte, les grognements et les gémissements s'intensifiaient. Ravenna s'arracha au mur et redescendit précipitamment l'escalier.

Vitor supporta encore quelques minutes supplémentaires les flatteries adressées à Sepic par la compagnie masculine avant de quitter la salle de billard. Il s'était écoulé suffisamment de temps pour détromper quiconque se serait imaginé qu'il suivait Ravenna.

Mais il la suivait bel et bien.

La veille, dans le vestibule, il n'avait pas réussi à maintenir entre eux une distance suffisante. Mais à peine avait-il refermé la porte de sa chambre, où l'avait accueilli le glapissement du petit chien qu'elle lui avait imposé, qu'il avait regretté d'avoir battu en retraite si précipitamment. Il la désirait depuis le premier instant où il l'avait touchée. Jusqu'à ce qu'il lui prenne la main dans le noir, cependant, il n'avait pas réalisé à quel point.

— Monseigneur ? appela le général Dijon dans son dos. Attendez un instant, s'il vous plaît.

Il avança jusqu'à lui de sa démarche militaire guindée.

— Ma fille a entendu dire que Mlle Caulfield et vous enquêtiez de votre côté sur le meurtre et le vol de sa chienne.

— En effet, monsieur.

Le front du général se détendit.

— Bien. Peut-être alors retrouvera-t-on le coupable.

— Je crains que nous n'ayons soulevé davantage de questions que de réponses.

— Cependant, je suis rassuré, insista le général. Je ne veux pas insulter Sepic. Il rend un admirable service à la communauté. Mais je n'ai pas entièrement confiance en son discernement.

Vitor préféra ne rien répondre.

— Vous voyez, reprit le général d'un air grave, cette chienne n'est pas seulement une précieuse reproductrice. C'est ma femme qui l'a offerte à notre fille. Pendant longtemps, Arielle et sa mère ont été... Comment dirais-je ? D'humeurs incompatibles. Elles ne parvenaient pas à se comprendre. Cela désespérait ma pauvre épouse. Vous savez comment sont les femmes.

Non, Vitor ne connaissait pas grand-chose aux femmes. En particulier, il ne comprenait rien à l'une d'entre elles.

— Je tiens à ma fille comme à la prunelle de mes yeux. Mais ma femme, *monseigneur*, est la reine de mon cœur. Et ce depuis vingt ans. Lorsque la petite chienne a rétabli l'harmonie entre elles, j'ai été le plus heureux des hommes.

— Je comprends.

— Je suis convaincu que vous la retrouverez.

— Oui.

Mais, avant toute chose, il devait retrouver la femme qui occupait ses pensées. Il quitta le général et se mit à sa recherche. Un garde avait vu Ravenna monter l'escalier de la tour nord-ouest. Vitor grimpa les marches quatre à quatre, et une seconde seulement sépara le moment où il perçut le bruit léger de ses pas qui dégringolaient les marches et celui où elle le percuta de plein fouet.

— Oh !

Il la rattrapa par les épaules pour l'empêcher de tomber, et les yeux de Ravenna remontèrent vivement vers son visage. Son regard était distant.

— Qu'y a-t-il ?

Il scruta la courbe de l'escalier et tendit l'oreille. Mais le visage de la jeune fille exprimait le trouble et non la peur.

— Pourquoi vous sauvez-vous ainsi ?

— Pour rien. Rien du tout.

Elle baissa la tête et essaya de l'esquiver, mais il garda les mains sur ses épaules. Plaçant un doigt sous son menton, il lui releva le visage.

— Racontez-moi.

— Je vous ai dit que ce n'était rien.

— Vous ne fuyez jamais rien, pas même moi. Ne mentez pas.

Elle était brûlante sous ses mains, et son regard se dérobait.

— Je me suis enfuie de l'écurie, rectifia-t-elle.

— Ravenna...

— Mais, en l'occurrence, je ne m'enfuis pas. Je m'éloigne à toutes jambes de deux personnes qui n'auraient pas dû faire ce qu'elles faisaient lorsque je suis tombée fortuitement sur elles.

— Deux personnes ?

Ravenna dégagea son menton, et il la laissa faire. Ses pommettes restaient colorées.

— De qui s'agit-il ?

— Je ne puis vous répondre. Je ne suis pas lady Pénélope.

— Ce dont je remercie le Ciel quotidiennement.

Elle écarquilla les yeux.

— Vraiment ?

— Naturellement.

Ce matin-là, dans la chapelle, l'objet de sa contemplation n'avait pas été les paroles des prophètes ni des apôtres des Écritures, mais Mlle Ravenna Caulfield.

— En quoi n'êtes-vous pas lady Pénélope ?

— Je ne colporte pas de ragots.

Il appuya son épaule contre le pilier central de la cage d'escalier.

— Me dire qui vous avez vu ne revient pas à colporter des ragots. Je n'en parlerai à personne, comme vous le savez certainement.

— Non, je n'en sais rien. Comment lady Pénélope a-t-elle découvert que je ne savais pas danser ?

— Pas par moi.

— Et comment se fait-il que, alors que M. Walsh a autrefois travaillé pour votre père, vous n'ayez pas su qu'il se trouverait dans ce château en France précisément au moment où lord Case et vous y séjourneriez ?

— Je l'ignore. Mon frère le savait peut-être, mais il ne me l'a pas dit.

— Est-ce la vérité ?

— Oui. Je ne vous mens pas, Ravenna.

Elle détourna les yeux.

— Je ne suis pas sûre que ce que je viens de découvrir soit profitable à l'enquête.

Mais il vit qu'elle doutait elle-même de ses paroles et que cela la plongeait dans la confusion. Sa nature ne la portait pas au secret, mais à la franchise et à l'honnêteté. Elle avait les mains d'une guérisseuse et la beauté d'une créature sauvage, et Vitor eut soudain une envie folle de la prendre dans ses bras et de la goûter, ici, maintenant, jusqu'à être rassasié d'elle.

Elle mordilla sa lèvre inférieure.

— Pour un peu, j'entendrais tourner les rouages de votre cerveau, dit-il pour se distraire de ce qu'il avait envie de faire à ses lèvres.

Elle remonta d'une marche.

— Mon cerveau n'est pas une pendule. Il n'a pas de rouages.

— Je vous en prie, faites-moi part de vos pensées.

— J'ai vu lord Whitebarrow, mais... pas lady Whitebarrow.

Il n'en fut pas surpris. Comme la plupart des hommes de sa condition, Whitebarrow n'avait pas de scrupules à s'emparer de ce qu'il convoitait. L'identité de sa partenaire serait plus instructive.

Un sourire réticent effleura les lèvres de Ravenna.

— Je me suis fait la même réflexion, dit-il.

— Et quelle réflexion me prêtez-vous ?

— Qu'avec une comtesse aussi glaciale que la sienne, il n'est pas étonnant qu'il aille chercher ailleurs.

Saisissant contre-pied, la déclaration d'amour du général Dijon pour sa femme revint à l'esprit de Vitor tandis qu'il fixait les yeux sombres de celle qu'il désirait.

— Whitebarrow ne s'est donc pas contenté de chercher, dit-il.

Dans son regard, il lut le même trouble que la veille, lorsqu'il l'avait touchée.

— Non, concéda-t-elle.

— Avec qui était-il ?

— Je ne puis vous le dire.

Les hypothèses étaient simples. Lady Margaret : peu probable. La duchesse : peu probable également, pour des raisons différentes. Une servante : éventuellement.

— Lady Iona, dit-il.

Un petit souffle échappa à Ravenna.

— Je ne peux le confirmer.

Elle dissimulait ses sentiments comme elle cachait sa beauté sous des robes quelconques et des coiffures négligées : sans succès.

— Dans cette maison, parmi les femmes, les seules pour lesquelles vous seriez prête à vous sacrifier sont lady Iona et Mlle Feathers.

Elle redressa imperceptiblement le menton.

— Peut-être ne me connaissez-vous pas suffisamment pour savoir qui je protégerais s'il le fallait.

— Si.

— Vraiment ? Eh bien, puisque vous êtes si sûr de vous, dites-moi donc qui, parmi les messieurs, je défendrais.

— Sir Beverley et M. Pettigrew.

— C'est une évidence.

— Et moi, ajouta-t-il.

# 11

## Une créature sauvage

Ravenna battit brièvement des cils.

— Vous êtes d'une arrogance stupéfiante. Mais je suppose que c'est courant chez les hommes séduisants.

— Ce n'est pas l'arrogance qui me fait parler ainsi.

C'était la certitude, née d'un seul effleurement de leurs mains, qu'elle était aussi troublée par lui que lui par elle.

Il vit un petit pli se creuser sur l'arête de son nez, qui n'était ni de proportions classiques ni retroussé comme le voulait la mode, et de ce fait infiniment plus adorable. Puis elle passa devant lui et descendit en hâte le reste des marches.

— J'interrogerai lady Iona plus tard. Lorsqu'elle aura… terminé.

Elle sembla s'étrangler sur ce mot.

Vitor pivota, la rejoignit au milieu des marches et lui saisit le bras. Elle pâlit.

— Vous êtes aussi farouche qu'une pouliche, déclara-t-il en baissant la tête vers elle.

— On m'a traitée de bien des choses, mais jamais encore de cheval. Merci.

Nom d'un chien ! Il était complètement désemparé. Jamais il n'avait exprimé ses sentiments à voix haute… ni même éprouvé le besoin ou l'envie de le faire. Ce n'était pas le propre des hommes, tout simplement. Il secoua la tête.

— Vous n'avez rien à craindre de moi. Regardez-moi, Ravenna.

Elle obéit à contrecœur ; des étoiles affolées scintillaient dans ses yeux noirs.

Vitor se trouva incapable de prononcer les mots qui ne demandaient qu'à jaillir : ils étaient trop nouveaux, trop stupéfiants, et il redoutait leur portée. Mais il ne pouvait pas se résoudre non plus à la laisser se ronger les sangs.

— Ce qui s'est passé hier soir ne change rien.

Il ferait pénitence pendant un mois pour ce mensonge.

— Vous êtes jolie, il faisait noir, je suis un homme... et voilà tout. Nous allons poursuivre notre enquête et, lorsque le mystère sera résolu, les réjouissances du prince pourront enfin commencer. D'ici là, continuons comme avant.

Pendant un instant de silence, il ne ressentit plus rien que le froid de la tour médiévale et les battements de son cœur contre ses côtes.

Puis les lèvres de Ravenna se retroussèrent.

— Vous voulez dire, comme lorsque j'ai failli me noyer dans une rivière glacée et que vous avez risqué votre vie pour me sauver ? demanda-t-elle. Ou comme quand je vous ai attaqué avec une fourche et que vous m'avez néanmoins embrassée ?

Il ne put s'empêcher de sourire.

— Il est temps, je pense, que nous repartions de zéro.

Un léger soupir de soulagement lui échappa avant qu'elle ne réponde :

— Cela vaudrait probablement mieux.

Il aurait dû la lâcher, il le savait. Mais la tenir, même de cette façon, était trop agréable. Il chercha quelque chose à dire pour prolonger ce moment.

— Votre... découverte, demanda-t-il en jetant un coup d'œil vers le haut de l'escalier, vous incite-t-elle à croire que lady Iona a pu dissimuler la vérité concernant d'autres sujets ?

— Non. Pas précisément. Mais… avez-vous observé les expressions des invités au moment où le prince a annoncé la mort de M. Walsh ?

Non. C'était Ravenna qu'il avait regardée, comme il n'avait cessé de le faire depuis qu'il avait posé les yeux sur elle pour la première fois.

— Non.

— Moi, si. Elle n'a pas songé à masquer sa réaction.

— Qui était ?

— Elle a eu l'air choquée, mais pas de la même manière que les autres. J'ai eu l'impression qu'elle était stupéfaite que lui, M. Walsh en particulier, soit mort.

— Ce qui est peut-être compréhensible, si elle l'avait rencontré plus tôt dans la journée.

— Mais elle m'a dit qu'elle n'avait pas fait sa connaissance.

— Aurait-elle pu vous mentir ?

— Je l'ignore, répondit lentement Ravenna.

Elle baissa les yeux vers la main de lord Vitor, toujours refermée autour de son bras.

— Je ne risque plus de trébucher dans l'escalier, vous savez.

Il la lâcha.

— Au fait, m'avez-vous réellement affecté un garde du corps ? Car si ce n'est pas le cas, je ne croirai plus un mot de ce que vous me direz.

Il voyait cependant dans ses yeux brillants qu'elle ne pensait pas ce qu'elle disait. Sa méfiance envers lui n'avait été que momentanée, semblait-il.

— Mais si vous l'avez fait, poursuivit-elle, celui que vous avez choisi est extrêmement négligent.

Elle recommença à descendre l'escalier, sans précipitation cette fois.

— Vous n'avez pas besoin de gaspiller un homme pour moi, vous savez. Cela fait deux jours que je me promène dans le château et dans l'écurie, et il ne m'est rien arrivé. Et surtout, avant cette semaine, j'ai passé vingt-trois ans à aller et venir à ma guise dans la campagne.

— Nous ne sommes pas à la campagne, mais dans un château où séjourne un assassin.

Elle lui jeta un coup d'œil par-dessus son épaule.

— D'ordinaire, je sais me défendre. Excepté à proximité de rivières glacées, bien sûr.

Il frotta sa lèvre pratiquement cicatrisée.

— Je vous crois.

Le plaisir se peignit sur le visage de Ravenna.

— Quel soulagement de ne pas vous entendre me sermonner ! Vous savez… finalement, je vous aime bien. Vous êtes plus fin que la plupart des êtres humains.

La gorge nouée, incapable de prononcer un mot, Vitor se contenta de s'incliner.

Avec un dernier sourire, elle disparut en bas de l'escalier.

Elle avait oublié de lui parler de l'empreinte du pouce dans la cire à cacheter. Elle hésita au milieu du grand vestibule, puis repartit d'un pas assuré. Cela pouvait attendre. D'ailleurs, si elle allait le retrouver maintenant, elle n'était pas du tout sûre de pouvoir préserver cette façade de nonchalance qu'elle s'était imposée lorsqu'il lui avait dit qu'il la trouvait jolie, en ajoutant que son intérêt pour elle derrière le râtelier avait été, bien évidemment, passager.

Aucun homme ne lui avait jamais dit qu'elle était jolie. Pas même son père. À l'occasion, Petti la traitait de « jolie petite chipie » et l'encourageait à s'habiller d'une façon plus adaptée à sa position. Mais simplement « jolie » ?

Perdue dans ses pensées, elle pataugea dans la neige fondue à moitié gelée qui menait à l'écurie et faillit entrer en collision avec Cécilia Anders.

— Bonjour, mademoiselle Caulfield. Quelle surprise de vous voir la tête dans les nuages… Rêvez-vous d'un prince charmant ?

Ravenna cligna des yeux.

— Non.

— Il vous aime bien, vous savez.

Les yeux noisette de Mlle Anders étaient francs, et son expression dénuée de jalousie.

— Le prince ? Je ne crois pas que...

— Si. Il faut vous habituer à l'idée. Vous verrez. Cet après-midi, il doit annoncer qui jouera Juliette pour donner la réplique au Roméo qu'il va incarner, et ce sera vous.

— Mais je ne figure même pas dans la distribution de la pièce !

Mlle Anders éclata de rire.

— Vous en êtes la raison d'être !

— Cependant, cela ne semble pas vous perturber.

— Ne me prenez pas pour l'une de ces jumelles insipides, mademoiselle Caulfield. Je n'ai pas l'intention de me jeter à la tête d'un prince.

— Dans ce cas, pourquoi êtes-vous ici ?

— Pour sir Henry, bien sûr.

L'esprit de Ravenna lui représenta aussitôt l'image de sir Henry et de Cécilia Anders dans la position de lord Whitebarrow et d'Iona dans la tourelle.

— Que... Je veux dire, pourquoi vous intéresse-t-il ?

— Pour ses écuries, voyons. Savez-vous, mademoiselle Caulfield, que sir Henry possède Titus, le pur-sang le plus convoité de toute la Grande-Bretagne ? Pas seulement d'Angleterre, mademoiselle Caulfield. De Grande-Bretagne.

— Vraiment ?

— Avec cet étalon, mon père et sir Henry pourraient régner sans partage sur l'industrie des courses.

— Votre père ? Il s'intéresse aux courses de chevaux ? J'aurais pensé que son érudition était...

— Théorique ? C'est le cas. Rien ne lui plaît plus qu'un bon débat animé sur le *De Generatione Animalium* d'Aristote. Mais, mademoiselle Caulfield, il est bien trop brillant pour restreindre son champ d'étude au pur royaume livresque. L'été dernier, pour m'amuser, je lui ai apporté les horaires des compétitions hippiques et lui ai demandé de dresser un tableau généalogique des animaux qui courent actuellement à Ascot, à Catterick Bridge, à Beverley, ainsi qu'au galop de Newmarket.

— Votre père a-t-il fait ce tableau ?

— Pas seulement un tableau. Tout un graphique, avec les détails pertinents concernant chacun des concurrents sur les axes vertical et horizontal.

— Oh.

Jamais Ravenna n'avait entendu parler d'une étude aussi approfondie. C'était largement plus sophistiqué que les pronostics auxquels se livrait Taliesin sur les courses à la foire estivale de leur village – pronostics qui lui valaient bien évidemment une réprimande de la part du révérend Caulfield.

— Intéressant.

— J'espère encourager sir Henry à prendre mon père comme associé, déclara Cécilia.

— Je vois. Mais vous n'aviez pas besoin de venir jusqu'en France pour le rencontrer.

— Je désirais également faire la connaissance du prince Raynaldo. Son fils ne se passionne pas pour les chevaux, mais Raynaldo est l'un des cavaliers les plus réputés de tout le Portugal. J'ai été consternée de découvrir qu'il n'était pas là.

— Mademoiselle Anders, vous êtes-vous arrangée pour être invitée à cette partie de campagne ? s'enquit Ravenna.

Tout comme Arabella s'était arrangée pour la faire inviter, elle.

— Ma marraine est la duchesse de Hammershire. C'est une vieille mégère, mais nous partageons la même passion des courses. Elle a écrit à Prinny[1], qui à son tour a intercédé en ma faveur auprès du prince Raynaldo.

---

1. « Prinny » est le surnom donné au prince régent, devenu le roi George IV en 1820. (*N.D.T.*)

La famille de lord Prunesly avait été invitée à Chevriot sur la recommandation du prince régent ? Il ne semblait pas y avoir de fin à l'étendue des privilèges dont jouissait l'élite de l'Angleterre.

— Il faut que j'aille examiner le cheval de sir Henry, marmonna-t-elle.

— Bien sûr. Mais tout d'abord, mademoiselle Caulfield, je tiens à vous féliciter.

— À quel propos ?

— Pour avoir éconduit mon frère.

— Éconduit ?

— Je vous ai vue le repousser dans le couloir devant votre chambre il y a deux jours. Mes compliments.

Ravenna ne savait pas que quelqu'un les avait observés, tout comme lord Whitebarrow ne se doutait pas qu'elle l'avait surpris dans le salon de la tour.

— Je ne lui ai pas causé de dommages irréversibles.

Lady Cécilia pouffa, mais une étincelle farouche brillait dans ses yeux.

— C'est regrettable. J'ai beau adorer mon frère, il mérite bien souvent un bon coup de genou dans le pantalon.

Elle fronça les sourcils.

— Je...

— Oui ?

— Je m'inquiète de le voir aussi sot, mademoiselle Caulfield. Je crains qu'il ne se mette en danger et que je ne puisse le secourir.

Elle prit une grande bouffée d'air.

— Mais vous n'avez pas à vous soucier de cela, bien évidemment. À tout à l'heure.

Dans l'écurie, Ravenna changea le pansement du précieux étalon de sir Henry. Après cela, elle passa un quart d'heure avec la chienne et les quatre petits, ce qui l'apaisa.

Elle chercha ensuite le palefrenier de sir Henry, la seule personne de l'écurie avec laquelle elle pouvait parler anglais, et lui demanda s'il avait vu le cinquième chiot.

— Il a suivi Sa Seigneurie qui est partie à cheval, mademoiselle.

— Sa Seigneurie ?

— Lord Vitor, mademoiselle.

Il avait gardé le petit chien. Ou bien il était parti dans la montagne pour l'y abandonner.

Quand elle revint au château, le déjeuner avait déjà été servi. Tous les invités étaient présents, à l'exception de lady Iona et de lord Vitor. Elle évita de regarder lord Whitebarrow et joua avec sa nourriture. Elle n'avait pas faim. Même si les histoires que lui racontait Petti sur la haute société l'avaient toujours amusée, elle ne s'était jamais vraiment préoccupée de ce que faisaient les dames et les messieurs de l'aristocratie, des soirées auxquelles ils se rendaient ou des scandales qui émaillaient le beau monde.

Et jamais, au grand jamais, elle ne s'était souciée de ce qu'un aristocrate pouvait penser d'elle.

Pourquoi n'était-il pas venu déjeuner ? Pourquoi était-il sorti sans le lui dire ? Et avait-elle tort de se fier à lui ?

M. Sepic étant parti pour l'après-midi, le prince Sebastiao annonça qu'en son absence, ils répéteraient la pièce qu'ils devaient jouer le lendemain. Tout le monde se rendit donc au salon.

À l'entrée, sir Beverley s'arrêta à côté de Ravenna.

— Comptez-vous encore surveiller la porte avec insistance, comme pendant le déjeuner, tout en feignant de n'en rien faire ? la taquina-t-il.

— J'attends lady Iona. Je dois l'entretenir d'une affaire importante.

Elle redoutait de revoir Iona. De quoi pourraient-elles parler ? Tout avait déjà été dit dans ce regard unique et horrifié.

— Ma chère enfant, murmura l'homme qui, quelques instants après l'avoir rencontrée, l'avait comprise. Vous êtes une exécrable menteuse. Je ne vous conseille pas d'essayer avec lui.

Ravenna lui adressa une petite grimace et alla trouver Mlle Feathers, qui se tenait à l'écart, devant une fenêtre, et se fondait dans l'ombre du rideau.

— Comme c'est aimable à vous de venir vers moi, Ravenna.

— Quoi de plus naturel ? Vous êtes la personne la plus gentille de cette pièce. Ex aequo avec M. Pettigrew, peut-être, ajouta-t-elle, refusant d'inclure sir Beverley. Mais en outre, Ann, j'ai hâte que vous me racontiez la suite de votre rencontre avec M. Walsh.

Le doux visage d'Ann était très pâle, et ses yeux plus grands que jamais.

— Je crains d'avoir eu tort de ne pas en informer le maire alors que je vous en ai parlé. Son Altesse Royale voue une telle confiance à M. Sepic !

— De grâce, Ann, racontez-moi le reste de votre histoire.

Ann baissa la voix et, dans un murmure, reprit :

— Il n'était pas 23 heures. Je n'avais pas encore entendu le carillon du vestibule. Je traversais la galerie pour retourner dans ma chambre. Papa m'avait priée de tresser les cheveux de maman en l'absence de sa bonne. Maman aime bien la façon dont je m'y prends et me demande souvent de la coiffer, même lorsque sa bonne est disponible.

Ravenna opina de la tête. Eleanor avait essayé à maintes reprises de lui attacher les cheveux afin de complaire à la directrice de l'orphelinat, puis, plus tard, à leur père, et de lui apprendre à les discipliner elle-même. Cela avait duré des années, jusqu'à ce que, un après-midi, en regardant Ravenna batailler avec sa chevelure, Eleanor arrache les rubans et déclare que les mains de sa sœur avaient été conçues pour de plus grandes tâches que celle de se pomponner.

— Une jeune fille doit être telle que l'a prévu Dieu, et non telle que le veulent les autres, avait-elle décrété.

Puis elle avait embrassé sa sœur, noué un seul ruban autour de ses cheveux, et l'avait envoyée prendre l'air avec La Bête dans la chaleur de l'été.

— Je rentrais donc dans ma chambre un peu tard, poursuivit Ann, et j'ai croisé M. Walsh dans la galerie. Il portait une armure. C'était une vision des plus étranges. J'ai été incapable de prononcer un mot. J'ai cru qu'il était peut-être... que c'était...

— Quoi donc ?

— Un fantôme, chuchota Ann.

Ravenna réprima un sourire.

— En apprenant qu'il était mort – pire, qu'il avait été assassiné –, j'ai regretté qu'il n'ait pas été vraiment le fantôme d'un chevalier du Moyen Âge.

Elle regarda autour d'elle, les yeux hagards, et baissa encore la voix.

— Ravenna, croyez-vous que la victime d'un crime puisse hanter un lieu pour y retrouver son assassin ?

— Vous voulez dire, errer dans les couloirs ou les greniers, avec des chaînes et toute la panoplie ?

— Non. Plutôt dans des chambres. À la recherche de quelque chose. Mais sans chaînes, je dirais.

— Avez-vous l'impression que M. Walsh hante ce château ?

— Hier soir, j'ai entendu... des bruits. Dans la chambre voisine de la mienne.

— Quel genre de bruits ?

— Des craquements, chuchota Ann. Des gémissements.

L'esprit de Ravenna retourna à la tourelle où elle avait découvert Iona et le comte. Qui occupait la chambre située à côté de celle d'Ann ? Non. Elle ne voulait pas le savoir.

Le visage d'Ann avait encore pâli.

— Pensez-vous que cela ait pu être... lui ?

— Je suppose que Chevriot est un lieu idéal à hanter, pour un fantôme.

S'il trouvait une pièce dans laquelle ne s'ébattaient pas des couples amoureux.

— Mais il ne s'agit pas nécessairement de M. Walsh, ajouta-t-elle. S'il vous plaît, parlez-moi de l'armure. Était-ce une armure intégrale ?

Les anglaises qui encadraient le visage d'Ann étaient précisément de la couleur du cheveu qu'avait arraché Ravenna au bouton de la redingote de M. Walsh.

— Je ne crois pas. Il en manquait une partie. Ses bras étaient protégés, et peut-être une de ses jambes. Une grosse pièce pendait, comme s'il avait oublié de la boucler.

— Sur sa poitrine ?

— Oui. Comment l'avez-vous deviné ?

— Je l'ai découvert dans cette armure, Ann.

— Doux Jésus ! s'écria Ann en se couvrant la bouche de sa main. C'est affreux. Comme vous avez dû avoir peur !

Mais elle n'avait pas eu peur parce que, elle le comprit soudain, lord Vitor était là également.

— Avez-vous parlé avec M. Walsh ?

— Non. Il n'avait pas l'air dans son état normal. Au début, j'ai cru qu'il était ivre, comme mon père peut l'être après une victoire aux courses. Il titubait. Puis il a commencé à haleter, et j'ai craint qu'il ne soit malade. C'est alors que j'ai entendu des pas.

— Des pas ?

— À l'autre bout de la galerie. Des pas légers.

— Les pas d'une femme ?

— Je crois. Mais un homme en pantoufles aurait pu produire un bruit similaire, je suppose.

Ravenna hocha la tête. La timidité d'Ann et ses robes à frous-frous cachaient un sens aigu de l'observation.

— Il m'a saisi le poignet et m'a parlé, mais je n'ai pas compris ce qu'il disait. J'ai essayé de me dégager – après tout nous n'avions pas été présentés ; je ne l'avais même jamais vu. Et même si c'était de toute évidence un

197

gentleman, à en juger par sa coiffure et ses vêtements, je ne le connaissais pas. Cependant, avant que j'aie pu m'enfuir, il m'a attirée à lui. Mais je l'ai trouvé étrangement faible, et j'ai pu me libérer sans difficulté. Je lui ai demandé s'il souhaitait que j'aille chercher de l'aide. C'est là que j'ai entendu les bruits de pas.

Elle baissa la tête et serra les mains sur ses genoux.

— Je me suis enfuie. J'ai honte de m'être sauvée, Ravenna ! J'aurais dû rester pour l'aider, ou au moins appeler au secours. Mais, instinctivement, je me suis dit qu'il était malintentionné et que les pas étaient ceux de son complice.

Un sens de l'observation mâtiné d'un penchant pour le surnaturel et le drame, semblait-il.

— Vous n'avez rien à vous reprocher, Ann. J'aurais pu m'enfuir, moi aussi.

— Je n'en crois rien.

La timidité revint ternir ses yeux ronds.

— Je vous admire énormément, Ravenna, pour votre esprit libre et votre courage. Et je vois bien que tout le monde ici partage cet avis. En particulier le prince Sebastiao.

Son regard était à présent adouci et légèrement voilé.

— Cela le rend d'autant plus aimable à mes yeux. Vous êtes si délicieusement différente.

Ravenna ne trouva rien à répondre à cela.

— Je vous ai demandé si M. Walsh portait l'armure complète parce que j'ai découvert un cheveu, un long cheveu brun qui pourrait être l'un des vôtres, accroché à un bouton de sa redingote.

La paume d'Ann vola de nouveau vers sa bouche.

— Vous... vous ne pouvez pas... Ravenna, je ne l'ai pas tué !

— J'en suis certaine, assura Ravenna en saisissant la main tremblante de la jeune fille.

— Mademoiselle Caulfield !

C'était la voix du prince dans son dos.

— Je suis votre serviteur maintenant et à jamais, mais je ne puis tolérer la détresse de cette demoiselle. Que lui avez-vous dit pour que ses joues deviennent soudain cireuses ? Expliquez-le-nous sur-le-champ.

Ravenna fut incapable de répondre. Ses yeux se posèrent sur lady Iona, qu'elle n'avait pas vue entrer et qui lui adressait un regard implorant.

Ann baissa la tête, mais ce fut d'un ton calme et ferme qu'elle parla à la place de Ravenna :

— Mlle Caulfield m'a raconté une histoire de fantômes, Votre Altesse. J'espère que vous le lui pardonnerez, car, pour tout vous avouer, c'est moi qui le lui ai demandé. J'aime le frisson que procurent les récits de châteaux hantés.

Ravenna la considéra avec un respect nouveau.

— Tiens, tiens... Moi aussi, j'apprécie ces histoires de revenants, déclara le prince avec un sourire. Mademoiselle Caulfield, veuillez répéter celle-ci à mon intention.

— Votre Altesse, dit Ann en relevant enfin les yeux. Si Mlle Caulfield ne m'en tient pas rigueur, puis-je m'en charger ? Cela m'aidera à la fixer dans ma mémoire.

Elle coula un bref regard en direction de Ravenna, comme pour s'excuser. Mais, dans ses prunelles grises, Ravenna voyait maintenant une jeune fille qui, délestée de son encombrante mère dominatrice, pourrait fort bien devenir une personne plus imposante encore que lady Margaret. Elle avait entièrement capté l'attention du prince.

Avec un sourire rassurant, Ravenna prit congé. Avant qu'elle ait pu s'enfuir, lady Iona vint vers elle dans un tourbillon de parfum de rose, de boucles rousses et de jupes rose pâle. Elle avait changé de robe et tressé ses cheveux en couronne. Elle était éblouissante, à la pointe de la mode, et semblait en tout point la chaste fille d'un duc rêvant de la main d'un prince.

Ravenna n'avait absolument aucune envie d'aborder le sujet dont Iona désirait manifestement lui parler. Ce qu'elle aurait voulu, c'était la supplier de l'installer devant une coiffeuse pour lui apprendre à se métamorphoser elle aussi en demoiselle de bonne famille. Mais elle savait que jamais elle ne ressemblerait à une fille de duchesse : son teint était beaucoup trop mat, ses cheveux bien trop indisciplinés, et dès qu'elle passait plus d'un quart d'heure dans une salle de bal, un salon, ou tout simplement à l'intérieur, elle faisait une crise d'urticaire. Cependant, pendant un instant, elle s'interrogea : si, comme Iona, elle avait eu l'allure d'une noble demoiselle, lord Vitor aurait-il fait davantage que lui tenir la main derrière ce grillage tapissé d'armes ? L'aurait-il embrassée ?

— Il faut que je vous parle, lui dit Iona avec un regard suppliant. Vous voulez bien ? Par pitié, acceptez, sans quoi je vais devenir folle.

Tous les autres étaient à présent plongés dans des malles de déguisements, assistés de M. Brazil et de la bonne d'Iona. Quelques messieurs avaient disparu, probablement peu enthousiastes à la perspective de répéter la pièce. Le rire de lady Margaret couvrit les conversations lorsqu'elle s'affubla d'une énorme perruque décorée d'une longue plume de paon.

Lord Vitor était invisible.

Ravenna hocha la tête. Iona lui saisit le coude et l'attira à l'écart, vers un sofa.

— Ma chère Ravenna, à la vérité, je ne sais que vous dire. Je préfère ne pas me demander ce que vous pensez de moi.

Malgré son agitation, sa posture était droite et gracieuse. Ravenna rentra le ventre et abaissa légèrement les épaules.

— Moi non plus, je ne sais que vous dire, avoua-t-elle d'un ton légèrement pincé.

En se tenant aussi droite, elle avait du mal à respirer. Peut-être devrait-elle nouer son corset différemment, afin qu'il ne la comprime pas si douloureusement.

— Je vous prie de m'excuser d'avoir fait irruption ainsi dans la pièce, reprit-elle.

— Non ! C'est à moi de m'excuser. Jamais vous n'auriez dû assister à cette scène. Du reste, jamais je n'aurais dû faire cela.

Elle fronça ses sourcils châtains. Ravenna admira leur courbe élégante et essaya d'imaginer les siens. Elle en fut incapable. Il se pouvait fort bien qu'elle ne les ait jamais regardés.

— Pourquoi l'avoir fait, alors ?

Une étincelle s'alluma dans les yeux d'Iona. Elle esquissa un adorable haussement d'épaules.

— C'est lui qui me l'a demandé.

— Il vous l'a… demandé ?

— Nous avions flirté tous les deux. Pourtant, jamais je n'aurais pensé qu'il irait jusque-là. Mais il est si séduisant, Ravenna… Je n'ai pas pu résister.

Elle lui saisit les épaules des deux mains.

— De grâce, ma chère, ne me regardez pas ainsi !

— Je ne sais pas comment je vous regarde. Honnêtement, j'ignore comment réagir à tout cela.

Elle baissa la voix.

— Il est marié.

Iona serra les dents.

— C'est une mégère. Vous l'avez constaté aussi bien que moi.

— Mais, Iona… pensez-vous qu'il ait pu vous séduire pour gâcher vos chances auprès du prince ? Réfléchissez : il est ici pour caser une de ses filles avec le prince Sebastiao. Non seulement vous êtes beaucoup plus belle que Pénélope et Grace réunies, mais vous êtes aussi infiniment plus charmante.

Iona resta songeuse un moment.

— Il se peut que ç'ait été sa motivation, en effet.

— Mais la vôtre ?

Une ébauche de sourire retroussa les lèvres de la beauté écossaise.

— Ce n'était pas ma première expérience.

Et, comme Ravenna la regardait sans rien dire, elle ajouta :

— J'ai déjà connu un bon nombre d'hommes.

— Un bon nombre ? Vous voulez dire que... vous ne savez pas combien ?

Encore un charmant haussement d'épaules.

— Il n'y a rien à faire au pays que de se réunir et de boire du whisky. L'un plus l'autre, cela aboutit à la troisième occupation, comprenez-vous.

Elle se pencha en avant.

— Je ne peux pas m'en passer, Ravenna. J'ai une moralité très élastique. Pourquoi pensez-vous que ma mère m'ait amenée jusqu'ici pour trouver un mari ? Aucun noble en Écosse ne voudrait de moi. Hormis pour batifoler, s'entend.

Elle lui adressa un sourire rayonnant.

— L'avez-vous fait...

Ravenna déglutit laborieusement. Elle coula un regard en direction de sir Henry et de Martin Anders, qui examinaient les costumes avec les dames.

— L'avez-vous fait avec un autre des messieurs présents ici ?

— M. Anders a tenté sa chance, mais je le tiens à distance. Bien que les jeunes gens soient vigoureux, ils manquent d'expérience et ont tendance à être expéditifs, ce qui ne présente aucun intérêt.

La gorge de Ravenna était sèche.

— Aucun intérêt ?

— Ils ne songent qu'à prendre leur plaisir et à sauter à la conclusion.

Sauter à la conclusion ? Qu'y avait-il d'autre à l'acte sexuel que sa conclusion ?

— Je préfère que mon partenaire m'envoie au septième ciel avant de penser à lui, poursuivit Iona, son regard azur pétillant. S'il ne peut attendre, cependant, je passe après, ce n'est pas si catastrophique. Le mieux, naturellement, c'est avant *et* après.

Devant la mine perplexe de Ravenna, elle porta vivement une main à sa bouche.

— Sapristi ! J'ai trop parlé ! Je n'aurais jamais dû... Mais je croyais...

Elle effleura des yeux le corps de Ravenna, avant de la regarder de nouveau en face.

— Je suis navrée, ma chère, je ne sais pas ce qui m'a pris. Pardonnez-moi, je vous en supplie.

— Ne vous inquiétez pas. Je me réjouis que vous soyez venue me parler et j'espère que nous pourrons continuer à être amies.

Iona poussa un long soupir de soulagement, et sa bouche en bouton de rose esquissa un sourire.

— Mais... reprit Ravenna, incapable de s'en empêcher, avez-vous... Y a-t-il eu quelqu'un d'autre ici ?

— Le professeur. Mais il s'est montré trop pressé, et il a un membre tout petit. Cela n'a pas été très plaisant. Lord Whitebarrow est doté d'un attribut de belle dimension, et il aime mener son affaire à la hussarde.

À la hussarde ? Ravenna avait vu cela chez les étalons et les taureaux. Jamais elle n'aurait imaginé une chose pareille de la part de dames et de messieurs de la noblesse.

Iona soupira de nouveau.

— Et voilà que je recommence à parler à tort et à travers. Je mérite des coups de cravache, Ravenna.

— Non, non, cela ne m'ennuie pas. C'est juste que tout cela est tellement... tellement...

— Nouveau pour vous ?

— Oui.

— C'est tout à fait naturel, affirma Iona en lui prenant le bras. Je vous promets de m'exprimer désormais avec vous comme une demoiselle distinguée. J'ai aussi flirté un peu avec lord Case, mais il s'intéresse à Arielle. C'est fort dommage, en vérité.

Elle poussa un soupir nostalgique.

— Je crois que j'aurais beaucoup aimé cela, avec lui.

203

Ravenna ravala la nausée qui commençait à monter au fond de sa gorge et détacha son bras de celui d'Iona.

Il fallait qu'elle sache.

— Et son frère ?

L'expression de la jeune Écossaise s'adoucit.

— Jamais je ne pourrais vous faire une chose pareille.

— À moi ?

— Allons, ma chérie, dit Iona en souriant. Il n'a d'yeux que pour vous, cela se voit comme le nez au milieu de la figure.

# 12

# Le problème des masques

Il n'avait d'yeux que pour elle ?

Impossible.

— Non. Vous vous trompez.

Et, s'il paraissait manifester de l'intérêt pour elle, c'était probablement lorsqu'il désirait lui parler du meurtre.

Elle songea soudain que, si lady Iona n'avait aucun scrupule à feindre d'être une pudique jeune fille alors qu'elle entretenait des relations intimes avec la moitié des hommes de la maisonnée, il se pouvait que sa moralité douteuse ne l'empêche pas de tuer quelqu'un. Pourtant, malgré sa nature dévergondée, ses yeux étaient candides, son sourire franc, et sa loyauté vis-à-vis de Ravenna concernant lord Vitor, si déplacée soit-elle, plaidait en sa faveur.

— Vous comprendrez probablement tôt ou tard que c'est vous qui vous trompez, ma chérie. Et maintenant, allez-vous me pardonner ?

— Vous pardonner quoi, exactement ?

— Eh bien, d'avoir laissé la porte de ce salon ouverte, bien sûr.

Ravenna éclata de rire. Ce fut l'instant que choisit lord Vitor Courtenay pour pénétrer dans le salon. Il portait une redingote ample de la couleur de ses yeux, un pantalon foncé, et il tenait son chapeau à la main.

Lorsqu'il s'immobilisa sur le seuil, une boule de poils noirs et blancs fit halte à ses pieds et jappa. L'homme et le chien balayèrent tous deux la pièce du regard, et les yeux de l'aristocrate s'arrêtèrent sur elle.

— Ah, Courtenay, s'exclama sir Henry. Quel rôle jouez-vous dans notre petite production ? Nous autres, plus âgés, avons hérité de Capulet, de Montaigu et du prince, bien sûr. Mais Anders ne sait pas encore s'il penche pour Pâris ou pour Mercutio. Vous pouvez encore prétendre à l'un ou à l'autre. Qui préférez-vous ?

— Tybalt, répondit-il.

Il se dirigea droit vers Ravenna et Iona, apportant avec lui le froid de l'extérieur, le chiot bondissant à ses pieds. Après avoir glissé son chapeau sous son bras, il s'inclina.

— Mesdames, fit-il avec une grande élégance malgré le petit chien qui mâchouillait la pointe de sa botte coûteuse, sur laquelle Ravenna vit perler des gouttelettes.

— Tybalt ? Quel choix fâcheux, milord, lança lady Iona avec vivacité. Vous serez mort avant le deuxième acte, n'est-ce pas ?

— Étant un piètre acteur, je rendrai ainsi service à la communauté.

Il sourit, puis se pencha, prit le petit chien dans une main et le tint contre son gilet comme s'il s'agissait d'un deuxième chapeau.

— Mademoiselle Caulfield, pourrais-je m'entretenir un moment avec vous ?

Iona bondit sur ses pieds.

— Je me sauve, déclara-t-elle en jetant un regard espiègle à Ravenna.

Lorsqu'elle se fut éloignée, lord Vitor tendit le chien à Ravenna. Elle serra contre sa poitrine la petite créature toute douce, qui mordilla sa manche, puis elle l'installa sur ses genoux, où l'animal se lova confortablement et s'endormit presque aussitôt.

— Le palefrenier m'a dit que vous étiez sorti avec ce chenapan, et je vois que vous venez de rentrer. Mais comment se fait-il qu'il soit sec, avec toute cette neige ?

— Je l'ai porté.

Il s'assit à côté d'elle, assez près mais pas au point que leurs genoux s'effleurent.

— Je vous le rends, déclara-t-il.

— Je ne saurais l'accepter. Il est à vous, maintenant.

— C'est une calamité.

— Et malgré cela, vous l'avez pris à cheval avec vous, probablement parce qu'il ne courait pas assez vite pour vous suivre. Votre redingote est couverte de poils.

— Votre sollicitude me réjouit. Mon valet vous vouera aux gémonies à son retour au château.

Elle sourit et caressa la fourrure soyeuse du petit animal.

— Il vous mène la vie dure ?

— Pas plus que… d'autres.

Elle releva la tête et surprit la fossette sur la joue de son compagnon.

— Quand vous avez congédié lady Iona, j'ai supposé que vous désiriez me parler de l'enquête. Mais je vois que vous souriez, ce n'est donc probablement pas le cas. À quoi pensez-vous ?

— Je songeais que, pour la première fois de ma vie, je suis jaloux d'un chien.

La main de Ravenna se figea.

— C'est donc ainsi que nous repartons de zéro ?

— Il semblerait, répondit-il en souriant.

Il jeta un coup d'œil circulaire dans la pièce.

— Vous êtes devenue fort intime avec lady Iona, à ce que je vois.

— Pourquoi pas ? Soit lord Whitebarrow est un homme à femmes, soit il cherche à causer la perte d'Iona au bénéfice de ses filles. Il ne me pose aucun cas de conscience.

— Ah.

— Quant à lady Iona, ce qu'une femme choisit de faire de son…

Elle se tut. Elle avait assisté à des naissances, y compris à des accouchements humains, et avait également vu un certain nombre d'animaux s'accoupler, aussi bien domestiques que sauvages. Cependant, elle éprouvait autant de mal à discuter de la bagatelle avec lui que dans l'escalier de la tour.

— Son... Sa...

Il haussa les sourcils.

— Vertu ?

— Je n'aime guère ce mot. Il suggère que la seule vertu d'une femme réside dans sa virginité.

— En effet.

— Et la bonté, alors ? La compassion ? Et les autres qualités qu'une femme peut posséder ? La charité ? La constance ou...

— Mademoiselle Caulfield, dit-il en baissant la voix, si vous ne voulez pas vous sentir mal à l'aise avec moi, vous devriez laisser tomber ce sujet

Elle ne réussit pas tout à fait à le regarder dans les yeux.

— Vous avez raison. Que vouliez-vous me dire à propos de votre promenade à cheval ?

— J'ai découvert un sentier que quelqu'un avait déjà emprunté. Je pensais connaître par cœur toutes les pistes entre le château, le sommet de la montagne et la vallée, mais apparemment je me trompais. Ce sentier-là longe la rivière sur quelques centaines de mètres, avant de remonter abruptement la montagne.

— Avez-vous pu le suivre, malgré la neige et la glace ?

— Ashdod a été élevé dans les Pyrénées. Ces reliefs ne lui posent aucun problème.

Il s'exprimait sans arrogance ni orgueil.

— Je vous trouve singulièrement humble.

— Singulièrement ?

Il se frotta la mâchoire, songeur, attirant l'attention de Ravenna sur sa main et sa cicatrice, et elle sentit quelque chose papillonner dans son ventre.

— Curieusement, ce terme ne paraît guère flatteur, ajouta-t-il.

— Pour un homme de votre condition, vous êtes humble, précisa-t-elle.

— Préféreriez-vous que je mette en avant mes privilèges et m'adresse avec arrogance à mes inférieurs, qui, c'est un fait, sont légion ? Forcerais-je plus sûrement votre respect alors ?

Il avait déjà forcé son respect ; de plus, il dégageait un tel magnétisme qu'il lui suffisait de pénétrer dans une pièce pour que les messieurs bombent le torse et redressent l'échine, et pour que les femmes battent des cils et rougissent. En cet instant même, Mlle Abraccia et lady Pénélope lui jetaient des regards en coin.

— Vous me feriez horreur à tout jamais, affirma-t-elle.

— Dans ce cas, je m'abstiendrai de me conduire en fonction de ma place dans la société.

À l'autre bout du salon, le jeune et lyrique M. Anders arborait à présent de longs collants shakespeariens et des manches bouffantes. Il regarda Mlle Abraccia, qui continuait à observer discrètement lord Vitor, et se rembrunit.

Ravenna se demanda si, assise loin de lord Vitor, elle aussi aurait eu les yeux fixés sur lui. Indubitablement, la perfection masculine attirait les femelles, de quelque espèce qu'elles soient.

— Les bottes de M. Anders étaient-elles encore mouillées aujourd'hui ? chuchota-t-elle.

— M. Brazil m'a dit que oui.

— Quelle raison aurait-il d'emprunter chaque matin le chemin que vous avez découvert, et comment parvient-il à échapper à la vigilance des gardes ?

— Je suppose que quelqu'un paye les gardes du prince pour fermer les yeux si nécessaire.

Elle jeta un coup d'œil en coin au garde de faction à la porte du salon.

— Ne lui sont-ils pas loyaux ?

— Pas tous. J'ai parlé avec l'homme qui était censé vous surveiller lorsque Anders vous a importunée devant votre chambre, l'autre soir. Il a laissé entendre que vous m'aviez menti.

— Ce n'est pas le cas.

— Je le sais.

Elle fronça les sourcils.

— Comment le savez-vous ?

— Parce que la seule fois où vous avez essayé de me mentir, c'était écrit en travers de votre visage.

— Comment savez-vous que je ne vous ai pas déjà menti avec succès sans que vous vous en rendiez compte, tout simplement ?

— Si nous ne nous trouvions pas dans un salon en présence de tous ces gens, je vous prendrais la main et vous le montrerais.

Ne sachant que répondre à cela, Ravenna préféra revenir au sujet qui les occupait.

— Et ce chemin, alors ? Pour quelle raison M. Anders sort-il avant l'aube tous les matins ? Un rendez-vous avec un complice, peut-être ?

— Peut-être.

— Quand M. Sepic doit-il revenir ?

— Pour l'apéritif, je pense. Il a prévu de recueillir des échantillons d'écriture parmi nous tous. Sur votre conseil.

— Que vous avez dû lui réitérer. Sinon, il n'aurait pas tenu compte de ma suggestion.

— Mais surtout, le maire a énormément apprécié le dîner d'hier. J'ai l'impression qu'il compte profiter de cette enquête pour se faire inviter chaque soir au château.

— Je suis la fille d'un pasteur de campagne, et j'étais encore domestique il y a peu. Je ne suis pas plus à ma place en cette compagnie que lui.

Elle releva les yeux du petit chien pelotonné sur ses genoux et promena son regard sur cette assemblée de gens nantis et élégants. Lorsqu'elle croisa le regard morne de lady Grace, qui tenait à la main une collerette en dentelle démodée, celle-ci détourna la tête.

— Je n'éprouve pas vraiment le désir d'en faire partie, du reste, ajouta-t-elle.

— Et pourtant, je me réjouis de votre présence ici, déclara-t-il. Étant moi-même un homme odieusement riche et puissant, et jouissant d'insignes privilèges, mon plaisir devrait être l'unique considération en la matière.

Il se leva et épousseta sa redingote.

— Sur ce, je vais aller m'habiller pour le dîner.

La bouffée de plaisir qui s'était épanouie dans la poitrine de Ravenna à ses mots balayait toutes les vexations dont elle avait pu être victime.

— Attendez, dit-elle. J'ai des nouvelles.

Il revint s'asseoir à côté d'elle. Plus près, cette fois-ci, et elle se sentit rougir.

— Parlez, madame. Je suis tout ouïe.

— D'après ce que m'a raconté Ann, sa rencontre avec M. Walsh a dû se produire immédiatement avant sa mort. Elle dit qu'il titubait et avait l'air ivre.

— Qu'en pensez-vous ?

— Je pense qu'il a été empoisonné, peut-être avec un poison léger qui a mis du temps à agir... Vous avez eu la même idée.

Il opina de la tête.

— En effet.

— Pourquoi ne pas me l'avoir dit ?

— J'ai supposé que vous l'aviez également envisagé, expliqua-t-il.

— En particulier compte tenu de vos conclusions concernant sa blessure.

— Soupçonnez-vous Mlle Feathers ?

— Aucunement, assura Ravenna.

— Et pourquoi donc ?

— Elle est trop...

— Timide ?

— Trop bonne. Mais pas d'une bonté superficielle, essaya-t-elle d'expliquer. Je la crois réellement altruiste. À sa façon, elle est attentive à chacun, et, si elle désire ardemment épouser le prince, je ne la pense pas capable de commettre un meurtre. Cela dit, le cheveu que j'ai trouvé accroché au bouton de M. Walsh est probablement le sien. Elle m'a expliqué qu'il l'avait empoignée, sans doute alors qu'il se débattait pour rester lucide. À ce moment-là, il portait une bonne partie de l'armure, mais d'après elle, le plastron était ouvert.

— Il était fixé lorsque vous l'avez découvert.

— Quelqu'un a dû attacher entièrement l'armure, puis dresser M. Walsh sur ses pieds contre ce mur. Quoi qu'il en soit, puisque nous savons désormais que le cheveu n'appartient pas nécessairement à l'assassin, notre liste de suspects s'élargit à tout le monde.

Vitor se leva de nouveau.

— Les échantillons d'écriture se révéleront d'autant plus précieux.

— Je l'espère.

Elle déposa le chiot à ses pieds.

— N'oubliez pas Gonzalo.

Il lui adressa un regard noir, mais il emmena le chien.

Le dîner fut suivi de la soirée la plus insolite à laquelle Ravenna ait jamais participé. M. Sepic demanda à toutes les personnes présentes d'écrire sur le même morceau de papier : « *Venez dans ma chambre à 22 heures.* » L'activité commença dans un silence indigné, et la feuille circula lentement à travers le salon. Au bout d'un moment, avec un soupir d'exaspération, le prince pria Arielle de jouer du pianoforte. Elle s'exécuta tandis que les autres invités s'acquittaient de leur rédaction.

— Vous soumettrez également, je suppose, le cuisinier, les deux bonnes et les valets à cette absurdité, dit lady Whitebarrow au maire.

— *Cela va de soi*, milady. Je travaille avec rigueur et méthode.

Il plia la feuille, la rangea dans son gilet et prit congé pour l'examiner.

Le prince Sebastiao annonça que la suite de la soirée serait consacrée aux derniers essayages de costumes et aux répétitions. On distribua les vêtements, que les hôtes acceptèrent, certains avec enthousiasme, d'autres avec réserve. Au milieu de ces distractions, les conversations reprirent.

— Si ce petit homme ridicule accuse ma fille de quoi que ce soit, je l'étranglerai de mes propres mains, décréta la duchesse en lançant un regard furieux vers la porte, tandis que les rubis autour de sa gorge étincelaient à la lumière des bougies.

— Mère ! Ne dites pas des choses pareilles, lui reprocha Iona.

— M. Sepic découvrira sans doute aucun l'identité du criminel, affirma lady Whitebarrow, dont le front se plissa au-dessus du masque blanc qu'elle portait. Je ne vois aucune raison pour qu'il échoue.

Elle se tourna vers la duchesse.

— À moins que l'assassin, craignant d'être démasqué, ne cherche à mettre en doute ses compétences. Monsieur Brazil, vous qui connaissez le maire, dites-nous ce que vous pensez de lui.

Les lèvres du majordome se pincèrent.

— Je ne suis pas certain que ce soit à moi d'en parler, madame.

Lord Whitebarrow émit un grognement désapprobateur.

— Vous voyez, Olympia ? Il n'a pas plus confiance en l'intelligence de cet homme que la duchesse.

— Si j'accordais une quelconque valeur à l'opinion des rebelles et des républicains, déclara son épouse, je serais certes impressionnée.

Un silence absolu tomba dans ce coin de la pièce.

Lady Margaret émit un petit rire.

— Mon Dieu, comme les gens à la mode sont divertissants ! Sir Henry, il faudra nous le rappeler : je l'ignorais, mais apparemment, lorsqu'on est noble et riche, on a le droit de dire tout ce qu'on veut. Des rebelles et des républicains ! C'est follement amusant.

— Si j'étais un homme, gronda la duchesse à l'adresse de lady Whitebarrow, je vous provoquerais en duel.

— Il est donc fort heureux que vous n'en soyez pas un, mère, commenta Iona, qui regarda Arielle avec désespoir. *Mademoiselle*, voulez-vous bien nous régaler d'un nouveau morceau de musique ?

La jeune fille obéit, tandis que le prince attirait la duchesse vers les malles remplies de costumes afin qu'elle y trouve ce qu'il lui fallait pour incarner lady Capulet.

M. Sepic revint et, sans plus mentionner les lignes d'écriture, entreprit de flatter servilement les nobles. Avec une journée d'avance sur la représentation, tous se révélèrent de merveilleux acteurs : ils jouèrent à merveille à faire comme si le maire n'était pas en train de mener une enquête pour meurtre. Leurs plates flagorneries enchantèrent Sepic à tel point qu'il se mit à rayonner littéralement de satisfaction. Quand lord Whitebarrow en personne remplit son verre de brandy pour la deuxième fois, le Français faillit défaillir.

Chacun arborait à présent un élément de costume : lady Margaret, sa perruque à plume de paon ; la duchesse, une cape d'un violet royal ; Cécilia Anders, un jabot plissé ; Petti, une tunique à rayures. Même lord Prunesly avait fiché un chapeau à larges bords piqué d'une plume sur son crâne clairsemé et décrété que les mousquetaires constituaient ce que l'on avait fait de mieux en termes de stratégie de combat depuis les phalanges grecques.

— J'ai choisi ma Juliette, annonça le prince Sebastiao en venant se placer au centre de la pièce.

— Il était temps, chuchota Iona à Ravenna.

Dans sa robe blanche arachnéenne qui flattait sa silhouette, elle était éblouissante. Fascinée, Ravenna se demandait comment les messieurs faisaient pour détacher les yeux d'elle. Lord Vitor était revenu dans le salon avant le dîner ; splendide dans une redingote noire et une cravate d'un blanc de neige, il était assis avec eux, un verre de brandy à la main. Mais il ne semblait pas particulièrement sensible à la beauté de la jeune Écossaise. Fréquentant régulièrement des demoiselles telles qu'Iona, peut-être était-il tout simplement immunisé contre leur charme. Quoi qu'il en soit, chaque fois que Ravenna le regardait, elle le surprenait qui la dévisageait. Le loup en soie bleu saphir qu'il avait accepté du prince ne cachait que la partie supérieure de son visage, laissant visible sa bouche – cette bouche qu'elle avait fixée du regard dans l'écurie et qui était presque guérie maintenant de sa morsure – et le dessin dur et lisse de sa mâchoire.

Encore une fois, il lui fallut faire un effort pour ne pas le dévisager.

« Il n'a d'yeux que pour vous. »

Un peu plus tôt, Ann avait discipliné ses boucles avec un relatif succès, et ensemble, elles avaient décousu deux volants de la robe la moins surchargée de la jeune héritière. Ravenna avait quitté sa chambre le ventre noué, avec la chaleur d'une excitation nerveuse sur les joues. Devant la porte du salon, elle avait maudit cette ridicule perte de temps qu'avaient représentée ces préparatifs – elle aurait mieux fait de se rendre à l'écurie à la place. Au milieu de ces sublimes représentantes de la gent féminine qu'étaient Iona, Arielle, Pénélope et Grace, sans oublier la jolie Juliana et la belle Cécilia, elle avait l'impression d'être une petite pomme de pin fripée dans des affaires d'emprunt. Même les chaînes dorées ouvragées qu'Iona avait sorties d'une malle et placées sur ses épaules à la façon d'une cape de reine ne pouvaient faire d'une buse un épervier.

— Dites-nous quelle dame vous avez choisie, Votre Altesse, demanda lady Whitebarrow. Nous sommes tous impatients de savoir qui se tiendra sur scène à vos côtés.

Le prince Sebastiao inclina la tête.

— Il n'y aura pas de scène à proprement parler, milady. Nous jouerons en haut des marches du vestibule. Le public sera assis devant.

— Ma foi, c'est l'exact contraire du théâtre, Votre Altesse, s'étonna la duchesse.

— J'aime à être le plus grand où que je me trouve, déclara le prince avec un sourire conquérant. N'est-ce pas, Courtenay ?

— Absolument.

Le loup dissimulait le regard de lord Vitor.

— Qui est Juliette, Votre Altesse ? demanda lady Margaret. Ne nous faites pas languir un instant de plus.

Les mères, manifestement, pensaient toutes que la Juliette choisie par le prince serait également sa future fiancée. Ravenna ne connaissait pas la pièce par cœur, mais il lui semblait se rappeler que les amants périssaient d'une mort terrible à la fin, ce qui n'était pas de bon augure pour la Juliette en question.

— Ma Juliette… dit le prince d'un ton traînant, en croisant les mains dans son dos et en avançant nonchalamment vers lady Pénélope.

Puis, brusquement, il se détourna pour se diriger vers Juliana.

— Ma Juliette sera…

Il changea de nouveau de direction et marcha vers Ravenna.

Elle hasarda un regard vers lord Vitor. Sa mâchoire lui parut étonnamment contractée.

— Ma Juliette…

Le prince Sebastiao lui adressa un grand sourire, avant de pivoter sur ses talons. Le regard indéchiffrable de lord Vitor le suivit, puis se posa sur Ravenna, avant de se détourner vivement. Sans doute à cause de la lumière des bougies qui se réfléchissait sur son loup, la jeune fille crut y lire du déplaisir.

Le prince s'arrêta finalement devant Ann et s'inclina.

— Mademoiselle Feathers…

Le « Votre Altesse ? » d'Ann fut à peine audible.

Il lui tendit la main, paume offerte.

— Consentiriez-vous à devenir ma Juliette ?

Un lourd silence plana dans la pièce.

— Pour la représentation de demain, ajouta le prince avant de hausser ses sourcils noirs.

— Avec un immense plaisir, Votre Altesse, murmura Ann.

Lady Pénélope se leva et alla trouver son père, tandis que lord Case tournait la page de la partition et que les doigts d'Arielle se remettaient à danser sur les touches.

Lord Vitor porta son verre de brandy à ses lèvres.

— Milady, demanda-t-il à Iona, voulez-vous vous joindre à notre petit jeu, à Mlle Caulfield et à moi-même ?

Le regard d'Iona fusa vers Ravenna avant de revenir à lui.

— De quel jeu parlez-vous, milord ?

Il fit signe à Ravenna, qui expliqua :

— Cela s'appelle démasquer l'assassin.

Les yeux d'Iona s'éclairèrent.

— Je crois que j'adorerais cela.

Ils passèrent le reste de la soirée à répertorier indices et mobiles. Si Iona affirma que sa bonne était au-dessus de tout soupçon, elle était disposée à incriminer deux valets de pied, le cuisinier, la fille de cuisine, Ann Feathers, Cécilia Anders et Juliana Abraccia. Elle ne croyait pas Arielle Dijon capable d'un acte violent. Son suspect préféré était Martin Anders.

— Il a un côté tragico-romantique, trancha-t-elle avec un sourire en direction de M. Anders.

Se remémorant ses propos quant à la vigueur des hommes jeunes, Ravenna s'abstint de le regarder.

— Ma chère petite Ann possède la robe idéale pour le rôle, Votre Altesse, s'exclama lady Margaret non loin d'elle. Ce sera la plus charmante Juliette qu'on ait jamais vue sur scène.

Elle jubilait, et Ann ne semblait même pas s'en formaliser. Un éclat tranquille illuminait ses joues. Lady Whitebarrow, assise à côté d'elle à la table à thé, avait les lèvres blêmes.

Ravenna raconta à Iona le sang sur la poignée de la porte de la tourelle ainsi que la bougie tachée, le sentier à flanc de montagne et l'intérêt particulier de Cécilia pour les chevaux de sir Henry, sans oublier la chevalière de M. Walsh et la blessure au visage de Martin Anders. Elle ne parla pas du fourreau ni des fibres de corde, ni de leurs recherches vaines du poignard – son expérience d'un contact délibéré avec un homme dans le noir se limitait à une seule occasion, et elle n'était pas encore prête à en discuter les circonstances alors même que l'intéressé était assis à côté d'elle.

Elle s'étonna cependant qu'il garde également le silence à propos du poignard.

— Eh bien, il semblerait que M. Anders soit bon pour la potence, conclut Iona joyeusement.

— Comment pouvez-vous dire une chose pareille aussi allègrement ?

— Ne vous méprenez pas, ma chère. Je serais navrée pour lui si je pensais que cela le rendrait malheureux. Mais je suppose qu'il verrait cela comme un drame déchirant et poignant.

La duchesse appela sa fille, qui se leva à contrecœur, après les avoir priés à voix basse de l'inclure dans toute autre de leurs entreprises de fins limiers.

— Je ne me suis pas autant amusée de toute la semaine, ajouta-t-elle gaiement, en adressant un clin d'œil à Ravenna avant de s'éloigner.

Cette dernière se tourna vers lord Vitor.

— Pourquoi l'avoir invitée à nous aider ?

Il reposa son verre de brandy et croisa les mains.

— Je pensais que cela vous ferait plaisir.

— Vraiment ?

— Non.

Elle plissa les yeux.

— Pardon ?

— Non. Certes, je souhaite vous faire plaisir. Mais je suis aussi excessivement vaniteux, et je me suis dit que cela pourrait asseoir ma réputation vis-à-vis des autres messieurs s'ils me voyaient discuter avec deux demoiselles en même temps. J'avais besoin d'un prétexte pour vous garder toutes les deux auprès de moi.

— Je ne vous crois pas.

— Et pourquoi donc ?

— Vous auriez pu tenir compagnie à lady Pénélope et à Mlle Abraccia, ou à n'importe quelle jeune fille de la pièce.

— Ah oui ? fit-il d'un air surpris. La prochaine fois, je tâcherai d'y songer.

— Vous feriez mieux de vous en tenir à la vérité.

— La vérité, c'est qu'il était grand temps que nous mettions en commun tout ce que nous avons découvert, or il nous fallait une tierce personne, car je suis incapable de rester seul avec vous pendant plus de deux minutes sans dire des choses parfaitement incongrues.

— Des choses en rapport avec des fourches ?

Il agita une main désinvolte.

— Entre autres.

Elle avait chaud et était un peu troublée, mais il paraissait à l'aise.

Cet homme-là était toujours à l'aise. C'était un privilège de sa condition, condition au sujet de laquelle il plaisantait, mais qui le définissait néanmoins.

— Que diriez-vous d'incongru si vous vous trouviez seul en ma compagnie maintenant ?

— Ah. Vous essayez de me piéger. Mais je suis parfaitement rompu à ces petites ruses, madame. N'oubliez pas que j'ai vécu au sein d'une cour royale.

— L'Angleterre vous manquait-elle beaucoup, à cette époque-là ?

— Si je vous avais connue avant de partir, l'Angleterre m'aurait énormément manqué.

Le cœur de Ravenna décrivit un petit bond désagréable.

— Et voilà, soupira-t-il. Vous avez réussi. Et beaucoup plus rapidement que je ne l'escomptais. Je suis incorrigible.

Il jeta un coup d'œil autour d'eux.

— Qui pourrais-je appeler maintenant pour m'épargner une nouvelle gaffe ? Martin Anders, afin que nous le taquinions à propos de la guillotine ? Ou lady Margaret ? Elle n'est pas encore venue se vanter auprès de vous du succès de sa fille. Cela pourrait calmer ma langue indocile.

Ravenna se mit à rire.

— Ann est une jeune fille douce et gentille. Je n'aimerais pas la mêler à nos histoires de quelque manière que ce soit, fût-ce par l'intermédiaire de sa mère, et surtout pas ce soir. C'est une grande réussite que de remporter la faveur d'un prince, même si ce n'est que le temps d'une soirée.

Il garda le silence un instant.

— C'est une demoiselle exceptionnelle, concéda-t-il enfin, mais c'était elle qu'il observait attentivement.

— Vous ne croyez pas que Martin Anders ait tué M. Walsh, reprit-elle.

— À quoi voyez-vous cela ?

— Vous n'en parleriez pas avec une telle légèreté si vous le pensiez coupable.

Il secoua la tête.

— Moi non plus, je ne le crois pas coupable, reconnut-elle. Plus depuis le soir où il est venu à la porte de ma chambre.

— Est-ce une habitude chez vous, mademoiselle Caulfield ?

— Quoi donc ?

— D'accorder votre estime aux hommes qui vous poursuivent de leurs attentions indésirables. Si c'est le cas, je vous conseille de cesser. Tous ne sont pas aussi respectables que moi, ni aussi maladroits qu'Anders.

— Ce n'est pas une habitude. Je ne l'ai fait qu'une fois.

Il esquissa un sourire.

— Avec M. Anders, bien sûr, termina-t-elle.

À ces mots, lord Vitor se tourna vers la porte.

— Monsieur Brazil !

— *Oui*, milord ?

— Apportez-moi de ce pas le poison de Roméo afin que je le mélange à mon porto du soir.

— *Oui*, milord.

Ravenna s'esclaffa. Lord Vitor lui offrit un sourire en coin, et elle essaya de ne pas remarquer qu'il était encore plus beau lorsqu'il souriait.

M. Sepic apparut alors devant eux.

— *Bonsoir, monseigneur. Mademoiselle*.

Il exécuta un salut charmant à l'adresse de chacun d'entre eux. Ses joues étaient rosies par le vin et l'émoi. Il pointa un index vers le plafond et l'agita d'avant en arrière.

— Tss, tss, *monseigneur et mademoiselle*, dit-il avec un froncement de sourcils. J'ai entendu parler de votre *petite enquête*, et cela ne me plaît pas. Vous devez cesser ces investigations que vous effectuez sans mon approbation et laisser le meurtre à la police.

Ravenna pinça les lèvres.

— Me comprenez-vous bien ? demanda-t-il.

— Peut-être mieux que vous-même, monsieur, répondit lord Vitor avec un sourire paresseux.

— Monsieur Sepic, je suis certaine que les autres invités sont impatients de savoir ce que vous avez déduit des échantillons d'écriture. Qu'avez-vous découvert ?

Il secoua la tête avec une petite grimace.

— *Rien*. Aucune écriture ne correspond à celle du message. Mais je le soupçonnais. Si l'assassin est parmi nous, il aura déguisé son écriture, *non* ?

— Vraisemblablement.

Ravenna aurait aimé lui arracher la feuille de la poche et l'examiner elle-même.

— Mais peut-être n'avez-vous pas relevé tous les indices. Vous avez pu passer à côté d'une piste.

— Non. Impossible.

La frustration donnait à Ravenna envie de trépigner.

— Peut-être avons-nous de notre côté découvert des pièces à conviction dont vous n'avez pas connaissance. Si tel est le cas, nous vous les communiquerons volontiers.

— Quelles sont ces... ces pièces à conviction ? demanda Sepic en se hérissant. Vous ne pouvez rien savoir que mon adjoint et moi n'avons déjà trouvé.

— Rien ?

— Rien.

Elle jeta un coup d'œil à lord Vitor. Il ne souriait pas, mais la fossette sur sa joue était apparue.

— Qu'en est-il de la chevalière ? demanda-t-elle.

Le regard vide, le maire répéta :

— La chevalière ?

— La chevalière de M. Walsh. L'avez-vous examinée ?

— La chevalière ? Ah, la chevalière.

Il hocha la tête.

— Je l'ai inspectée minutieusement, *mademoiselle*.

— Dans ce cas, vous avez dû remarquer que la blessure à l'œil d'un des invités correspond exactement au renflement présent sur la bague de M. Walsh.

Elle fit une moue.

— Toutefois, après réflexion, je ne pense pas que cet hématome soit en rapport avec le meurtre. Il s'agit d'une pure coïncidence. Ne croyez-vous pas ?

Le maire se raidit.

— *Naturellement, mademoiselle*. Je me suis déjà penché sur la question.

Il se tourna vers lord Vitor en fronçant de nouveau les sourcils.

— *Monseigneur*, vous ne devez pas laisser une femme former toute seule des raisonnements qui dépassent l'entendement de son sexe. C'est non seulement illégal, mais immoral.

Il pivota sur ses talons et partit rejoindre les autres.

Ravenna se mordit la lèvre.

— Mademoiselle Caulfield, formez-vous toute seule des raisonnements qui dépassent l'entendement de votre sexe ? s'enquit lord Vitor.

— Oui.

Il sourit.

— Excellent.

Le lendemain matin, quand Ravenna se réveilla, un pâle soleil éclairait sa chambre. Elle se tourna sur le côté, se remémora la soirée et le plaisir qu'elle y avait pris, et poussa un soupir d'aise, savourant le ravissement enivrant qui la parcourait des orteils jusqu'au bout des doigts. Cela faisait des mois qu'elle n'avait pas connu un tel bonheur.

Elle attira un oreiller à elle, enroula les bras autour et enfouit son visage dans la taie. Pendant un bref instant, elle s'autorisa à imaginer que c'était Vitor Courtenay.

La bouffée de chaleur qui l'envahit lui arracha un petit cri.

Elle jeta au loin l'oreiller, se redressa et écarta les cheveux de son visage. Son cœur battait la chamade, comme si elle avait traversé un champ au pas de course avec La Bête. Les yeux rivés sur l'oreiller, elle posa les doigts sur ses joues et, surprise par leur chaleur, les en ôta vivement. Elle avait du mal à respirer. Si elle avait dû donner un point de vue médical sur son cas, elle aurait diagnostiqué une fièvre spasmodique.

Elle se leva et s'habilla, mais ne parvint pas à se départir de cette brûlante agitation. Encore étourdie, elle quitta sa chambre.

C'est alors que, d'une porte ouverte dans le couloir, jaillit un hurlement qui lui glaça le sang.

# 13

# De la rationalité
# de la nature féminine

À quoi bon se coucher à minuit si c'était pour être réveillé à 2 heures, à 3 heures, à 5 heures, puis à 7 heures du matin ? Vitor enfonça les poings dans le matelas, s'obligea à se hisser et tordit le cou pour regarder le petit bâtard assis à trente centimètres de son visage.

L'animal recommença à gémir.

Vitor se frotta le visage et fixa les yeux plaintifs du chiot.

— Je ne peux pas croire que tu aies encore besoin de sortir.

Les couinements redoublèrent.

Vitor enfonça son front contre le matelas et gémit. Il y avait des domestiques pour ce genre de corvée, nom de nom ! Maudit soit son valet qui avait accepté de rester au village.

Une pensée le traversa. Il y avait effectivement des domestiques pour ce genre de tâche. Chez sir Beverley Clark, par exemple. En un instant, sans le moindre effort, Vitor imagina Ravenna entrer dans sa chambre éclairée par le soleil levant, ôter le chien de son lit, l'apaiser par magie et prendre sa place à côté de lui.

Il enfouit son visage entre ses mains, et son grognement de frustration fit taire le petit chien.

C'est alors qu'un hurlement féminin s'éleva dans le château.

Vitor jaillit de sa chambre avant même d'avoir fini d'enfiler son pantalon et sa chemise. Son seul impératif était d'aller vite ; sa seule pensée, Ravenna. Il traversa la galerie au pas de charge, attrapa une épée accrochée au mur et dévala l'escalier qui menait aux appartements de ces dames.

Debout dans la lueur grise de l'aube, en tenue de nuit, des femmes étaient attroupées devant une porte ouverte. Mlle Abraccia tourna la tête vers lui et écarquilla les yeux.

Il se fraya un chemin jusqu'à la chambre. Allongée sur son lit, les yeux hagards et vitreux, Mlle Feathers tenait un vêtement blanc taché de rouge. Assise à l'extrémité du lit, Ravenna gardait une main posée sur la cheville de la jeune fille.

— C'est du vin, le rassura-t-elle. Personne n'est blessé.

Les yeux de Mlle Feathers se fermèrent, et un grand sanglot convulsif la secoua.

Vitor abaissa son épée.

— Merci d'avoir volé à notre secours, lui dit Ravenna.

Elle effleura du regard son col ouvert, avant de détourner les yeux. Ses joues se colorèrent d'une jolie nuance rose.

— Quelle arme impressionnante !

Il posa la rapière et avança vers elle.

— C'est la première chose qui m'est tombée sous la main.

— Un pot de détachant aurait été plus approprié, dit-elle en évitant de le regarder.

— Que s'est-il passé ?

Mlle Feathers sanglotait doucement.

— Je vous demande pardon d'avoir crié.

Un nouveau sanglot.

— Ce n'est rien.

Les battements affolés du cœur de Vitor s'apaisaient. La veille au soir, après qu'il avait fait ingurgiter à Sepic une demi-bouteille de brandy, ce dernier avait enfin sorti la feuille des échantillons d'écriture. Au moins cinq d'entre eux ressemblaient à l'original. Ayant passé énormément de temps dans le scriptorium du monastère, Vitor était suffisamment qualifié pour les analyser. La délicatesse du trait et les courbes des lettres étaient typiques d'une main féminine.

Le hurlement venant de l'aile du château réservée aux dames lui avait glacé le sang. Mais Ravenna était saine et sauve. Il pouvait recommencer à respirer.

Ravenna prit la main de Mlle Feathers.

— Allons, Ann. Redressez-vous, essuyez vos larmes et racontez-nous pourquoi cette robe est maculée de vin et en quoi c'est un accident si tragique.

Mlle Feathers s'assit et accepta le mouchoir que Ravenna lui glissait entre les doigts. Elle s'en tamponna le nez et les yeux.

— C'est moi qui l'ai dessinée.

— Vous-même ? demanda Ravenna en effleurant l'étoffe blanche tachée. Comme vous êtes habile ! Elle est éblouissante.

— J'ai étudié des revues de mode, j'ai choisi les tissus et j'ai cousu les perles, expliqua Mlle Feathers en reniflant. C'était... ma robe de princesse, chuchota-t-elle.

Ravenna leva les yeux vers Vitor, puis vers le couloir. Il traversa la chambre et, avec un hochement de tête en direction du public curieux, referma la porte.

— Votre robe de princesse ? répéta Ravenna en caressant les cheveux de Mlle Feathers.

Les épaules de la jeune fille tressaillirent.

— Jamais je n'avais possédé une telle robe. Simple. Élégante.

Elle renifla.

— Ravissante.

Elle leva les yeux vers Ravenna.

— Maman adore...

— Les frous-frous.

— Et le tulle. Et la dentelle en quantité astronomique. Elle raffole des volants et... enfin, des falbalas en général.

Ravenna acquiesça de la tête.

— Et vous souhaitiez avoir un autre genre de tenue, plus sobre. De sorte que vous vous êtes confectionné cette robe vous-même.

— Papa m'a donné l'argent, mais c'est moi qui ai tout cousu. Comme nous recevons très peu d'invitations, maman et moi, je dispose de beaucoup de temps pour mes loisirs.

— Et parfois, vous avez envie d'être une princesse.

— Papa affirme que nous sommes assez riches pour que je puisse posséder tout ce qui me fait envie. Mais j'ai entendu lady Pénélope raconter que papa avait acheté son titre auprès du roi, et cela m'a bouleversée. Il est si heureux d'être baronnet, et il a travaillé si dur pour y arriver.

Elle se tamponna le nez.

— Vous comprenez, Ravenna, votre père n'est pas un commerçant. Lord Vitor lui-même a affirmé que servir l'Église était une noble profession. Vous êtes donc la fille d'un véritable gentleman. Alors, dites-moi la vérité, voulez-vous ? Est-ce mal ? Est-ce un tort d'aspirer à une chose pour laquelle on n'est pas né ?

La main de Ravenna s'immobilisa sur les cheveux de la jeune fille.

— Non. Pour vous, Ann, ce n'est pas un tort.

— Et pourtant si, sûrement...

Mlle Feathers saisit un repli de la robe imbibée de vin.

— Sans quoi cela ne serait pas arrivé.

De nouvelles larmes jaillirent de ses yeux.

— Seigneur, pourquoi ai-je parlé à maman de cette robe ? Jamais je n'aurais imaginé qu'elle en ferait état. Mais le prince Sebastiao m'a choisie pour incarner Juliette, et j'ai compris à son expression ce qu'elle allait dire avant même qu'elle ne prononce les mots. Puis elle m'a fait la décrire en détail à tout le monde, et il a fallu que j'explique que je l'avais confectionnée moi-même... J'étais si heureuse, et il semblait tellement intéressé, que je n'ai pas songé à le leur cacher. Je n'ai même pas protesté lorsque maman a supplié la duchesse de lui prêter la bonne de lady Iona pour qu'elle repasse ma robe en vue de la représentation.

La main de Ravenna avait glissé des cheveux de Mlle Feathers. Ses épaules s'étaient légèrement raidies.

— Ann, comment la robe s'est-elle retrouvée imbibée de vin ?

— Je l'ai découverte ainsi dans la buanderie.

— Pensez-vous que la bonne de lady Iona ait pu renverser du vin dessus ?

Mlle Feathers pinça les lèvres et secoua la tête.

— Lorsque vous dites « à le leur cacher », de qui voulez-vous parler ?

Une nouvelle larme coula sur la joue de la jeune fille.

— De lady Pénélope et de lady Grace, chuchota-t-elle. Je les ai vues prendre une carafe de vin dans le salon lorsque nous sommes tous montés nous coucher hier soir. C'est ma punition... parce qu'il m'a choisie pour jouer Juliette.

La gorge de Ravenna se serra. Sous sa robe, sa poitrine se soulevait et retombait au rythme de son souffle précipité. Elle se leva.

— Alors, elles méritent elles aussi d'être punies.

D'un pas décidé, elle se dirigea vers la porte, l'ouvrit en grand et sortit dans le couloir. Mais Vitor la rattrapa, lui saisit le bras et la fit pivoter face à lui.

— Ne faites pas ce que vous croyez devoir faire.

— Lâchez-moi.

Les traits de Ravenna étaient bouleversés par la colère, à laquelle se mêlait une étrange blessure, comme si le mauvais tour joué à Mlle Feathers l'avait atteinte, elle aussi.

— Je ferai ce que je veux.

— Un meurtre a été commis sous ce toit.

Il parlait avec calme, alors qu'il n'avait qu'une envie : la serrer contre lui et effacer la détresse de ses yeux.

— Mieux vaut ne pas vous attirer de rancœurs. Il y a quatre jours seulement, votre vie a été menacée par quelqu'un que nous n'avons toujours pas identifié. Cela ne vous donne-t-il pas matière à réfléchir ?

— Certes. Mais je ne puis faire passer ma sécurité avant une injustice commise envers une innocente.

— Une injustice ? répéta-t-il en secouant la tête. Ce n'est qu'une robe.

— Peut-être, mais cette robe signifiait tout pour Ann.

— Nous ne savons pas de quoi est capable le meurtrier – ou la meurtrière – si vous le mécontentez.

Elle le regarda fixement, interloquée.

— Pensez-vous qu'elles auraient assassiné M. Walsh ? Pénélope et Grace ?

— Je n'en sais rien. Mais je ne me le pardonnerais pas si je vous laissais vous mettre en danger simplement pour venger une amie victime d'une méchante blague.

— Vous ne comprenez pas.

Elle essaya de se dégager, mais il la retenait solidement.

— Ravenna, je vous...

Elle s'arracha à son étreinte et chuchota :

— Vous ne comprenez pas, répéta-t-elle. Elle est l'oiseau.

Elle tremblait, maintenant.

— L'oiseau ?

Ravenna déglutit.

— Elle est incapable de se défendre. C'est à moi de le faire à sa place.

Sur ce, elle s'enfuit et disparut à un angle du couloir. Mlle Anders et Mlle Abraccia attendaient en silence, plongées dans l'ombre à quelques pas de là, les yeux ronds. Elles tressaillirent lorsque lady Margaret passa devant elles en trombe.

— Milord ? Que faites-vous devant la chambre de ma fille, et dans cette tenue ? Et pourquoi pleure-t-elle ? Ann ! Ann, ma chérie !

Dans sa hâte à rejoindre sa fille, elle le bouscula presque.

— Oh, maman, s'écria la jeune éplorée d'une voix mouillée de larmes.

Vitor ramassa la rapière et suivit Ravenna.


Ravenna fit irruption dans la chambre des jumelles, qu'elle trouva à leur toilette. Lady Pénélope était assise devant une coiffeuse rehaussée de dorures. Debout derrière elle, lady Grace attachait un collier de perles autour du cou ivoire de sa sœur.

— Pourquoi avez-vous fait cela ?

— Ah, mademoiselle Caulfield.

Ses doigts fins délicatement posés sur les perles, lady Pénélope tourna la tête.

— Il est fascinant de voir à quel point vous manquez de la plus élémentaire des politesses. Ce serait positivement divertissant si je n'étais obligée de subir votre grossièreté dans ma propre chambre.

— Pourquoi avez-vous abîmé sa robe ? Ne possédez-vous pas suffisamment de belles toilettes pour vous satisfaire ? Vous avez tout : des nez délicats, des lèvres parfaites, des cheveux d'or. Pourquoi faut-il que vous gâchiez les modestes efforts d'une autre jeune fille aspirant à la beauté ?

— Je n'ai pas la moindre idée de ce dont vous parlez.

— Bien sûr que si. Vous n'êtes que deux vipères fielleuses.

— Bonjour, lord Vitor, dit Pénélope en regardant par-dessus l'épaule de Ravenna. Vous êtes venu chercher cette folle pour l'enfermer au grenier, j'espère ?

Elle se leva élégamment.

— Comme c'est aimable à vous.

Il ne s'inclina pas devant elle, ce dont Ravenna lui fut reconnaissante. Elle aurait préféré qu'il ne paraisse pas si immensément viril, avec sa mâchoire obscurcie par le chaume d'une barbe naissante, un triangle nu de torse masculin dépassant de son col ouvert, et cette épée à la main. Mais un héros était un héros quelle que soit sa mise – et quoiqu'il soit venu pour la retenir plutôt que pour la sauver... ce qui, supposait-elle, pourrait bien revenir au même, en l'occurrence.

Lady Grace ne bougeait pas de la coiffeuse.

— Avouez que c'est vous, lui dit Ravenna. Si vous reconnaissez vos torts et allez sur-le-champ vous excuser auprès d'Ann, je ne lui ordonnerai pas de vous trancher la tête avec son épée.

Le rire de lord Vitor retentit derrière elle, ce qui l'agaça un tantinet.

Le désarroi voila les yeux cristallins de lady Pénélope.

— Mon Dieu ! Peut-être devriez-vous aller chercher sir Beverley ou M. Pettigrew sans plus attendre, comte. Je crois qu'elle est bel et bien devenue folle.

— En effet, concéda Ravenna.

Elle regarda derrière son épaule.

— Veillez à garder cette épée loin de moi si vous ne voulez pas que je vous l'arrache des mains pour éliminer toute la maisonnée avant le petit déjeuner.

Elle riva son regard furieux sur lady Pénélope.

— En commençant par vous. Excusez-vous auprès de Mlle Feathers, sans quoi vous le regretterez amèrement.

— Je vous le conseille également, mesdemoiselles, intervint lady Iona en passant la tête dans l'entrebâillement de la porte derrière lord Vitor. Nous savons tous que vous êtes les coupables. Le prince sera au courant d'ici le déjeuner, et cela ne va pas lui plaire. Autant payer les pots cassés pendant que vous avez encore une chance avec lui.

Elle coula un regard vers lord Vitor, le détaillant de ses jambes moulées dans son pantalon jusqu'à son col dénudé et ses cheveux en bataille, et lui adressa un petit sourire provocant.

— Bonjour, milord. Vous devriez sortir plus souvent avant de vous être correctement habillé.

— Merci, madame.

Ravenna croisa les bras.

— Eh bien ?

Lady Pénélope se rembrunit.

— Soit. Nous allons présenter nos excuses à la souris effarouchée. N'est-ce pas, Grace ?

— Oui, Penny.

Ravenna leur fit signe de la précéder dans le couloir, et Iona prit la tête du petit convoi. Lord Vitor les regarda partir, la pointe de l'épée enfoncée dans le tapis, ses mains sur le pommeau. Ravenna revint vers lui. Étourdie par son triomphe, elle eut quelques difficultés à croiser son regard. La vue de son torse, que seule couvrait une mince chemise en lin, semait la confusion dans son esprit.

— Merci de m'avoir laissée faire cela, lui dit-elle.

— Je n'aurais pas pu vous en empêcher même si j'avais essayé.

— Vous avez essayé.

— Sans beaucoup de conviction.

— Vous avez surgi si promptement. En entendant le hurlement d'Ann, je présume. Étiez-vous…

— Étais-je…

Déjà dans l'aile réservée aux femmes. Dans la chambre d'une autre. Si lord Whitebarrow, un homme marié, s'adonnait à ce genre de loisir, pourquoi un jeune célibataire s'en serait-il privé ? Petti lui avait raconté suffisamment de choses sur les mœurs dépravées du beau monde pour qu'elle ne soit pas complètement naïve.

— À proximité ? demanda-t-elle enfin.

Il pencha la tête et scruta son visage.

— J'étais en train de vouer aux gémonies votre maudit corniaud et me préparais à l'emmener dehors pour la quatrième fois depuis minuit.

Le soulagement la submergea.

— Il doit être plus facile d'élever un chiot dans un chenil que dans un vaste château.

— Je n'élève pas un chiot. Je subis sa présence jusqu'à ce que vous en preniez la responsabilité ou que vous le rapportiez à l'écurie, où est sa place.

— C'est impossible. Il est trop tard. Il vous appartient, maintenant. Il sera toujours à vous.

Il la regarda d'un air étrange et sembla sur le point de dire quelque chose. Au lieu de cela, il poussa un long soupir.

— Allez donc voir comment se passent ces excuses que vous leur avez extorquées.

Il se détourna.

— C'est une bien belle épée, lança-t-elle.

Il s'arrêta.

— Vous pourrez en faire usage de façon tout à fait éblouissante durant la pièce, tout à l'heure. Jusqu'à ce que vous trépassiez sous la lame de Roméo, bien sûr.

Il s'inclina.

— Éblouir est une seconde nature chez moi, ma chère.

Pendant un instant, il garda le silence, avec l'air d'attendre quelque chose. Mais elle ne trouva rien à dire, aucune réplique spirituelle, aucune repartie. Elle était en train d'imaginer ce que cela ferait de l'étreindre comme elle avait étreint l'oreiller, de sentir les muscles de son dos, qui se dessinaient sous la chemise en lin, sous la paume de ses mains. Mais cette envie, au lieu d'être bienvenue, était ternie par un étrange désespoir.

Il s'avança vers elle jusqu'à ce que leurs orteils se touchent presque, et elle dut pencher la tête en arrière pour le regarder dans les yeux.

— Me pardonnez-vous de vous avoir serrée si brutalement devant la porte de Mlle Feathers ? demanda-t-il.

La bouche sèche, elle répondit :

— Je ne l'ai pas remarqué.

Il lui saisit alors le bras comme il l'avait fait un peu plus tôt, mais avec une gentillesse qui démentait son air canaille.

— Je m'inquiète pour vous, Ravenna, déclara-t-il en la caressant du pouce.

Ses mots étaient simples et sincères, et elle se demanda comment elle avait pu ne pas lui faire confiance, même brièvement.

— Je vous ai déjà dit que c'était inutile.

— C'est plus fort que moi.

La fossette apparut sur sa joue.

— Quoi qu'il en soit, je déteste laisser une femme me dire ce que je dois faire. Même une maîtresse femme comme vous.

— Tiens donc ?

Il lui caressa de nouveau le bras de son pouce, et le cœur de Ravenna décrivit de petits soubresauts.

— Voilà qui est résolument suranné.

Il pencha la tête.

— Soyez prudente, voulez-vous ? Je ne vous ai pas tirée de cette rivière pour rien. J'aimerais vous voir rester en vie pendant encore quelque temps.

— Afin de me donner des ordres et de me taquiner à intervalles réguliers, je suppose.

Il sourit.

— Oui.

Puis il fit une chose qui la dérouta : doucement, délicatement, il lui embrassa le front. Lorsqu'il s'écarta et la regarda dans les yeux, elle fut incapable de parler.

— Bien, dit-il. Je me réjouis de voir que nous nous comprenons, désormais.

Sur ces mots, il la lâcha et s'éloigna.

En vérité, elle ne comprenait pas grand-chose. Seul son père l'avait jamais embrassée sur le front. Lord Vitor, cependant, ne suscitait pas en elle des sentiments bénins de tendresse filiale. Elle n'éprouvait pas non plus pour lui l'amitié empreinte de gratitude qu'elle vouait à Petti et à sir Beverley, ni même l'affection confortable qu'elle portait à Taliesin, qui était depuis l'enfance un frère pour elle. Lord Vitor Courtenay lui inspirait un mélange confus de plaisir et de peur, des sentiments tumultueux et fascinants qui tout à la fois l'attiraient et lui donnaient envie de s'enfuir à toutes jambes.

Le prince Sebastiao s'était attribué les rôles du narrateur et de Roméo. Ravenna et les autres dames auxquelles il n'avait pas assigné de rôle, ainsi que M. Brazil et M. Sepic, attendaient, assis dans de confortables et luxueux fauteuils au pied de la volée de marches, la fin des préparatifs en cours derrière d'élégants rideaux disposés pour l'occasion.

Le prince vint se camper sur le palier, personnage haut en couleur tout en soieries dorées et hermine noire ; son chapeau était un chef-d'œuvre d'époque. Il aimait les beaux atours, comme il l'avait clairement fait comprendre depuis le début, mais cette magnificence était sans précédent.

— Deux maisons réputées d'égale dignité, proclama-t-il, dans la belle Vérone où se déroule la scène, à cause d'anciennes querelles rivalisent à nouveau, souillant du sang civil les mains des citoyens. Or du giron fatal de ces vieux ennemis sont nés deux amoureux maudits par le destin[1].

Il récitait son rôle avec une aisance surprenante.

— C'est un acteur-né, chuchota Iona à l'oreille de Ravenna. Rien d'étonnant à ce qu'il ait eu si envie de jouer cette pièce.

Sir Henry et M. Anders apparurent, vêtus de pourpoints et de collants, des épées au côté et coiffés de chapeaux.

— Grégoire ! tonna sir Henry. Sur ma parole, nous ne tolérerons pas d'être ainsi brocardés !

---

1. La traduction est de Julie Guinard. (*N.d.l'É.*)

— Non, nous ne sommes pas gens à porter le brocart, répondit M. Anders avec emphase.

Lord Case fit son entrée et commença à se quereller avec eux. Mais Ravenna était incapable de suivre l'intrigue. Les histoires de Shakespeare étaient merveilleuses, mais elle n'avait jamais vraiment été sensible à l'art poétique, malgré tous les efforts d'Eleanor et de sir Beverley pour le lui faire apprécier. Son trouble, cependant, n'avait rien à voir avec la poésie ; regarder les jambes de lord Case et de M. Anders moulées dans leurs collants en attendant impatiemment l'arrivée sur scène de lord Vitor lui procurait les palpitations cardiaques les plus déplaisantes.

Il s'avéra que les collants lui allaient redoutablement bien. À peine entré, il interpella lord Case d'un air moqueur :

— Que fais-tu au milieu de ces marauds sans cœur ? Tourne-toi, Benvolio, et affronte ta mort.

Il dégaina son épée et la brandit en direction de son frère. Tendue comme un arc, Ravenna aurait aimé regarder ailleurs, mais elle en était incapable. Ce baiser innocent sur son front la hantait.

Tout le monde joua merveilleusement bien, malgré la propension qu'avait sir Henry à crier ses répliques. L'oncle de Juliana, l'évêque, avança d'un pas incertain sur la scène pour prononcer les tirades du prince. Lord Whitebarrow composa un lord Montaigu dûment imbu de sa personne, tandis que lady Whitebarrow, qui incarnait lady Montaigu, rayonnait en parlant de Sebastiao-Roméo comme de son fils. Celui-ci s'extasia tour à tour sur la ravissante Rosaline et sur la beauté de Juliette, ce qui lui valut des gloussements, puis des soupirs, du public. La véritable révélation, cependant, fut Martin Anders, qui jouait deux rôles. Son monologue de Mercutio se rendant à la soirée des Capulet ensorcela littéralement l'assistance.

— Jamais je n'ai vu un meilleur Mercutio, chuchota Iona.

Pénétré d'une émotion exaltée et d'une violente agitation, il ne jouait pas, il était Mercutio. Ravenna fut confortée dans sa conviction qu'il ne pouvait être le meurtrier. Un homme qui arborait son âme dramatique telle une grande cape rouge vif, si ouvertement et avec tant d'ardeur, était incapable de tuer sans aussitôt clamer sa culpabilité à la face du monde.

Cette conviction, cependant, ne l'empêcha pas de frémir lorsqu'il s'écria : « Tybalt, chasseur de rats, sortons ! » et tira son épée devant lord Vitor.

— Ils ont émoussé les lames, ma chère, chuchota Iona. N'ayez crainte.

Mais elle aussi avait les mains crispées sur ses genoux.

— Que veux-tu de moi ? demanda lord Vitor à l'impudent.

— Rien, bon roi des chats, fit M. Anders en avançant vers lui d'un air mauvais. Rien qu'une de vos neuf vies.

Le public s'était étoffé des acteurs qui n'étaient plus sur scène. Fascinés par la fureur d'un Mercutio enragé, tous avaient les yeux rivés sur la scène, et personne n'entendit le heurtoir. M. Brazil, apparemment le seul que le spectacle laissait de marbre, se leva et, aussi guindé qu'à son habitude, se dirigea vers la porte d'entrée.

Un homme drapé dans une cape grossière se tenait sur le seuil du château. Une capuche dissimulait sa tête, et sa longue robe de bure effleurait le sol.

En haut de l'escalier, lord Vitor déclara :

— Je suis ton homme.

L'attention de Ravenna revint aussitôt sur la scène.

— Mon bon Mercutio, rengaine ton épée, implora le prince Sebastiao.

M. Anders fit la sourde oreille.

— Allons, messire, lança-t-il à lord Vitor. Votre meilleure passe.

Les épées s'entrechoquèrent. Derrière Ravenna, Juliana Abraccia poussa un cri, tandis que sir Henry s'exclamait :

— Bravo, messieurs !

Mais ils ne donnaient pas l'impression de faire semblant de se battre. Aux yeux de Ravenna, qui s'y connaissait peu en escrime, ce duel était beaucoup trop authentique.

Iona lui prit la main et la serra de toutes ses forces.

— Dégaine, Benvolio, et abattons leurs armes ! s'exclama le prince à l'adresse de lord Case.

Toutes manches bouffantes, il bondit vers M. Anders et lord Vitor.

— Messieurs, reculez sans vergogne et cessez vos outrages !

M. Anders jeta un bref coup d'œil vers la porte où se tenaient M. Brazil et l'étranger. Puis, tournant un regard désespéré vers lord Vitor, il cria :

— Il n'échappera pas à ma douleur !

Et il jeta son épée en avant.

— Shakespeare n'a jamais écrit cette réplique, marmonna la duchesse d'un ton réprobateur.

Le cœur de Ravenna manqua un battement. Elle bondit sur ses pieds, suivie d'Iona. Au même instant, Arielle se leva également d'un bond.

— *Mon bébé !* s'exclama-t-elle en courant vers la porte.

Un claquement métallique résonna sur la pierre. Une épée dévala l'escalier et vint s'échouer aux pieds de Ravenna. Parmi les velours et les ors qui remuaient sur scène, elle aperçut les deux mains vides de M. Anders et s'étrangla sur un soupir de soulagement.

M. Anders tomba à genoux, jeta un bras en travers de son visage et s'écria :

— Miséricorde, je suis le bouffon de la fortune !

— C'est une réplique de Roméo et non de Mercutio, critiqua la duchesse.

Lord Vitor avança jusqu'à M. Anders et se dressa de toute sa taille au-dessus de lui, pendant que son frère descendait l'escalier et suivait le général Dijon à la porte, où Arielle serrait sa minuscule chienne blanche contre son sein.

— *Merci, Monsieur. Merci*, dit-elle à l'inconnu, le visage rayonnant, le petit animal gigotant joyeusement dans ses bras.

De l'autre bout du vestibule, le prince Sebastiao demanda :

— Père Denis, qu'est-ce qui vous a fait descendre de votre montagne jusqu'à Chevriot ?

— Votre Altesse, dit l'ermite en s'inclinant.

Sa voix était rocailleuse, comme s'il ne s'en servait pas souvent.

— Ce matin, la brise a fait flotter jusqu'à moi une odeur de fumée, en provenance de la cabane où je range mes outils. Lorsque j'y suis entré, j'ai découvert un feu étouffé, ainsi que cette misérable créature. J'ai supposé qu'elle venait du château. Apparemment, je ne m'étais pas trompé.

Le général serra la main de l'ermite.

— Merci, mon père.

— Mais comment cette petite chienne s'est-elle retrouvée là-bas ? demanda Juliana Abraccia en écarquillant les yeux.

— C'est moi ! s'écria M. Anders d'un ton angoissé. C'est moi qui l'ai enlevée et emmenée dans la cabane à outils de l'ermite. Tout est ma faute !

Il tourna un visage désespéré vers la fille du général.

— *Mademoiselle*, me pardonnerez-vous jamais ?

— Voilà qui est singulier, décréta lady Whitebarrow d'un ton pincé. Que vouliez-vous faire de cet animal ?

Martin Anders fusilla son père du regard.

— C'est lui qui m'a obligé à le kidnapper.

Toutes les têtes se tournèrent vers lord Prunesly.

— Que pouviez-vous bien vouloir, monsieur, à la chienne de ma fille ? demanda le général Dijon.

Cécilia Anders se leva.

— Il voulait étudier sa langue.

— Étudier la langue d'un chien ? s'étonna sir Henry. Au nom de Zeus, c'est parfaitement absurde, Prunesly.

— Vous vous trompez, répondit lord Prunesly. Comme d'habitude, mes enfants ne comprennent rien à rien.

Il observa l'assemblée derrière ses lunettes, comme s'il découvrait tout un chacun pour la première fois.

— Cette chienne est un spécimen exceptionnel. Je ne désire pas l'étudier, dit-il en fronçant les sourcils à l'intention de sa fille. Je dispose déjà de tous les renseignements dont j'ai besoin à son sujet. C'est le seul individu vivant de cette race dont la langue soit tachetée de noir. Songez donc, une femelle reproductrice ! C'est une trouvaille remarquable. Exceptionnelle.

— Si vous ne souhaitiez pas en faire un objet d'étude, pourquoi l'avoir cachée dans cette remise ? s'enquit Ravenna.

— Pour qu'elle y gèle ! s'écria Arielle en frissonnant et en serrant sa petite chienne contre elle. *Ma pauvre petite Marie.*

— Congelée, *mademoiselle*, elle ne m'aurait été d'aucune utilité, répliqua le baron d'un ton bref.

— Papa comptait l'emmener à une réunion scientifique de la Linnaeus Society, expliqua Cécilia. Il voulait l'exhiber devant ses confrères, n'est-ce pas exact, père ?

— Ce chien incarne la preuve que je cherche depuis vingt ans, à savoir que les traits récessifs se transmettent jusqu'à la quatrième génération de femelles. On m'aurait octroyé la médaille de Linnaeus pour avoir étayé ma théorie. Mes découvertes auraient été célébrées dans toute l'Europe. Et toi, ma fille, tu en aurais bénéficié également.

Cécilia eut un petit rire triste.

— De quelle façon, père ? En épousant l'un de vos semblables ? Cela m'intéresse encore moins que de convoler avec un prince.

Elle s'approcha d'Arielle et de son père.

— Mademoiselle Dijon, je ne saurais vous dire à quel point je suis navrée. J'ai supplié mon père de ne pas voler votre chienne. Jamais je ne l'en aurais cru capable, et j'ai été stupéfaite qu'il passe à l'acte.

Elle se tourna vers sir Henry.

— Mon père a eu tort. Il a commis une grave erreur de jugement. Saurez-vous pardonner sa vanité ? Songez au succès de votre écurie si nous unissons nos forces...

— Ma foi, mademoiselle, répondit l'éleveur de chevaux en poussant un soupir qui fit craquer son pourpoint, je suis un honnête homme, et il m'apparaît que votre père n'est pas le genre de personne avec qui je souhaite m'associer. J'aurais aimé entendre davantage de vos idées, mais à présent, c'est hélas exclu.

Il secoua la tête d'un air de regret.

— Votre Altesse, demanda le général Dijon, comptez-vous punir lord Prunesly ?

Le prince jeta un rapide coup d'œil à lord Vitor, puis il s'avança sur le palier.

— Monsieur, dit-il au biologiste, j'exige que vous vous excusiez auprès du général et de Mlle Dijon. Et dès que la neige commencera à fondre, vous quitterez ma maison.

— Mais... et M. Anders ? demanda lady Pénélope. Il n'est plus un enfant qui doit obéir à tout ce que réclame son père. Cette pauvre bête aurait pu mourir. Ne devrait-il pas être puni pour ce crime ?

— D'ailleurs, comment se fait-il qu'elle ne soit pas morte après toutes ces journées dans le froid ? s'étonna lady Margaret. Elle n'est pas plus grosse qu'un coq !

— Tous les matins, expliqua Cécilia, mon frère a escaladé cette maudite montagne en s'enfonçant dans la neige jusqu'aux genoux pour s'occuper de la chienne. Il lui allumait un feu pour réchauffer la cabane et lui donnait à manger son propre petit déjeuner. Pour tous ces soins qu'il lui a prodigués, et pour avoir supporté les menaces de notre père de le priver de rente s'il n'obéissait pas, il ne devrait pas avoir à subir d'autre châtiment.

— Oh, mais si ! intervint lord Case en s'écartant d'Arielle. Monsieur Anders, vous avez causé à Mlle Dijon et à son père une détresse pour laquelle j'exige réparation.

Il ôta son gant de Montaigu bleu et gris et le jeta sur le sol en pierre.

— Mais… mais, monsieur !

M. Anders se releva, mais ses épaules étaient affaissées et sa mèche dissimulait entièrement l'un de ses yeux.

— Je me suis occupé de cette petite chienne comme si elle m'appartenait. Et même mieux que cela, en vérité.

— Vous auriez mieux fait de prévenir le prince, mon garçon, lui dit la duchesse avec un hochement de tête. À présent, il vous faut payer le prix de votre méfait.

Martin Anders jeta de nouveau un bras en travers de ses yeux et poussa un gémissement.

— Seigneur, c'en est fait de moi !

— Vitor, demanda lord Case en se tournant vers son frère. Acceptes-tu d'être mon second ?

— Aucun second ne sera *nécessaire*.

M. Sepic se catapulta brusquement de son siège.

— Car, monsieur Anders, vous avez rendez-vous avec la potence.

— Pour le vol d'un chien ? s'exclama l'intéressé.

— C'est ridicule ! tonna lord Whitebarrow. Ce n'est pas un paysan qu'on pend parce qu'il a dérobé une miche de pain, Sepic. C'est l'unique héritier d'un pair du royaume. Cette jeune fille a retrouvé sa chienne, et Anders affrontera Case demain à l'aube en duel. L'affaire se réglera entre gentlemen.

— L'affaire se réglera, milord, déclara le maire avec un hochement de tête. Mais pas comme vous le croyez. Car moi, Gaston Sepic, j'ai élucidé le mystère sur lequel je travaille parmi vous depuis cinq jours. Tandis que je dînais et bavardais avec vous tous comme si j'étais tombé sous votre charme, moi, fier citoyen de la nation française, j'ai réuni un faisceau d'indices.

Il brandit le bras et braqua un index accusateur sur la scène.

— Monsieur Anders, vous avez assassiné Oliver Walsh.

# 14

# L'écurie, malgré
# une certaine promesse

Martin Anders blêmit.

— Non ! Ce n'est pas moi !

Il parcourut des yeux l'assistance, cherchant des alliés.

— Dites-le-lui. Dites-lui que ce n'est pas moi.

— Monsieur Sepic, déclara Cécilia, mon frère n'a pas tué cet homme. Je ne le crois pas capable de commettre un meurtre.

— Vous diriez n'importe quoi pour le protéger, répliqua le maire avec un reniflement dédaigneux.

Ravenna ordonna silencieusement à lord Vitor de la regarder, mais l'attention de ce dernier était rivée sur les visages des invités éparpillés sur le palier et dans le vestibule. Elle promena les yeux autour d'elle, guettant les réactions des uns et des autres. Tous avaient l'air médusés, à l'exception de Juliana Abraccia, dont le joli minois s'était décomposé sous son auréole de cheveux noirs. Elle porta une main tremblante à ses lèvres, éclata en sanglots et s'enfuit précipitamment.

— *Carina*, dit l'évêque au moment où M. Anders criait : Juliana !

Il voulut s'élancer à sa suite, mais Vitor posa une main sur son bras et lui parla doucement. Martin Anders renonça à poursuivre la jeune Italienne, mais contempla de ses yeux théâtralement éplorés l'endroit où elle s'était tenue.

— Ainsi, elle m'aimait, dit-il d'une voix sans timbre. Moi, et pas vous. Je croyais pourtant… mais j'ai dû me tromper.

Il se tourna vers lord Vitor, courba la tête et plaqua une main contre son cœur.

— Je vous présente mes excuses, monsieur, pour l'insolite étalage de virulence dont j'ai fait preuve sur cette scène. Je suis honoré d'avoir été désarmé par un homme tel que vous.

— J'accepte vos excuses, lui dit lord Vitor.

Sans descendre du palier, il se tourna vers le maire.

— Monsieur Sepic, quelles preuves vous poussent à conclure que M. Anders a tué Walsh ?

Le maire claqua des doigts.

— Des preuves que d'autres ont eu la sottise de rejeter comme s'il s'agissait de simples coïncidences. Dans une affaire de ce type, aucune pièce à conviction n'est une coïncidence. *N'est-ce pas ?*

Ravenna eut l'impression qu'un tremblement de terre l'ébranlait.

M. Sepic fouilla dans sa poche et en sortit la chevalière d'Oliver Walsh.

Le cœur de Ravenna cessa de battre.

Prenant la bague entre le pouce et l'index, le maire la leva afin que chacun puisse la voir.

— Cette chevalière, que le défunt portait, possède un motif qui, entré en contact avec la chair de l'assassin lors de l'agression, a laissé une trace sur ladite chair.

Il désigna M. Anders avec la bague.

— M. Anders arbore une blessure à l'œil droit qui correspond parfaitement à ce motif. Il m'a dit qu'il avait reçu le coup trois jours avant le meurtre, mais j'en suis venu à la conclusion qu'il avait menti.

— C'était un mensonge, en effet, reconnut M. Anders. Mais je n'ai pas tué Walsh.

Il releva la tête. Autour de celui de ses yeux que ne recouvrait pas sa mèche de cheveux, l'hématome s'estompait peu à peu.

— L'après-midi avant sa mort, je l'ai croisé dans le couloir. Nous nous sommes querellés.

— Querellés ? répéta la duchesse.

— Il avait gagné contre moi vingt-cinq livres au jeu dans notre club, à Londres, et je ne les lui avais pas encore versées. Il est venu me réclamer cet argent avec l'arrogance d'un roi. J'ai voulu lui mettre ma main en travers de la figure, mais il m'a devancé, le scélérat.

Ses yeux lancèrent des éclairs.

— Après le coup de poing, je l'ai quitté.

— Et où êtes-vous allé ? s'enquit lord Vitor.

— Je suis monté dans la plus haute tour du château pour me laisser sombrer dans le désespoir, répondit-il en gémissant.

Il jeta un coup d'œil à lord Vitor et précisa :

— Dans la pièce qui se trouve tout en haut de cette tour. Je n'étais pas... je n'étais pas moi-même, et je voulais nettoyer les traces de sang. Mais j'ai fait tomber la bougie que j'avais emportée, aussi suis-je redescendu. Je me suis ensuite rendu au village. J'étais trop déconfit et fébrile pour rester avec vous tous, et de plus je ne voulais pas que mon père voie mon ecchymose.

Il lança un regard glacial à lord Prunesly.

— Mon œil était déjà moins tuméfié au moment du dîner, c'est pourquoi je suis revenu. Je n'ai pas revu Walsh ce soir-là, dit-il au maire en contractant la mâchoire.

Ravenna croisa le regard de lord Vitor. Lui aussi croyait Martin Anders.

— Au village, demanda-t-elle au voleur de chien, où vous êtes-vous rendu et avec qui avez-vous parlé ?

Le regard du jeune homme devint fuyant.

— Je suis allé à la taverne.

— Et qu'y avez-vous fait ?

— Je ne m'en souviens pas, marmonna-t-il. Mon œil me faisait souffrir le martyre. J'ai dû boire un pichet de vin, et il est possible que j'aie eu quelques mots malheureux.

— Lesquels ?

Un grand silence se fit dans le vestibule. Enfin, il répondit :

— J'ai déclaré que j'offrirais cinq guinées à celui qui punirait Walsh comme il le méritait.

Une dame étouffa un cri. Un murmure s'éleva parmi les messieurs.

Lord Whitebarrow grommela :

— Je me tue à le répéter depuis le début : ce n'était pas l'un d'entre nous.

— Je n'ai jamais voulu que quelqu'un s'en prenne vraiment à lui ! s'exclama M. Anders.

M. Sepic fit claquer sa langue et secoua la tête.

— *Non, non*. Vous voyez bien, *mes amis*, que cet homme est aux abois. Il forge de toutes pièces cette petite histoire afin d'écarter les soupçons de lui. Il espère que vous le croirez, car il est le fils d'un noble et non pas l'un des pauvres paysans sur qui il rejette le blâme. Eh bien, moi, je ne le crois pas.

— Monsieur Anders, demanda lord Vitor, sauriez-vous identifier les hommes présents à la taverne ce jour-là si on les faisait venir ici ?

— Non.

— Monsieur Brazil, quelqu'un du village s'est-il présenté au château pour demander à s'entretenir avec M. Anders ?

— *Non, monseigneur*, répondit le majordome. Personne.

— Un assassin ne viendrait pas chercher sa récompense dans une maison où se déroule une enquête de police, riposta le maire. Ce serait idiot.

— Pas plus idiot que d'assassiner un Anglais pour quelques pièces à proximité d'un village où l'on a vécu toute sa vie, objecta lord Vitor.

— *Précisément*. Et cet Anglais-ci sera jugé et déclaré coupable, insista le maire.

Les épaules de M. Anders s'affaissèrent, et Ravenna réprima un haut-le-cœur. Elle était convaincue que ses propos avinés à la taverne étaient tombés dans des oreilles immunisées depuis longtemps contre l'arrogance imbécile des gentlemen en visite à Chevriot et n'avaient eu aucune conséquence. Mais, pour s'amuser et pour amuser lord Vitor, elle avait nargué M. Sepic, et maintenant un innocent allait être pendu à cause d'elle.

Lord Vitor la considérait, les sourcils froncés.

— Cependant… reprit le maire en levant un doigt en l'air. Par conscience professionnelle, je me renseignerai sur son alibi. Je reviendrai lorsque j'aurai prouvé qu'il s'agit d'un tissu de mensonges. À présent, Votre Altesse, si vous voulez bien vous départir de deux hommes armés, je vais emmener le prisonnier en détention provisoire.

— Monsieur Sepic, intervint lord Vitor. Si le prince est d'accord, M. Anders peut demeurer ici sous sa garde pendant que vous enquêterez au village. Ainsi, si vous découvrez un assassin, votre geôle sera disponible.

Le maire caressa sa moustache, puis il hocha la tête.

— Oui. Cela pourrait bien se révéler commode, en effet. Mon adjoint va interroger les hommes que M. Anders a rencontrés ce jour-là. Mais ce ne sera pas long, affirma-t-il avec un sourire plein d'assurance, avant de poser sur Martin Anders un regard inflexible. *Monsieur*, préparez-vous au jugement dernier.

Puis il se tourna vers le moine et lança :

— Mon père ? Cet individu voudra se confesser avant d'être pendu.

Avec un petit salut à l'adresse du prince Sebastiao, il sortit.

Après son départ, tout le monde se mit à parler en même temps. D'un geste, le prince appela ses gardes. La tête basse, M. Anders quitta la pièce entre deux hommes armés, tandis que l'évêque partait à la recherche de sa nièce.

Ravenna grimpa vivement les marches pour rejoindre lord Vitor.

— Vous ne le croyez pas coupable, n'est-ce pas ? demanda-t-elle.

— Pas plus que vous.

— Et nous n'avons toujours pas d'explication pour la missive trouvée dans la poche de M. Walsh.

— Je me faisais la même réflexion.

— Il se peut qu'il l'ait reçue avant son arrivée à Chevriot, que ce soit un ancien message concernant un vieux rendez-vous.

— Possible.

Lord Vitor rengaina son épée.

— Ne vous blâmez pas pour la bêtise de Sepic.

Il avait deviné son tourment, comme un ami qu'elle aurait connu depuis des années et non des jours.

— Mais je suis bel et bien fautive.

— Les hommes éclairés ne sont jamais responsables des erreurs des imbéciles.

— Or, comme chacun le sait, je ne suis pas un homme.

— Non, vous êtes une femme ayant des notions de rationalité.

En bas des marches, lord Case se tenait tout près d'Arielle. Les yeux de la jeune Française brillaient.

— Laisserez-vous votre frère livrer ce duel ? demanda Ravenna.

— C'est son affaire. Mais il a déjà remporté le prix qu'il convoitait. Peut-être renoncera-t-il.

— Ce qu'a dit M. Anders à propos de Mlle Abraccia... bredouilla Ravenna presque malgré elle. Il semblait croire qu'elle avait...

Ses yeux bleu saphir posés sur elle, il attendit.

— ... qu'elle avait un faible pour vous, acheva-t-elle.

— Mmm.

— Est-ce le cas ?

Il fronça les sourcils.

— Comment le saurais-je ?

— Alors, vous ne… c'est-à-dire, vous n'avez…

— Je ne l'ai pas séduite au cours des nombreux moments de loisir dont j'ai joui quand je n'examinais pas un cadavre, que je ne vous arrachais pas à une rivière, que je ne découvrais pas des sentiers inconnus dans la montagne et que j'empêchais un maudit bâtard de détruire l'intégralité de mes chaussures ? Eh bien, non. Est-ce ce que vous aviez en tête lorsque vous m'avez demandé où j'étais avant d'entendre le cri de Mlle Feathers ce matin ?

— Oh. Je…

Voyant sa mine déconfite, il ajouta aussitôt :

— Pardonnez-moi, je n'aurais pas dû vous parler ainsi.

— Je l'ai cherché.

La fossette apparut sur la joue de lord Vitor.

— Cela semble devenir une habitude chez vous, commenta-t-il.

— Qu'allons-nous faire, maintenant ?

Il reporta son attention sur ses lèvres.

— Faire ?

Elle aimait cela. Elle aimait qu'il regarde ses lèvres. Malgré les nœuds dans son estomac, ou peut-être à cause d'eux. Cela lui plaisait même beaucoup trop.

— Qu'allons-nous faire pendant que M. Sepic cherche au village un assassin inexistant ?

Lentement, il releva les yeux pour les planter dans les siens.

— Attendre.

L'attente se révéla interminable, mais il y avait des costumes à trier, un prince consterné par l'interruption de sa pièce à consoler, et une myriade de commérages à savourer. Tout le monde trouva à s'occuper. Plusieurs des messieurs se retirèrent dans la salle de billard, mais le maître de maison décréta qu'il ne pouvait désormais souffrir de frivolité : l'un de ses invités avait assassiné un inconnu sous son toit, et sa pièce avait été stoppée en plein élan. Sa partie de campagne était un désastre absolu. Il s'installa au salon avec lady Whitebarrow et ses filles, mais il affichait un air si morne et si abattu que Ravenna soupçonna qu'il s'infligeait là une véritable pénitence.

Juliana Abraccia se ressaisit suffisamment pour apparaître au déjeuner, mais elle ne mangea presque rien. Arielle, quant à elle, rayonnait. Un sourire béat flottait sur ses lèvres. Elle n'avait pas reposé sa petite chienne chérie depuis que le père Denis la lui avait rendue, et l'animal resta sur ses genoux pendant tout le repas. Lord Case, son voisin de table, ne sembla pas s'en formaliser, ce que Ravenna ne put qu'admirer.

Après le déjeuner, elle examina Marie et la trouva en bonne santé. Martin Anders s'était en effet bien occupé d'elle. Ravenna se sentit d'autant plus coupable d'avoir involontairement fait peser les soupçons sur lui.

Elle se rendit ensuite à la cuisine, en quête d'un os pour les chiots et d'un croûton de pain pour la captive rescapée. C'est là que la rejoignit Ann Feathers, alors qu'elle tranchait des ligaments pour séparer un os du reste d'une carcasse de veau.

— M. Brazil m'a dit qu'il vous avait vue descendre ici.

Elle regarda avec émerveillement la rangée de marmites et de casseroles en cuivre, d'herbes séchées et de viande suspendues à des crochets, ainsi que le cuisinier, la bonne et les valets qui s'affairaient aux préparatifs du dîner. Son regard se posa sur les mains de Ravenna.

— Mon Dieu, Ravenna ! Comme vous êtes courageuse !

— C'est exact. Je suis d'une formidable intrépidité.

Sir Beverley et Petti n'avaient dit à personne qu'elle était parfaitement à sa place dans la cuisine ou tout autre endroit réservé aux domestiques. Seul lord Vitor était au courant, et apparemment il n'en avait pas soufflé mot non plus.

— Je…

Les yeux d'Ann brillaient comme si des larmes y perlaient.

— Si vous saviez comme je l'admire, Ravenna.

Celle-ci posa le couteau.

— Le prince ?

Ann acquiesça de plusieurs petits hochements de tête.

— C'est un homme si bon, dit-elle d'une voix douce et fervente. J'ai... j'ai entendu dire que par le passé, il s'était montré quelque peu... incontrôlable. Mais rien de ce que je vois ne corrobore cette réputation. Il ne fait jamais rien de mal, il veut toujours que ses invités soient heureux, et il met tout le monde en valeur.

— Vraiment ?

— Oh oui. Hier encore, il me racontait combien la piété de lord Vitor le stupéfiait et l'émerveillait.

— La piété de lord Vitor ? Lord Vitor Courtenay ?

— Mais oui. Pour quelle raison croyez-vous qu'il gravisse la montagne tous les matins ?

Pour découvrir un sentier caché utilisé par un voleur ou un meurtrier.

— Pourquoi ? demanda Ravenna.

— Pour rendre visite au père Denis à l'ermitage.

Il y eut un silence, puis Ann reprit, les sourcils froncés :

— C'est une chose bien singulière à envisager.

Qu'un jeune aristocrate à la beauté virile rende quotidiennement visite à un ermite dans sa retraite montagnarde ?

— Qu'est-ce qui est donc singulier à envisager ? interrogea Ravenna.

— D'épouser un catholique, répondit Ann. Oh, Ravenna ! ajouta-t-elle en écarquillant les yeux. Vous devez me trouver horriblement présomptueuse. Le prince est aimable avec toutes les demoiselles, et je sais bien qu'il admire la beauté de lady Iona et l'élégance de lady Pénélope. Et vous êtes manifestement sa préférée. Après tout, il a organisé la pièce pour vous distraire.

— Je crois que ce n'était qu'un prétexte, répliqua Ravenna avec un sourire. Il adore le théâtre, visiblement.

— Et quel bon acteur ! Il prétend que c'est la seule chose en laquelle il surpasse lord Vitor. Je ne comprends pas, d'ailleurs, pourquoi il se compare à lui, alors qu'il est prince et que lord Vitor n'est que le fils cadet d'un marquis.

Ses sourcils délicats se froncèrent de nouveau.

— Il dit que s'il avait vécu des années dans un monastère, il serait peut-être aussi attentif et prévenant avec les autres que l'est lord Vitor. Je lui ai assuré qu'il n'avait aucune raison de le jalouser et qu'il était un homme merveilleux.

Submergée par l'émotion, elle jeta aux orties toute prudence et saisit la manche de Ravenna.

— À votre avis, ai-je été trop franche en lui disant cela, Ravenna ? Je serais littéralement mortifiée s'il me trouvait indiscrète. Mais il était si abattu ! Il fallait bien que je le réconforte un peu.

Ravenna comprenait qu'avec une mère comme lady Margaret, Ann Feathers ait besoin de s'épancher auprès d'elle. Bien des femmes de fermiers en faisaient autant lorsqu'elle leur rendait visite pour s'occuper d'un enfant ou d'un animal, ou d'elles-mêmes. Ces femmes n'ayant personne à qui parler de toute la journée que leurs tout-petits, leurs mots coulaient souvent à flots, et Ravenna leur prêtait une oreille attentive. Les confidences d'Ann, jusqu'alors, ne l'avaient pas perturbée.

Mais cette fois-ci...

« Des années dans un monastère » ?

Elle dégagea son bras de la main de la jeune fille.

— Je ne pense pas que vous ayez dit quoi que ce soit de déplacé, affirma-t-elle en enveloppant l'os dans un torchon. Le prince Sebastiao n'est après tout qu'un jeune homme qui manque d'assurance. Bien qu'inexpérimentée vous-même, vous avez l'intuition propre aux femmes, qui dépasse toujours celle des hommes. Vous savez l'apprécier à sa juste valeur, et je suis certaine qu'il doit en être fort heureux.

Ann se jeta à son cou.

— Ma chère, si chère Ravenna, chuchota-t-elle. Comme je me réjouis que le prince Raynaldo vous ait invitée ! Quand je me marierai, je voudrais que vous soyez à mes côtés devant l'autel.

Elle recula pour demander :

— Accepterez-vous ?

Ravenna ne put décliner.

Lady Iona apparut soudain à la porte, les yeux brillants d'excitation.

— Venez, toutes les deux. M. Sepic est de retour.

Elles remontèrent vivement au salon. Campé au milieu de la pièce, point de mire de l'assemblée, le petit Français s'inclina cérémonieusement devant le prince, lord Whitebarrow, lord Case et lord Vitor, puis devant la duchesse et la comtesse.

— Eh bien, parlez ! s'exclama lord Whitebarrow avec impatience.

— L'assassin, annonça gravement le maire, a été retrouvé au village.

La main de Cécilia vola à sa bouche pour étouffer son exclamation de soulagement. Iona lui passa un bras autour de la taille et la serra contre elle. Cécilia s'affaissa dans son étreinte, tandis que des larmes roulaient sur ses joues.

Lord Prunesly détourna la tête.

— Qui est le coupable, monsieur ? demanda lady Margaret.

M. Sepic se prit d'un intérêt passionné pour les motifs du tapis à ses pieds.

— Mon adjoint, M. Paul, finit-il par répondre à contrecœur.

Puis il redressa le menton.

— Étant le fils de ma sœur, cet imbécile se croyait au-dessus des lois. Mais il m'a tout avoué, cet ivrogne. Et il est à présent enfermé dans ma cellule.

— Cellule dont M. Paul possède peut-être encore la clé, chuchota Iona à Ravenna.

Mais cette dernière, toute à son soulagement, fut incapable d'apprécier la plaisanterie. Puis le regard de lord Vitor croisa le sien, et sa petite fossette fit se volatiliser les derniers vestiges de sa culpabilité.

M. Anders fut libéré de la surveillance des gardes. Bien qu'affreusement contrit, il se montra empressé auprès de ces dames, comme s'il avait tout oublié de l'angoisse et du drame.

Personne n'avait vraiment connu M. Walsh. L'apaisement que chacun ressentit dès que son assassin fut démasqué, ajouté au fait que le meurtrier n'était pas l'un des leurs, ne fut donc pas entaché par le chagrin de son décès. Au bout de quelques heures, les invités bavardaient gaiement, riaient et levaient leur verre pour célébrer les talents d'enquêteur du maire et l'hospitalité du prince. Quelqu'un suggéra que l'on rejoue *Roméo et Juliette* le lendemain, et l'idée fut accueillie avec un enthousiasme général. Le prince Sebastiao demanda bientôt à M. Brazil de monter de nouvelles bouteilles de la cave, et l'après-midi se passa en joyeuses réjouissances.

Les domestiques revinrent du village, lassés d'avoir dormi sur des paillasses et mangé comme des paysans, manifestement heureux de revenir obéir au doigt et à l'œil à leurs maîtres. Fourmillant de bonnes, de valets et de femmes de chambre, le château revit se déployer le genre d'effervescence induite uniquement par des assemblées d'hommes et de femmes riches et importants.

Sir Henry suggéra qu'il serait fort plaisant de permettre aux chevaux de se dégourdir les jambes et demanda si ces dames n'auraient pas envie d'une promenade en traîneau. On en découvrit deux dans la remise, on harnacha les chevaux et on fit préparer des selles. Tandis que le soleil déclinait, tous purent, emmitouflés dans les traîneaux, admirer les ravissants paysages, le pittoresque village dans lequel un meurtrier était à présent derrière les barreaux, puis les remparts enneigés flamboyant sous le soleil couchant alors qu'ils revenaient au château.

Des verres de vin chaud aux épices attendaient les mains glacées des invités dans le salon. On porta d'autres toasts. Les domestiques avaient déployé un tourbillon d'activité pendant que tout le monde se distrayait dehors. Le prince voulait des festivités, et chacun s'empressait de lui complaire.

Ravenna avait souvent vu ce genre de fête grandiose, mais toujours depuis les étages inférieurs. Désormais actrice et non spectatrice, elle ne savait comment se comporter. Après le dîner, au salon, elle vit lord Whitebarrow s'approcher d'Iona avec un verre de vin, et un malaise lui noua le ventre. Lord Case se tenait de nouveau à côté d'Arielle, assise au pianoforte. Sur les genoux de la jeune fille, la précieuse petite chienne pour laquelle un homme avait encouragé ses enfants à voler buvait dans une tasse en porcelaine. Pour la première fois en une semaine, Ravenna remarqua la dentelle discrète sur la robe exquise d'Arielle, la tiare scintillante noyée dans ses boucles brunes, et le collier en cuir tressé agrémenté de filigranes d'or autour du cou de Marie.

La Bête n'avait jamais porté un collier pareil. Là, au milieu du luxe et du confort, son chien aurait été assis devant la fenêtre, guettant les lièvres et rêvant de les pourchasser dans la neige.

Elle tressaillit soudain. Une fois de plus, elle avait l'impression que les murs se refermaient sur elle. Elle n'était pas à sa place ici, dans ce monde où d'aimables demoiselles prenaient pour amants des hommes mariés, où de riches jeunes gens désœuvrés entraînaient de pauvres paysans à commettre un crime, et où elle n'avait strictement rien en commun avec le fils d'un marquis. Lord Vitor ne l'avait plus approchée depuis l'annonce faite par le maire. Sans doute se rendait-il compte lui aussi qu'il leur était impossible de poursuivre leur amitié sur un pied d'égalité. La mort de M. Walsh avait bouleversé le château et, pendant un moment, elle avait oublié, comme lui probablement, que ce joyau d'architecture médiévale, de cristal scintillant, d'or et de bijoux, de velours et de satin n'était pas son monde.

Elle s'esquiva et alla chercher les carlins dans la chambre de Petti pour les emmener faire leur promenade du soir dans l'avant-cour. Puis elle se réfugia dans le seul endroit de Chevriot où elle se sentait à sa place.

Après les activités de l'après-midi, les animaux de l'écurie se reposaient dans le calme revenu. Des harnais fraîchement cirés pendaient, et des selles luisaient à la lueur de la pleine lune qui passait par les fenêtres. Ravenna traversa le bâtiment jusqu'à la remise à voitures, sa lampe jetant des reflets ambrés qui se mêlaient aux rais de lumière argentée. Elle ne vit là que le palefrenier âgé du non moins âgé évêque Abraccia, endormi sous son manteau sur le sol d'une stalle.

Revenant vers l'autre extrémité de la bâtisse, elle ouvrit la porte de la stalle où nichaient les chiots et leur mère et fixa du regard la paille vide. Après avoir posé sa lampe sur le banc, elle se pencha pour humer l'air. Il ne restait plus aucune odeur de chien. La mère et ses petits avaient été enlevés, toute trace de leur séjour effacée par une jonchée de paille fraîche.

— Que peut bien faire une demoiselle comme il faut dans une écurie à cette heure tardive ?

Elle pivota sur elle-même.

Lord Case se tenait dans l'encadrement de la porte, les paupières à demi closes, les mains dans le dos, ses cheveux châtains brillant au clair de lune. Il n'avait pas de lampe.

— Attendez-vous quelqu'un, mademoiselle Caulfield ?

— Il y avait une portée de chiots dans cette stalle, expliqua-t-elle. J'étais venue les voir, mais je découvre qu'ils ont disparu. Ils sont rentrés chez eux, je suppose.

Maintenant que les portes du château sont rouvertes, leur maître a pu les récupérer.

Elle réfléchissait à toute allure, sans cesser de parler. Le palefrenier de l'évêque était probablement sourd, et de toute façon trop loin pour l'entendre si elle appelait à l'aide. Il était établi que Martin Anders n'avait pas commis de crime, mais l'enquête bâclée de M. Sepic n'avait pas pour autant révélé la vérité. Lord Case savait qu'elle et lord Vitor menaient leurs propres investigations, et ce dernier ne faisait pas entièrement confiance à son frère. De plus, quelqu'un au château l'avait poussée dans la rivière.

— Ce n'étaient ni des chiens de chasse ni des animaux de compagnie, poursuivit-elle, c'est pourquoi je pense qu'ils n'appartenaient pas au château.

Lord Case pouvait également l'avoir suivie dans des intentions moins nuisibles, mais tout aussi indésirables. À moins qu'il ne soit venu dans l'écurie retrouver une amante ? Elle imaginait mal la délicate Arielle Dijon rouler dans la paille par une nuit d'hiver. Ni par aucune autre nuit, au demeurant. La supplique passionnée d'Iona lui demandant de ne parler à personne de sa scandaleuse conduite revint à l'esprit de Ravenna. Comment sa sœur Arabella pouvait-elle vivre dans ce monde, et de son plein gré ? C'était un mystère.

— Je me rappelle avoir entendu Vitor dire qu'il gardait un petit chien dans la maison, dit lord Case. Faisait-il partie de cette portée disparue ?

— Oui, c'est cela.

— Je vois.

Il avança dans l'écurie et brandit une bouteille et deux verres à pied.

— En ce qui me concerne, je ne suis pas venu ici chercher des chiens.

Il redressa l'un des verres et y versa du vin avec dextérité. Au clair de lune, le breuvage avait une chaude nuance dorée.

— Avez-vous eu l'occasion au cours de cette semaine tumultueuse de goûter au *vin jaune du Jura*, mademoiselle Caulfield ? demanda-t-il sur le ton de la conversation.

— Je n'ai jamais aimé le vin.

Sa bouche était devenue sèche. Il lui barrait la porte. Pour la deuxième fois, un homme la piégeait dans cette écurie. Mais elle ne pensait pas que lord Case la laisserait partir aussi aisément que l'avait fait son frère. Il voudrait d'abord ce pour quoi il était venu.

— Celui-ci vous fera changer d'avis, je pense.

Il lui tendit un verre.

— Il est remarquable, sec et capiteux. Tenez. Je ne vais pas vous mordre. Du moins, pas si vous goûtez à ce divin nectar.

Il sourit, et elle décela quelque chose du sourire de son frère dans la courbe de ses lèvres, mais sans la chaleur ni l'humour.

Elle resserra sa cape autour d'elle.

— Je vais retourner à la maison à présent, si vous voulez bien me laisser passer.

— Ma chère mademoiselle Caulfield, je n'ai pas de mauvaises intentions à votre égard.

Il écarta les mains.

— Je souhaite simplement bavarder. Asseyez-vous, s'il vous plaît, ajouta-t-il en désignant le banc, et buvez un peu de vin pendant que nous faisons connaissance.

— Je n'ai pas envie de boire. Veuillez me laisser passer.

— Oui, Wesley.

La silhouette de lord Vitor remplit l'embrasure de la porte.

— Laisse passer la dame.

— Ah, fit le comte. Comme toujours, tu arrives à point nommé, Vitor. Je viens de servir un verre de vin jaune à Mlle Caulfield. Le suivant était pour toi.

Il posa les verres à pied et la bouteille sur le banc, puis se dirigea vers la porte.

— Je vous souhaite une douce nuit à tous les deux, ajouta-t-il avec un coup d'œil derrière son épaule.

Le bruit de ses pas s'éloigna dans la nuit.

— Vous a-t-il fait peur ? demanda lord Vitor d'une voix rauque.

— Pas du tout. La fourche n'est pas bien loin.

Il ne sourit pas.

— À défaut, ajouta-t-elle, j'aurais utilisé cette bouteille.

Il s'avança vers elle et répéta :

— Vous a-t-il fait peur ?

C'était cela qui effrayait Ravenna : la danse de ses nerfs lorsqu'elle se trouvait en sa compagnie, l'étrange envie d'être avec lui qui rivalisait avec le désir de s'enfuir.

— Non.

Elle le contourna en se baissant et prit le verre qu'avait rempli lord Case.

— Mais finalement, j'aimerais bien goûter ce *vin jaune*. Iona en a bu l'autre jour, et elle n'a pas tari d'éloges. Même lady Pénélope était d'accord, et puisque le prince n'était pas là, on peut considérer qu'elle était sincère.

Il regarda la paille.

— Les chiens ont levé le camp, semble-t-il.

— Je pense que la mère n'avait pas l'intention de mettre bas ici.

Ravenna s'assit sur le banc à côté de la bouteille et du verre vide.

— Si une chienne ne trouve pas d'endroit sûr près de chez elle pour mettre au monde ses petits, elle cherchera un abri ailleurs. Mais les chiots étaient en âge d'être sevrés. Peut-être leur maître les a-t-il enfin retrouvés et récupérés.

Pendant un instant, curieusement, elle songea à sa mère et se dit que ni elle ni son père n'étaient jamais venus rechercher leurs trois filles disparues.

— De quelle race est Gonzalo ? demanda Vitor.

Elle but une gorgée de vin, qu'elle trouva effectivement capiteux.

— C'est un berger, je pense, ou un chien de chasse très singulier. Peut-être un croisement accidentel des deux. Nous pourrions nous renseigner auprès de lord Prunesly, ajouta-t-elle avec un petit sourire.

— Servez-moi un verre de ce vin, ou cinq ou six, et j'irai lui poser la question moi-même.

Elle rit et obéit. Il accepta le verre en prenant soin, lui sembla-t-il, de ne pas toucher sa main, alla à la fenêtre et l'ouvrit. Une pleine lune éblouissante jeta sur lui son faisceau argenté.

— Alors, faudra-t-il que je paie quelqu'un pour cette créature ? s'enquit-il en s'adossant au mur.

— C'est peu probable. C'était l'avorton, le plus faible de la portée. Il aurait certainement été noyé dans la rivière.

— Ah. Et au lieu de cela, il est devenu mon protégé, dit-il, mi-figue, mi-raisin.

— Ne me le reprochez pas. Je n'ai fait que vous le donner. Personne ne vous obligeait à le garder.

— N'ai-je pas entendu : « Il est trop tard. Il vous appartient, maintenant » ?

Il se baissa et s'assit sur la paille fraîche avec une économie de mouvement et une souplesse étonnantes chez un homme à la silhouette si puissante.

— Avez-vous changé de point de vue depuis ce matin ?

— Était-ce seulement ce matin ? demanda-t-elle par-dessus son verre.

L'arôme du vin lui chatouillait les narines.

— Quelle étrange journée nous avons vécue... ajouta-t-elle.

— Parce que, pour vous, les jours qui l'ont précédée étaient anodins ? À l'évidence, vous menez une vie trépidante.

Elle le regarda droit dans les yeux.

— Comment M. Paul a-t-il pu s'introduire dans le château au nez et à la barbe des gardes du prince ? Et après le meurtre, comment s'est-il échappé sans qu'on le remarque ?

— Un domestique a pu lui faciliter l'accès. Je me suis renseigné auprès du personnel de cuisine. Tous nient avoir vu l'adjoint du maire dans la maison. Demain, j'interrogerai les autres serviteurs.

Elle aurait dû deviner qu'il s'en chargerait. Peut-être ne l'avait-il pas évitée, cet après-midi-là, mais avait-il simplement été occupé à autre chose.

Elle plongea les yeux dans son vin.

— Est-ce le genre de chose qu'on apprend dans les monastères catholiques ? À interroger des domestiques et à pourchasser des assassins ?

Il ne répondit pas. Rassemblant son courage, elle leva les yeux vers lui. Un petit sourire retroussait le coin de sa bouche.

— Y avait-il longtemps que vous attendiez de me poser cette question ?

— Non.

Elle détourna les yeux.

— Je n'ai appris que cet après-midi la profonde piété de votre passé.

Elle fixa ses doigts, qu'elle fit courir sur le rebord du verre à pied.

— Est-ce vraiment du passé, d'ailleurs ?

De petits papillons tournoyaient dans son ventre. Elle n'aurait pas dû se soucier de ce qu'il répondrait, mais le vin diffusait une douce chaleur dans ses membres, et elle avait envie de savoir. Ou, plutôt, besoin de savoir.

— Pourquoi vous y intéressez-vous ? demanda-t-il d'un ton léger.

— Imaginez que l'adjoint ne soit pas l'assassin et que le maire doive rouvrir le dossier…

Elle prit la bouteille, se leva et avança jusqu'à lui.

— Il ne lui serait pas commode de devoir vous traquer tout en haut de je ne sais quel sommet lointain, comprenez-vous ?

— Vous voilà fort attentionnée envers notre ami français.

— N'est-ce pas ?

Elle s'assit à côté de lui, ramena ses jambes sous elle et lui tendit la bouteille.

— Mais surtout, je me demande si les moines ont le droit d'avoir des chiens.

Il remplit son verre.

— Cela dépend probablement du monastère. Certains sont plus stricts que d'autres concernant les possessions personnelles.

— Garderiez-vous Gonzalo ?

Il éclata de rire.

— Ravenna...

Elle lui prit la manche.

— Répondez-moi. Le garderiez-vous ?

Il baissa les yeux vers sa main et elle la retira, mais une étrange impression l'envahit, comme si sa main réclamait de rester sur lui.

— Je ne pense pas que Gonzalo m'autoriserait à l'abandonner, répondit-il. S'il n'est pas ici maintenant, c'est uniquement parce qu'il a sombré dans un profond sommeil après avoir couru à côté des traîneaux tout l'après-midi.

Il marqua une pause avant d'ajouter :

— Mais la question ne se pose pas. Ma vie de moine est derrière moi.

Ravenna se laissa aller en arrière dans la paille, en relâchant enfin l'air qui lui comprimait les poumons. Il était véritablement remarquable que deux gorgées de vin puissent exacerber ainsi les sentiments.

— Pensez-vous que M. Anders boive du vin ?

— Je crois l'avoir vu faire.

Elle entendit le sourire dans sa voix.

— Vous vous moquez de moi, mais cela ne me dérange pas.

— Je ne me moquais pas de vous.

— Bien sûr que si. Votre frère se battra-t-il en duel demain à l'aube contre M. Anders ?

— À la requête de Mlle Dijon et de son père, il y a renoncé. L'animal n'ayant pas été maltraité, le général a également pardonné à lord Prunesly de l'avoir kidnappé. Il semblerait que l'intérêt porté aux chiens qu'il élève par un noble titré en accroisse la valeur. Ils ont conclu un arrangement, et lord Prunesly exhibera finalement la chienne lors de sa conférence scientifique.

— À la suite de quoi toutes les jeunes filles à la mode voudront un chiot comme celui d'Arielle. C'est ingénieux. Mais me voilà soulagée. Martin Anders est tout simplement très sot. Je me demande comment j'ai pu voir en lui un éventuel suspect.

— Vos soupçons s'étaient dissipés depuis votre rencontre nocturne.

Il y avait quelque chose d'étrange dans la voix de lord Vitor. Ravenna rouvrit les yeux. Il regardait dans son verre de vin, peut-être pour y débusquer la magie qui chavirait les pensées et intensifiait l'acuité des sentiments.

— Je ne crois pas qu'il me voulait du mal, dit-elle.

Il leva vivement les yeux vers elle.

— Anders ?

— Votre frère. Tout à l'heure. Et finalement, je lui suis très reconnaissante pour le vin.

— Vraiment ?

— Parlez-moi de la femme qu'il a failli épouser, la sœur de M. Walsh, celle qui est morte parce qu'elle a eu le cœur brisé.

Elle n'aurait pas dû poser ces questions. Il y répondit cependant.

— Elle s'appelait Fannie. Lorsque Walsh travaillait pour mon père, les premières années, elle vivait avec leur mère et leurs grands-parents à Bath et rendait rarement visite à son frère. Mais quand elle a eu quatorze ans, sa mère et son grand-père ont été emportés par la fièvre, et sa grand-mère et elle sont venues vivre à

Airedale. C'est alors, il me semble, que Wesley s'est mis à être obnubilé par elle.

— Quel âge avait-il ?

— Dix-huit ans.

— Lui a-t-il fait la cour ?

— Trois ans plus tard.

— Il était très épris.

— Et surtout, je crois, sûr de lui. Il ne voyait pas de raison d'attendre davantage. De plus, c'était une très jolie fille, d'une nature ouverte, ce qui l'incitait à ne pas traîner.

Ravenna ferma les yeux et inspira lentement par le nez. L'air frais éclaircit ses idées quelque peu cotonneuses.

— Il était l'héritier d'un titre, et elle la sœur d'un employé de son père. Quel mariage plus avantageux aurait-elle pu espérer ?

Il ne répondit pas.

Les joues soudain brûlantes, Ravenna tourna la tête et étudia les traits de son compagnon dans la lumière or et argent de la lampe et de la lune. Son beau visage était serein, comme c'était souvent le cas. Elle comprenait maintenant pourquoi : ce calme était le résultat d'années de recueillement monastique.

— Que s'est-il passé lorsqu'il lui a demandé sa main ? reprit-elle.

— Mon père s'y est opposé. C'eût été une criante mésalliance. Et je crois qu'il nourrissait en outre certaines réserves à l'égard de Fannie.

« Une très jolie fille, d'une nature ouverte. »

— Sa moralité ?

— Peut-être.

— Comment votre frère l'a-t-il pris ?

— Il a plaidé sa cause avec fougue, mais notre père n'a jamais cédé. Quand Walsh a compris que sa sœur ne serait pas comtesse, il a accusé Wesley de l'avoir séduite. Mon frère a affirmé qu'il ne l'avait pas déshonorée. Furieux, il a provoqué Walsh en duel. Ils se sont rencontrés le lendemain à l'aube, et il lui a tiré dans le bras.

— L'empressement avec lequel les gentlemen prennent les armes pour régler leurs querelles est véritablement remarquable, murmura-t-elle. Que s'est-il passé ensuite ?

— Ensuite ?

— Après le duel.

Un long silence suivit. Puis il répondit :

— Fannie a reporté son attachement sur un autre homme.

Ses yeux habituellement si chaleureux et directs se détournèrent.

— Ce n'était pas réciproque. Peu après, elle est tombée malade.

— Sa volonté de vivre devait être affaiblie auparavant. Les animaux ne souffrent pas de ce genre de mort s'ils sont aimés et bien traités. Seuls les humains succombent à la mélancolie de cette façon.

Il baissa les yeux vers elle.

— Vous disiez que vous ne pensiez pas qu'on puisse mourir d'un chagrin d'amour.

— En effet.

— Et cependant, vous venez de suggérer l'inverse.

— Les faibles manquent de volonté. Cette fille, cette Fannie, était-elle faible ?

Il se frotta les yeux.

— Pouvons-nous discuter d'autre chose, Ravenna ? Cette conversation m'épuise.

— Oh, certes, nous ne voudrions pas fatiguer Son Excellence.

Il sourit.

— Non.

Elle se tourna vers la fenêtre. La lune presque ronde était sévère et lointaine, et son souffle devant sa bouche produisait de petits nuages de vapeur. Pourtant, enveloppée dans sa cape épaisse, elle sentait à peine le froid.

— Les nuits comme celle-ci, La Bête et moi nous promenions dans le parc de Shelton Grange à la recherche de lièvres. On y voyait aussi bien qu'en plein jour.

— Vous ne le faites plus ?

— La Bête m'a quittée. Je suppose que quelque part là-haut, dit-elle en montrant le ciel, il existe un jardin enneigé dans lequel elle pourchasse les lièvres au clair de lune.

Vitor ne répondit pas. Puis, d'une voix endormie, il finit par dire :

— Si votre chien ressemblait au monstre que vous avez déposé sur mon oreiller, il doit plutôt être en train de déchiqueter les bottes immaculées des anges, en ce moment. Je crois entendre les chérubins et les séraphins grogner de conserve.

Ravenna éclata de rire, tandis que le plaisir réchauffait sa poitrine. Elle n'avait pas éprouvé une telle joie depuis des mois. Mais, contrairement au bonheur paisible d'avant, un désir sous-jacent couvait en elle, comme si la véritable félicité était juste derrière une porte qu'elle n'osait ouvrir.

Son compagnon garda le silence, les mouvements de sa poitrine aussi réguliers que s'il dormait.

— Je suis désolée que Gonzalo vous ait empêché de dormir.

Les paupières closes, il fit un petit geste de dénégation de la main. Au repos, son visage était d'une beauté frappante, et l'ombre de sa barbe trop prononcée pour un moine ou un noble. Les doigts de Ravenna la démangeaient maintenant du désir de caresser sa joue et sa mâchoire, de s'enfouir dans la texture soyeuse de ses cheveux noirs…

— Voyez-vous quelque chose d'anormal dans ce que vous regardez ? demanda-t-il sans rouvrir les yeux. Est-ce la raison de votre examen prolongé ?

Elle rit.

— Auriez-vous des paupières transparentes ?

— À la guerre, un homme apprend à affûter tous ses sens.

— Je me réjouis qu'ils aient été assez affûtés pour que vous rentriez vivant.

— Merci. Moi aussi, je m'en réjouis, surtout en ce moment.

Le cœur de Ravenna se mit à battre encore plus fort. Jamais elle n'avait connu quelqu'un comme lui. Et cependant, alors même qu'elle appréciait son humour et leur amitié, le désir enflait en elle.

— Aujourd'hui, commença-t-elle sans trop savoir ce qu'elle allait dire, lorsque M. Sepic a annoncé ses conclusions, je me suis demandé si...

Quelle mouche la piquait ?

— Je veux retrouver l'assassin, naturellement, reprit-elle. Le vrai. Mais... en même temps, j'ai peur que tout cela se termine. Faites que cela ne s'achève pas, chuchota-t-elle.

Il se tourna vers elle ; la lampe éclaira son visage sérieux mais plongea ses yeux dans l'obscurité. Il se pencha et glissa une main autour de son cou et dans ses cheveux. Une caresse douce comme une prière effleura sa mâchoire, puis sa lèvre inférieure. Elle frissonna de plaisir et de crainte.

— Je vous croyais endormi, murmura-t-elle. Tout à l'heure, quand je vous observais.

— Me pensez-vous capable de dormir alors que vous êtes près de moi ? demanda-t-il doucement.

Les papillons s'affolaient dans le ventre de Ravenna.

— Avez-vous l'intention de m'embrasser ?

— Je ne peux pas.

— Et pourquoi donc ?

— Vous m'avez fait promettre de ne jamais plus vous embrasser dans une écurie.

Elle fixa sa bouche des yeux.

— Je vous délivre de cette promesse.

# 15

# Le loup et le lièvre

Il s'empara de ses lèvres. Sa bouche l'effleurait à peine, et elle eut davantage la sensation qu'il la respirait qu'il ne l'embrassait, caresse de chaleur contrastant avec le froid qui les encerclait.

— Vous êtes exquise, Ravenna.

Sa voix lui parut étonnamment frémissante. Mais il divaguait.

— Je ne suis pas...

C'est alors qu'il l'embrassa vraiment. Il captura fermement ses lèvres sous les siennes et la rapprocha de lui en la prenant par la nuque. Elle n'avait embrassé personne excepté lui, brièvement et contre son gré, et jamais elle n'aurait imaginé que cela puisse procurer de telles sensations. Ni dure ni tendre, sa bouche ordonnait à la sienne de lui rendre le baiser. Ce qu'elle fit, avec empressement. Il avait le goût du vin ambré, et elle ressentit instantanément un mélange de bien-être, de danger, de ravissement et d'excitation. Ses mains montèrent toutes seules jusqu'aux épaules de Vitor et s'y agrippèrent, et il se pencha au-dessus d'elle. Cette fois, mue par un puissant désir de se plaquer contre lui, elle ne détesta pas être emprisonnée sous son corps. Lorsque ses lèvres tentèrent de forcer la barrière des siennes, une onde de chaleur la traversa.

Peut-être avait-elle produit un son, car il releva vers elle ses yeux indigo interrogateurs.

Le souffle court, elle s'obligea à parler.

— Quand vous avez déposé un baiser sur mon front ce matin, j'en ai déduit que cela ne vous intéressait plus de m'embrasser autrement.

— Si.

Lui aussi respirait vite.

— Mais...

— Une promesse, c'est sacré.

Il encadra son visage de ses deux mains, et son regard sur sa bouche lui parut aussi flou que sa tête embrumée. Le vin était fort, mais ils n'avaient pas bu tant que cela.

— Si je vous faisais jurer de continuer à m'embrasser ainsi, dit-elle, jusqu'à ce que je vous ordonne de cesser, honoreriez-vous également cette promesse ?

— Je suis un homme de parole.

— Et d'actes, j'espère, eut-elle tout juste le temps de dire avant qu'il ne recouvre sa bouche.

Cette fois-ci, il caressa de la langue ses lèvres fermées. Un frisson de plaisir la parcourut. Il recommença, et Ravenna entrouvrit les lèvres. Sa bouche le voulait à l'intérieur d'elle. Tout son être le voulait à l'intérieur d'elle. Elle se sentait tout affaiblie. Vertige. Désir. Leurs corps emmêlés, brûlants et ardents... Cet affolement des sens réclamait davantage que ce contact à travers les vêtements, que ces caresses. Timidement, elle autorisa la pointe de sa langue à chercher la sienne.

— Ravenna...

Il prononça son nom dans un gémissement qui tenait du râle.

— Cessez de me tourmenter.

— Je ne vous tourmente pas. Je veux vous toucher.

La caresse de sa langue contre la sienne se fit plus ardente, envoyant des aiguillons de désir dans tout le corps de la jeune femme. Quelque chose en elle aspirait ardemment à une plénitude qu'elle ne connaissait pas, mais qu'elle pouvait identifier comme le besoin de s'accoupler. Le désir surgissait partout. Sur sa langue qu'il léchait, entre ses jambes, où le supplice culminait, dans ses seins, aussi.

— Et je veux que vous me touchiez, ajouta-t-elle.

Cela devenait soudain un besoin viscéral.

La paume de Vitor caressa son visage, puis son épaule, avant de descendre sur le décolleté de sa robe au-dessus de ses seins. Il baissa la tête et, là où ses doigts jouaient avec la lisière de son corsage, il posa la bouche.

Un plaisir choquant envahit Ravenna. Le frottement de sa barbe naissante contre sa poitrine, ses lèvres caressantes la faisaient sombrer dans l'extase.

— Magnifique, murmura-t-il d'une voix assourdie contre sa peau. Ceci. Vous.

Sa bouche sur elle était brûlante. Il prit son sein en coupe, et son grognement s'ajouta aux petits cris qu'elle étouffait.

Il releva la tête. Ses yeux fiévreux, presque brumeux, reflétaient le désespoir qu'elle éprouvait. La gorge de Ravenna produisit un râle de protestation, et elle posa une main sur celle de Vitor pour enlacer ses doigts aux siens. Son mamelon était durci sous le tissu. Les yeux sombres de Vitor restèrent rivés aux siens tandis qu'il le caressait, et un nouveau gémissement échappa à Ravenna, puis un autre. Plus rien ne comptait maintenant que le désir de le sentir davantage, de l'avoir à l'endroit où les élancements étaient le plus insupportables. Elle souleva les cuisses et se cambra vers lui. Mais sa robe trop étroite la gênait.

Elle tira sur ses jupes.

— Aidez-moi. Aidez-moi !

L'impatience la rendait folle.

De ses mains fortes et remarquablement habiles, il remonta ses jupes jusqu'aux cuisses, puis plus haut. Elle écarta les genoux et se laissa dénuder. Oui. Oui ! Mille fois oui. Un son jaillit de sa gorge, un son qu'elle n'avait jamais entendu, auquel fit écho le grondement de plaisir dans la poitrine de Vitor.

Il appuya sa joue contre la sienne et l'enfonça dans la paille, et plus rien d'autre n'exista que les sensations, la volupté, les élancements, de plus en plus désespérés tandis qu'elle s'accrochait à lui.

— Oh, soupira-t-elle. Comme j'en ai envie…

Il couvrit ses lèvres des siennes et l'embrassa avec une ardeur d'affamé, prenant possession de sa bouche comme elle voulait qu'il prenne possession d'elle. Il toucha son visage, sa peau contre la sienne, brûlante, parfaite… Il la rendait folle. Elle serra les cuisses autour de lui et gémit. Il lui en fallait davantage. Abandonnant ses lèvres, il fit courir une main le long de sa gorge, puis sa bouche suivit le même chemin. Chaque caresse était un nouveau plaisir. Il reprit son sein dans sa main, et elle se pressa contre sa paume. Ses mamelons étaient tendus contre ses vêtements, enflés, endoloris par le désir. Qu'il les touche ! Qu'il la déshabille et la touche partout !

Tout contre sa gorge, il murmura :

— Je n'étais pas venu ici dans cette intention.

Elle agrippa ses épaules.

— Moi si, je crois.

— Je voulais seulement vous rejoindre. Je… j'éprouve le besoin le plus puissant d'être auprès de vous.

— Je crois que je vous veux plus près de moi, maintenant.

Des oiseaux sauvages avaient éjecté de son ventre les papillons pour y nicher. Ses jambes étaient faibles, son corps tout entier frémissait.

— Le plus près possible.

— Ravenna…

— S'il vous plaît.

Le pas était aisé à franchir. Vitor était déjà à l'endroit où elle le voulait, et elle sentait son membre rigide. Seuls son pantalon et un pan de chemise la séparaient de l'assouvissement.

274

— S'il vous plaît, répéta-t-elle.

Il n'attendit pas davantage. Être touchée par une chair qui n'était pas la sienne causa à Ravenna le choc le plus extraordinaire. Puis, doucement, il s'enfonça. Et enfin, il la perça, comme une pièce de cuir sous un poinçon. Elle avala une bouffée d'air et, pendant un instant, éprouva des regrets. Mais le gémissement qui jaillit de la poitrine de Vitor, si puissant et si satisfait, attisa son désir. Son corps s'ouvrit tout simplement à lui tandis qu'il la pénétrait entièrement. Son sexe était volumineux, et elle se sentit étirée, comblée et... extraordinairement remplie.

Le torse de Vitor se souleva, tandis qu'il abaissait son front contre le sien.

Affolée, elle perçut soudain l'air froid sur ses jambes gainées de bas. Les béliers et les étalons ne s'interrompaient jamais ainsi. Ils menaient à bien leur besogne avant que la femelle puisse s'échapper.

— Qu'est-ce qui ne va pas ? chuchota-t-elle.

— Un instant, dit-il d'une voix tendue.

Elle essaya de déglutir, mais en fut incapable. Sa gorge contractée était complètement déshydratée. Il avait été moine. Lui avait-elle fait rompre un vœu ? À moins que... Non !

— Vous l'avez déjà fait. N'est-ce pas ? demanda-t-elle.

— Pas avec vous.

Sa voix était inhabituellement grave.

— Eh bien, heureusement que l'un d'entre nous l'a fait, car... Oh !

Il s'enfonça de nouveau en elle, et l'univers de Ravenna explosa. Il la possédait, et c'était tout simplement parfait, comme si son corps avait été conçu pour être rempli par lui. Elle crispa les mains sur ses épaules. Voilà. C'était là ce qu'elle voulait.

— L'un d'entre nous ? demanda-t-il d'un ton rauque.

Il allait et venait en elle, la plaquant contre la paille, délicieusement dur, délicieusement loin.

Oui... Cette friction. Cette délicieuse union. Cette profonde caresse...

— Oh.

— L'un d'entre nous ? répéta-t-il.

— Deux d'entre nous, maintenant.

Comment était-il possible qu'elle n'ait jamais connu cela ? Pourrait-elle jamais s'en rassasier, désormais ?

— Oh oui.

— Ravenna...

Elle aurait voulu que cela ne cesse jamais. L'avoir en elle n'était que plaisir, désespoir et satisfaction tout à la fois.

— Oui. S'il vous plaît...

— Ravenna.

Vitor se figea.

— Êtes-vous vierge ?

— Plus maintenant.

Avec effort, il se souleva et se retira. Elle eut à peine le temps de percevoir l'air froid sur l'intérieur de ses cuisses qu'il rabattait ses jupes et reboutonnait précipitamment son pantalon.

— Comment pouvez-vous être vierge ? demanda-t-il d'une voix tremblante.

Il passa la main dans ses cheveux, l'air complètement perdu.

— C'est impossible !

Elle était incapable de respirer.

— Vous n'arrivez pas à comprendre comment une personne peut être vierge, puis ne plus l'être l'instant d'après ?

Il la fixait des yeux, hébété.

— Vous avez dit « s'il vous plaît ».

— Une vierge ne peut-elle pas être polie ?

— Et tout ce discours sur la vertu des femmes qui ne réside pas dans leur virginité ? Et votre loyauté envers lady Iona ?

— Eh bien, je disais simplement ce que je pensais. J'ai les idées larges et je suis une amie indulgente.

Elle se redressa. Elle avait soudain froid.

— Ma famille m'aurait-elle envoyée courtiser un prince si je n'étais pas vierge ?

Il désigna la porte.

— La moitié des jeunes filles sous ce toit ne le sont plus.

— Comment le savez-vous ?

Oh non. Il n'avait pas pu faire cela avec d'autres ? Mais il était si séduisant. Il avait toutes les femmes à ses pieds.

— Avez-vous… je veux dire… avec… Oh.

Une soudaine nausée monta en elle.

Il lui saisit le poignet.

— Non. Je n'ai rien fait. Ce n'est pas ainsi que je l'ai su. On m'a envoyé ici pour découvrir ces choses-là, rappelez-vous.

Il la lâcha. Elle enfonça vivement la main dans un repli de sa cape.

— Vous l'ignoriez à mon propos.

— Je ne me suis pas renseigné sur vous.

Sa voix était particulièrement pâteuse. Il n'avait pourtant bu que deux verres de vin. Ici, du moins. Sans doute avait-il bu avant et était-il déjà ivre quand il était arrivé à l'écurie. Peut-être était-il venu la trouver uniquement parce qu'il était soûl.

— Eh bien, vous auriez dû, manifestement, répliqua-t-elle.

Elle avait soudain perdu toute confiance en elle et avait le cœur lourd. Elle qui redoutait tant que leur amitié s'achève venait d'y mettre un terme.

— Si vous l'aviez su, m'auriez-vous séduite ?

— Séduite ?

Son expression était vide, comme s'il fournissait un effort de mémoire. Il semblait avoir du mal à fixer son regard.

— Je ne vous ai pas séduite. Vous étiez consentante. Du moins le croyais-je.

— Et prête.

— Et ivre. Tout comme moi.

Il passa une main sur ses yeux.

— Mon Dieu, qu'ai-je fait ? Je le regretterai demain matin.

Ravenna eut l'impression de recevoir un coup à l'estomac. Elle s'écarta.

— Il n'y a rien à regretter. Il ne s'est rien passé.

Il se rembrunit.

— Il ne s'est rien passé ?

— Mon expérience est certes limitée, ou plus exactement inexistante, mais j'ai assisté à suffisamment de coïts chez les animaux pour savoir qu'il ne s'est rien passé ici. Même les oiseaux s'accouplent plus longtemps que cela.

— Des accouplements d'oiseaux ?

Il ne riait pas. Mais elle n'avait pas dit cela pour plaisanter. Son indignation s'était transformée en une brûlure douloureuse.

— Vous savez, finalement, je ne pense pas que je remercierai lord Case d'avoir apporté ce vin.

Elle s'enveloppa dans sa cape et partit en courant.

Pendant un moment, Vitor fut incapable de bouger. Le choc, le désir et la confusion bataillaient dans son esprit embrumé. Les jambes engourdies, il se leva tant bien que mal et lui emboîta le pas. Il atteignit la porte de l'écurie juste à temps pour la voir rentrer dans le château, mais sa vision était floue, des mouches dansaient devant ses yeux, et il avait la tête incroyablement lourde. Il eut beau s'ébrouer, le brouillard ne disparut pas.

Il ne lui fallut que quelques secondes pour retourner dans l'écurie, prendre son verre vide et se maudire. Il regarda autour de lui. Le verre de Ravenna était presque plein. Mais lui en avait bu deux.

Du vin empoisonné.

Il ne pouvait croire cela de son frère. Non. Malgré le passé.

Pourtant...

Il ne sentit pas d'autre odeur dans la bouteille que celle du raisin fermenté, mais il ne s'y connaissait guère en poison ; il savait uniquement que certains laissaient peu de traces. Il prit la bouteille et les verres et se mit en route aussi vaillamment que possible, en titubant et en renversant du vin dans la neige fondue.

La neige fondait ?

Voilà pourquoi l'écurie n'était pas complètement glaciale. Le réchauffement de la température, la drogue et son corps sous le sien l'avaient réchauffé.

*Son corps de vierge.*

S'il avait été dans son état normal, il n'aurait pas fait cela. Elle aurait eu beau le supplier, il se serait ressaisi.

Balivernes. Dans son état normal, il aurait eu envie d'elle sous lui comme il en avait envie depuis une semaine.

Un homme montait la garde devant la porte. Vitor le contourna. Aucun n'était digne de confiance. Il emporta le vin dans l'aile réservée aux femmes, le posa sur un guéridon et frappa à la porte de Ravenna.

Elle l'entrouvrit. Elle semblait en bonne santé. Il essaya de se concentrer sur ses yeux. Ils avaient brillé de désir dans l'écurie... Du moins en avait-il eu l'impression. Mais il ne se fiait plus à aucun de ses sens. Il ne voyait plus maintenant que des ombres floues.

— Allez-vous bien ? demanda-t-il d'une voix pâteuse.

Sa langue était épaisse dans sa bouche.

— Personne... personne ne vous a suivie ?

— Excepté vous.

Était-elle en colère ? Irritée ? Blessée ? Il ne distinguait pas son visage et était incapable de déchiffrer son ton. La tête lui tournait. Il s'agrippa au chambranle.

— Allez-vous bien ? répéta-t-il.

Ou du moins, crut-il répéter.

— Oui. Mais je ne...

— Drogué.

Avait-il réellement parlé ?

— Poison.

Il ne sentait plus ses jambes.

— Le vin.

— Oh non !

Elle ouvrit entièrement la porte et le toucha, lui sembla-t-il.

— Vos yeux sont bizarres. Ô mon Dieu !

Il sentit les mains de Ravenna qui empoignaient ses bras.

— Que dois-je faire ? Dites-le-moi, supplia-t-elle.

Il n'arrivait pas à garder les yeux ouverts.

— Sebastiao, articula-t-il.

— C'est le prince qui vous a empoisonné ? Mais lord Case...

— M'aider...

Seul un point lumineux trouait les ténèbres. Pas de clair de lune comme dans l'écurie. Pas de femme chaude et offerte sous lui. L'épuisement. Le froid. L'angoissant vertige.

Il marchait, les jambes lourdes. Mais, autour de ses poignets, les liens étaient des mains, et les cordes, des doigts, cette fois-ci. Il ne dirait rien. Il n'avait rien à dire. Il n'avait rien fait de mal. Il avait été loyal envers le roi et son pays. Ils ne le forceraient pas à proférer des mensonges.

Ils essayaient de le noyer. L'eau coulait à flots dans sa bouche et il s'étranglait, mais il s'obligeait à avaler, encore et encore. Il ne les laisserait pas gagner.

Des voix lui parvenaient, des murmures étouffés. Des cris, parfois. Des voix familières. Avant aussi, il y avait eu une voix familière. Aimée. Deux voix différentes. Celle d'un homme et celle d'une femme. Avant, il n'y avait pas eu de cris. Uniquement des bruits réguliers et tranquilles. Mais... était-ce la voix de Sebastiao qu'il avait entendue ? Non. Il ne pouvait le croire. C'était impossible. Et pas Ravenna non plus. Jamais Ravenna.

Il serra les dents. Il ne dirait rien. Pas même la vérité. S'il s'autorisait à ouvrir la bouche, dès que viendrait la douleur, il raconterait tout ce qu'on voudrait.

La tache lumineuse remuait tel le balancier d'une horloge. Puis elle s'immobilisa.

Il était allongé sur le dos dans un lit. Les liens avaient disparu. Au-dessus de lui, le ciel de lit était doré. Il ferma les yeux.

Quand Vitor se réveilla, une douleur fulgurante lui vrillait le crâne. Il avait la langue horriblement sèche, et le bras étrangement chaud.

Il entrouvrit les paupières.

L'aube. Le petit matin. Sa chambre. Son lit. Un chien roulé en boule contre son bras.

Il inspira plusieurs fois, se redressa dans le lit et se frotta le visage. Le chiot s'étira et le salua avec enthousiasme. Vitor le gratta derrière les oreilles, mais il avait les mains raides et se sentait faible, et lorsque Gonzalo se rapprocha pour en réclamer encore, il dit :

— Non.

Le petit animal baissa les oreilles et s'aplatit sur le matelas.

Il aurait dû dire non dans l'écurie aussi, la veille. Dès qu'il avait senti le vin lui monter à la tête, il aurait dû s'en aller. Mais il y avait eu les mains de Ravenna sur lui, sa peau douce, ses petits cris de plaisir, sa bouche… S'il n'avait pas bu, la femme allongée sur la paille aurait largement suffi à l'enivrer.

Une feuille de papier pliée en deux était posée sur son lit, non loin de la queue frétillante de Gonzalo. Étonnant que le chiot ne l'ait pas dévorée. Sans doute tout ce cuir de qualité supérieure l'avait-il rassasié. Vitor prit la missive. Le cachet de cire et l'écriture étaient ceux de Sebastiao.

*Le vin est rangé en sécurité dans ma chambre. La femme est également rangée en sécurité dans la sienne.*

Son jeune frère s'était toujours cru drôle. Mais, ce matin-là, Vitor n'était pas d'humeur à rire. Il poursuivit sa lecture :

*Mlle Caulfield a su vous maintenir éveillé jusqu'à ce que les effets toxiques du poison se soient dissipés. Elle a insisté pour vous faire avaler de l'eau, bien que j'aie contesté sa méthode et recommandé du vin, ou au moins un remontant. Mais elle a tenu bon. J'ai été obligé de faire fondre moi-même de la neige dans l'âtre. De la neige ! Elle s'est montrée catégorique et a refusé qu'un domestique s'acquitte de cette tâche. J'ai moi-même transporté des seaux de neige dans votre chambre, comme un serviteur. Jamais je n'ai été plus humilié, mais il faisait nuit et personne ne m'a vu. Et bien sûr, votre vie était en jeu, je ne pouvais discutailler. Je l'ai laissée rester le temps du traitement, mais je lui ai interdit d'assister à ses conséquences. Sentez-vous libre de me remercier d'avoir eu cette considération. Pour être honnête, j'ai bien cru que vous alliez quitter ce bas monde, et comme vous étiez incapable de parler, nous ne pouvions pas juger vraiment de la gravité de votre état. Mais Mlle Caulfield n'a jamais faibli dans sa conviction que vous survivriez. Elle est remarquablement intelligente. Je n'ai aucune idée de ce que vous avez fait pour susciter sa colère, mais si elle n'avait été aussi déterminée à vous maintenir en vie, je pense qu'elle vous aurait assommé avec le tisonnier. Peut-être l'épouserai-je et, finalement, de nous deux, sera-ce moi l'adulte...*

Vitor appela son valet de chambre et s'habilla. Il aurait préféré se raser lui-même, mais ses mains tremblaient encore un peu, et il ne voulait laisser personne penser qu'il n'était pas dans son état normal.

Il écrivit rapidement deux messages qu'il fit envoyer à chacun de ses frères. Puis il partit à la recherche de sir Beverley Clark.

Assis seul à la table de la salle à manger, le baronnet sirotait une tasse de café. Il fit un signe de tête lorsque Vitor pénétra dans la pièce.

— Milord.

Vitor s'approcha de lui.

— Je désirerais m'entretenir avec vous, monsieur.

— Concernant la pupille de M. Pettigrew, je suppose, dit sir Beverley, comme si des hommes sollicitaient une audience avec lui tous les jours à propos de Ravenna.

— Sa pupille ?

— Il y a trois ans, il a fait de Mlle Caulfield sa pupille et son héritière. Elle l'ignore encore.

Il étudia Vitor de ses yeux sérieux.

— Ainsi, voyez-vous, elle n'est pas la domestique démunie pour laquelle vous la prenez. Bien au contraire.

— J'ai cru comprendre qu'elle avait une famille. Des sœurs. Un père.

Sir Beverley porta sa tasse à ses lèvres.

— Un pauvre pasteur de campagne qui l'a autorisée à aller occuper un emploi dans la maison lointaine d'un gentleman inconnu à l'âge de dix-sept ans, sans autre protection qu'un gros chien noir. Lorsque Pettigrew s'est adressé à lui pour la dévolution du tutorat, le révérend Caulfield y a consenti sans la moindre difficulté.

Une nouvelle gorgée de café.

— Voyez-vous, Pettigrew et moi-même considérons depuis longtemps Ravenna comme étant sous notre responsabilité.

Il reposa sa tasse.

— Elle a perdu son chien il y a quelque temps. Elle l'a pleuré pendant des mois. Je ne doute pas qu'elle porterait le deuil si elle approuvait ce genre de démonstration.

C'était un avertissement. Vitor hocha la tête.

— Je comprends, dit-il. À présent, parlez-moi de l'oiseau.


Ravenna ne s'attendait pas à voir lord Vitor Courtenay se présenter à sa porte ce matin-là avec un bouquet de fleurs et des excuses en règle sur ses lèvres parfaites. Mais elle ne s'attendait pas non plus que le valet du prince lui barre la route lorsqu'elle voudrait quitter sa chambre pour descendre prendre son petit déjeuner.

— Ordre de lord Vitor, *mademoiselle*.

— Lord Vitor ne décide pas de mes allées et venues. Laissez-moi passer.

— Je ne le puis, *mademoiselle*. Son Altesse l'a interdit.

Elle passa dix minutes à essayer de le convaincre. Puis elle referma la porte de sa chambre, tourna la clé et enjamba le rebord de la fenêtre. Une vigne vierge courait le long du château sur la façade sud, et le sol n'était pas trop bas pour quiconque ne craignait pas de déchirer un peu sa robe. Elle demanderait à sa sœur Arabella de lui prêter de l'argent et rembourserait intégralement Ann pour toutes ses toilettes gâchées. Ses bas n'étaient pas ressortis intacts non plus de la petite aventure dans l'écurie.

Ni ses bas ni son amour-propre.

Elle savait que Vitor voulait la protéger de lord Case. Mais, en franchissant le seuil du château par la grande porte, elle apprit que le valet de chambre du comte n'avait pas encore été appelé dans les appartements de son maître pour l'habiller. Lord Case n'était pas levé. Elle pouvait aller et venir sans craindre pour sa vie, surtout si elle ne buvait pas de vin.

Elle se dirigea vers la salle à manger. Après les longues heures passées à faire les cent pas dans la chambre de lord Vitor, son estomac criait famine. Le soulagement de le savoir sauvé lui avait aussi ouvert l'appétit.

Il n'était pas mort. Elle avait soigné un nombre incalculable de bêtes et d'hommes, mais jamais elle n'avait été aussi heureuse de voir le délire de son patient se transformer en épuisement. Les larmes lui étaient montées aux yeux, et elle avait failli se donner en spectacle devant le prince. Mais il semblait aussi ému qu'elle.

— Il m'est tellement cher, avait-il marmonné, son épaule sous celle de Vitor tandis qu'ils l'installaient sur son lit. Je ne pourrais pas me passer de lui.

— Pas la peine, avait-il murmuré à leur surprise. Ni l'un ni l'autre.

Mais ses yeux étaient fermés, et il avait l'air de parler en dormant. Le prince en personne avait rabattu le couvre-lit sur lui et dit à Ravenna qu'il resterait à son chevet pendant qu'elle irait se coucher.

Elle se servit une tasse de thé, qu'elle avala d'une traite. Au soulagement qu'elle éprouvait se mêlait une grande confusion. Dès qu'elle s'autorisait à repenser à la sensation de lui en elle, une agitation délicieuse et brûlante la submergeait. Peut-être ne se rappellerait-il pas ce qui s'était passé entre eux, ce qu'ils s'étaient dit, leur fugace et stupéfiant accouplement. Mieux valait qu'il ait tout oublié, en vérité. Ainsi, ils pourraient reprendre leur relation sur le même mode qu'avant jusqu'à la fin de la partie de campagne. Ensuite, il retournerait à son monde de nobles et de privilégiés, et elle à sa vie, loin de cet univers-là.

— Ah, *mademoiselle*, dit le général depuis le seuil. Bonjour. J'espérais vous parler en privé. Puis-je ?

— Monsieur ?

— *Mademoiselle* Caulfield, je possède un chenil assez réputé chez moi, à Philadelphie. Des chiens de chasse, ainsi que des chiens de race comme celui de ma fille. Récemment, mon maître de chenil est retourné en Irlande, et j'ai dû engager quelqu'un d'autre. Hélas, cet homme s'est révélé être un incapable. Je redoutais même de lui laisser mes animaux durant mon voyage ici.

— Quelle source de tracas, en effet !

— Heureusement, ma femme est restée en Amérique pour surveiller la maisonnée, aussi n'ai-je pas à m'inquiéter. Elle est parfaitement compétente.

Il baissa la voix.

— Sous le sceau de la confidence, sir Beverley m'a révélé que vous vous occupiez de ses animaux de manière experte. Il m'a laissé entendre que vous désiriez peut-être maintenant endosser une responsabilité plus importante ou, du moins, qui correspondrait davantage à vos talents.

— Vraiment ?

— Il m'a dit que vous étiez une femme de sciences et de médecine.

— J'ai soigné ses bêtes, ainsi que celles de M. Pettigrew, pendant six ans, aussi bien que des chevaux et toutes sortes d'animaux domestiques. J'ai également une solide expérience des animaux de ferme.

— Et des chiens ?

— Tout particulièrement des chiens. Sir Beverley n'est pas chasseur, mais il a de nombreux chiens de compagnie. Son voisin le plus proche, en revanche, possède une meute d'épagneuls dont je m'occupe régulièrement.

— Sir Beverley m'a conseillé de vous proposer le poste de maître de chenil. Il m'a suggéré d'écrire à son voisin afin d'obtenir une recommandation indépendante. Ma fille et moi-même sommes impressionnés par votre bon sens. De plus, sir Henry Feathers continue à chanter vos louanges pour les soins que vous avez prodigués à Titus. Seriez-vous intéressée par cette situation ?

Une seule raison avait pu inciter sir Beverley à vanter ainsi ses mérites : maintenant qu'il ne lui était plus possible de vivre avec lui et Petti, il voulait lui procurer un moyen de subsistance autre que le mariage.

— Mais je suis une femme.

— Mon épouse était à la tête d'un immense domaine avant notre mariage. Depuis, elle ne se contente pas d'être une maîtresse de maison. Elle dirige ma propriété et veille sur les chiens lors de mes fréquentes absences. Jamais je n'ai entendu un homme parler de quelqu'un comme sir Beverley l'a fait de vous, *mademoiselle*, et je suis certain que sir Henry continuera à ne pas tarir d'éloges à votre sujet jusqu'à notre départ de Chevriot. Si vous le désirez, nous pourrions établir un contrat d'un an. À l'issue de cette période, nous évaluerions tous deux le succès de cette entreprise.

— Je ne sais que vous répondre. En vérité, monsieur, je tombe des nues.

Elle avait rêvé qu'une chance comme celle-ci se présente. Mais de l'autre côté d'un océan ? Elle ne reverrait pas ses sœurs avant des années.

— Vous aurez le temps d'y réfléchir, reprit le général. Nous repartons pour l'Amérique dans un mois. Si j'ai votre réponse sous quinzaine, je pourrai m'arranger pour que vous embarquiez avec nous.

— Je vous remercie, monsieur. Je suis honorée.

Elle posa sa tasse à thé et se dirigea vers le vestibule comme sur un nuage. Toute à ses pensées, elle faillit ne pas entendre les gémissements qui venaient de la salle d'armes. Elle rebroussa chemin, s'approcha de la porte entrouverte et la poussa.

Sa première pensée fut qu'à partir de cet instant, elle n'entrerait plus jamais dans une pièce sans frapper. La seconde fut que, contrairement à Iona quand elle l'avait surprise avec lord Whitebarrow, lady Grace ne semblait pas s'amuser avec le garde qui l'avait acculée dans un coin.

— Que faites-vous ? demanda-t-elle.

L'homme releva la tête du cou de Grace. Les yeux hagards, il ôta ses mains de la poitrine de la jeune fille. Son visage était déformé par la colère, mais elle le reconnut : c'était l'un des gardes généralement postés à la grille du château. Il recula, et les jupes de Grace redescendirent sur ses jambes.

Cette dernière enfouit le visage entre ses mains, se retourna dans le coin, et un sanglot ébranla son corps mince.

— Dehors ! ordonna Ravenna d'une voix tremblante.

Elle s'écarta de la porte. L'homme arriva à sa hauteur et, pendant un instant, un silence assourdissant régna. Il n'était pas beaucoup plus grand qu'elle, bien que considérablement plus massif, et elle le regardait droit dans les yeux. Sans dire un mot, il sortit.

Elle courut vers Grace.

— Milady, dit-elle en lui touchant l'épaule.

Grace tressaillit.

— Grace, vous a-t-il fait du mal ?

Grace secoua la tête. Ses cheveux couleur des blés en été étaient décoiffés et, dans son dos, les boutons du haut de sa robe étaient arrachés.

— Grace, racontez-moi. Comment est-ce arrivé ?

Elle chuchota entre ses mains :

— C'est moi… qui le lui ai demandé.

— Vous avez demandé à cet homme de vous agresser dans un coin ?

Lady Grace tourna vers elle un visage baigné de larmes et opina de la tête.

— Je n'en crois rien, répliqua Ravenna. Mais vous n'êtes pas obligée de me parler. Vous devez cependant le signaler au prince et à lord Whitebarrow.

Grace lui saisit le bras.

— Ne leur dites rien !

— J'y suis obligée. Vous ne le suppliiez pas d'arrêter, mais je ne crois pas que vous désiriez qu'il fasse… cela. Nous devons prévenir votre père.

— Dites-le à papa s'il le faut, mais pas au prince. Par pitié, mademoiselle Caulfield. N'en parlez pas à Son Altesse. Maman me…

Sa voix se brisa, et elle lâcha Ravenna pour plaquer une main sur sa bouche.

— Que ferait votre mère ?

Grace secoua la tête. Ses yeux étaient étrangement vitreux tandis qu'ils s'emplissaient de nouveau de larmes.

— De grâce.

Ravenna acquiesça, tout en songeant qu'elle préviendrait lord Vitor, lequel parlerait certainement au prince.

— Mesdemoiselles ?

La voix enjouée de Petti s'était élevée derrière Ravenna.

— Quel endroit incongru pour deux charmantes jeunes filles ! Des épées et des lances à brandir, mais pas un seul homme pour le faire.

Ses yeux étaient espiègles.

— Petti, lady Grace est bouleversée. Elle vient de faire une mauvaise rencontre avec un... un animal sauvage.

— Ciel ! Ce château réserve décidément bien des surprises. Et dire que la Franche-Comté a la réputation d'être la région la plus civilisée du monde. Ma foi... qu'en sait-on vraiment, de toute façon ?

Il vint prendre les mains de Grace entre les siennes et les tapota affectueusement.

— Ma chère enfant, laissez-moi vous emmener dans votre chambre. Là-bas, je vous préparerai ma recette secrète de tonique à base de concombre et de rose.

Il l'attira gentiment vers la porte.

— Attention, cela ne se boit surtout pas, ma chère. Il faut en imbiber un carré de coton chaud et le poser sur vos yeux, sur le nez aussi, si nécessaire. D'ici un quart d'heure, vous serez tout aussi adorable que vous l'étiez avant ce fâcheux incident. Mais du coton, j'insiste. Le lin est trop épais, et la laine exercerait l'effet opposé à celui recherché. Du coton, sinon rien.

Il continua de lui parler tout en s'éloignant. Il avait fait cela pour Ravenna un nombre incalculable de fois ; bien que, sachant qu'elle n'en avait cure, il ne lui prodiguât pas de conseils de beauté. Mais, ces derniers mois, il l'avait tirée de la mélancolie en lui racontant des histoires à propos des carlins ou des oiseaux. Un jour, il lui avait parlé d'un poulain égaré, et cela avait fourni l'occasion d'une grande battue à sa recherche dans un champ couvert de givre, durant laquelle il l'avait régalée de récits scandaleux sur sa jeunesse échevelée. Au retour, elle avait trouvé le poulain dans sa stalle.

Petti était un amour, et elle ne pouvait imaginer la vie sans lui.

Mais si elle partait pour l'Amérique, elle ne le reverrait plus. Sir Beverley lui écrirait des lettres détaillées, comme il le faisait lorsque Petti et lui allaient à Londres ou rendaient visite à des amis ailleurs en Angleterre. Mais Petti était un animal sociable, un personnage léger doté d'une âme généreuse et sage. Il ne lui écrirait pas, du moins pas longuement, et il lui manquerait horriblement. Elle ne pouvait supporter de perdre un autre morceau de son cœur si vite. Mais retrouverait-elle jamais une proposition d'embauche comme celle-là ? C'était inouï. Peut-être pas si extraordinaire en Amérique, toutefois : elle avait entendu dire que, de l'autre côté de l'Atlantique, les règles qui régissaient la société étaient beaucoup moins strictes. Peut-être là-bas les femmes pouvaient-elles devenir régisseuses ou intendantes, tout comme en Angleterre elles pouvaient tenir des boutiques.

Elle quitta la salle d'armes au moment où le majordome traversait le vestibule. Lord Whitebarrow pouvait attendre. Grace était entre de bonnes mains, et avant toute chose, Ravenna devait informer lord Vitor de la mésaventure de la jeune fille.

Dormirait-il toute la journée ? Se rappellerait-il les événements de la nuit ?

Arabella lui avait dit un jour que les hommes étaient des loups. Lord Whitebarrow, Martin Anders, le garde lubrique... Tous donnaient raison à sa sœur. Mais si les hommes étaient des loups, cela ne faisait pas pour autant des femmes des lièvres. Elle avait encouragé lord Vitor, dans l'écurie, elle l'avait supplié... Les demoiselles délicates comme Grace étaient peut-être des proies, mais pas elle. Elle ne finirait pas brisée et ensanglantée dans la neige.

Elle héla M. Brazil.

— Lord Vitor est-il déjà debout ?

— *Oui, mademoiselle.* Il est parti il y a une heure avec le père Denis.

— Parti ?

Avec le prêtre ?

— C'est impossible, répondit-elle, déconcertée.

Quel genre d'homme frôlait la mort par empoisonnement et, six heures plus tard, grimpait à cheval une montagne enneigée ?

Un homme doté d'extraordinaires réserves de force et de discipline, apparemment.

— Claude a sellé son cheval, *mademoiselle*, et je l'ai regardé franchir la grille moi-même. Désirez-vous votre cape ?

— Oui.

Dans l'avant-cour, la neige piétinée fondait à vue d'œil, mais de l'autre côté de la herse, les plaques de glace se révélèrent dangereusement traîtresses. Ravenna avança laborieusement jusqu'aux arbres et poursuivit sa progression dans leur ombre, où la neige était moins épaisse.

Elle s'accrochait au tronc nu d'un jeune hêtre pour faciliter son ascension quand elle le vit soudain, adossé à un épicéa qui s'élançait vers le ciel. Les rayons dorés du soleil jouaient à travers les branches. Deux petits oiseaux rouge et noir gazouillaient dans le silence matinal. Cette atmosphère d'ombre et de lumière, empreinte de solitude, était imprégnée d'une paix saisissante. Un peu plus loin sur le sentier, un grand andalou gris attaché à une branche tourna la tête vers elle, les oreilles dressées.

Lord Vitor la regarda également approcher.

— Vous n'auriez pas dû venir.

Il avait donné le ton : un rejet clair et net.

Ravenna carra les épaules.

— Je ne suis là que pour vous apporter des nouvelles, je ne resterai pas plus d'une minute. Je ne désire pas plus vous voir que vous ne désirez me voir.

Il s'écarta de l'arbre.

— Ravenna…

— Non, coupa-t-elle en levant une main. Ne dites rien, de grâce. J'espère seulement que vos souvenirs sont vagues. Ou, mieux encore, inexistants, ajouta-t-elle.

— Sebastiao m'a raconté ce que vous avez fait. Je vous en suis reconnaissant.

Elle fit un signe de tête, incapable de poser la question qui lui brûlait les lèvres.

— Je viens de surprendre un garde, l'un de ceux qui surveillent la grille du château, en compagnie de lady Grace dans la salle d'armes. Quand je suis arrivée, elle protestait, mais ensuite elle m'a assuré que c'était elle qui avait sollicité ses attentions. Tout cela est très confus. Il ne lui a pas vraiment fait de mal, je crois, mais elle était bouleversée et sa robe était déchirée.

Il fit un pas vers elle.

— Avez-vous raconté l'incident à quelqu'un ? Au prince ?

— Pas encore. M. Pettigrew a pris lady Grace sous son aile, et je suis allée vous chercher. On m'a annoncé que vous aviez déjà quitté le château. Vous vous êtes remis à une vitesse remarquable.

— Je ne crois pas que le poison ait été conçu pour tuer, uniquement pour réduire à l'impuissance.

Lord Vitor n'avait nullement été réduit à l'impuissance dans l'écurie. Bien au contraire. Le corps de Ravenna se le remémora avec de délicieux petits frissons, qu'elle s'empressa de chasser.

— Quelqu'un vous a-t-il vue quitter le château ? reprit-il.

— Les gardes en poste à la grille, naturellement. Et il se peut que mon ascension jusqu'ici ait été remarquée par des villageois s'ils regardaient dans cette direction. De même, on a pu me voir par une fenêtre de la façade nord du château. Soupçonnez-vous la personne qui a drogué le vin de me surveiller aujourd'hui ?

— Tout me porte à le croire.

Le nom de son frère plana entre eux.

— Et si la drogue avait été prévue pour quelqu'un d'autre ? suggéra-t-elle.

— Le pensez-vous ?

— Je n'en sais rien. Mais je ne vois pas pourquoi on voudrait me réduire à l'impuissance. Excepté pour la raison la plus évidente… abuser de moi.

Elle détourna les yeux et regarda par terre.

— Mais lord Case est amoureux de Mlle Dijon, reprit-elle. Pour elle, il a provoqué Martin Anders en duel. Il tournait les pages de ses partitions au piano une demi-heure avant notre rencontre à l'écurie.

Elle releva la tête.

— Pensez-vous vraiment qu'il l'aurait quittée pour venir me séduire ?

Le visage de Vitor lui parut sévère dans la lumière vive du soleil.

— J'espère que non. Mais je ne veux pas vous voir courir de risques. Je préfère envisager toutes les menaces possibles et prendre les mesures nécessaires pour vous protéger.

D'une voix étranglée par l'émotion, elle demanda :

— Vous…

Il posa un doigt sous son menton et se rapprocha d'elle encore. Lentement, il scruta son visage.

— Je ?

— Vous rappelez-vous ce qui s'est passé entre nous dans l'écurie ? L'effet qu'a eu la drogue sur vous ?

Du pouce, il caressa sa joue.

— Je m'en souviens. Et je vous garantis que j'aurais fait la même chose si je n'avais pas été drogué.

— Vous voulez dire, vous sauver avec horreur en découvrant que j'étais vierge ?

Un coin de la bouche de Vitor se retroussa. Il baissa la tête et chuchota contre ses lèvres :

— Mauvaise réponse.

# 16

# La nouvelle promesse

Ses lèvres effleurèrent les siennes si délicatement que, pendant un instant, elle cessa de respirer.

Puis il l'embrassa. Elle ne sentit pas le goût du vin ni d'aucun autre alcool, uniquement sa chaleur et son désir, tandis qu'il prenait son visage entre ses mains et s'emparait de sa bouche dans un baiser tendre et passionné. À chaque caresse, lèvres et langues se mêlaient davantage, jusqu'à ce que les jambes de Ravenna se dérobent. Il l'attira dans son étreinte, et Ravenna découvrit alors ce que c'était que d'être serrée dans des bras larges et forts, comme si elle était un délicat objet en cristal risquant de se briser à tout instant. C'était exaltant. Enivrant. Et galant. Comme s'il voulait lui montrer qu'il la considérait comme une dame.

Puis, avec un grondement sourd, il l'adossa à un tronc d'arbre, et toute marque de retenue et de délicatesse disparut. Sa bouche et ses mains se firent exigeantes. Elle s'y soumit avidement. Leurs corps se plaquèrent l'un contre l'autre, tendus et impatients. Le manteau et la cape entrouverts ne leur accordaient qu'une satisfaction fugace et la frustration d'un contact plus rapproché. Il l'embrassait avec une intensité qui lui coupait le souffle, les doigts emmêlés dans ses cheveux. Elle ne connaissait son baiser que depuis la veille, et pourtant la saveur de ses lèvres et la cadence parfaite avec laquelle leurs bouches s'unissaient et leurs corps se cherchaient lui paraissaient déjà familières. Elle écarta les cuisses sur son insistance, et la rencontre de leurs deux désirs lui arracha un gémissement.

— Ravenna, chuchota-t-il d'une voix pressante. J'ai envie de vous faire l'amour. Il faut que je vous fasse l'amour. Correctement.

Accrochée à lui, ses seins tendus contre son torse, elle répéta :

— Correctement ?

Il embrassa la commissure de ses lèvres, sa mâchoire, la courbe délicate de sa gorge. Elle frissonna de plaisir et passa les doigts dans ses cheveux tout en inclinant la tête pour lui permettre un meilleur accès à son cou.

— Ce soir, déclara-t-il.

Jamais elle ne se lasserait de sa bouche sur sa peau, de ses mains sur sa taille, de son corps ferme et puissant pressé contre le sien.

— Pourquoi pas maintenant ?

— Parce que maintenant, dit-il d'une voix assourdie derrière son oreille, là où ses baisers la faisaient trembler, je vous prendrais en un instant, or vous méritez beaucoup mieux. Du reste, j'ai rendez-vous avec quelqu'un sous peu. Maudit soit-il.

Il embrassa ses lèvres et encadra son visage de ses mains.

— J'en suis navré.

— Tout à l'heure, vous me reprochiez d'être venue, objecta-t-elle.

— Tout à l'heure, vous n'étiez pas dans mes bras, et je possédais encore un souffle de volonté. Mais, Dieu tout-puissant, vos lèvres ont beau me mettre en transe, dit-il en l'embrassant de nouveau, je les préfère roses que bleues. Vous êtes gelée, et on m'attend ailleurs. Vous devez partir. Sur-le-champ.

Mais il ne la laissa pas aller. Au lieu de cela, il baissa la tête et scruta son visage comme s'il y cherchait quelque chose, l'air presque sévère.

— Ravenna...

— Je ne veux pas de votre argent, de vos propriétés ni de Dieu sait quels biens vous pouvez posséder, dit-elle précipitamment.

Après un bref silence, il demanda calmement :

— Pardon ?

— Que les choses soient claires, déclara-t-elle d'une voix tremblante. Je tiens à ce qu'il n'y ait pas de malentendu entre nous : mon intention n'est pas de vous piéger pour vous épouser.

Un éclair de colère passa dans les yeux bleu marine.

— Non ?

— Non ! Je n'y ai jamais songé.

L'espace d'un instant, il sembla de nouveau chercher quelque chose sur ses traits. Puis, brusquement, il la laissa partir et pivota. Ses bottes crissèrent dans la neige tandis qu'il commençait à remonter le sentier.

— Rentrez, Ravenna. Tirez le père Denis de sa prière et retournez au château sous son escorte, lança-t-il par-dessus son épaule. Regagnez votre tour.

— Ma chambre à coucher ne se trouve pas dans la tour, cria-t-elle dans son dos.

Il se contenta de secouer la tête.

— Viendrez-vous ? s'entendit-elle dire.

Jamais elle n'avait éprouvé sentiments plus confus.

— Dans ma chambre... dans mon lit... ce soir ?

Il ralentit l'allure et se retourna vers elle, mais continua de s'éloigner en marchant à reculons.

— Oui.

Le cœur de Ravenna battait assez fort pour lui meurtrir les côtes. Comme s'il le savait, un sourire éblouissant illumina son visage.

— Rien ne saurait m'en empêcher.

Il monta en selle avec cette grâce qui coupait le souffle à Ravenna, puis disparut entre les arbres. Les pieds enfoncés dans la neige, en proie au plus grand trouble, Ravenna avait l'impression d'être un lièvre laissé en vie par le loup avec la promesse qu'il reviendrait plus tard finir son repas.

Comme il le lui avait demandé, elle se dirigea vers la cabane de l'ermite, et vers une journée d'attente, à l'issue de laquelle elle espérait bien lui prouver qu'elle pouvait, elle aussi, être un loup.

Le sang bouillonnant et les poings crispés, Vitor attendait, prêt à rouer de coups son frère aîné à l'instant où il surgirait sur le sentier devant lui. Il savait que Wesley viendrait, et il savait ce qu'il lui dirait. Il voulait l'entendre de sa bouche avant de le lui faire payer.

La saveur des baisers de Ravenna s'attardait sur ses lèvres. Elle était disposée à lui offrir son corps, et apparemment sans rien attendre d'autre de lui. Il avait pris sa vertu, mais pas sa foi. Il ne faisait aucun doute qu'elle avait envie de lui. De même, il semblait clair qu'elle était décidée à se passer ensuite de ses services et à poursuivre son petit bonhomme de chemin. C'était sans précédent, stupéfiant, mais sans ambiguïté.

Vitor envisagea un court instant de la faire patienter jusqu'à ce qu'elle soit prête à lui donner ce qu'il voulait le plus. Mais cet instant de doute fut excessivement bref. Il ne pouvait laisser passer une nuit supplémentaire avant de la posséder. Les quelques heures qui le séparaient du soir étaient déjà un supplice – une chose de plus qu'il serait ravi de reprocher à son frère.

Pressé d'en découdre, il enfonça les talons dans les flancs d'Ashdod et le lança au trot sur le sentier verglacé.

— Vitor !

Le cri de son frère retentit en même temps que le coup de feu.

Le brutal craquement sur l'arrière de son crâne survint un instant plus tard.

Lorsque le soir tomba, la splendeur étincelante de centaines de bougies illuminait le château. M. Brazil avait enjoint aux domestiques d'allumer le grand chandelier du vestibule. Le cuisinier, de nouveau flanqué de tous ses assistants, avait préparé un festin pour le maître de maison et ses invités. Chacun avait revêtu ses plus beaux atours : les jeunes gens arboraient des cravates amidonnées et des redingotes aux couleurs somptueuses. Les messieurs plus âgés portaient d'élégants hauts-de-chausses noir satiné. Quant aux dames, parées de robes somptueuses et de coiffures superbement sophistiquées, les bijoux qui étincelaient à leurs poignets, à leurs oreilles, autour de leurs cous et dans leurs cheveux les faisaient littéralement briller de mille feux.

Ann rejoignit Ravenna dans sa chambre une heure avant le dîner et lui présenta une robe de bal. Toute en soie bleue, gansée de délicate dentelle blanche et brodée de minuscules perles en nacre, c'était une toilette digne d'une vraie demoiselle de la noblesse.

— J'ai passé la journée à supprimer les volants et les surplus de dentelle ; cela rend plutôt bien, n'est-ce pas ? demanda Ann timidement. J'espère que vous la porterez ce soir, même si vous ne la gardez pas par la suite. Lord Vitor aimera vous voir dedans, je pense.

Ravenna ne trouva rien à dire qui ne lui fasse aussitôt monter aux joues une traîtresse chaleur. Elle accepta la robe, encore malgré tout assez surchargée, en remerciant Ann et laissa la jeune fille l'aider à la coiffer.

Lorsqu'on frappa à la porte, son cœur se mit à battre à coups redoublés, bien qu'elle sût qu'il était impossible que Vitor la rejoigne si tôt.

Ann alla ouvrir. Sir Beverley et Petti, tirés à quatre épingles, s'inclinèrent. La jeune fille leur sourit avant de s'effacer.

— Vous êtes remarquablement beaux tous les deux, déclara Ravenna. Jamais je n'aurais imaginé que vous puissiez faire preuve d'une telle élégance.

— De la part d'un garçon manqué allergique aux bonnes manières depuis le jour de sa naissance, je dois dire que c'est un fameux compliment, répondit sir Beverley en faisant signe à Petti de s'asseoir devant la cheminée.

Elle sourit. La joie de la fête et l'impatience qui l'habitait à la perspective de la nuit à venir la rendaient euphorique, bien qu'elle fût toujours certaine que le véritable assassin n'avait pas été démasqué. Mais elle avait le droit de savourer une soirée d'insouciance. Une soirée durant laquelle elle serait peut-être désirée.

Petti prit place dans le fauteuil et l'examina attentivement.

— Splendide, ma chère. Vous êtes une ravissante princesse.

— Je ne veux pas être une princesse.

Mais elle voulait bien être ravissante.

— Quel dommage, soupira sir Beverley en s'approchant d'elle et en sortant de derrière son dos un coffret en cuir.

Il en ouvrit le couvercle, et Ravenna poussa un cri.

— Nous devrons donc donner ceci à une autre demoiselle, Francis.

Sur un lit de velours saphir reposait une tiare en argent sertie de diamants.

— Ce n'est pas pour moi, protesta-t-elle.

Puis sa main vola à sa bouche, et elle chuchota :

— C'est pour moi ?

— Notre princesse, dit Petti tendrement.

Elle les embrassa tous les deux, d'abord sir Beverley, sur la joue, puis Petti, sur le front. Enfin, elle jeta les bras autour de Petti et le serra contre elle.

— Merci. Merci. Jamais je n'ai désiré une chose pareille de toute ma vie. Mais merci de penser que je la mérite.

— Allons, allons, mon enfant, pensez à ma cravate.

— Oh !

Elle le laissa aller et rajusta gauchement le tissu amidonné.

— Oh, pardon. Je suis désolée, mon cher Petti.

300

Il lui prit les mains, qu'il embrassa galamment.

— Pour vous, princesse, je puis souffrir de porter une cravate froissée. Du moins jusqu'à ce que je retourne dans ma chambre et demande à Archer de m'en préparer une autre.

— C'est le remerciement le plus incongru que j'aie jamais entendu, déclara sir Beverley. Vous êtes une petite impertinente.

Elle fit une révérence, lui prit le coffret des mains et se dirigea vers le miroir. Avec mille précautions, elle sortit la tiare étincelante de son écrin et la posa sur les boucles que les efforts d'Ann avaient partiellement domptées.

— Mon Dieu, soupira-t-elle devant son reflet.

— Notre petit cadeau lui fait plaisir, Bev.

— On dirait bien.

Elle flotta jusqu'au salon au bras de Petti. Presque tous les invités du prince étaient déjà là, sur leur trente et un, et ravis de commencer enfin réellement à s'amuser. Lord Vitor n'était visible nulle part. Ravenna essaya de se concentrer sur les remarques que lui chuchotait Iona sur les tenues vestimentaires de ces messieurs, mais chaque fois que la porte s'ouvrait, son estomac montait dans sa gorge, puis retombait dans ses orteils lorsqu'elle constatait que le nouveau venu n'était pas le seul homme qu'elle avait envie de voir. Enfin, le prince fit son entrée, dans un habit de style militaire reluisant de médailles qu'il prétendait décoratives mais qui lui conféraient une prestance régalienne. Il se dirigea droit vers Ann, lui prit la main et embrassa ses doigts gantés, puis il la taquina sur le rose qui empourprait ses joues rondes.

— Allons-nous dîner ? lança-t-il à la cantonade.

— Sans lord Case, Votre Altesse ? objecta la duchesse en regardant autour d'elle. Ni lord Vitor ?

On envoya un valet les chercher. Mais les frères Courtenay n'étaient pas dans leurs chambres. Des hommes allèrent fouiller les remparts et les sous-sols.

Tout le monde bavardait avec insouciance, mais le cœur de Ravenna se mit à battre plus vite.

Les deux messieurs manquants ne se trouvaient pas non plus dans les tours, ni dans les quartiers des domestiques. Rembruni, le prince accueillit l'arrivée de M. Brazil à la porte du salon avec un soulagement manifeste.

Le majordome s'inclina.

— Votre Altesse, le dîner est servi.

— Parfait. Venez tous. Nos amis sont sans doute occupés à une tâche importante et nous rejoindront pour dîner dès qu'ils le pourront. Monsieur Brazil, ajouta-t-il plus bas, tandis que ses hôtes s'avançaient vers la porte, renseignez-vous auprès de leurs valets pour savoir quand le comte et lord Vitor sont attendus, puis faites envoyer un de mes gardes au village afin de hâter leur retour. Je vous parie dix contre un qu'ils sont soûls comme des barriques dans cette maudite taverne, soulagés que le meurtrier ait enfin été mis sous les verrous.

Il fit un clin d'œil à la duchesse, dont il plaça la main sur son bras.

Un nœud d'angoisse s'était formé dans le ventre de Ravenna. Le meurtrier de M. Walsh était toujours en liberté, et lord Vitor n'était certainement pas ivre quelque part. Pas après ce qui s'était passé la veille, et pas après la promesse qu'il lui avait faite ce matin-là. Elle n'en croyait pas un mot.

M. Anders s'approcha d'elle et lui offrit son bras.

— Mademoiselle Caulfield, je suis enchanté d'apprendre que vous serez ma compagne pour dîner ce soir. Voulez-vous bien gagner la table à mes côtés ?

— Je… Oui.

Elle prit son bras, mais avant qu'ils n'aient atteint le couloir, elle le lâcha. Il se tourna vers elle, sa mèche en travers de l'œil.

— J'implore votre miséricorde, mademoiselle Caulfield, dit-il vivement à voix basse. Saurez-vous me pardonner l'insulte que je vous ai faite l'autre soir devant votre chambre ?

— Non. Oui. Je me moque de cela.

— Mais…

— Oui. Oui, je vous pardonne.

Le soulagement inonda le visage du jeune homme.

— Si vous saviez combien je vous suis reconnaiss…

— Chut, le coupa-t-elle en agrippant son bras. Monsieur Anders, j'ai un service à vous demander.

— Tout ce que vous voudrez, répondit-il avec ardeur. Je me tiens à votre entière disposition. Du moins, ajouta-t-il d'un air un peu chagriné, jusqu'à la fin du dîner, car ensuite ma très chère Mlle Abraccia accaparera toute mon attention.

— Oui, oui, à votre guise. S'il vous plaît, allez à l'écurie demander aux palefreniers si lord Vitor est revenu avec son cheval cet après-midi.

— À l'écurie ? Maintenant ?

— Oui. Maintenant. Le plus vite possible.

— Mais je porte des souliers de soirée.

Il pointa son orteil pour illustrer ses propos.

À bout de patience, elle répliqua :

— Monsieur Anders, l'homme qui vous a protégé des accusations ridicules de M. Sepic, sans parler de sa sordide geôle, court peut-être en ce moment même un grand danger. La moindre des choses serait de mouiller vos souliers pour lui venir en aide.

— En danger ? Mais l'assassin a été appréhendé et incarcéré.

— M. Paul n'est pas le coupable. Vous n'avez incité personne à commettre un meurtre. Nous ignorons encore qui a tué M. Walsh, mais ce n'était pas le neveu du maire. À présent, je vous en supplie, allez-y.

Il obéit. En arrivant dans la salle à manger, elle trouva une excuse pour son absence et soutint un instant le regard brûlant de jalousie de Juliana Abraccia. Chacun discuta joyeusement tandis qu'on servait les hors-d'œuvre, mais Ravenna gardait les yeux rivés sur la porte, attendant le retour de Martin Anders. Lorsqu'il revint enfin, son front était soucieux et ses joues rougies par le froid.

— Je crains de ne pas avoir de bonnes nouvelles, dit-il à mi-voix en prenant place à côté d'elle. Le cheval de lord Vitor est rentré dans la journée sans son cavalier.

L'affolement la submergea.

— Et lord Case ?

— Il n'a pas pris son cheval, et aucun des garçons d'écurie ne l'a vu aujourd'hui.

— Pourquoi n'a-t-on pas rapporté à Son Altesse le retour insolite du cheval de lord Vitor ?

— Le palefrenier à qui j'ai parlé l'a signalé à l'un des gardes du prince, qui lui a promis d'en informer son maître.

Il secoua la tête.

— Il n'a pas dû le faire.

— Il faut que je sache qui est ce garde, déclara-t-elle en reculant sa chaise.

— Mademoiselle Caulfield, vous ne pouvez quitter la table avant notre hôte.

— Excusez-moi auprès de lui. Je suis malade, marmonna-t-elle avant de partir précipitamment.

À l'écurie, le palefrenier à qui Martin Anders avait parlé lui décrivit le garde en ajoutant que c'était l'un des hommes entrés récemment au service du prince et qu'il n'était jamais venu à Chevriot auparavant. Il correspondait à la description de celui que Ravenna avait vu en compagnie de lady Grace.

Elle se dirigea vers la stalle d'Ashdod et passa les mains sur les naseaux du cheval et sur son encolure puissante, en proie à une panique irraisonnée.

— Dis-moi.

Elle appuya ses lèvres contre la robe grise de l'animal.

— Dis-moi ce qui lui est arrivé et où il est.

Un moment, le cheval demeura immobile, puis il détourna la tête.

Alors qu'elle regagnait la maison sous un ciel bas alourdi de nuages, Iona et sir Beverley vinrent à sa rencontre.

— Vous êtes sortie sans votre cape, ma chère. Vous allez attraper la mort.

Iona jeta le vêtement sur les épaules de Ravenna.

— M. Anders nous a tout raconté, lui expliqua sir Beverley. Le prince a demandé qu'on fasse venir le garde à qui le palefrenier a parlé. Il est introuvable.

Iona lui saisit la main.

— Nous les retrouverons, affirma-t-elle. Nous les retrouverons, et tout ira bien. Vous verrez.


On alluma des torches ; domestiques et gentlemen s'enveloppèrent de manteaux bien chauds et sortirent dans la nuit à la recherche des disparus. Les nuages qui cachaient la lune déversaient à présent leur contenu, inondant la neige et formant de larges flaques sur le sol. Trempée, Ravenna attendait à la grille avec Iona et Cécilia.

— J'aurais dû les accompagner.

Elle ne supportait pas de se sentir inutile.

— Le prince l'a interdit, déclara Cécilia. Il ne faut pas que les hommes aient à protéger les dames pendant leur battue.

— Je ne suis pas une dame, chuchota-t-elle.

— Trente hommes sont partis à leur recherche, mademoiselle Caulfield. Ils vont les retrouver.

— Mais je suis la dernière à avoir vu lord Vitor.

— Ils fouilleront l'endroit que vous leur avez indiqué. Ils les retrouveront.

Iona la prit par la taille et la serra contre elle.

Les torches revinrent, par deux ou trois. Les visages dans les halos de lumière étaient sombres et ruisselants. Puis sir Beverley rentra avec les deux derniers gardes après avoir grimpé jusqu'au refuge de l'ermite ; ses lèvres étaient violettes et ses yeux graves.

— Nous les retrouverons demain, mon enfant, assura-t-il.

Plus tard, réfugiée dans sa chambre, blottie contre la vitre que frappait une pluie glaciale, Ravenna regretta de ne pas avoir les yeux d'un loup pour voir dans le noir, ni la force d'un loup pour chasser dans la nuit. Comment allait-elle pouvoir attendre le lendemain ?

# 17

# Quelle est cette lumière ?

Vitor reprit connaissance en songeant confusément qu'il aurait préféré se réveiller aux côtés d'un petit bâtard gémissant plutôt que dans un froid glacial et les tempes palpitantes. Allongé sur le flanc, il avait le visage pressé contre une surface dure et le bras replié sous lui. Il bougea, et une douleur fulgurante explosa en travers de ses épaules. Le grognement qu'il poussa ressemblait à celui d'un animal blessé.

— Enfin réveillé, mon frère ? Petite nature.

— Va au diable.

Vitor souleva son bras libre et tâta l'arrière de sa tête. Il se rappelait le coup qui l'avait fait tomber de cheval, mais il ne sentait sous ses doigts qu'un hématome douloureux et enflé.

— Quelque chose de cassé ? Saignes-tu ? s'inquiéta Wesley.

Vitor entrouvrit les paupières et découvrit son frère à côté de lui dans l'ombre.

— Une simple bosse, répondit-il.

— Dans ce cas, va au diable toi-même, riposta Wesley.

La pièce dépourvue de fenêtre et de porte était circulaire, mesurait à peine trois mètres de diamètre, et les murs montaient en se resserrant. Au lieu d'un toit, il ne vit qu'un gris brumeux.

— Où sommes-nous ?

— Dans une glacière abandonnée. Mais c'est peut-être le sang que j'ai perdu qui me fait dire cela.

— Tu es blessé ?

— Une balle en travers du bras. Je crois qu'elle est ressortie. J'ai réussi à étancher la plaie, et le froid a ralenti l'hémorragie. Mais je n'ai plus l'usage de mon bras.

Pour vérifier la force du bras qu'il avait sous lui, Vitor se redressa et étouffa un nouveau grognement. Le froid décuplait la douleur, mais au moins n'avait-il rien de cassé.

— Le coup de feu était pour toi, marmonna Wesley.

— Comment le sais-tu ?

— Il braquait le pistolet sur toi.

Wesley s'était interposé entre lui et le tireur ?

Vitor se leva et passa les mains sur le mur. La terre était compacte et lisse, sans aucune entaille pour recevoir une échelle. Peut-être cette glacière n'était-elle pas terminée. Si elle servait au château, ils se trouvaient dans l'enceinte de Chevriot. Mais peut-être appartenait-elle au village.

— Quelle est la profondeur de ce trou ?

— Six mètres. Peut-être davantage. Même si je pouvais me lever, ce que ma cheville tordue m'empêche de faire, nous ne pourrions pas nous extraire d'ici.

— Comment nous a-t-on mis dans cette fosse ?

— Sans ménagement. Ils nous y ont jetés, ou plutôt nous y ont fait rouler. Ils étaient deux.

Le garde menteur à qui il avait demandé de protéger Ravenna, et peut-être l'homme qu'elle avait trouvé avec la fille de Whitebarrow.

— Quand as-tu repris connaissance ?

— Je ne me suis jamais vraiment évanoui. Apparemment, je suis d'une constitution robuste, fit Wesley avec un sourire en coin. Il faut dire aussi qu'on ne m'a pas frappé sur le crâne avec une branche et que tu as amorti ma chute dans ce trou. Je peux remercier ma bonne étoile. Tu vois, petit frère, je t'avais dit qu'une vie de discipline monastique ne servirait à rien. Malgré toutes tes prières, aucun saint n'est intervenu pour sauver ta peau.

— Depuis combien de temps sommes-nous ici ?

— Ils n'ont mis qu'un quart d'heure pour nous transporter ici sur le dos de ton cheval. Depuis, il a dû s'écouler six ou sept heures. La nuit tombe vite en cette saison. Nous serons bientôt dans le noir.

Sept heures. Au château, les invités devaient se réunir pour le dîner.

— Qu'ont-ils fait de mon cheval ?

— Ils se sont disputés un moment à ce propos et ont fini par décider qu'il était trop beau pour qu'ils puissent prétendre en être les maîtres et qu'il ne ferait que leur causer des ennuis. Ils l'ont laissé partir. Au moins, ces scélérats savent qu'ils valent moins que la monture d'un gentleman.

Et ils étaient assez bêtes pour ne pas l'avoir éliminé. Ashdod était probablement retourné à l'écurie du château depuis des heures, et son arrivée avait dû alerter les palefreniers. Vitor respira lentement pour ménager ses côtes froissées, se frotta le visage et découvrit que l'une de ses mains était poisseuse de sang. Mais il n'avait rien pour la bander. La glacière était trop froide pour qu'il sacrifie son foulard. Il s'adossa au mur, la tête baissée.

Son absence allait finir par inquiéter Ravenna. Elle le chercherait dans le salon et serait intriguée qu'il ne se montre pas. S'étonnerait-elle de sa disparition auprès de quelqu'un ? Lady Iona ou Sebastiao ? Lui ferait-elle confiance et lancerait-elle l'alarme, ou son petit cœur effarouché l'induirait-il en erreur ?

Des heures plus tôt, sous le soleil qui traversait les branches dénudées, au milieu du paisible paysage enneigé, elle lui était apparue merveilleusement sûre d'elle. Intrépide, même. Sans parler de sa volonté de fer. Mais, par moments, elle devenait cette créature inquiète et méfiante qu'il avait surprise dans l'escalier de la tourelle.

— Pourquoi as-tu suivi Mlle Caulfield dans l'écurie ? demanda-t-il dans le froid glacial.

— Je suis tombé sur elle par hasard et j'ai décidé de profiter de l'occasion.

La rigueur monastique n'avait pas préparé Vitor à l'accès de rage qui s'empara de lui.

— Avec une bouteille de vin et deux verres ?

— Je ne bois jamais seul.

— Une cheville foulée et une balle dans le bras ne sont rien à côté de ce que je m'apprête à t'infliger, Wesley. Je vais te briser les jambes. Les deux. Tu le sais. Je vais briser chacun des os de chacune de tes jambes, et jamais plus tu ne pourras remarcher.

Son frère garda le silence un long moment avant de répondre :

— En effet, je l'ai suivie. Je guettais une occasion de l'interroger sur ses intentions envers toi.

Vitor tourna la tête pour contempler son frère dans l'obscurité croissante.

— Je ne songe qu'à défendre tes intérêts, Vitor. Elle n'est rien ; c'est la fille orpheline de Dieu sait qui. Certes, l'une de ses sœurs est duchesse, mais il y a quelques mois, le bruit a couru à Londres que leur mère était une prostituée dans une plantation antillaise et que la nouvelle duchesse de Lycombe n'était pas tombée bien loin de cet arbre.

Il avait parlé sans émotion, comme s'il rapportait le résultat des courses.

— Seuls les imbéciles prêtent foi aux rumeurs.

— Possible. Mais le teint de Mlle Caulfield et ses cheveux suggèrent qu'en l'occurrence, les rumeurs sont peut-être fondées. N'as-tu jamais pensé qu'elle pouvait être le fruit d'une union illicite entre un maître et une esclave ?

Cela lui avait traversé l'esprit. Mais il avait plus voyagé que son frère. Les traits de Ravenna n'étaient ni métis ni mulâtres, mais ressemblaient plutôt à ceux des habitants des contrées méridionales d'Espagne, où, des siècles auparavant, des chrétiens et des Maures s'étaient mélangés.

— Et même si ce n'est pas le cas, ajouta Wesley, elle est domestique et n'a aucun lien avec la bonne société, sinon l'extraordinaire mariage de sa sœur avec Lycombe.

— Quant à moi, je suis le fils bâtard d'une catholique aux mœurs légères. Et cela ne me plaît pas que tu insultes Ravenna sous prétexte de veiller à mes intérêts, Wes.

— Je ne lui ai rien dit de tout cela, bien sûr.

L'obscurité était devenue complète, et le froid s'infiltrait sans merci maintenant dans le sang de Vitor, qui sombrait lentement dans la torpeur.

— Que voulais-tu me dire lorsque tu m'as convoqué sur la montagne, Vitor ?

— Je ne voulais rien te dire. Je voulais te rouer de coups et abandonner ton cadavre aux vautours.

— Ah. Que de violence de la part de mon frère si pieux ! Mais je suppose qu'il y a un début à tout, ajouta Wesley en soupirant. Il est remarquable que ce soit une fille qui l'inspire.

— Une demoiselle, corrigea Vitor.

Pendant un instant, son frère ne dit rien, puis il répéta :

— Une demoiselle.

— As-tu drogué le vin que tu lui as apporté ?

— Drogué ? Bien sûr que non.

Sa surprise avait l'air sincère.

— Pourquoi ? A-t-elle été malade ?

— Où as-tu trouvé la bouteille ?

— Dans le garde-manger du majordome.

Vitor n'avait jamais cru que Wesley avait empoisonné le vin. Ses méthodes n'étaient pas traîtresses, et il n'avait eu recours au secret qu'une fois.

Le bruit de la pluie leur parvint. Ce fut d'abord un martèlement, puis des trombes d'eau. Vitor avait la tête lourde ; tous ses muscles étaient horriblement meurtris, et sa blessure lui causait une douleur lancinante. Il ferma les yeux et écouta la pluie.

— C'était moi.

Le sommeil attirait irrésistiblement Vitor.

— Mmm ? marmonna-t-il.

— C'était moi, l'homme dans les entrailles de ce navire, au large de Nantes. L'homme qui tenait le couteau, déclara Wesley.

Vitor prit une longue inspiration et se frotta la nuque.

— Je le savais déjà.

Le soupir que poussa Wesley résonna dans la quiétude.

— Les individus éclairés n'emploient pas les tactiques des inquisiteurs médiévaux, Wes. N'as-tu donc rien appris des grands hommes de notre ère ?

— Ce n'est pas moi qui en ai pris l'initiative, dit son frère d'une voix tendue.

Vitor tourna la tête comme s'ils pouvaient se voir dans le noir.

— Comment as-tu pu me croire coupable de trahison ?

— Je ne l'ai jamais cru. C'étaient les autres. Cela faisait dix ans que tu ne vivais plus en Angleterre, et tu servais un roi étranger.

— Un allié.

— En France, ils t'avaient perdu de vue.

— Et simplement pour cela, on m'a accusé d'être un traître ? Les esprits des Anglais sont bien grossiers. Soit on est un loyal fils du royaume, soit on est un espion à la solde de l'étranger.

*Soit c'est une servante, soit c'est une dame de qualité.*

— Mes supérieurs n'ont rien voulu entendre. Ils ont pensé qu'à cause du lien qui nous unit, tu te confesserais à moi sans... recours inutile à la force. Je leur ai dit qu'ils étaient idiots de croire que tu parlerais, sous la contrainte ou non. Cela n'a servi à rien.

Après un long silence, il reprit :

— Mais comme tu ne disais rien, que tu ne prononçais même pas un mot pour te défendre dans l'horrible cabine de ce maudit bateau, malgré la façon dont ils... dont je te menaçais... Je me suis mis à douter moi aussi. Cela a recommencé comme...

— Comme lorsqu'elle t'avait menti.

— Ton silence orgueilleux et obstiné m'avait incité à croire ses mensonges.

La voix de Wesley s'était durcie.

— Reproche-moi tout ce que tu veux, mon frère, cela ne change pas la vérité : sur ce navire, tu as enfreint la loi et détruit la confiance que j'avais en toi, riposta Vitor.

— Alors même que j'obéissais à leurs ordres, je le regrettais. Je l'ai fait pour l'Angleterre, mais si tu savais comme j'en ai souffert... Cela a été aussi douloureux pour moi que pour toi.

Vitor frotta la cicatrice entre son majeur et son index.

— J'en doute.

— Est-ce la raison pour laquelle tu souhaitais me rencontrer ce matin ? Pour te venger ?

La voix de Wesley tremblait.

— Tu me connais bien mal...

Il y eut un nouveau silence, durant lequel le froid humide de la brume et de la pluie se déposa sur la peau et les cheveux de Vitor.

— Je t'en voulais parce qu'elle ne m'aimait pas, reprit Wesley. J'étais furieux. Elle m'a repoussé, et c'est toi que j'ai blâmé.

Vitor le comprenait. Même deux années au sommet d'une montagne portugaise ne l'avaient pas guéri entièrement de sa colère. Mais peut-être avait-il toujours été en colère. Peut-être n'était-ce pas le goût de l'aventure qui l'avait poussé à quitter, à l'âge de quinze ans, le seul foyer qu'il connaissait. Il avait fui la honte en allant de danger en danger, non parce que ses pères le lui demandaient, mais parce que rien d'autre ne l'apaisait.

Puis était venu un moment durant la guerre où, las de cette course incessante, il était enfin retourné à Airedale, vers la famille qu'il avait abandonnée. Il aurait alors pu cesser de fuir.

— Je n'ai rien fait pour l'encourager.

Fannie Walsh n'en avait pas eu besoin. Il l'avait repoussée fermement, avait informé le marquis de l'affaire et était parti pour le Portugal, où Raynaldo l'avait de nouveau envoyé sur le front.

— J'ai fait ce que tu aurais fait à ma place.

— Je sais. Père me l'a dit.

— Et malgré cela, tu as continué à me détester.

— J'étais aveugle à la raison.

La voix de Wesley s'adoucit un peu.

— Jusqu'à maintenant. Jusqu'à cette semaine…

Jusqu'à Arielle Dijon.

Cela, Vitor le comprenait bien.

Pendant un moment, aucun d'eux ne parla.

— Veux-tu toujours te battre ? demanda enfin Wesley. Avec mon bras inutile et ma patte folle, ce sera bref. Mais si cela peut te satisfaire, je me défendrai de mon mieux.

— Non, merci. Je ne combats pas un homme blessé. Et même si j'en avais envie, ce serait trop inconfortable dans ce lieu.

— En effet.

— Wes, nous allons mourir ici.

— Oui.

Vitor relâcha lentement son souffle.

— Toi d'abord.

— Non, toi. J'insiste.

— Tu es l'aîné, à toi l'honneur.

— Vitor…

La voix de Wesley était redevenue sérieuse.

— Si je meurs maintenant, que tu es secouru et que tu succèdes à notre père, il y a une chose que tu dois savoir.

Il marqua une pause, puis déclara :

— Je ne suis pas davantage le fils d'Airedale que toi.

Vitor releva vivement la tête.

— Père ne pouvait pas concevoir, expliqua Wesley. Ils voulaient des enfants, désespérément, tous les deux. C'est lui qui a demandé à mère de le faire. Il l'a suppliée pendant des années avant qu'elle accepte. Ensemble, ils ont choisi nos pères, des hommes qu'ils respectaient, et de sang noble, afin que, si cela s'apprenait, au moins la honte soit atténuée. Jamais mère ne lui a été infidèle. Pas de la manière que tu crois.

Vitor était abasourdi. Cela n'effaçait pas toutes ces années durant lesquelles il avait su qu'il n'était pas un vrai Courtenay et avait pris sa mère pour une femme légère. Mais cette révélation lui apportait une certaine paix.

— Qui était-ce ? demanda-t-il enfin. Le premier ?

— Cela n'a plus guère d'importance. Il a disparu depuis longtemps. Un héros de la marine, mort en mer, au combat. Excessivement riche, mais même pas titré. C'était le fils cadet d'un lord. Cette ironie t'amuse-t-elle, jeune demi-prince ?

— Beaucoup, bâtard.

À sa grande surprise, Wesley rit.

Pendant un long moment, il n'y eut entre eux que le martèlement de la pluie et l'obscurité qui les enveloppait tel un linceul. Vitor ne sentait plus la douleur à sa main ni à ses épaules, et l'hématome à l'arrière de son crâne ne lui causait plus qu'une palpitation sourde. Il somnolait de temps en temps et tendait l'oreille, guettant des voix, des sabots, des bruits, n'importe quel son pouvant annoncer l'arrivée de quelqu'un. Mais la pluie noyait tout.

Dans l'air immobile et glacial, Wesley finit par reprendre la parole.

— Je voulais t'épargner... la peine que j'ai eue.

Sa voix était faible, à présent.

— Aucune punition... ne peut être pire que... le cœur infidèle d'une femme.

— Je suis déçu...

La chaleur avait presque entièrement déserté le corps de Vitor. Son haleine ne réchauffait même pas ses lèvres.

— Mmm ?

— Je n'aurai pas...

Un poids lui comprima la poitrine ; le froid aspirait ses poumons.

— ... l'occasion de te détromper... sur ce point.

Après cela, dans le silence et le froid, ils attendirent la fin.

Lord Vitor et son frère ne revinrent pas de la nuit. Les villageois avaient été alertés et, dès l'aube, ceux qui le pouvaient participèrent aux recherches. Ravenna laça ses bottines et sortit avec les hommes, aux côtés de Cécilia et d'Iona. Un froid mordant régnait de nouveau sur la montagne, et les flaques avaient gelé. Chaque pas était périlleux.

Sur le pont enjambant la rivière, d'où l'on pouvait voir le château tout entier à travers les arbres, Ravenna posa une main sur le muret et contempla l'eau en contrebas. Iona glissa un bras autour de sa taille. Tout le monde devait penser à la même chose, songea Ravenna. Mais elle avait senti la force de lord Vitor et ne croyait pas que la rivière l'avait emporté.

Ils cherchèrent pendant des heures, par petits groupes de trois, retournant de temps en temps au château ou passant un moment dans la taverne pour se réchauffer les doigts et les orteils. À un moment donné, sur la route du village, Martin Anders et sir Henry rejoignirent Ravenna et ses compagnes. Tous deux avaient l'air sombre.

— Le neveu du maire a reconnu avoir menti, annonça M. Anders.

— Menti ? s'exclama lady Iona. Comment peut-on s'accuser d'un meurtre qu'on n'a pas commis ?

— Apparemment, le toit de sa maison s'est effondré sous la neige, expliqua sir Henry. Cet imbécile ne cherchait qu'un endroit où dormir.

— Il s'est dit que, son oncle étant le maire et n'ayant aucune preuve contre lui, il serait libéré avant d'être jugé, ajouta Martin Anders. Peut-être un autre ivrogne m'a-t-il pris au mot.

Cécilia saisit la main de son frère.

— Les deux gardes du prince, celui posté à la grille et l'autre, dit Ravenna, n'étaient nulle part au château ce matin. Je ne crois pas que le meurtrier soit un villageois.

Elle s'éloigna et traversa en sens inverse le pont gelé, sans plus regarder les rives en contrebas. Elle avait déjà fouillé les abords de la rivière. On ne retrouverait pas Vitor là. Il était encore en vie, elle en avait l'intime conviction.

Tandis que le soleil déclinait, tout le monde regagna le château. Elle résista, mais Iona et Cécilia lui prirent les bras et l'obligèrent à rentrer avec elle.

Elle se rendit dans la chambre de Vitor. Son valet de chambre n'était pas là. Avec un jappement de bonheur, Gonzalo bondit du lit et se précipita vers elle. Elle tomba à genoux, prit son petit corps chaud et frétillant dans ses bras et enfouit son visage dans sa fourrure.

— Où a disparu ton maître ? chuchota-t-elle en ravalant les larmes angoissées qui lui nouaient la gorge. Il a dit que des chiens sauvages ne l'empêcheraient pas de venir à moi, et je sais qu'il ne mentait pas. Ce qui l'a retenu doit donc être plus fort que des chiens sauvages.

L'animal sentait l'eau de Cologne de lord Vitor, à laquelle se mêlait une légère odeur de tabac.

Il se dégagea et traversa la chambre pour aller s'attaquer à une botte déjà saccagée, comme si c'était celle d'un ennemi.

« Ni chiens sauvages ni chiens domestiques... »

Ravenna regarda le petit être poilu lacérer le cuir et cessa de respirer.

Un chien d'à peine plus de dix semaines ne connaissait rien à la chasse. De plus, comment savoir si Gonzalo avait même un instinct de chasseur ? Mais il avait passé huit jours dans les appartements de lord Vitor à déchiqueter ses vêtements et, apparemment, à dormir dans son lit.

Non. C'était impossible. Mais la douleur dans sa poitrine l'était aussi, impossible, et pourtant plus réelle que tout ce qu'elle avait jamais pu ressentir.

Elle bondit sur ses pieds et ramassa le chien ainsi qu'un morceau de botte.

En la voyant, Iona s'étonna :

— Où allez-vous, ma chérie ?

— À la chasse.

Elle traversa en dérapant l'avant-cour verglacée, franchit la grille et posa Gonzalo par terre. Elle lui fit renifler le morceau de botte, puis le lui retira.

— Et maintenant, allons le chercher.

Elle se mit en marche, et le chiot trottina derrière elle, d'abord maladroitement sur le chemin glissant, puis avec de plus en plus d'assurance. Bientôt, il gambadait autour d'elle tandis qu'elle s'éloignait du village et de la rivière. Il mordillait des cristaux de glace, jappait, mais reniflait aussi. Son attention était divertie par un oiseau ou une brindille soufflée par le vent, puis ses narines frémissaient, et il appuyait son large museau sur la neige en recommençant à aboyer.

Plusieurs siècles auparavant, un deuxième rempart avait été construit pour offrir une protection supplémentaire aux habitants de Chevriot contre un ennemi venu de plus haut, et pour préserver les réserves de sel qui avaient fait la richesse de la région. Des vestiges de cette muraille se dressaient encore par endroits dans l'ombre des arbres. Devant elle, Gonzalo disparut de l'autre côté d'une butte de terre qui flanquait un amas de ruines. Ravenna l'appela. Il ne revint pas. L'estomac noué, elle gravit la pente glissante aussi vite qu'elle le put. Il y avait quantité de crevasses et de puits tout autour de l'enceinte du château. Si Vitor était tombé dans...

Elle contourna le tertre, et son cœur manqua un battement. Le chiot se tenait devant ce qui ressemblait à une grotte, ses pattes avant plaquées contre une remontée de terre et de pierres d'un mètre de haut qui en encerclait l'entrée. Il glapissait furieusement. Seul le murmure des branches gelées agitées par la brise lui répondait.

Puis une voix s'éleva des profondeurs ténébreuses de la cave. *Sa* voix. Le soulagement jaillit dans la gorge de Ravenna sous la forme d'un sanglot.

Gonzalo se mit à aboyer frénétiquement tandis qu'elle trébuchait pour agripper le mur. Ce n'était pas une grotte. C'était une glacière. Elle se pencha pour regarder au fond.

Elle ne s'évanouit pas, ne pleura pas, ne poussa pas de cri de joie. Elle chuchota :

— Vous êtes vivant.

Et ses jambes faillirent se dérober sous elle.

Il ne répondit pas. Il était assis contre la paroi, lord Case allongé en chien de fusil près de lui. Ils étaient tous deux immobiles.

Ce n'était pas très loin, pas plus de six mètres, mais elle ne pouvait descendre sans échelle ni corde. S'ils gisaient dans cette glacière depuis deux jours, il n'était pas question de gaspiller une minute de plus pour retourner chercher de l'aide au village ou au château.

Les mains tremblantes, elle déchira le volant inférieur de sa robe, puis le suivant, et le dernier. Bénissant le mauvais goût de lady Margaret et se félicitant qu'Ann n'ait pas eu le temps d'alléger toutes les robes qu'elle lui avait prêtées, elle torsada et noua les bandes de tissu les unes aux autres. Mais sa corde de fortune n'était pas suffisamment longue pour qu'elle l'enroule autour de sa taille et atteigne le fond du trou.

Elle sacrifia alors le reste de la robe, la déchirant en larges lanières qu'elle attacha aux volants. En jupons et chemise, elle passa la corde par-dessus le mur.

— Attrapez ceci et hissez-vous en haut, ordonna-t-elle.

Il ne bougea pas.

— Il le faut, insista-t-elle d'une voix plus forte.

En bas, les deux hommes étaient aussi immobiles que s'ils étaient morts.

— Réveillez-vous ! cria-t-elle. Saisissez cette corde pour vous sortir de ce trou. Je ne puis le faire sans votre aide.

Elle agita la corde jusqu'à ce qu'elle atterrisse sur l'une des mains de Vitor.

— S'il vous plaît ! Je vous en supplie.

Il fléchit les doigts et attrapa le tissu.

Quand il voulut nouer la corde de fortune autour de son frère, elle protesta jusqu'à ce qu'il lui obéisse. Il se mit d'abord à genoux, puis sur ses pieds, avec une lenteur atroce. Enfin, il prit la corde entre les deux mains. Elle s'accroupit dos au mur, s'arc-bouta et tira de toutes ses forces. Gonzalo ne cessait de danser autour d'elle en aboyant. Soudain, il dressa les oreilles et s'en alla en courant.

— Maintenant ! cria-t-elle. Grimpez maintenant.

La corde lui comprimait tant la poitrine qu'elle avait du mal à respirer. Enfin, après une éternité, la main de Vitor, blanchie par l'effort, les articulations ensanglantées, se courba sur le rebord du mur. Des bruits de pas crissèrent sur le sol verglacé, et Gonzalo réapparut en bondissant autour de Martin Anders et de sir Henry.

— Au nom de Zeus ! Ils sont retrouvés !

Ils attrapèrent Vitor et le soulevèrent pour le faire basculer de l'autre côté du muret. Il avait les yeux fermés. Ravenna lui caressa le visage et retint ses sanglots tandis que d'autres hommes accouraient devant la minuscule ouverture de la glacière. Certains transportèrent Vitor jusqu'au château tandis que d'autres restaient pour extraire lord Case.

Elle courut en avant pour réclamer qu'on prépare des bains chauds, en précisant la température exacte de l'eau et les huiles à y ajouter, et en demandant des bandages et des linges. Tout le monde lui obéit. Puis, lorsqu'on emmena Vitor dans l'une des pièces où se trouvait une baignoire remplie d'eau fumante, Ann vint lui prendre le bras.

— Venez, ma chère amie, lui chuchota-t-elle. Vous ne pouvez rester là, et il faut maintenant songer à vous réchauffer vous-même.

Ravenna la suivit, à la fois frustrée d'être évincée alors qu'elle était la personne la plus indiquée dans le château pour soigner un homme blessé, et affaiblie par la joie.

# 18

# Un lord dans une cour
# de cuisine

Ce soir-là, on ne l'autorisa à voir aucun des deux hommes. Le prince en personne, assisté d'une troupe de domestiques, s'occupa d'eux. On n'avait pas besoin de ses services.

Contrairement à Arielle Dijon, Ravenna ne pouvait rester sagement assise au salon avec les autres en attendant le dîner, à écouter les messieurs, lady Margaret et la duchesse émettre des hypothèses sur l'intérêt qu'avaient les gardes à nuire à lord Case et à son frère. Sachant qu'elle serait incapable de manger, elle sortit les carlins et, de retour à l'intérieur, demanda des nouvelles de Gonzalo. On lui apprit que le héros du jour dormait profondément dans les appartements de son maître.

Elle se retira discrètement dans sa chambre.

Plus tard, lorsqu'elle eut enfin cessé de faire les cent pas et se fut couchée, un grattement à la porte la réveilla. Dans la lumière d'une bougie, le valet de chambre de lord Case apparut, livide et agité.

— Monsieur le comte a de la fièvre, mademoiselle, lui annonça-t-il en se tordant les mains. Je ne sais absolument pas comment le soigner. En temps normal, il a un médecin pour ces choses-là.

— Je viens.

Elle s'habilla rapidement, prit sa sacoche médicale et le suivit dans les couloirs silencieux et plongés dans l'ombre jusqu'à la chambre de son maître.

Le front du comte était brûlant, son visage et sa chemise de nuit humides de sueur.

— Vous devez changer ses draps et sa chemise aussi souvent que nécessaire afin qu'il reste au sec, ordonna-t-elle au valet en versant un fond d'eau dans un verre et en y ajoutant un peu de la poudre qu'elle transportait pour sir Beverley et Petti en cas d'urgence. Si la fièvre tombait et qu'il restait au contact de l'humidité, ses poumons pourraient s'infecter.

Le valet souleva son maître pendant qu'elle calait des oreillers dans son dos.

— Monsieur le comte, chuchota le valet. Mlle Caulfield voudrait vous administrer un médicament.

Les paupières du comte papillotèrent, mais il n'ouvrit pas les yeux.

— Ah, un ange de miséricorde, marmonna-t-il. Qu'elle fasse ce qu'elle veut tant qu'elle sent aussi diaboliquement bon.

Elle porta le verre à ses lèvres.

— Buvez, monsieur, et ne bavez pas, sans quoi je vous gronderai pour avoir gaspillé ma poudre.

— Mon frère a bien de la chance, dit-il contre le bord du verre, avant d'en avaler le contenu.

Ils le rallongèrent contre le matelas.

— Je vais examiner votre blessure, maintenant. Vous devrez rester parfaitement immobile.

Il grommela quelque chose d'inintelligible, mais lorsqu'elle défit le bandage de fortune autour de son bras et toucha délicatement la plaie, ses yeux fermés se plissèrent sous l'effet de la douleur.

— Nom de Dieu ! Renvoyez-la, Franklin.

— Impossible, monsieur le comte. À l'exception du cuisinier, qui dort et refuse d'être réveillé, c'est la seule personne au château qui dispose de connaissances médicales. Si vous voulez, je peux aller faire chercher la sage-femme du village.

— Je ne suis pas en train d'accoucher, imbécile.

Lord Case crispa la mâchoire.

— C'est exact, monsieur le comte.

— Monsieur Franklin, dit Ravenna, il me faut des linges propres pour refaire le pansement.

— Oui, mademoiselle.

Il s'éloigna en hâte. Elle baigna la blessure avec du vin, puis perça la chair déchirée avec son aiguille pendant que la poitrine du comte se soulevait au rythme de sa respiration saccadée. La balle avait traversé la partie charnue du muscle, et l'entaille fut facile à recoudre. Bien qu'il eût probablement perdu une quantité de sang considérable, il ne s'évanouit pas.

— Avez-vous ajouté une drogue au vin que vous m'avez offert l'autre soir, monsieur ? demanda-t-elle doucement tout en travaillant. Dites-moi la vérité, sinon je triturerai votre plaie avec mon ongle le plus long avant de la bander.

— Hippocrate doit se retourner dans sa tombe, gronda-t-il, le souffle court.

Elle coupa le fil et appliqua un baume apaisant sur la lésion.

— J'aimerais entendre la vérité. Mon ongle se tient prêt.

— La réponse est non.

— Pourquoi m'avez-vous suivie dans l'écurie ?

Il ouvrit des yeux voilés par la fièvre, mais parfaitement conscients.

— Pour vous offrir de l'or en échange de votre promesse de laisser mon frère tranquille.

Elle déglutit difficilement.

M. Franklin revint, et elle pansa la blessure du comte. Puis, après avoir recommandé au valet de changer le bandage toutes les trois heures, elle s'en alla. La lumière de sa bougie dansait sur les murs tandis qu'elle regagnait silencieusement l'aile réservée aux femmes. Elle aurait aimé posséder encore le courage d'un loup, comme quand elle s'était retrouvée face au danger, afin de chasser la peur et d'exiger qu'on la laisse entrer dans la chambre de lord Vitor. Mais lord Case lui avait rappelé que, dans leur monde, elle n'était qu'un lièvre et qu'il n'en serait jamais autrement.

Au réveil, Ravenna trouva un message de M. Franklin l'informant que si la fièvre de lord Case n'était pas encore tombée, il dormait cependant paisiblement.

Elle se leva, enfila une de ses robes de laine et quitta sa chambre.

Tous les yeux la suivirent dans la maison, dans la salle à manger, puis dans le salon où lady Margaret et Ann étaient assises avec la duchesse, Iona et les demoiselles Whitebarrow. Chacune avait à la main un tambour à broder, dans lequel elles enfonçaient des aiguilles plus minuscules que celles qu'utilisait Ravenna pour recoudre les blessures. Elles la dévisagèrent toutes comme si elle portait des cornes sur la tête.

Iona fut la première à se ressaisir.

— Mademoiselle Caulfield ! dit-elle en accourant vers elle. Avez-vous pris votre petit déjeuner ?

— Je...

Iona l'attira dans le couloir et chuchota :

— Tout le monde est au courant de ce que vous avez fait pour lord Case cette nuit. Son valet l'a dit à celui de lord Prunesly, et la nouvelle s'est répandue comme une traînée de poudre. Bravo, ma chérie.

— Je vois.

Elle ne se souciait de sa réputation que si cela menaçait de nuire à sir Beverley et à Petti. Mais si toute la maisonnée savait qu'elle s'était trouvée dans la chambre d'un gentleman au milieu de la nuit avec son valet pour seul chaperon, que risquait-elle de plus à demander à voir lord Vitor ?

Elle pressa la main d'Iona, puis se rendit dans la chambre de ce dernier. Les battements de son cœur résonnaient dans sa gorge lorsque la porte s'ouvrit.

— Lord Vitor n'est pas là, mademoiselle, lui apprit son valet de chambre d'un ton guindé.

— Il n'est pas là ? Est-il… est-il suffisamment rétabli pour être sorti ?

— Mon maître a une remarquable constitution, répondit le valet, compassé.

— Savez-vous où il est allé ?

— Peut-être prendre le petit déjeuner, mademoiselle. Il redressa le nez.

— Mais lord Vitor ne m'ayant pas fait part de ses projets, je ne puis l'affirmer avec certitude.

Elle s'interdit de le pincer et descendit dans le vestibule, où elle trouva M. Brazil qui s'entretenait avec un garde. Elle s'enquit de lord Vitor.

— Il est à la chapelle, *mademoiselle*.

— À l'ermitage du père Denis ? demanda-t-elle, incrédule.

Il avait beau être de robuste constitution, cela aurait relevé du miracle.

— Non, *mademoiselle*. La chapelle *ici*, *au château*.

Il fit signe au garde d'ouvrir la porte d'entrée et lui désigna l'avant-cour. À côté du cimetière, une église s'élevait entre le donjon et les remparts. Bien qu'elle se fût parfois promenée du côté du cimetière avec les chiens de Petti, elle n'y était jamais entrée.

— Si vous le souhaitez, mademoiselle, ajouta-t-il en remarquant ses chaussures d'intérieur, on peut accéder à la chapelle par le fond de la salle à manger.

Elle s'y rendit en s'efforçant de ne pas courir, le cœur battant à grands coups désordonnés.

De l'autre côté du vestibule, Arielle descendait l'escalier au bras de son père, son chien minuscule trottant à côté d'eux. Elle vint rejoindre Ravenna en pressant le pas, mais sans se départir de son élégance.

— Chère mademoiselle Caulfield, comme vous êtes courageuse et avisée ! Et, Dieu merci, compétente. Je serais bien en peine de soigner une blessure par balle.

— Je ne pense pas que vous ayez besoin un jour de savoir le faire.

— Lord Case vous doit la vie.

Il la lui devait doublement. Et pourtant, il l'avait insultée.

— Ne vous inquiétez pas pour sa fièvre. Elle tombera dès que la blessure commencera à cicatriser.

— Oh.

Arielle baissa ses cils délicats.

— Merci. Je ne voudrais pas l'accabler de mon anxiété.

Ses joues rosirent joliment. Cette nuance-là, Ravenna ne l'avait jamais vue sur son propre visage. Sa peau n'était pas aussi claire que celle de cette jeune fille raffinée – cette jeune fille dont le père avait proposé à Ravenna un emploi pendant que son soupirant de comte tentait de la soudoyer pour qu'elle se tienne à l'écart de son frère.

— Voulez-vous vous joindre à nous pour le petit déjeuner, mademoiselle ? demanda le général.

— Je vous remercie, mais je dois… m'occuper d'une affaire.

Elle reprit son chemin, en évitant la salle de billard d'où lui parvenaient des voix masculines. Les paumes moites et la gorge serrée, elle franchit la porte qui donnait sur la chapelle.

À l'intérieur, l'air était immobile et étrangement chaud, comme dans une écurie. Mais ce n'était pas la vie animale qui le réchauffait. Cette chaleur-là était née de siècles de prières murmurées, qui donnaient à ce lieu un caractère sacré que la petite église de son père ne faisait que suggérer. Des rais de soleil obliques traversaient les hauts vitraux bleu clair, rouge et or, jetant des éclats chatoyants sur les voûtes et les piliers en pierre. Quelques rangées de chaises étaient regroupées d'un côté ; devant chacune, un prie-Dieu en bois sculpté attendait les fidèles. De part et d'autre de l'allée centrale, des tombeaux massifs étaient surmontés de gisants aux têtes couronnées.

Vitor, debout devant les marches qui menaient à l'autel, lui tournait le dos.

Ravenna avait du mal à respirer. Des pensées désespérées l'envahissaient. Elle n'était pas à sa place dans cette chapelle, moins encore que dans le reste du château. Elle avait l'impression de manquer d'air. Que pourrait-elle dire à cet homme ? Ils n'appartenaient pas au même monde.

Elle en était là de ses réflexions quand il se retourna et la vit.

Ravenna pivota sur ses talons.

Elle sortit en hâte, traversa la salle à manger et tomba sur sir Henry et lord Prunesly qui quittaient la salle de billard.

— Ah, mademoiselle Caulfield, l'héroïne du moment ! s'exclama sir Henry. N'est-ce pas, Prunesly ? Mademoiselle Caulfield, j'ai entendu dire que vous aviez accompli des prodiges. Bravo, mademoiselle. Toutes mes félicitations.

À cet instant, lord Vitor les rejoignit dans le corridor.

— Pardonnez-moi, marmonna Ravenna à l'adresse de sir Henry. Je dois… c'est-à-dire…

Elle s'éloigna. Une porte réservée aux domestiques s'ouvrait dans le corridor. Elle s'y précipita et dévala un étroit escalier plongé dans la pénombre. Il donnait sur la cuisine. Elle la traversa dans les odeurs de pain frais et de viande rôtie, en ressortit par la porte de derrière et se retrouva dans la cour où l'on gardait la volaille, la vache et les chèvres, et où l'on jetait les détritus par un trou pratiqué au pied du mur du château. L'air vif lui pinça les joues lorsqu'elle jaillit dehors.

Haletante, elle s'adossa au mur en pierre froid. Sous son abri, dans un coin de la cour, la vache tourna la tête vers elle et fouetta l'air de sa queue. Des poulets caquetaient dans l'enclos contre le mur opposé baigné de soleil matinal.

Il ne la trouverait pas. Il ne la suivrait pas dans l'escalier de service sous le nez de sir Henry et de lord Prunesly. Et même si, par extraordinaire, il le faisait, il ne viendrait pas la chercher jusqu'ici. Jamais un aristocrate raffiné ne songerait à s'aventurer dans une cour de cuisine. Durant les six années qu'elle avait passées à Shelton Grange, elle n'avait pas vu une seule fois sir Beverley ou Petti à proximité de la cuisine. De la part d'un fils de marquis, c'était impensable.

Et pourtant, il le fit. Elle le vit apparaître dans l'encadrement de la porte, fort et beau et, lui sembla-t-il, en parfaite santé.

— C'est moi qui vous ai sauvé, cette fois-ci, lança-t-elle, les nerfs à fleur de peau. Pour ce faire, j'ai utilisé mes jupes qui peuvent être, comme vous l'avez fait remarquer, fort encombrantes lors d'un sauvetage en rivière, mais qui, en l'occurrence, se sont révélées merveilleusement pratiques.

Elle s'appliquait à parler d'un ton léger.

Sans répondre, il vint droit sur elle, saisit son visage entre ses mains et l'embrassa avec ardeur, comme s'il voulait la posséder tout entière dans ce baiser. Nouant les bras autour de son cou, elle s'abandonna à lui.

Enfin, il s'écarta pour dire :

— Dans cette glacière…

— N'en parlez pas.

— Je n'ai pensé qu'à cela. Vous toucher. La seule chose que je souhaitais, c'était vous toucher une dernière fois.

Il passa son pouce sur ses lèvres, puis fit suivre le même chemin à sa bouche. Ce n'était pas un baiser tendre, mais exigeant. Il lui enlaça la taille, et elle le laissa l'attirer à lui, se fondit en lui, se perdit dans son baiser et dans la sensation de ses mains qui pétrissaient son dos.

— Pourquoi vous être enfuie de la chapelle ? demanda-t-il contre ses lèvres.

— Je me suis dit que peut-être... que peut-être j'avais tort de chercher à vous parler. Que vous n'étiez pas venu me trouver ce matin parce que vous ne... vous ne souhaitiez plus me voir. Que vous ne vouliez plus de moi.

Il appuya son front contre le sien et resserra les mains autour de sa taille.

— Je vous veux depuis l'instant où je vous ai vue.

— Depuis l'instant où... Mais je croyais que nous étions am...

Elle bafouilla.

— Amis, finit-elle dans un souffle.

— Oui. Mais il s'agit d'une amitié particulière...

Il reprit possession de sa bouche, et Ravenna oublia tout ce qui n'était pas ce baiser et ces bras solides qui la serraient. Elle se sentait soudain si légère qu'elle aurait pu s'envoler. Étourdie par l'excitante dureté de sa poitrine et de ses cuisses contre elle, elle rêvait d'être plus proche encore de lui. Enfouissant les mains dans ses cheveux, elle caressa sa langue de la sienne, et un plaisir si intense l'envahit qu'elle laissa échapper un petit cri et se colla un peu plus à lui. Ses talons quittèrent le sol tandis qu'il la soulevait pour la presser contre lui comme si elle ne pesait rien. Mais même cela ne suffit pas.

Elle releva un genou le long de sa jambe, puis sauta. Il la rattrapa aisément ; elle referma les cuisses autour de ses hanches et fit taire son rire avec sa bouche. Elle l'explorait de ses mains, de ses lèvres, de son corps, et il répondait à son baiser avec la même faim, une faim qui l'enhardit. Elle chercha le renflement de son pantalon et se pressa contre lui.

— Ravenna, vous me rendez fou, grogna-t-il contre ses lèvres.

Elle se lovait contre son désir, submergée par le besoin qu'elle avait de cet homme, d'être plus proche de lui, de s'unir à lui comme s'unissaient les créatures du ciel et de la terre. Elle avait l'impression d'être une pendule qu'on aurait trop remontée, d'être la vapeur réclamant de jaillir sous le couvercle d'une marmite. Elle avait désespérément envie de lui.

Le temps parut se suspendre tandis qu'il la gardait rivée à lui et qu'elle se frottait contre son sexe rigide. Encore. Et encore... Et soudain, dans une précipitation inattendue, la marmite explosa avec fracas, lui arrachant un gémissement de pure extase tandis qu'elle tressaillait contre lui. Elle poussa un râle. Il embrassa son cou, et elle frissonna de plaisir. Hors d'haleine et épuisée, elle ne désirait qu'une chose : qu'il l'embrasse jusqu'à la fin de ses jours.

— Que s'est-il passé ? chuchota-t-elle.

— L'exaucement d'un rêve que j'ai fait récemment, répondit-il en poussant un profond soupir.

Il continuait à la serrer contre lui, sa bouche toujours contre son cou.

— Ou, plus exactement, une partie du rêve, corrigea-t-il.

— Quelle est l'autre partie ?

— Pour cela, nous devrons nous rendre dans un lieu plus intime.

Ravenna souleva ses paupières alourdies. Ils étaient debout dans la cour de la cuisine, parfaitement visibles d'une douzaine de fenêtres intérieures du château.

— Êtes-vous certaine de le désirer ?

*Non.*

— Oui.

Il la déposa par terre et lui prit la main.

C'est alors que la porte s'ouvrit. Aussitôt, Ravenna dégagea sa main. Il voulut l'en empêcher, mais elle ne se laissa pas faire, et il lui rendit sa liberté.

— Ravenna ?

Iona passa sa tête rousse dans la lumière du soleil.

— Oh ! Bonjour, monsieur.

Ses yeux bleus brillants se posèrent sur les joues roses de Ravenna et les jupes emmêlées autour de ses mollets. Un sourire retroussa le coin de ses lèvres, puis son visage redevint sérieux.

— Ravenna, il faut que je vous parle. À tous les deux.

Ils rentrèrent et remontèrent l'escalier de service, Vitor sur les talons de Ravenna. Elle sentait ses membres trembler étrangement, comme si elle avait escaladé une montagne. Quant à lui, elle put constater, lorsqu'ils pénétrèrent dans la salle à manger déserte et qu'il referma la porte derrière eux, qu'il avait l'air parfaitement à l'aise, toujours aussi élégant, bien qu'un peu échevelé.

Elle avait l'impression d'avoir perdu sa langue.

Iona rompit le silence.

— J'étais avec M. Walsh la nuit de sa mort.

Ravenna s'écarta de lui, subtilement mais fermement, plaçant la table entre eux tandis que lady Iona parlait. Mais Vitor savait reconnaître maintenant les signes indiquant qu'elle s'apprêtait à se dérober : un profil méfiant, des yeux fuyants, des talons prêts pour une évasion rapide.

Quand elle s'était hissée sur la pointe des pieds et l'avait pris par le cou, il avait bien failli la plaquer contre le mur, remonter ses jupes et la posséder, là, dans la cour. Au prix d'un effort herculéen, il s'était une fois encore obligé à garder son sang-froid. Non qu'il eût rechigné à faire cela en plein jour, mais il voulait lui montrer qu'il avait mieux à offrir. Sa première véritable expérience amoureuse ne serait pas un accouplement précipité.

Les yeux de Ravenna s'emplirent de confusion.

— Pourquoi ne pas me l'avoir dit plus tôt ?

— Je ne pouvais pas ! Il faut me comprendre...

Les mains tendues, lady Iona vint à elle avec la grâce impétueuse qui la caractérisait.

Vitor s'interposa.

— Madame, expliquez-vous.

Elle entrouvrit les lèvres et hocha la tête.

— C'était peu de temps après le dîner, il devait être 22 h 30 ou 23 heures. J'étais lasse de ce jeune...

Son regard se posa sur lui, et elle se reprit.

— Des conversations du salon, et j'ai eu envie de partir un peu en exploration.

— Où l'avez-vous retrouvé ? demanda Ravenna, croyant qu'elle faisait allusion à mots couverts à un rendez-vous avec un amant.

— Oh, je n'allais pas le retrouver. Je n'avais jamais vu cet homme jusqu'à cet instant. Mais, comme c'était à l'évidence un gentleman...

Elle coula un nouveau regard inquiet vers Vitor.

— Je l'ai salué et j'ai engagé la conversation.

— J'ai parlé à lord Vitor de vous et de lord Whitebarrow dans la tour, dit Ravenna. Vous devez être parfaitement franche avec nous, sans quoi nous serons obligés de vous considérer comme une suspecte.

Lady Iona le regarda droit dans les yeux.

— Vous pouvez penser de moi ce que vous voulez, monsieur. Ce ne serait pas la première fois qu'on me juge.

— Où avez-vous rencontré Walsh ? demanda-t-il.

— Dans la grande galerie où sont exposées les armures.

Elle fronça les sourcils.

— Toutes ces vieilleries rouillées... Je ne comprends pas comment on peut vouloir posséder cela chez soi.

Ravenna revint se placer à côté de Vitor.

— M. Walsh portait-il une armure lorsque vous avez parlé avec lui ?

Lady Iona écarquilla les yeux.

— Non.

Pour la première fois depuis l'épisode de la cour de cuisine, Ravenna le regarda dans les yeux.

— Alors, elle l'a rencontré avant Ann.

— Ann ? s'exclama lady Iona. Que pouvait bien vouloir une petite créature comme Ann de cet homme ?

— Probablement pas la même chose que vous. Je pense qu'elle l'a croisé par hasard, tout comme vous, mais plus tard. Avez-vous parlé, tous les deux ?

— Oui, mais pas longtemps. Son regard était flou, et il était à l'évidence en état d'ébriété. Or je n'ai que faire d'un homme ivre mort.

Elle lança à Vitor un regard de défi. Les joues de Ravenna s'enflammèrent, et elle se sentit rougir jusque sous sa robe.

— Cependant, il s'est passé quelque chose de très étrange, poursuivit lady Iona, songeuse. Il m'a appelée sa « gracieuse damoiselle ». À trois reprises. Et, alors qu'il parvenait à peine à tenir la tête droite, il s'est agenouillé devant moi comme s'il jouait à être un chevalier.

— Sa « gracieuse damoiselle » ?

— Oui.

— Donc, alors qu'il était apparemment ivre, il vous a fait l'effet d'un homme amoureux ?

— Oui.

La gorge nouée, Ravenna demanda :

— Aurait-il pu boire le vin drogué ?

Le vin que lui-même avait bu, songea Vitor. Malgré tout ce qui s'était passé, elle continuait à croire qu'il avait eu envie d'elle parce qu'il était sous l'emprise d'une drogue ?

— C'est possible, oui, répondit-il.

— Du vin drogué ? interrogea lady Iona. Je pensais que le pauvre homme avait été poignardé.

— Pourquoi ? s'étonna Ravenna, devançant la question de Vitor.

Malgré son embarras manifeste, elle restait vive, brillante, attentive aux détails.

— Nous n'avons dit à personne de quelle façon il a été tué, ajouta-t-elle.

Elle tourna vers Vitor ses yeux sombres.

— N'est-ce pas ? Vous n'en avez pas parlé ?

Il avait du mal à se concentrer sur la conversation. Il aurait pourtant dû s'intéresser à la mort de Walsh, ne fût-ce que par souci de la sécurité de Ravenna et de celle des autres innocents du château. Mais il ne pensait qu'à une chose : elle était à lui, et il ne la laisserait pas le fuir.

— Non, je n'ai rien dit non plus, répondit-il en s'obligeant à reporter son attention sur lady Iona. Comment savez-vous qu'il a été poignardé ?

Elle fronça les sourcils.

— Lady Grace a parlé d'un poignard, je crois. Ou peut-être d'une dague, je n'en suis pas sûre. Elle cherchait l'objet au début de la semaine, afin d'aider le maire dans son enquête. Je lui ai dit que cela ne servirait à rien, que si l'assassin avait un brin de jugeote, il l'avait jeté dans la rivière depuis longtemps. Mais elle avait l'air déterminée à retrouver l'arme du crime.

— Grace. Le poignard. La rivière... murmura Ravenna. La cire...

— La cire ? répéta Vitor.

— Le cachet de cire sur le message qu'a reçu M. Walsh. L'empreinte était celle d'un doigt de petite taille. Un doigt de femme, certainement.

— Quand avez-vous deviné cela ?

— La veille de... enfin...

Ses yeux fusèrent vers l'Écossaise, et deux roses s'épanouirent de nouveau sur ses joues.

— J'ai oublié de vous le dire. En vérité, cela m'est complètement sorti de la tête. Grossière erreur de ma part. Lady Pénélope et lady Grace portent des gants presque en permanence depuis le meurtre. Lady Pénélope s'est plainte si bruyamment des courants d'air dans le château que je n'y ai pas prêté attention. Quant à lady Grace, elle imite sa sœur en tout.

— Les jeunes filles de bonne famille portent des gants parce qu'elles ont peur de toucher la peau d'un homme, ma chérie. Les pauvres petites ! Elles ratent ce qu'il y a de meilleur dans la vie.

— Je les avais éliminées de la liste des suspects en raison du cheveu brun. Puis, lorsque nous avons conclu qu'il s'agissait d'un cheveu appartenant à Ann, je n'y ai plus songé. Et si l'une d'elles dissimulait la brûlure que la cire chaude a laissée au bout de son doigt ? Si le véritable assassin était en liberté à cause de ma négligence ?

— Vous pensez que l'incident avec le garde dans la salle d'armes avait quelque chose à voir avec le meurtre ? Qu'il aurait pu aider à tuer Walsh ? demanda Vitor.

— Ou à essayer de vous mettre hors d'état de nuire. Et lord Case n'aurait été entraîné avec vous que parce qu'il était présent quand le garde vous a tiré dessus.

Elle s'exprimait avec calme, mais l'angoisse faisait briller ses yeux.

— L'un des gardes disparus, ou les deux, a pu éliminer M. Walsh. Mais pour quel motif ? Le sac de voyage de la victime paraissait intact.

— Paraissait.

— Mais s'ils lui avaient dérobé quelque chose, ne se seraient-ils pas enfuis immédiatement ? objecta Ravenna.

— La neige a pu les en empêcher, suggéra lady Iona.

— Je ne crois pas, répondit Ravenna. Les gardes n'avaient aucune raison d'imaginer que nous les soupçonnerions, jusqu'à ce que je découvre l'un d'eux avec lady Grace dans la salle d'armes.

Elle se tordit les mains dans ses jupes.

— Tout le monde sait depuis longtemps que nous menons notre propre enquête, lord Vitor et moi. M. Sepic en personne l'a entendu dire par les autres, et je n'ai pas caché mon antipathie pour les jumelles Whitebarrow. Peut-être ont-elles cru que je les détestais parce que je les soupçonnais du meurtre.

— C'est peu probable, objecta lady Iona.

— Mais cela reste plausible, murmura Vitor.

Il avait envie de serrer Ravenna dans ses bras et de lui assurer qu'elle n'était responsable d'aucune des violences commises.

— À votre avis, pourquoi lady Grace ou lady Pénélope auraient-elles voulu tuer Oliver Walsh ?

— Je l'ignore. Mais je ne vois de mobile pour personne d'autre… hormis le suspect le plus évident, ajouta-t-elle, or nous savons que ce n'était pas lui.

Lady Iona écarquilla les yeux.

— Qui donc ?

— Il a pu le faire, dit Vitor.

— Je n'en crois rien. Et vous non plus. On lui a tiré dessus. Vous étiez tous les deux…

Sa voix se brisa.

— D'ailleurs, il m'a expliqué pourquoi il était venu dans l'écurie ce soir-là.

— Vous vous êtes retrouvée dans l'écurie avec lord Case, ma chérie ? Mais…

— Que vous a-t-il expliqué ? demanda Vitor.

Ravenna secoua la tête.

— Cela n'a pas d'importance. Ce n'est pas lui le coupable. Je sais qu'il ne m'aime pas, mais je ne crois pas pour autant qu'il ait eu l'intention de nous nuire.

— J'ai montré la bouteille à M. Brazil. C'est lui qui l'a déposée dans les appartements de lord et de lady Whitebarrow avant l'arrivée des invités la semaine dernière.

— Chez lord et lady Whitebarrow ? Pourquoi ne me l'avez-vous pas dit ? s'exclama Ravenna.

— Je ne l'ai appris que ce matin.

À la suite de quoi, il était parti se recueillir un moment à la chapelle afin de se préparer à la rencontrer. Mais elle s'était enfuie dans le soleil, et il avait tout oublié du discours qu'il avait soigneusement répété.

— Alors, c'est Grace l'assassin, pour une raison qui nous échappe encore. À moins…

Une nouvelle étincelle éclaira les yeux de Ravenna.

— Pénélope. Oui ! Avez-vous observé Grace ? Le jour où tout le monde est arrivé ici, elle était l'ombre de sa méchante sœur. Vous en avez été témoin lorsqu'elle et Pénélope ont humilié Ann. Son visage n'exprimait que le plus froid des dédains. Eh bien, le lendemain, quand le prince a annoncé le meurtre, son comportement a radicalement changé. Elle est devenue parfaitement silencieuse, presque morose.

— Mais, ma chérie, nous étions tous abasourdis par la nouvelle, et terrifiés à l'idée d'être la prochaine victime !

— Certes. Cependant, le bouleversement de Grace m'a paru tellement... tellement personnel. Elle avait l'air non seulement ébranlée, mais... en proie à une terrible affliction, ajouta Ravenna dans un murmure, comme si elle comprenait seulement à cet instant quelque chose d'essentiel.

Vitor avança vers elle.

— Vous croyez que, sachant que sa sœur avait assassiné Walsh, elle avait peur pour lady Pénélope que le meurtrier soit démasqué...

— Ou bien elle était horrifiée, intervint lady Iona.

— ... et qu'à la suite de cela, sous le choc, elle n'a plus réussi à dissimuler, acheva Vitor.

— Les jumeaux possèdent un lien particulier, reprit Ravenna. C'est un fait établi. À l'évidence, Grace est la plus faible des deux, celle qui suit l'autre.

— Mais quelle raison Pénélope avait-elle de tuer cet homme ? demanda lady Iona.

Ravenna se mordit la lèvre.

— Et si elle l'a fait, comment le prouverons-nous ?

— Rassemblez tout le monde et accusez Pénélope, suggéra lady Iona. D'autres ont peut-être des preuves de sa culpabilité, sans avoir jamais fait le rapprochement. Puis demandez-lui d'ôter ces gants ridicules et inspectez le bout de ses doigts.

Ravenna leva les yeux vers Vitor, qui approuva l'idée d'un signe de tête. Elle se dirigea vers la porte, suivie de lady Iona.

Vitor lui saisit le bras.

— Ce n'est pas vous qui parlerez, lui dit-il d'une voix calme et ferme. C'est moi.

— Je ne comprends pas. Pourquoi ?

— Il n'est pas question que vous vous mettiez davantage en danger en révélant que vous connaissez tous les détails du meurtre.

— Mais…

— C'est décidé.

Sans acquiescer, elle dégagea son bras et suivit Iona.

Le prince convoqua ses invités dans la pièce où il avait annoncé le décès de M. Walsh. Il ne manquait que lord Case.

Debout à la porte et flanqué de deux de ses gardes les plus imposants et les plus loyaux, le prince Sebastiao s'éclaircit la gorge.

— Comme nous l'ont démontré les éprouvants événements d'hier, M. Sepic s'est trompé en imputant le meurtre de M. Walsh à son neveu. Nous nous sommes réjouis trop vite. Ce n'est pas M. Paul le coupable. Mon bon ami Courtenay, cependant, a découvert la vérité et va maintenant vous révéler l'identité de l'assassin.

Il avait voulu une révélation théâtrale, et ce fut réussi. Des petits cris fusèrent dans l'assemblée, des joues pâlirent. Les doigts gantés de lady Grace se crispèrent autour de sa jupe virginale. Mais l'esprit de Ravenna continuait à travailler à toute vitesse. Pourquoi Pénélope aurait-elle tué Oliver Walsh ? Qu'avait-elle à y gagner ? S'était-il agi d'un accident ? Une castration accidentelle ? Impossible.

— C'est grotesque, protesta lord Whitebarrow. Comment Courtenay peut-il en savoir davantage que nous sur la mort de Walsh ?

— Parce que, dit une voix depuis le seuil, mon frère a passé des années en France durant la guerre en tant qu'agent de la Couronne. Ses missions consistaient à découvrir quelles étaient les tactiques secrètes de

Napoléon – tactiques qui nous donneraient à tous des sueurs froides si nous les connaissions –, mais sachez que l'Angleterre lui doit beaucoup.

Lord Case était appuyé au chambranle, impeccablement vêtu. Cependant, sa respiration était laborieuse et son visage marqué par la fièvre.

Ravenna se dirigea vers lui.

— Vous devez retourner immédiatement au lit.

— Ah, mon adorable infirmière. Allez-vous encore me menacer, ou n'aurai-je pas cette chance ?

— Fais ce qu'elle te demande, Wes, lui dit son frère.

— Je ne doute pas qu'elle exercerait des représailles si je n'obéissais pas. Ainsi que sur Franklin, le pauvre garçon qui n'y est pour rien.

Son regard fiévreux chercha Arielle Dijon dans la pièce. Il posa une main sur son gilet, s'inclina sans la quitter des yeux, puis il donna une tape sur le bras de son frère.

— Faites-moi confiance, mesdames, messieurs, cet homme est parfaitement informé. Bonne journée.

M. Franklin raccompagna le comte.

— Eh bien, Courtenay, qui était-ce ? demanda sir Henry. Au nom de Zeus, il est temps que toute la lumière soit enfin faite sur ce mystère.

— Le message découvert dans la poche de M. Walsh a été cacheté manuellement et non avec un sceau, annonça lord Vitor. Celle qui l'a écrit porte peut-être une cicatrice sur le doigt à cause de la cire brûlante.

— Celle ?

— L'empreinte sur la cire est petite. Cela n'exclut pas entièrement l'éventualité qu'un homme ait commis le meurtre, mais d'autres indices suggèrent que nous avons affaire à une femme. Lady Pénélope, voulez-vous bien ôter vos gants ?

Elle cligna des yeux.

— Non, monsieur.

Lady Whitebarrow se leva.

— C'est intolérable. Ma fille n'a assassiné personne.

Grace se couvrit le visage de ses mains, et ses frêles épaules s'affaissèrent.

— Grace ? demanda son père. Ta sœur a-t-elle commis cet acte horrible ? Réponds.

— Bien sûr que non, protesta sa femme, offusquée.

— Que vous lui posiez la question, monsieur, intervint la duchesse, en dit tristement long.

Le comte la considéra un moment sans comprendre tandis que la pièce bourdonnait de tension, puis il se tourna de nouveau vers la plus effacée de ses filles.

— Grace ? Réponds.

— Courtenay, dit sir Henry, quels autres indices vous portent à croire que cette demoiselle est coupable ?

— Un poignard disparu, et certaines preuves entourant les circonstances de la mort de M. Walsh.

— Et les échantillons d'écriture ? demanda Cécilia. M. Sepic a déclaré qu'aucun de nous n'était coupable, car nos écritures ne correspondaient pas à celle du message trouvé dans la poche de M. Walsh.

Lord Prunesly fronça les sourcils.

— Petite sotte. N'importe lequel d'entre nous a pu déguiser son écriture pour éloigner les soupçons.

— C'est cependant celle de lady Pénélope qui se rapprochait le plus de celle du billet.

La voix qui venait du coin de la pièce était légère et adoucie par un accent italien chantant. Tous les yeux se tournèrent vers Juliana Abraccia.

— Comment savez-vous cela ? demanda lady Whitebarrow. Êtes-vous experte en hiéroglyphes ?

— *Si*, répondit Juliana avec un adorable petit sourire. J'ai passé un nombre incalculable de journées dans la bibliothèque de mon oncle, à trier des documents et à étudier des manuscrits. Pendant six ans, mon mentor a été le célèbre paléographe jésuite Padre Georgio di Silvestro. Un homme très amusant.

Sa bouche décrivit une jolie petite moue.

— Bien que terriblement sévère lorsqu'il n'était pas satisfait de son élève.

Elle eut un haussement d'épaules délicat qui agita les manches ballon de sa robe de mousseline ; on aurait dit deux petits papillons encerclant ses épaules.

— N'est-ce pas, mon oncle ?

L'évêque lui tapota la tête comme si elle était une enfant.

— *Si, cara mia*. Mon rayon de soleil.

— Quand le *signore* Sepic nous a fait part de ses conclusions concernant les écritures, reprit Juliana, je n'ai pas pu résister et j'ai vérifié son travail. Il s'est trompé. C'est lady Pénélope qui a écrit la missive.

Ravenna ne put garder davantage le silence.

— Mais pourquoi ne pas nous l'avoir dit dès que vous l'avez découvert ?

Les cils de Juliana papillotèrent sur ses yeux innocents.

— Je pensais qu'on ne me croirait pas. Nous étions toutes à Chevriot pour gagner les faveurs du prince. Accuser une rivale de meurtre aurait été vu comme une preuve de jalousie.

— Vulgaire petite peste, gronda lady Whitebarrow. Je vous somme de retirer cette infâme calomnie.

— Dans ce cas, mademoiselle Abraccia, demanda lord Vitor, pourquoi le dévoiler maintenant ?

Juliana adressa un charmant sourire à Martin Anders.

— Parce que je ne désire plus épouser le prince.

Elle battit des cils de nouveau, cette fois-ci à l'adresse de Sebastiao.

— *Perdonate me*, Votre Altesse. Je vous suis si reconnaissante de m'avoir invitée à cette *festa*.

Il s'inclina.

— Mère, dit Pénélope, dont le visage était devenu aussi blanc que sa robe.

— L'accusation de cette fille ne prouve rien, décréta lady Whitebarrow avec un reniflement méprisant.

— Attendez !

Le prince leva une main.

— Je dispose peut-être d'un autre indice.

Il claqua des doigts.

— Alfonso, apportez-moi les manuscrits.

Le garde s'inclina et disparut.

— Les manuscrits, Votre Altesse ? s'enquit sir Henry.

— Les manuscrits de la pièce, que ces demoiselles ont utilisés pour travailler le texte avant que je ne choisisse ma Juliette.

Il se tourna vers Pénélope.

— Vous avez pris des notes sur votre copie.

— Non, dit-elle entre ses dents serrées avant d'ajouter : Votre Altesse.

— Mais si, intervint M. Anders. Je m'en souviens. Vous m'avez demandé de quelle manière réciter l'extrait avec l'alouette et le rossignol, et je vous ai conseillée. Vous avez annoté la page.

Les narines de Pénélope palpitèrent rapidement, mais elle ne répondit pas.

Le garde revint et donna les manuscrits au prince. Celui-ci les parcourut avant d'en extraire un en annonçant :

— Ah !

Les autres papiers tombèrent par terre.

— Le passage de l'alouette, dit-il. Dans la marge, je vois écrit : « Avec une douce résistance. »

Il releva la tête.

— Qui détient la missive découverte sur Walsh ?

Le majordome lui présenta un plateau en argent sur lequel se trouvait une feuille de papier pliée en deux.

— Lorsque vous avez convoqué tous vos hôtes ici pour évoquer l'affaire, Votre Altesse, je me suis permis d'aller chercher ceci dans le petit salon où M. Sepic conserve les pièces à conviction.

— Excellent.

Le prince Sebastiao s'empara du papier et étudia les deux feuillets côte à côte dans un silence tendu. Chacun retenait sa respiration.

— Les écritures sont identiques, déclara-t-il enfin. Lady Pénélope, c'est vous qui avez rédigé le message ayant attiré M. Walsh vers son trépas.

— Je refuse d'entendre cela, s'écria lady Whitebarrow.
Elle se tourna vers son mari.

— Monsieur, faites cesser immédiatement ces allégations infondées. Notre fille est innocente.

— Quelle raison avais-tu d'écrire ce message, Pénélope ? demanda lord Whitebarrow.

— Peut-être n'est-elle pas si innocente que vous voulez nous le faire croire, dit la duchesse à lady Whitebarrow.

Les lèvres de cette dernière étaient aussi blanches que le visage de sa fille.

— Vous aimeriez croire que mes filles sont aussi dévergondées que la vôtre, n'est-ce pas ?

— Assez, Olympia, ordonna lord Whitebarrow. Explique-moi, Pénélope, pourquoi tu as écrit ce message.

Pénélope se leva, le menton fièrement redressé.

— Je n'ai pas tué M. Walsh, dit-elle d'une voix légèrement tremblante. C'est ma sœur.

Grace releva vivement la tête, l'air choqué et anéanti.

— Penny !

— Regardez, dit Pénélope en enlevant ses gants. J'ai le bout d'un doigt brûlé, en effet, mais ce n'est pas parce que je l'ai tué.

Elle montra sa sœur du doigt en question.

— Grace m'a demandé d'écrire ce mot. Elle aimait M. Walsh, mais il la méprisait, et elle s'est servie de moi pour l'attirer à lui afin de le tuer.

— Penny ! Comment peux-tu ?

Des larmes coulèrent sur les joues de sa jumelle.

Frappé d'horreur, lord Whitebarrow s'exclama :

— Gracie, est-ce vrai ?

— Oh, père.

Elle enfouit le visage dans ses mains et se mit à sangloter. Devant la violence de sa détresse, quelque chose tressaillit dans la poitrine de Ravenna.

Et soudain, elle comprit. Grace pleurait la mort de M. Walsh. Tout était parfaitement clair, à présent : son regard vitreux et affligé, son manque d'entrain pour tout, sa tristesse. Son malheur ébranla le cœur de

Ravenna, récemment éprouvé par la peur nouvelle qu'elle avait ressentie la veille, la peur de perdre une personne qu'elle n'aurait jamais pensé pouvoir chérir.

— Le mystère est résolu, déclara le prince d'une voix sans timbre. L'assassin a été démasqué.

Lord et lady Whitebarrow restèrent pétrifiés. Pénélope se tenait à côté de sa mère, les joues rouges. Les sanglots muets de Grace emplissaient le silence.

Ravenna se tourna vers Grace, s'agenouilla à côté d'elle et prit sa main. La jeune fille se laissa faire sans protester, comme si elle avait perdu toute faculté de résistance.

— Vous l'aimiez sincèrement, n'est-ce pas ? chuchota Ravenna.

*Ce n'est pas elle*. Le cœur de Ravenna lui scandait ces mots.

— Lady Grace, intervint lord Vitor. Quelle arme avez-vous utilisée pour tuer Oliver Walsh ?

— Dieu tout-puissant ! s'étrangla sir Henry. Ne voyez-vous pas que la pauvre petite est anéantie ?

— Madame ? insista lord Vitor.

Ravenna lui pressa la main.

— Dites-le-lui, Grace.

Grace secoua la tête et marmonna :

— Du poison. Dans le vin.

Puis elle se remit à sangloter.

*Ce n'est pas elle*. Ravenna leva les yeux vers lord Vitor et vit dans son regard qu'il nourrissait la même conviction.

Pénélope prit le bras de sa mère.

— Elle m'a obligée à lui donner le vin, mère. Elle a prétendu que c'était pour le détendre afin qu'il veuille bien d'elle lorsqu'elle lui demanderait de... J'ai trop honte de le dire.

Elle plaqua sa main sur sa bouche et ferma les yeux comme si elle était horrifiée par la conduite cynique de sa sœur.

— Il était bel homme, Grace, dit doucement Iona.

Elle aussi comprenait que Grace n'avait pas tué l'élu de son cœur.

Pénélope mentait.

— Grace, murmura Ravenna en se penchant en avant pour chuchoter à l'oreille de la jeune fille courbée en deux. Si vous ne nous révélez pas la vérité maintenant, on va vous pendre pour le meurtre de l'homme que vous aimiez.

— Cela m'est égal, dit Grace dans un souffle. Je n'ai plus envie de vivre.

— Si vous ne le faites pas pour vous, insista Ravenna, la gorge nouée, faites-le pour celui qui vous chérissait et qui voudrait vous voir heureuse par-dessus tout.

Les épaules de Grace se raidirent. Puis elle releva la tête et regarda sa mère dans les yeux. Son visage ruisselait de larmes, mais ses prunelles brillaient.

— Je n'ai pas demandé à Penny de lui donner du vin pour qu'il veuille bien de moi. Je m'étais déjà offerte à lui, et nous avions l'intention de nous marier. Nous le désirions ardemment tous les deux.

Elle se tourna vers son père.

— Mais mère s'y opposait catégoriquement. C'est elle qui m'a obligée à lui proposer le vin. Il était venu à Chevriot vous supplier de lui accorder ma main. Mère lui avait pourtant dit qu'il le regretterait, s'il venait s'interposer entre notre famille et un mariage princier. Comme je refusais de le mettre en danger, elle a fait écrire ce message par Penny, puis elle a versé de la drogue dans la bouteille pour le rendre malade.

Son visage se décomposa.

— Mais au lieu de cela, elle l'a empoisonné. Elle lui en a donné une trop forte dose et elle l'a tué !

Ses sanglots redoublèrent ; Ravenna l'attira contre son épaule et caressa ses doux cheveux.

— C'est faux, décréta lady Whitebarrow froidement.

— Qu'est-ce qui est faux ? demanda lord Whitebarrow à sa femme, le visage durci par la colère. Que vous ayez été aveuglée par l'orgueil au point de briser le cœur de notre fille, ou que vous ayez tué un homme de sang-froid ? Car, que les choses soient claires, je vous crois capable des deux.

— Il n'était pas digne d'elle, décréta lady Whitebarrow, les lèvres pincées. Leur liaison était inconvenante. Sa situation était largement inférieure à ce que j'espère pour mes filles.

— Vous l'avez donc tué ?

— Bien sûr que non, répliqua-t-elle avec dédain. Je voulais juste qu'il tombe malade, afin qu'il ne puisse courtiser Grace ici. Je ne lui ai administré qu'une faible quantité de drogue, suffisamment pour le neutraliser, mais certainement pas assez pour lui nuire de façon définitive.

Elle se tourna vers Grace.

— Je l'ai fait pour ton bien et pour celui de ta sœur. Vois-tu comme tu viens de causer notre perte, en apportant le scandale sur notre famille ? Quel prince voudra de Pénélope, maintenant ?

— Certainement pas moi, en tout cas, déclara le prince Sebastiao en haussant une épaule.

— Lady Grace, demanda lord Vitor, pourquoi, une fois drogué, M. Walsh a-t-il enfilé une armure ? Avez-vous une explication à ce mystère ?

Elle esquissa un sourire tremblant.

— Il m'appelait toujours sa gracieuse damoiselle. Il prétendait être mon chevalier et disait qu'il me construirait un château et exaucerait tous mes rêves. Peut-être la drogue l'a-t-elle poussé à imaginer que… qu'il était…

Elle se tourna vers son père.

— Il voulait faire de moi sa reine.

— De quoi est-il mort ? demanda lord Whitebarrow à lord Vitor. D'empoisonnement ?

— D'une hémorragie, répondit Grace avec calme, comme engourdie après les flots de larmes qu'elle avait versées. Une fois Penny et maman couchées, je suis partie à sa recherche. Et je l'ai d… découvert… qui se vidait de son sang.

Sa voix se brisa. Son menton tremblait.

— Je ne pouvais plus rien faire. Il était trop tard. Je lui ai fermé les paupières, je l'ai embrassé et lui ai dit adieu.

Elle regarda sa jumelle, et ses yeux se durcirent.

— Est-ce toi qui as fait cela, Pénélope ? L'as-tu blessé à cet endroit de son anatomie parce que tu n'avais jamais connu la caresse d'un amant et que tu m'enviais ? Nous jalousais-tu parce que nous nous aimions, Oliver et moi ? Ton cœur est-il donc si froid que tu crains d'être incapable d'apprécier l'étreinte d'un homme ?

Pénélope écarquilla les yeux.

— Je ne comprends pas de quoi tu m'accuses, ma sœur, et je crois que ton esprit est dérangé. Je ne lui ai rien fait. J'ai écrit le message et je t'ai regardée lui donner du vin, mais c'est tout.

Elle se tourna alternativement vers lord Vitor et vers le prince.

— Je le jure.

— Mon Dieu ! s'exclama la duchesse. Le pauvre homme a-t-il été castré ?

Le prince Sebastiao recula d'un pas et regarda Vitor.

— Castré ?

Lady Margaret fit voleter son mouchoir sur sa poitrine.

— Ann, ma chérie, bouche-toi les oreilles. Messieurs, cette conversation est inappropriée en cette compagnie.

— Est-ce vous, Olympia ? demanda lord Whitebarrow à sa femme. Avez-vous castré Walsh ?

Lady Margaret poussa un cri. Les yeux d'Ann devinrent aussi ronds que deux roues de carrosse.

— S'il me prenait l'envie d'infliger pareil traitement à un homme, Frédéric, répliqua lady Whitebarrow à son mari d'un ton glacial, ne croyez-vous pas que je commencerais par balayer devant ma porte ?

Cécilia sourit, Martin Anders verdit, tandis que Iona mordait sa jolie lèvre.

— Grace, intervint Ravenna, qui vous a obligée à rejoindre ce garde dans la salle d'armes ? Le fait qu'il ait disparu depuis hier suggère qu'il était lié d'une manière ou d'une autre au meurtre. Il m'a paru évident que vous n'étiez pas avec lui de votre plein gré.

— C'est ma sœur. Dès que tout le monde a commencé à chuchoter que lord Vitor et vous meniez votre propre enquête, elle a craint que vous ne découvriez la culpabilité de ma famille et que ses chances de devenir princesse ne soient anéanties. Elle a donné à ces deux gardes toutes ses économies afin de vous faire peur et de vous dissuader, tous les deux, de poursuivre vos recherches. Mais ils ne se sont pas contentés de l'argent.

— Ils ont voulu vous avoir, vous ?

— Non, c'est elle qu'ils convoitaient.

Elle plissa les yeux vers sa jumelle.

— Mais elle m'a sacrifiée. Elle prétendait qu'elle était toujours pure et bonne à marier tandis que j'étais déjà… déjà souillée, et que cela ne pourrait me nuire. Je lui ai dit que je ne pouvais pas, que j'allais m'évanouir.

Après une brève hésitation, elle reprit d'une voix tendue :

— Alors, elle m'a fait boire un peu de vin drogué avant de m'envoyer le rejoindre. Elle m'a dit que cela rendrait la chose supportable.

Bouleversée, Ravenna entoura Grace de ses bras.

— Il n'y a rien d'avilissant à ce que vous avez fait avec M. Walsh.

Les animaux s'accouplaient quand le besoin de se reproduire les prenait et personne n'y trouvait rien à redire.

— L'union de deux personnes amoureuses ne saurait être une faute.

— Mais alors, s'exclama sir Henry, qui donc a commis ce crime ? Qui, au nom de Zeus, est le meurtrier ?

De sa place à côté du prince, le majordome de Chevriot prit la parole.

— *C'est moi*, déclara M. Brazil. J'ai tué M. Walsh.

# 19

# Naturellement

— Le majordome ? s'exclama sir Henry avec stupeur.

Tous ouvraient des yeux stupéfaits.

Vitor regarda Ravenna lâcher la main de lady Grace et se lever.

— Ce soir-là, monsieur Brazil, une fois M. Walsh transporté dans le salon où nous l'avons examiné, lui dit-elle, vous vous êtes absenté un moment. Quand vous êtes revenu, j'ai remarqué que vous portiez un habit et un pantalon différents. J'ai trouvé étrange que vous vous changiez uniquement pour fermer à clé la porte de ce salon et nous souhaiter une bonne nuit. Vous n'aviez pas touché le corps pendant qu'il était déplacé, mais vous avez dû découvrir, un peu tardivement, que vos vêtements étaient tachés de son sang. Vous craigniez que nous le remarquions.

— *C'est cela, mademoiselle.*

Il se tenait parfaitement droit, guindé et impeccable, mais Vitor n'avait d'yeux que pour elle. Elle était intelligente, adorable, courageuse, directe, et l'auditoire était suspendu à ses lèvres.

— Vous possédez les clés de toute la maison, reprit-elle. Vous m'avez donné accès à la salle d'armes lorsque je cherchais le poignard.

— *Oui, mademoiselle.*

— Je suppose que vous l'avez mis en lieu sûr. Dans le cellier, par exemple ?

— Oui, mademoiselle. Je l'ai lavé et rangé dans mon placard. Je me ferai un plaisir de vous le montrer, si vous le souhaitez.

— Pourquoi l'avez-vous tué ? demanda Vitor.

— Je ne voulais aucun mal au *gentilhomme anglais, monseigneur*. Je l'ai confondu avec Son Altesse Royale.

Sebastiao recula d'un pas vif, le visage frappé d'horreur.

— Vous l'avez confondu avec moi ?

— Oui, Votre Altesse, répondit M. Brazil en s'inclinant. Plusieurs médailles criardes dépassaient de l'armure qu'avait revêtue M. Walsh. J'ai cru reconnaître celles de Votre Altesse. Vous êtes approximativement de taille et de corpulence identiques, et il était en outre pris de boisson et affublé d'un déguisement ridicule.

— Vous l'avez tué parce que vous l'avez pris pour moi ?

— Je ne voulais que lui arracher les *organes offensants*. Ce fut une opération malheureusement bâclée.

Il secoua la tête avec regret.

— J'ai dû agir vite, de crainte qu'on ne me surprenne. Quelqu'un aurait pu appeler à l'aide.

— Assurément !

— Vous ne vous êtes pas contenté de le mutiler, Brazil, intervint Vitor.

— Contrairement à ce que je croyais, M. Walsh n'était pas inconscient : il somnolait. Il s'est réveillé et débattu. Le poignard a ripé.

Un pli se creusa entre ses sourcils.

— Je n'ai ouvert la visière du casque que lorsqu'il a cessé de remuer. Je regrette *énormément* mon erreur.

— Certes, tuer un homme peut causer des remords, ironisa sir Henry, les yeux aussi écarquillés que ceux de sa fille.

M. Brazil regarda sir Henry.

— Je le regrette, monsieur, parce que ce n'est pas Son Altesse que ma lame a démembrée.

Un murmure horrifié parcourut l'assistance. Il relatait sa barbarie avec un calme si imperturbable !

— Mais pourquoi m'en voulez-vous, Brazil ? demanda le prince, livide. Après toutes ces années ? Et au point de commettre un crime pareil ?

— Il y a deux ans, expliqua le majordome avec raideur, Votre Altesse a fêté ici la reddition de *l'Empereur* et la fin de la guerre, en compagnie d'*amis peu honorables*.

Sebastiao fronça les sourcils.

— Je ne me rappelle pas… Vitor ? Ah. Oui. Vous étiez à San Antonio à l'époque. Je suis venu seul à Chevriot à cette occasion.

— Oui, confirma M. Brazil. *Monseigneur* n'aurait pas toléré sous ce toit les gens que Votre Altesse y a amenés.

Il redressa le menton et ajouta :

— C'est un homme d'honneur, lui.

— Qu'ai-je fait, Brazil ? demanda Sebastiao d'une voix frémissante. Quelle horreur ai-je donc pu commettre pour que vous me haïssiez à ce point ?

— Ce n'est pas Votre Altesse, mais l'un de vos abjects amis. Il a ordonné à ma fille, ma jeune Clarisse, de le servir, sur un ton inqualifiable. Comme elle protestait, il l'a violée. Au printemps suivant, elle a donné naissance à un fils.

Des cris étouffés retentirent dans le salon, mais Vitor ne s'intéressait qu'à la réaction de Ravenna. Elle l'avait accusé de vouloir abuser d'elle parce qu'il la prenait pour une servante. Elle posa sur lui un regard indéchiffrable.

— Pourquoi ne m'avoir rien dit ? demanda Sebastiao à Brazil. Je l'aurais fait fouetter.

— Je vous ai informé de ce méfait, Votre Altesse. Mais vous étiez trop ivre pour me comprendre.

— Pendant un mois entier ?

— Oui. Puis Votre Altesse est partie.

Sebastiao ouvrit la bouche, mais aucun son n'en sortit.

— Vous avez voulu punir le prince à cause de l'ignominie qu'il a jetée sur votre famille, dit lentement Vitor.

— Son Altesse a déshonoré Chevriot, répliqua Brazil en bombant le torse. Mais je n'avais l'intention d'assassiner personne.

Un murmure incrédule s'éleva parmi les invités. Et pour cause : l'artère fémorale avait été tranchée, tout de même.

— Vraiment, Brazil ? demanda Vitor.

Le majordome releva le menton.

— Je voulais uniquement faire souffrir Son Altesse pour l'acte barbare qu'il avait laissé son ami commettre. Je regrette cependant d'avoir blessé un innocent.

Il se tourna vers lady Grace et plaça son poing sur son cœur en s'inclinant.

— *Mademoiselle, je suis navré.*

Elle détourna le visage.

— Monsieur Brazil, demanda Ravenna, que sont devenus votre fille et le bébé ?

— Clarisse s'est mariée, répondit-il froidement.

— Avec qui ? demanda lady Iona.

— Avec cet imbécile de Sepic. Elle est…

Il fit une moue.

— *Amoureuse*. Et lui l'aime aussi, de même que l'enfant qu'il croit être le sien. C'est *dégoûtant*.

Vitor se tourna vers le garde de Sebastiao.

— Descendez au village. Ramenez M. Sepic, mais ne lui dites pas pour quelle raison il est convoqué. Nous laisserons au père de sa femme le soin de le lui expliquer.

L'homme opina de la tête et s'en alla.

— Monsieur Brazil, emmenez-moi à l'endroit où vous avez caché le poignard.

— Je vous accompagne, Courtenay, déclara lord Whitebarrow.

— L'erreur de l'aristocratie, lâcha M. Brazil en haussant un sourcil méprisant, est de croire que l'homme du peuple n'a pas d'honneur.

Il tourna le dos à lord Whitebarrow et s'adressa à Vitor :

— Monseigneur, vous n'avez rien à craindre de moi.

Vitor fit un signe d'acquiescement. À l'évidence, Brazil n'avait plus toute sa tête. Il serait pendu pour le meurtre d'Oliver Walsh ou, dans le meilleur des cas, déporté vers une colonie pénitentiaire. Seul un homme possédé par une passion incontrôlable pouvait se livrer à de tels actes sans en envisager les conséquences.

Il accepta la proposition de lord Whitebarrow. Pendant des années, il avait pris des risques sans se soucier de l'avenir. Maintenant, il désirait plus que tout rester en vie.

On retrouva le poignard, et le majordome partit avec Sepic et deux des gardes du château en direction de la prison du village. Les invités se dispersèrent, pour méditer l'amertume et l'absurdité de toute cette histoire et se reposer, rassurés de savoir que l'assassin n'était plus parmi eux.

Lord Whitebarrow prit Vitor à part.

— Pénélope m'affirme que les gardes qui vous ont agressés, lord Case et vous, ont outrepassé ses instructions. Elle ne les avait payés que pour vous dissuader d'enquêter sur le meurtre, pas pour vous blesser. Elle suppose qu'ils avaient l'intention de la faire chanter ainsi que Grace, mais que, lorsqu'ils ont accidentellement tiré sur Case, ils se sont affolés et enfuis.

— La croyez-vous ?

Le visage de lord Whitebarrow resta grave.

— Je crois qu'elle a le cœur aussi sec que sa...

Il pinça les lèvres.

— Elle est prête à dire n'importe quoi, pourvu que cela tourne à son avantage. Cependant, je ne pense pas qu'elle ait le courage de causer sciemment la mort de qui que ce soit. Mais vous avez ma parole de gentleman qu'elle sera punie. Je possède une propriété éloignée en Cumbria, près de Workington, qui fera l'affaire.

— C'est une région de mineurs, n'est-ce pas ?

Whitebarrow plissa les yeux.

— Absolument.

Vitor partit chercher Ravenna, mais elle avait disparu. Il ne la trouva ni dans la maison ni dans l'écurie.

Comme pour excuser les atrocités commises par le majordome, le personnel du château prépara un somptueux repas ce soir-là. Sebastiao présida la tablée, plaça Ann Feathers à sa droite et se comporta en tout point comme s'il avait l'intention de l'y garder. Les invités pénétrèrent les uns après les autres dans la salle à manger, mais lady Whitebarrow et Pénélope ne se montrèrent pas. Lord Whitebarrow arriva accompagné de lady Grace, et cette dernière vint trouver Vitor.

— Merci pour ce que vous avez fait, monsieur.

Ses yeux étaient cerclés de rouge, mais secs.

— C'est Mlle Caulfield qui mérite vos remerciements. C'est elle qui a résolu l'énigme.

Il baissa la voix avant d'ajouter :

— Je vous présente mes condoléances.

— Elle m'a dit qu'Oliver n'aimerait pas me voir le pleurer trop longtemps. Elle a raison, il voudrait que je sois heureuse.

Enfin, la femme qu'il avait cherchée tout l'après-midi apparut sur le seuil, vêtue d'une robe d'un rose soutenu qui caressait ses courbes et découvrait des bras ravissants, galbés et exempts de bracelets, de gants et autres ornements. Elle inclina la tête, et ses cheveux scintillèrent comme un ciel nocturne parsemé d'étoiles.

Lady Iona lui prit les mains.

— Cette robe est parfaite, ma chérie.

— Merci de me l'avoir prêtée.

Sans accorder un regard à Vitor, elle alla s'asseoir à l'extrémité de la table, entre M. Pettigrew et le général.

Après le dîner, elle s'installa au salon avec lady Margaret, la duchesse et quelques autres invitées, comme si elle avait l'intention de rester là jusqu'à la fin de l'hiver. Mais Vitor en avait assez de ce manège. Il se dirigea vers le petit groupe de dames et s'inclina.

— Mademoiselle Caulfield, puis-je vous dire un mot en particulier ?

Elle leva vers lui ses grands yeux noirs.

— Maintenant ?

Lady Iona pouffa.

Vitor avait l'impression que son col avait rétréci de deux tailles.

— Si vous le voulez bien.

— Acceptez, ma chère, intervint lady Margaret. On ne fait pas attendre un homme aussi séduisant. Il risquerait d'aller voir ailleurs.

Ravenna se leva avec raideur et marcha à côté de lui jusqu'à la porte en traînant des pieds.

— Que désirez-vous me dire que vous ne pouviez dire là-bas ? demanda-t-elle en tournant la tête vers le groupe derrière elle.

— Vous êtes-vous blessée à la cheville, mademoiselle Caulfield ?

Elle lui coula un regard en coin.

— Non. Que… Pourquoi…

— J'ai dû raccourcir ma foulée déjà diminuée de moitié pour suivre votre allure d'escargot, lui dit-il en l'emmenant dans le couloir.

— Oh. C'est que… la conversation de lady Margaret était tellement… tellement…

— Agréable ?

— Voilà. C'est cela. Où allons-nous ?

— Et quel était donc cet enthousiasmant sujet de conversation ?

Il prit son coude pour la guider le long du vestibule en direction du râtelier d'armes.

— C'était éminemment divertissant, marmonna-t-elle en jetant un nouveau coup d'œil derrière elle dans la direction du salon. De quoi bavardions-nous, déjà ? Je crois que… mmm…

— Des saisissantes révélations du jour ?

— C'est cela.

Ravenna regarda les armes et armures exposées sur les murs tandis qu'il la faisait pénétrer dans l'espace aménagé derrière le grillage.

— Je ne comprends pas. Il ne reste plus d'indices à étudier. Que faisons-nous ici ?

Il la poussa dans le renfoncement et l'attira à lui.

— Ce que nous aurions dû faire l'autre nuit.

Elle ne résista qu'un instant fugace. Puis, avec un petit soupir de reddition, elle leva son visage pour s'offrir à son baiser.

Il avait déjà mémorisé ses traits, mais il aurait pu la dévisager tous les jours sans jamais s'en lasser. À la lueur tremblotante de la torchère, il s'absorba dans cette vision : des lèvres pulpeuses, des cils noirs comme du charbon encadrant deux étoiles scintillantes, un nez parfaitement imparfait, une masse de cheveux souples et soyeux, de minuscules rides au coin des yeux qui trahissaient une vie entière de gaieté au soleil.

— N'allez-vous pas m'embrasser ?

Son souffle effleura sa bouche, doux et chaud. Il avait l'impression d'être soûl, soûl et non drogué, ivre d'elle et de la perspective de l'avoir entièrement à lui ce soir et chaque soir qui suivrait.

Il recula d'un pas, les mains sur ses épaules.

— Je ne crois pas, finalement.

Il la lâcha. Ravenna oscilla sur ses pieds, puis écarquilla les yeux.

— Pardon ?

— Pas pour l'instant.

Il quitta l'abri du grillage et se dirigea vers le vestibule.

— Mais…

Elle entra dans la lumière.

— Pourquoi ?

— J'ai changé d'avis.

Il commença de monter l'escalier et entendit ses petits pas au pied des marches.

— Changé d'avis ?

Il s'arrêta sur la marche du haut. De là, huit nuits plus tôt, il avait regardé ses yeux couleur de nuit et, indépendamment de sa volonté et en dépit de toute sagesse, était devenu son serviteur.

— Je viens de me rappeler que j'avais plusieurs affaires pressantes à régler.

— Des affaires pressantes ?

Elle le fixait d'un œil médusé. Il avança dans le couloir, et elle lui emboîta le pas.

— Quel genre d'affaires ?

— Vous savez ce que c'est...

Il emprunta la galerie où elle avait découvert un cadavre et dans laquelle, plus tard, il avait saisi une rapière du XVIe siècle pour la protéger.

— Quelques heures de ci, quelques heures de cela. Et avant qu'on s'en rende compte, c'est déjà la fin de la journée et...

Il s'immobilisa au détour d'un couloir, se retourna, et elle entra brutalement en collision avec lui.

— Et l'on n'a pas réussi à faire la seule chose qu'on aurait dû faire.

Il la prit dans ses bras.

— Où étiez-vous passée tout l'après-midi ?

— Çà et là.

Elle respirait vite, les yeux rivés sur sa bouche.

— Embrassez-moi, demanda-t-elle.

Ses lèvres étaient parfaites, charnues et rouge cerise.

— Çà et là, où ?

— Dans la chambre de lady Margaret. Elle m'a priée d'examiner une articulation qui la fait souffrir. Puis la duchesse a sollicité mon avis concernant une affaire féminine assez délicate que je ne puis, bien évidemment, vous exposer en détail. Ensuite, le général Dijon, qui avait lu quelque chose à ce propos dans un journal, a réclamé mon opinion sur l'usage de la marante pour soigner la maladie de Carré, qui touche le jeune chiot. Et sir Henry a voulu que je retourne voir Titus, bien qu'il soit parfaitement...

Il la fit taire de la manière la plus efficace. Elle se lova contre lui, entrouvrit les lèvres et soupira profondément. Quand elle lui offrit sa langue souple, il la caressa de la sienne et la plaqua contre lui. Voluptueuse, douce, sauvage, généreuse, elle le captivait et lui inspirait un désir insoutenable.

Il s'écarta légèrement. Les yeux de Ravenna restèrent fermés, et elle poussa un petit soupir de béatitude.

— Je suis également passée rendre visite à votre frère, murmura-t-elle. La fièvre persiste, mais il sera bientôt sur pied. Embrassez-moi encore.

— Pourquoi continuez-vous à me fuir ?

— Je ne vous fuis pas, là.

Vitor découvrit qu'il avait soudain du mal à parler.

— Wesley Courtenay n'est pas mon seul frère, dit-il à brûle-pourpoint.

Elle releva les paupières, les yeux interrogateurs.

— Sebastiao et moi avons le même père, expliqua-t-il.

— Sebastiao, le prince ?

— Oui. Le prince que votre sœur vous destinait.

Elle battit des cils plusieurs fois.

— Vous vous rappelez que je vous ai dit cela ?

— Comment pourrais-je l'oublier ?

La poitrine de Ravenna se souleva contre la sienne.

— Serrez-moi, ordonna-t-elle.

Il rit. Il s'était demandé quelle serait sa réaction, mais celle-là en valait bien une autre.

— C'est ce que je fais.

Elle enfouit les doigts dans ses cheveux pour attirer son visage à elle. Puis, sur la pointe des pieds, elle chuchota à son oreille :

— Serrez-moi plus fort.

Elle laissa les mains de Vitor descendre sur ses bras nus et en caresser la gracieuse beauté jusqu'aux veines tendres de son poignet pendant qu'il l'embrassait. Elle n'était plus une furie doublée d'une irrésistible tentatrice sur le point de se sauver, mais une femme faite de soupirs et de désirs frémissants.

Il prit sa main et la guida jusqu'à sa chambre à coucher.

Gonzalo les accueillit avec une joie exubérante. Ravenna s'agenouilla par terre pour le caresser.

— Non, décréta fermement Vitor. Il attendra son tour.

Il claqua des doigts, et le petit chien trottina jusqu'à l'antichambre. Vitor ferma la porte et se tourna vers la femme toujours agenouillée, ses jupes chatoyantes étalées autour d'elle, son regard teinté d'inquiétude.

— Votre valet est-il ici ? demanda-t-elle.

— Je l'ai renvoyé pour la nuit.

— Pour toute la nuit ?

Il s'accroupit devant elle, et elle ne résista pas lorsqu'il l'attira à lui.

— Il est rare que je le garde en permanence auprès de moi. Je tiens à mon intimité. De plus, j'espérais avoir de la compagnie. Enfin, ajouta-t-il en baissant sa bouche vers la sienne.

Elle noua les bras autour de son cou pour répondre à son baiser avec ardeur. Il caressa ses cheveux du bout des doigts ; la douceur de sa peau, son odeur et son empressement lui donnaient le vertige.

— Ravenna, dit-il d'une voix mal assurée. Je veux être sûr que c'est ce que vous désirez.

Elle dénoua sa cravate, qu'elle ôta et laissa tomber, puis déboutonna sa chemise.

— C'est ce que je désire.

Elle posa ses lèvres douces sur son cou, et la pression de ses mains contre sa poitrine précipita les battements de son cœur. Puis sa bouche remonta vers la sienne tandis qu'elle faisait glisser ses doigts vers le bas de sa taille et caressait son membre tendu, timidement, légèrement. En l'entendant gémir, elle chuchota :

— Ce soir.

Sans cesser de l'embrasser, elle écarta les pans de sa redingote et fit glisser son gilet sur ses épaules. Quand il passa sa chemise par-dessus sa tête et la prit dans ses bras, elle étala les mains en travers de son torse, se regardant le toucher, l'explorer. Il dut déployer un effort surhumain pour se maîtriser.

— Ravenna…

Il lui prit les deux mains.

— Vos blessures, chuchota-t-elle d'une voix enrouée en passant les doigts sur ses articulations égratignées.

— Ce n'est rien.

— J'aurais dû les soigner.

Il essaya de sourire.

— Vous n'avez pas soigné ma jambe ni ma lèvre blessées.

— J'en avais envie, vous savez.

Elle dégagea une de ses mains pour caresser de nouveau son torse. Elle lissa sa peau de sa paume, avant de replier les doigts sur ses muscles, et il cessa de respirer.

— Je… Ce n'est pas ce que j'imaginais, dit-elle dans un petit soupir étonné.

Il trouva les agrafes de sa robe. Elle le laissa écarter le tissu et dénouer les lacets de son jupon, puis tirer sur les rubans qui retenaient son corsage et libérer ses seins du corset, et de nouveau, il eut le souffle coupé devant tant de beauté.

— Et qu'imaginiez-vous ? demanda-t-il en caressant de son pouce un adorable mamelon.

Elle tressaillit et baissa les yeux.

— Je ne sais pas, chuchota-t-elle. Jamais je n'aurais pensé que ceci m'arriverait.

Vitor ne put attendre davantage. Il la prit là, devant la cheminée. Il finit de les déshabiller tous les deux ; elle tremblait lorsqu'ils ne firent plus qu'un, peau contre peau. Sans prononcer un mot, mais avec ses mains, ses lèvres, son corps tout entier, elle lui dit qu'elle avait besoin de lui, le supplia de lui apporter le soulagement de la jouissance. Il atteignit l'extase juste après elle, et le monde tout à la fois s'arrêta et commença.

Ensuite, il ne put s'écarter. Il craignait, s'il la libérait, qu'elle ne disparaisse aussitôt. Des jours s'écouleraient peut-être avant qu'il ne puisse la capturer de nouveau, pour être une nouvelle fois obligé de la libérer quand elle voudrait s'enfuir. Il embrassa la courbe tendre de sa gorge, goûta le sel sur sa peau moite et brûlante. Satisfaite, elle lui caressait doucement le dos, d'une main désormais plus sûre.

— Qu'allons-nous faire maintenant ? murmura-t-elle sans ouvrir les yeux.

Il caressa la vallée entre ses seins, les côtes qui servaient de forteresse à son cœur, son ventre, la douceur de sa beauté féminine, puis la toison sombre entre ses cuisses, jusqu'au nid chaud et humide de son intimité.

— Nous allons recommencer.

Il entendait déjà son souffle se précipiter. Il trouva le centre de son plaisir et la caressa, et elle écarta les cuisses pour mieux l'accueillir.

— Et encore, dit-il.

— Et encore, répéta-t-elle dans un soupir.

Il immobilisa sa main.

— Mais auparavant, vous allez dire mon nom.

Elle rouvrit les yeux, qui brillèrent à la lueur des bougies.

— Je vous demande pardon ?

Il se leva et alla chercher son peignoir.

— C'est le prix à payer pour mes services, madame. Mon prénom sur vos lèvres, ou vous n'aurez plus rien de moi.

Il enfila le vêtement, puis prit la carafe et le verre en cristal sur sa table de nuit.

— Voulez-vous du vin ? Je ne pense pas qu'il ait été drogué, mais quoi qu'il en soit, nous nous en sommes plutôt bien sortis, la dernière fois. Et si cela devait se reproduire, vos talents de médecin nous remettraient sur pied.

Elle s'assit et enroula les bras autour de ses genoux. Ses mèches brunes tombaient en une cascade somptueuse sur ses épaules et dans son dos, aussi indomptables que son cœur, aussi libres que son esprit. Au milieu des ondulations ébène, une tiare de diamants scintillait.

— Votre prénom ?

Il avala une gorgée de vin, autant pour se donner du courage que pour paraître nonchalant.

— Cela me semble être un marché honnête, non ? Après tout, même bâtard, je suis le fils cadet odieusement riche d'un marquis.

Il fit un signe avec le verre.

— Je soupçonne que les troisièmes et quatrièmes fils de ducs et de princes, qu'ils soient légitimes ou bâtards, exigent la même rétribution. Mais je me le ferai confirmer la prochaine fois que je me rendrai à mon club.

Il se détourna de son visage stupéfait et de sa glorieuse nudité. Elle ne se rendait absolument pas compte du spectacle qu'elle offrait. Il posa son verre.

— Êtes-vous certaine que vous ne voulez pas de vin ?

— Catégorique.

Elle ramassa ses vêtements et se leva. La vision de son corps nu au milieu de la chambre faillit le mettre à genoux.

— Je ne bois pas avec les fous, marmonna-t-elle.

Il appuya une épaule contre le montant du lit et la regarda se débattre avec son corsage. Enfin, elle parvint à le passer par-dessus sa tête, mais les rubans s'emmêlèrent dans ses cheveux.

— Je n'ai pas l'habitude de ce genre de sous-vêtement, grommela-t-elle en tirant dessus.

Il alla vers elle.

— Laissez-moi vous aider.

— Je peux le faire toute seule.

— Je n'en doute pas.

Il lui écarta les mains et libéra les rubans satinés.

— Mais je suis un gentleman. Les gens de ma qualité sont élevés pour secourir les dames en détresse.

Il lissa le ruban sur son épaule, ramena en arrière l'épaisse masse de ses cheveux, puis posa la bouche sur la jonction de son cou et de son épaule. Un soupir s'échappa des lèvres entrouvertes de Ravenna ; comme une chatte, elle étira le cou pour mieux s'offrir à sa caresse. Il encercla sa taille d'une main et glissa l'autre sur sa hanche, et entre ses cuisses.

— Êtes-vous en détresse, mademoiselle Caulfield ?

Elle releva le visage, et leurs lèvres se frôlèrent.

— Oui, chuchota-t-elle.

Elle se fondit en lui. Lentement, il rassembla son jupon, dénuda ses cuisses et chercha son puits de chaleur brûlant. Mais il ne la caressa pas. Il laissa l'instant se prolonger, son souffle devenir court.

— Ma rétribution ? demanda-t-il.

— Vous êtes fou, chuchota-t-elle.

Il courba la tête et effleura ses lèvres des siennes.

— Pas encore, mais à cause de vous, bientôt.

Son odeur l'enivrait, douce, riche, sauvage.

— Dites-le.

Elle ferma les yeux, et un frisson la parcourut tout entière.

— Vitor.

Il caressa alors sa chair et, tandis qu'elle tressaillait, enfonça un doigt dans l'orifice offert. Elle était la beauté faite femme. La perfection.

Elle se cambra et chercha des mains le montant du lit.

— Que… que faites-vous ?

— Vous ne connaissiez pas cela, dit-il devant sa respiration saccadée et la surprise dans ses yeux.

Il recommença.

— Non, chuchota-t-elle en ondulant des hanches.

Il la caressa intimement, sa main explorant le cœur doux, brûlant et magnifique de sa féminité.

— Mais je suis heureuse que vous me le fassiez découvrir.

— Et ceci ?

Il s'enfonça plus profondément.

Elle étouffa un petit cri.

— Ceci aussi.

Elle rejeta la tête en arrière. Ses cheveux brillants dégringolaient sur ses épaules et ses seins, dont les pointes se dressaient sous le coton. Elle était exquise. Il voulait la voir nue de nouveau, sentir ses seins dans ses mains et son ventre plat contre le sien. Il la voulait tout entière.

Elle gémissait doucement, en remuant tout en prenant son plaisir sur son doigt. Il l'ôta, et elle cria :

— N'arrêtez pas !

Elle gémit quand il en enfonça deux. Il embrassa le renflement de ses seins, puis recouvrit un mamelon de sa bouche et l'aspira à travers le tissu. Ravenna tressaillit, et il la sentit palpiter autour de ses doigts.

— Voilà, murmura-t-il, jouissez pour moi.

Elle appuya son front contre son épaule et chuchota :

— Maintenant, milord. Je vous en supplie.

Il souleva l'un de ses genoux pour le plier contre sa hanche. Elle se cramponna à ses épaules et, cambrée dos au pilier, reçut ses caresses avec des gémissements de plaisir. Ses seins se tendaient à travers le fin corsage sous la langue de Vitor. C'était une beauté sauvage, et elle était à lui. Les yeux fermés, elle poussa un cri en atteignant le paroxysme du plaisir.

Alors, il la déposa sur le matelas, lui écarta les cuisses et s'enfonça en elle, de plus en plus loin à chaque coup de reins, pour l'emplir entièrement. Jamais il ne se lasserait de son corps sous le sien, de ses caresses, de ses mains qui s'agrippaient à lui avec passion.

— Au nom de Zeus, dit-elle dans un souffle, s'il en est ainsi parce que je vous ai appelé « milord », j'en ferai une habitude.

Un rire lui échappa et, pendant un instant, il dut s'arrêter.

— Non ! Continuez, par pitié. Encore et encore, et tant pis si je n'ai que ce mot à la bouche…

— Votre bouche magnifique, dit-il en encadrant son visage de ses mains. Votre bouche sublime qui, cependant, vient de citer sir Henry Feathers alors que je suis en vous.

Il éclata de rire. Elle l'embrassa et enroula une cheville autour de la sienne ; le son qui s'échappa de ses lèvres était fait de pure extase.

— Allons, milord, dit-elle en lui caressant les épaules. Vous devez continuer, car je me suis acquittée du paiement et j'attends un service à la hauteur.

Il écarta de son front une mèche de cheveux.

— Vraiment ?

— Assurément.

Elle releva les genoux et se plaqua contre lui.

— Lord Vitor Courtenay, cessez de me faire rire et faites-moi plutôt...

Plaçant la main derrière sa nuque, elle l'attira à elle et posa ses lèvres sur les siennes, doucement, puis lascivement.

— ... chanter.

Il la fit chanter. Du moins, aux oreilles de Ravenna, les soupirs qu'il lui arracha étaient-ils résolument musicaux.

Et il la fit danser. Patiemment. Généreusement. Il lui apprit des figures par lesquelles les partenaires s'emboîtaient, et qui lui coupèrent le souffle. Pour cette chorégraphie-là, il n'était pas nécessaire d'être debout.

Puis elle somnola un moment et se réveilla dans ses bras, contre la chaleur de son corps qui la protégeait de la nuit froide, sous des caresses qui lui donnèrent envie de lui avec une intensité si violente qu'elle sanglota et le supplia, ce qui lui parut à la fois détestable et divin.

Enfin, lorsqu'il lui donna ce qu'elle voulait, elle cria son nom, volontairement, désespérément. Frissonnante, elle plaqua la bouche contre sa peau pour étouffer le cri de sa jouissance.

Après cela, elle l'étreignit de toutes ses forces.

Puis il la fit rire. Il appela Gonzalo et lui présenta les innombrables éléments de sa garde-robe et objets personnels qu'avait saccagés le petit chien, en commençant par son blaireau et en terminant en apothéose avec deux paires de ce qui avait été un jour de très belles bottes.

— Vous ne pouvez plus le renvoyer, maintenant, dit Ravenna avec un sourire endormi.

Une douce et merveilleuse chaleur se diffusait dans tout son corps délicieusement fourbu. Blottie sous les draps, elle souriait stupidement ; c'était probablement normal pour une femme à qui on avait fait l'amour quatre fois en quatre heures.

— Il a dévoré tant de vos affaires qu'il est dressé pour vous retrouver, murmura-t-elle.

L'aristocrate assis sur le lit à côté d'elle, vêtu d'un peignoir de la même couleur que ses yeux bleu nuit, l'observa des pieds à la tête et lui caressa les cheveux. Les paupières de Ravenna se fermaient toutes seules.

— Je dois partir, murmura-t-elle.

— Non, dit-il sans s'émouvoir.

Elle bâilla.

— Je dois retourner dans ma chambre avant...

— Vous resterez ici.

Elle sentit ses mains sur lui comme dans un rêve. Mais il ne la touchait plus maintenant là où il lui avait donné tant de plaisir un peu plus tôt. Délicatement, il suivit la courbe de son épaule et le galbe de son bras, puis caressa chacun de ses doigts l'un après l'autre. Elle continua de lutter contre le sommeil tandis que ses mains descendaient sur sa taille, que ses bras l'enlaçaient et qu'il prenait sa paume pour la placer sur son torse.

— Dormez, entendit-elle.

Était-ce un mot ou une caresse ?

Le sommeil s'empara d'elle.

# 20

# Les adieux

Aucune ravissante femme aux yeux noirs n'était blottie dans son lit quand Vitor se réveilla dans la lueur grise de l'aube. Elle n'était pas non plus dans le fauteuil à côté de la cheminée, ni dans l'antichambre. Il frotta le chaume râpeux de sa barbe naissante et se demanda quand elle était retournée dans l'aile réservée aux dames, et comment elle expliquerait à ceux qu'elle risquait de croiser par quel mystère elle se trouvait en compagnie du chien de lord Vitor – car Gonzalo avait disparu lui aussi – et dans la robe qu'elle portait au dîner.

C'était son chien.

C'était sa femme.

La pensée suivante immobilisa sa main sur sa mâchoire : il était son homme.

Il se figea tandis que les battements de son cœur se précipitaient. Comment une telle chose avait-elle pu se produire ?

À son quinzième anniversaire, il avait appris la vérité sur l'identité de son père, et deux semaines plus tard, il embarquait à bord d'une frégate à destination de Lisbonne. Au bout de trois ans, quand la cour portugaise avait fui la capitale, il avait embrassé le projet approuvé par ses deux pères : servir le Portugal et l'Angleterre en Espagne et en France, et partout où on aurait besoin de lui. Vite lassé par la tâche monotone consistant à rassembler des renseignements, entrecoupée par des journées, parfois des semaines, de danger permanent, il était retourné en Angleterre, malheureusement en plein milieu de la calamiteuse histoire d'amour entre Wesley et Fannie Walsh. En traversant la France pour regagner le Portugal, il était tombé entre les mains de mercenaires qui l'avaient remis aux Britanniques en échange d'une somme importante. Ces derniers avaient utilisé son frère vengeur pour le torturer.

L'honneur et la loyauté, ainsi que toutes les leçons enseignées par l'école, la guerre et ses pères... tout cela avait été balayé en quinze jours. Après cet épisode, le monastère caché dans une grotte reculée de la Serra da Estrela lui avait paru être le lieu idéal où désarmer sa colère, par la voie d'un dur labeur et d'une contemplation spirituelle silencieuse. Bien qu'il eût endossé l'habit de moine, il savait cependant qu'il n'était pas taillé pour la vie monastique et que les femmes lui manqueraient. Mais la solitude du monastère l'avait séduit, à l'époque, ainsi que la perspective de ne plus se jeter tête baissée vers le danger.

Le répit avait duré deux ans. Puis il avait été prêt à reprendre la route.

Maintenant, pour la première fois d'une existence consacrée à l'aventure et au risque, Vitor était terrifié. Denis fustigeait souvent ses aspirations vagabondes, et cela le faisait sourire. Mais, cette fois, il n'y avait pas de quoi rire. Au bout de quatorze ans, pouvait-il cesser sa fuite en avant, enfin ? Pour une femme ?

Mais Ravenna Caulfield n'était pas n'importe quelle femme.

Il baissa la tête et ferma les yeux.

Il y eut un grattement furtif contre sa porte – la demoiselle qui revenait avec son petit chien avant d'être découverte, sans aucun doute. Vitor passa son peignoir et alla ouvrir.

Le valet de chambre de son frère aîné se tenait dans l'ombre, le visage tendu.

— Monsieur, dit-il d'une voix tremblante. Monsieur le comte est au plus mal. Vous devez venir sur-le-champ.

La neige fondait en cascades dégoulinantes et bruyantes cataractes. Les arbres, les toitures et les murs réapparaissaient peu à peu tandis que le printemps s'attelait vaillamment à les débarrasser de leur gangue glacée.

Ravenna traversa la cour en pataugeant. Il était heureux que le dégel rende les routes praticables en ce jour particulier : aucun obstacle ne s'opposerait au départ de lord Whitebarrow et de sa famille. Leur voiture serait certainement maculée de boue. Quel dommage…

Elle sourit, puis se rembrunit. Grace, cependant, ne méritait rien d'autre que de la pitié. Sa faiblesse de caractère l'avait incitée depuis toujours à suivre l'exemple de sa sœur. Mais elle avait aimé sincèrement Oliver Walsh et l'aurait épousé, sans se soucier du déshonneur que lui aurait valu une telle mésalliance. La mort de son amant lui avait brisé le cœur. Ravenna comprenait sa douleur. La jeune fille était bien assez punie pour les mesquineries de son passé.

À mesure que Ravenna s'approchait de la porte du château, sa tension croissait. Elle avait peu dormi et s'était réveillée contre la chaleur d'un corps d'homme à côté du sien, sa large main autour de son bras dans son sommeil. Pendant la nuit, il lui avait fait des choses qu'elle n'aurait jamais imaginées auparavant et dont la seule pensée maintenant enflammait ses joues et le creux tendre entre ses jambes. Puis il lui avait ordonné de rester, comme s'il était parfaitement raisonnable de lui demander de dormir dans son lit et de s'y réveiller. Il ne s'était même pas inquiété de la façon dont elle quitterait sa chambre au matin, il n'avait songé qu'à réclamer ce qu'il voulait.

Debout à côté de son lit dans le halo de l'aurore, elle était restée un instant à le regarder dormir, brûlant de le toucher, de sentir sous ses mains les contours sculptés de sa poitrine et de ses bras dépassant des draps, et de le réveiller en posant ses lèvres sur sa peau. Elle s'était retenue à grand-peine de le serrer dans ses bras et d'inspirer son odeur, puis de le caresser comme il lui avait appris à le faire pendant la nuit, comme elle l'avait fait ô combien volontiers.

À certains ordres, il était difficile de ne pas obéir.

Avec un petit sourire, Gonzalo sur ses talons, elle rentra dans la maison, où l'accueillirent des effluves de café et de pain frais en provenance de la salle à manger.

— Dieu merci, vous revoilà ! s'exclama Ann qui venait à sa rencontre.

L'appréhension s'empara de Ravenna. La veille, après le dîner, elle avait quitté le salon devant tout le monde au bras de lord Vitor. Iona ne s'en formaliserait pas. Mais Ann était d'une grande pudeur. Peut-être ne la comprendrait-elle pas.

— Nous vous avons cherchée partout, reprit Ann. Je viens d'envoyer un valet dans la tour en pensant que vous y étiez peut-être. Mais M. Franklin…

— M. Franklin ? Lord Case est souffrant ?

— Il est au plus mal. M. Franklin ne sait plus à quel saint se vouer. Vous devez l'aider, Ravenna. Il serait insupportable qu'un homme tel que lui soit perdu de la sorte. Et notre pauvre, chère Arielle… Si elle devait subir la même peine que…

Sa voix se brisa, et elle crispa les mains autour de celles de Ravenna.

Cette dernière se dégagea.

— Je vais chercher ma sacoche et je m'y rends directement.

M. Franklin la fit entrer dans la chambre à coucher de lord Case. Les courtines étaient écartées, et Vitor, en bras de chemise, était assis sur une chaise au chevet de son frère, les coudes sur les genoux et la tête entre les mains. En l'entendant arriver, il releva la tête. Son beau visage était l'image de la désolation. Il se leva dès qu'il la vit, tandis qu'elle traversait promptement la pièce.

Lord Case gisait, livide et immobile. Elle baissa la couverture pour examiner son bras, et l'odeur lui fit plisser les narines.

— Ôtez-lui sa chemise.

Elle posa sa sacoche sur la table de nuit et l'ouvrit.

— Mais, madame… protesta le valet de chambre.

— Ôtez-la-lui immédiatement. Découpez-la s'il le faut. Le bandage également.

Vitor saisit sa redingote, en sortit d'une poche le canif qu'il avait utilisé près de la rivière pour la délester de sa robe et trancha la chemise de nuit du comte du cou au poignet.

— Mon Dieu, murmura-t-il.

Le bras était enflé jusqu'au coude et écarlate. Un linge jauni s'enfonçait dans la chair.

— Découpez le pansement, ordonna-t-elle. Même si cela lui fait mal, ce sera un soulagement pour lui.

Vitor obéit, et la plaie apparut, purulente, à vif. M. Franklin eut un haut-le-cœur et recula en portant un mouchoir à sa bouche. Lord Case ne bougea pas.

— Qu'on m'apporte du vin rouge, demanda Ravenna. Il faut baigner la blessure et évacuer le pus. Quand lui avez-vous administré la poudre anti-fièvre pour la dernière fois, monsieur Franklin ?

Le valet garda le silence.

— Répondez, ordonna sèchement Vitor.

— Hier matin, monsieur.

Ravenna leva vivement les yeux vers lui.

— Pourquoi ne pas lui avoir administré les doses que j'avais prescrites ?

Il pressa le mouchoir contre sa bouche.

— M. Pierre a dit que je ne devais pas lui donner davantage de médicaments, que cela épaissirait son sang, mais qu'aujourd'hui il le saignerait…

— M. Pierre ?

Elle appliqua sur la blessure un linge imbibé de vin, le cœur battant.

— Il y a donc un médecin au village, finalement ?

— M. Pierre est le cuisinier du château, répondit Vitor. Franklin, avez-vous consulté le cuisinier ?

— Oui, monsieur. C'est lui qui soigne le personnel et les villageois quand…

— Avez-vous refait le bandage avec l'onguent que je vous avais laissé, monsieur Franklin ?

La chair infectée était étrangement luisante. Le vin coulait dessus en perlant.

— Non, mademoiselle. M. Pierre a recommandé de la graisse de porc…

— De la graisse de porc ?

Elle ravala son affolement.

— Dieu tout-puissant, vous avez empoisonné son sang. On peut utiliser de l'huile de lin, du charbon, et même du fumier, s'il le faut. Jamais de la graisse animale. Il risque une infection généralisée. Mais je vais arranger cela.

Elle ordonna à ses mains de ne pas trembler.

— Je vais arranger cela, répéta-t-elle. Il n'y a rien à craindre.

Pas d'autre mort dans cette maison. Plus de deuil. Elle le sauverait. Coûte que coûte.

— Pourquoi avoir suivi le conseil du cuisinier alors que je vous avais clairement fait comprendre qu'il fallait appliquer les instructions de Mlle Caulfield ?

— Monsieur… entendit-elle vaguement le domestique répondre.

Tandis que ses mains s'affairaient, son pouls retentissait dans ses oreilles, aussi assourdissant que l'océan s'écrasant sur une plage de galets. C'était un son qui remontait à sa plus tendre enfance, à un âge dont elle ne gardait aucun souvenir… ou presque.

— C'est une femme, se justifia l'homme.

— Sortez, ordonna Vitor. Envoyez chercher mon valet et informez le prince que je requiers sa présence ici immédiatement.

Il vint à côté de Ravenna.

— J'ai confiance en vous. Je n'ai pas peur.

Mais elle avait peur. Peur de ne pouvoir supporter une nouvelle perte. Car elle allait le perdre, lui, cet homme debout à côté d'elle dont le milieu n'avait rien à voir avec le sien. Elle le savait aussi sûrement qu'elle se savait capable de guérir son frère. Et, au plus profond de son cœur, elle regretta pour la centième fois de n'avoir pas pu s'envoler ce jour-là avec le petit oiseau et, comme lui, ne jamais revenir.

Elle ne resta plus jamais seule avec lui, hormis au chevet de son frère. Au déjeuner, les invités du prince picorèrent leur nourriture. Aucune distraction n'était imaginable tant que la vie du comte serait en danger. Quand Ravenna apparut, ce fut seulement pour avaler ce que lady Iona posa devant elle. Elle autorisa ensuite Vitor à la rejoindre pendant qu'elle examinait Wesley. Elle ne parla que de la plaie, de la fièvre et des soins.

— Il est impératif de renouveler la glace fréquemment. Le froid est essentiel pour empêcher la chaleur de la blessure de propager l'infection.

Elle nettoya et pansa le bras de Wesley, disposa autour de nouvelles poches de glace, puis referma sa trousse et se dirigea vers la porte.

— Ravenna…

— Je reviendrai dans une heure. Vous devriez rester près de lui.

— Entendu. Je ne bougerai pas d'ici.

— Vous l'avez fait quand vous êtes venu dans la salle à manger.

— Je vous cherchais.

— Ne recommencez pas. Envoyez un domestique. Au moindre changement, prévenez-moi immédiatement.

— Ravenna, laissez-moi…

Elle se détourna. Lady Iona et Mlle Feathers faisaient les cent pas devant la porte en attendant des nouvelles.

— Son état est stationnaire.

Elle balaya leur sollicitude d'un revers de main et s'éloigna.

Pendant la nuit, le bras du comte commença à désenfler. Sa fièvre tomba à l'aube. Un valet de pied vint apporter la nouvelle à Ravenna. Elle courut jusqu'à la chambre de lord Case et entra sans frapper.

Le blessé était redressé dans son lit, son frère assis dans le fauteuil à son chevet.

Vitor se leva.

— Tu vois, Vitor, dit le comte faiblement. Elle fait irruption chez moi comme si j'avais envie qu'elle me voie dans cette tenue... ce qui pourrait être le cas en d'autres circonstances, mais, pour l'amour du Ciel, pas maintenant.

Il parlait lentement, mais d'une voix claire, et le nœud autour du cœur de Ravenna commença à se détendre. Le comte l'étudia sous ses paupières baissées.

— Cette femme n'a aucun respect pour la vanité ou la dignité d'un homme.

Ravenna calma ses nerfs et s'approcha de lui.

— Je me réjouis de constater que votre état s'améliore.

Elle prit son poignet entre son pouce et son index et compta silencieusement.

— Me suis-je conduit comme un monstre lorsque j'étais inconscient ?

Sa voix avait perdu un peu de sa superbe.

— Vous étiez parfaitement odieux, répondit-elle. N'est-ce pas ?

— Oui, acquiesça Vitor. Rien d'inhabituel de ta part, Wes.

— Vous me blessez tous les deux. Je vous jetterais bien dehors, mais cet imbécile de Franklin me tuerait dans l'heure. Me voilà obligé de vous supporter.

Il leva les yeux vers le visage de Ravenna.

— Suis-je mort ?

— Pas aujourd'hui.

Elle eut un bref sourire et lui lâcha le poignet.

— J'ai fait demander à la cuisine du bouillon et du thé.

Elle se tourna vers Vitor.

— Faites-lui boire les deux. Ni vin ni autre alcool, sans quoi je serai très en colère.

— Je n'aimerais pas voir cela, murmura le comte, mais Vitor sourit.

Ce sourire descendit droit dans le ventre et les orteils de Ravenna, où il s'enroula délicieusement et lui donna envie de rire, de courir dans un champ de fleurs sauvages, de sentir la chaleur du soleil sur sa peau et de lui refaire l'amour.

Elle ramassa sa sacoche et se dirigea vers la porte en s'efforçant de garder un visage sérieux.

— Je repasserai vous voir après le petit déjeuner.

— Mademoiselle Caulfield, appela le comte. Attendez un instant, s'il vous plaît. Vitor, va-t'en, maintenant.

— Il est hors de question que je la laisse seule avec toi.

Lord Case avait l'air grave.

— Vous pouvez sortir, assura-t-elle. Je sais me défendre et, en tout état de cause, je suis probablement dix fois plus forte que ne l'est votre frère en ce moment. Je serais étonnée qu'il parvienne à se lever.

— Ce n'est pas de le voir se lever qui m'inquiète, objecta Vitor.

Mais il obéit. Lorsqu'il passa devant Ravenna, il lui toucha la main, et une bouffée de plaisir la parcourut.

— Je serai dans le couloir.

Elle referma la porte et se tourna vers le lit.

— Mademoiselle Caulfield, j'implore votre clémence et espère ardemment que vous pourrez un jour me pardonner, déclara lord Case.

— En voilà un joli petit discours. Le prince vous a sous-estimé. Il aurait dû vous confier un rôle plus important dans la pièce.

— Je me suis comporté comme une bête.

— Non. J'ai aimé une bête, dit-elle, et vous lui êtes en vérité largement inférieur. Mais je ne suis pas idiote…

— Bien au contraire, si j'en crois mon frère.

— ... et je sais que vous avez parlé et agi comme il sied à un aristocrate. Je vous pardonnerai de m'avoir insultée si vous me promettez de vous conduire plus honorablement au cas où l'occasion se représenterait.

Il secoua la tête.

— Vous n'êtes pas impressionnée par la supériorité de mon rang, n'est-ce pas ?

— J'ai parfaitement conscience de la supériorité de votre rang et de celui de toutes les personnes présentes dans ce château. Par ailleurs, je connais ma place, et elle me convient tout à fait. Vos insultes ne m'ont ni offensée ni blessée, mais vos excuses vous font remonter dans mon estime.

— À votre avis, quand l'occasion pourrait-elle se représenter ?

— Je vous demande pardon ?

— Quand devrai-je de nouveau protéger mon frère d'une femme animée de mauvaises intentions envers lui ?

Le cœur de Ravenna s'affola.

— Je... je...

Elle se tut, incapable de trouver quoi que ce soit à répondre à cela, et se retourna, les joues en feu. Dans le couloir, Vitor attendait, appuyé contre le mur. Dès qu'elle eut refermé la porte, il vint lui prendre la main sans un mot.

— Je dois aller me laver et changer de vêtements, dit-elle d'une voix étranglée.

— Vous avez été magnifique, compétente et concentrée. Merci. Merci pour tout ce que vous avez fait.

— Je...

Il prit doucement son visage entre ses mains et l'embrassa. Son baiser ne fut ni long ni particulièrement passionné, mais quand il la laissa aller, elle n'aspirait qu'à se lover dans ses bras et à appuyer sa joue contre sa poitrine pour y puiser un peu de sa force tranquille et de sa vitalité.

— Partez, maintenant, dit-il.

Au prix d'un effort visible, il s'écarta.

— Allez faire votre toilette, vous changer. Manger, s'il le faut. Vous n'avez que la peau sur les os. J'aime les courbes chez une femme. Vous devez commencer à y remédier.

— Pour vous faire plaisir ?

— Bien sûr.

Il lui fit signe de s'en aller.

— Filez, maintenant. Quand vous aurez terminé, vous n'aurez pas de mal à me retrouver.

Il lui adressa un sourire qui fit naître en elle un désir si intense qu'il en était presque douloureux, et elle s'éloigna d'un pas vif, en balançant sa sacoche.

Lorsqu'elle arriva près de sa chambre, la porte en était ouverte. Elle en franchit le seuil et reconnut le dos droit et élégant de l'homme chez qui elle vivait depuis six ans. Il se tenait devant la fenêtre.

— Bonjour, Beverley !

Le bonheur la submergeait, ne demandant qu'à jaillir.

— Avez-vous entendu la nouvelle ? Lord Case est rétabli. Sa fièvre est tombée, et sa blessure recommence à cicatriser correctement. Il n'y a plus de meurtrier ici, et cette horrible Pénélope et sa mère ont disparu. Rien que cela mérite d'être fêté ! La vie est b…

Sir Beverley se détourna de la fenêtre. Son visage était blême et strié de larmes. En six ans, elle ne l'avait jamais vu pleurer une seule fois.

— Francis n'est plus, dit-il simplement.

Elle eut l'impression que le monde tout entier était soudain nu et désolé, foudroyé d'un éclair éblouissant, et glacial. Elle secoua la tête.

— Emmenez-moi à lui. Je vais l'aider. Je…

— Cela fait déjà plusieurs heures, mon enfant. Il est parti dans son sommeil. Paisiblement, le visage reposé. Je l'ai découvert tout à l'heure en venant le chercher pour le petit déjeuner.

— Non.

Ravenna semblait incapable de cesser de secouer la tête.

— Non. Il ne peut pas nous avoir quittés.

— Non, dit sir Beverley, et le soleil de ce début de printemps fit scintiller les larmes sur ses joues, comme par dérision.

Elle ne fit pas appeler lord Vitor et n'alla pas le trouver. La matinée s'écoula et, lorsque Vitor quitta enfin son frère en le confiant aux soins de son propre valet de chambre pour aller la chercher, il apprit la raison de ce silence.

— Nous sommes tous sous le choc.

Dans le salon où elle était assise avec sa fille, sir Henry et Sebastiao, lady Margaret se tamponna les yeux avec un mouchoir.

— Un homme si charmant, si amusant ! Il était beaucoup trop jeune pour être emporté ainsi en une nuit. Il ne pouvait pas avoir plus de soixante-cinq ans... Mais sir Beverley nous a expliqué que son cœur était fragile et que ce cher M. Pettigrew s'attendait à ce départ prématuré. Il ne nous avait pourtant rien dit. Même cette pauvre petite n'en savait rien. Je suis abasourdie. Et anéantie. Oui, anéantie.

— C'est terrible, renchérit sir Henry en secouant la tête. Au nom de Zeus, jamais je n'avais rencontré un homme qui connaisse ses chevaux aussi bien que ses cravates.

Vitor s'inclina et repartit vers la porte.

Sebastiao lui emboîta le pas.

— Vitor, attendez.

Il obéit, mais il n'aspirait qu'à s'en aller, à rejoindre Ravenna et à... il ne savait quoi, mais il voulait lui offrir tout ce dont elle pouvait avoir besoin.

— Le moment est affreusement mal choisi, lui dit Sebastiao, mais je veux vous annoncer la nouvelle avant que les autres ne l'apprennent. J'ai demandé à sir Henry la main de sa fille. Il me l'a accordée, et Ann...

Mlle Feathers, malgré tout ce qu'elle sait de mon passé, a consenti à m'épouser.

Sobre depuis près de deux semaines, et ressemblant de nouveau au jeune garçon qu'il avait été, toujours joyeux et prêt à faire plaisir, il regardait Vitor avec des yeux pleins d'espoir.

— Félicitations, Sebastiao. Je vous souhaite ainsi qu'à Mlle Feathers tout le bonheur du monde.

— Père sera satisfait, ne croyez-vous pas ? L'écurie de sir Henry est splendide, et la dot substantielle.

— Je suis certain qu'il se réjouira de ce mariage.

— Le fait qu'en outre elle me plaise est accessoire, je suppose, ajouta le prince d'un ton plus léger, retrouvant son habituelle insouciance. Mais c'est le cas. Énormément.

— Je trouve au contraire que cela prime sur tout le reste.

— Merci de m'avoir accompagné ici, Vitor. Vous n'y étiez pas obligé, et cette partie de campagne s'est révélée être un effroyable désastre. Mais je vous suis reconnaissant pour ce que vous avez fait. Depuis toujours.

Vitor hocha la tête et s'éloigna.

— Vous retournez dans la chambre de Case ? demanda Sebastiao en souriant. Vous êtes un frère sincèrement dévoué. Nous avons beaucoup de chance de vous avoir, lui et moi.

— Je cherche Mlle Caulfield. L'avez-vous vue ?

— Il y a un quart d'heure, dans l'avant-cour. Elle surveillait les préparatifs de la voiture de sir Beverley pour ces ridicules petits chiens…

Le prince se rembrunit.

— Ah. On ne doit pas dire du mal des morts. Je crois que les chiens appartenaient à Pettigrew. Je continue à me conduire comme un idiot.

— La voiture ? Sir Beverley s'en va ?

— Mlle Caulfield et lui espèrent profiter de ce que le temps est encore suffisamment froid pour ramener le corps en Angleterre.

— Aujourd'hui ? Ils partent aujourd'hui ?

— L'ignoriez-vous ?

Vitor sortit en hâte. Le choc qui comprimait son thorax devint une boule de colère dans ses entrailles. Des valets en livrée chargeaient des bagages sur une voiture. Au loin, une femme dissimulée par la capuche de sa cape marchait entre les tombes du cimetière. À sa silhouette et à ses mouvements, il la reconnut.

Elle émergea de derrière un mausolée, trois chiens noirs trapus sur ses talons, trois laisses tressées dans ses mains nues. Comme si elle avait senti son regard sur lui, elle leva la tête.

Elle attendit sans bouger qu'il la rejoigne. Mais, lorsqu'il voulut lui prendre les mains, elle les enfouit dans sa cape et recula. Son visage était pâle et ses yeux cernés.

— Ravenna, je suis infiniment désolé.

— Vous n'avez rien fait qui justifie des excuses, dit-elle d'une voix sans timbre. Mais je comprends. Merci.

— On m'annonce que vous partez, et je le constate de mes propres yeux, mais je ne puis le croire.

— Oui. Plus tôt nous nous mettrons en route, moins il nous faudra acheter de glace en chemin...

— Sebastiao m'a expliqué.

Il fit un pas, mais elle recula de nouveau. Il était incapable de respirer correctement.

— Naturellement, je vais vous accompagn...

— Non.

Son visage était toujours dissimulé sous sa capuche.

— Sir Beverley a l'habitude des voyages. Nous saurons nous débrouiller. Vous n'avez pas à vous inquiéter.

— Je ne m'inquiète pas pour cela. Je vous accompagnerai parce que je désire être auprès de vous.

Elle leva alors les yeux vers lui, le front plissé.

— Je ne peux pas être avec vous comme nous l'étions la nuit dernière.

— Pour l'amour du Ciel, ce n'est pas ce que je vous demande. Pour quel genre d'homme me prenez-vous ?

— Pour un homme de privilèges habitué à avoir ce qu'il désire. Or, vous m'avez clairement fait comprendre ce que vous vouliez de moi, et il serait idiot de ma part d'imagin...

— Cessez, dit-il en se rapprochant d'elle.

Il rêvait de la prendre dans ses bras, mais la toucher sans sa permission n'aurait fait que corroborer les dires de Ravenna. Il serra les poings contre ses flancs.

— Je ne souhaite que vous apporter du réconfort, rendre cette tragédie moins pénible pour vous.

— Dans ce cas, je vous remercie de votre proposition généreuse. Mais je vais avoir fort à faire avec les chiens de Petti, sans compter qu'une autre distraction devrait meubler mes pensées et mes projets dans les temps à venir : le général Dijon m'a offert un poste à Philadelphie. Je suis idéalement qualifiée pour l'occuper...

— Non.

— Bien sûr que si.

— Je ne doute pas que vous soyez qualifiée, pour cette situation comme pour bien d'autres. Mais c'est ridicule, Ravenna.

— Ridicule ?

Il secoua la tête.

— Avez-vous réellement l'intention de partir en Amérique ?

— Ce n'est pas ridicule. Je rêvais d'une situation comme celle-là, et on me l'offre sur un plateau. Il est rare que des femmes se voient proposer de telles fonctions. Je crois même que cela n'arrive jamais. C'est une occasion unique.

La colère de Vitor se désagrégeait, laissant place à la confusion. Avait-il pu se méprendre à ce point ? Était-elle réellement aussi indifférente qu'elle le paraissait ? Sa calme détermination le suggérait. Il avait du mal à le croire, après la passion dont elle avait fait preuve dans ses bras, mais lui aussi avait eu des relations intimes sans attachement profond. Pourquoi une femme n'aurait-elle pu en faire autant ? Or, celle-ci était indéniablement exceptionnelle. Il avait eu tort d'attendre qu'elle se conduise de façon prévisible.

Elle lui avait dit franchement qu'elle ne souhaitait pas le prendre au piège pour l'épouser. Pourtant, jamais il n'avait pensé qu'il ne remporterait pas son cœur. Peut-être avait-elle raison et, imbu de sa supériorité, croyait-il que tout lui était acquis. Il était sans conteste le roi des imbéciles.

— Voyagerez-vous seule pour l'Amérique ? demanda-t-il.

Le coin des lèvres de Ravenna se retroussa légèrement.

— J'ai l'habitude de la solitude, vous savez.

Elle détourna de nouveau le visage et fit signe aux chiens d'avancer.

— Ravenna, dit-il dans son dos, soudain affolé.

Il avait la chair de poule, comme lorsqu'il décidait de s'embarquer dans une nouvelle aventure, un nouveau danger.

— Autorisez-moi au moins à vous accompagner en Angleterre.

— Non. Mieux vaut nous dire au revoir maintenant.

Elle regarda par-dessus son épaule.

— J'ai été enchantée de vous rencontrer, lord Vitor Courtenay. Jamais je n'avais connu d'amitié particulière comme la nôtre…

Elle esquissa un nouveau sourire.

— Mais, à présent, nos chemins se séparent.

Il ne la croyait pas. C'était impossible.

Ravenna cligna des yeux rapidement, puis pivota et s'éloigna. Mais elle marqua une nouvelle pause.

— Comment dit-on adieu dans ce pays ?

— « *À bientôt* », répondit-il. On dit « *à bientôt* ».

Elle hocha la tête et, debout au milieu des pierres tombales, il la regarda disparaître.

*À bientôt*. Il ne lui dirait ni au revoir ni adieu. *À bientôt*. Parce qu'un seul moment sans elle était long comme une éternité.

# 21

# Le cadeau

Petti fut inhumé en mer. Durant sa jeunesse aventureuse, il avait brièvement servi comme officier dans la Royal Navy, et il avait toujours désiré effectuer son dernier voyage dans les abysses vêtu de son costume marin bleu et blanc. Même s'il n'avait été que sous-lieutenant, Ravenna était convaincue qu'il avait dû être tout aussi charmant sur le pont d'un bateau qu'il l'avait été sur le plancher des vaches. Sir Beverley avait cessé de pleurer, mais lorsque les marins inclinèrent la planche et que la mer avala le compagnon de sa vie, elle lui prit la main et découvrit qu'elle tremblait.

Avant de poursuivre leur voyage jusqu'à Shelton Grange, ils s'arrêtèrent quelques jours dans la maison de ville de sir Beverley à Londres, où ce dernier fit insérer une notice nécrologique dans le *Times* et rencontra l'avoué de Petti.

— Soixante-huit cartes de visite ! s'exclama-t-elle en laissant tomber la pile sur la minuscule console dorée du vestibule. Et l'annonce n'est parue dans le journal que ce matin ! J'ai toujours su qu'il était apprécié, mais je ne me rendais pas compte à quel point.

Elle retira les laisses des cous potelés des carlins et les envoya au premier étage, dans leur salon préféré. Elle s'immobilisa au milieu des marches.

— À propos, Beverley, dit-elle par-dessus son épaule, qu'allez-vous faire de sa maison ?

— Pourquoi, ma chère enfant ?

Debout à côté de la console, élégant dans sa tenue noire, il examinait la pile de courrier.

— Comptez-vous m'abandonner pour vivre là-bas dans une splendeur solitaire ?

Elle savait qu'il plaisantait, mais elle discerna un accent angoissé dans ses mots.

— Bien sûr que non. Je me demande simplement ce qu'elle va devenir. J'adore le treillis de roses anciennes, les jardins et le petit étang. Ils sont spectaculairement négligés.

— Francis préférait dépenser son argent en vin plutôt que d'embaucher des jardiniers.

Il écarta plusieurs enveloppes, puis vint au pied de l'escalier.

— Quant à sa maison, jeune impertinente, il vous l'a léguée, ainsi que tout ce qu'il possédait. J'allais vous faire part de la nouvelle.

Ravenna fut obligée de s'asseoir de longues minutes sur les marches jusqu'à ce que son cœur se remette à battre. Sir Beverley lui apporta un breuvage qui la fit tousser et crachoter. Lorsqu'on frappa à la porte, il dit :

— Encore une visite, probablement.

— Je vous laisse. Nous parlerons plus tard.

Elle bondit sur ses pieds et monta prestement dans le salon. Là, au lieu des carlins, elle trouva un grand jeune homme aux cheveux noirs mi-longs. Assis à côté de la fenêtre, les bras croisés et les yeux sur la porte, il l'attendait manifestement. Un sourire tordu éclaira son beau visage ténébreux lorsqu'elle apparut.

— Tali ! s'écria-t-elle en se jetant dans ses bras.

Taliesin accepta son étreinte avec une tolérance toute masculine avant de s'en extraire.

— Bonjour, bout de chou.

— Que fais-tu ici ?

Ravenna alla fermer la porte et, lorsque le valet de pied londonien excessivement correct de sir Beverley lui adressa un regard réprobateur, elle mordit sa langue entre ses dents pour ne pas la tirer.

— Je vois que tu es devenue une vraie demoiselle, lui dit Taliesin avec un petit rire.

Bien souvent, son rire avait été un baume lorsque les dames patronnesses la grondaient et qu'elle s'échappait dans le campement des Gitans pour tout oublier. Ce rire émanait maintenant d'une poitrine plus large et plus masculine.

— Laquelle de tes sœurs t'a appris qu'il valait mieux éviter de tirer la langue aux gens ? Arabella, à mon avis.

— Ni l'une ni l'autre. Je l'ai deviné toute seule. Je suis très futée pour ces choses-là.

— J'ai cru comprendre que tu étais très futée d'une manière générale.

— Vraiment ? Comment donc ? Es-tu allé rendre visite à père ?

— Non.

Cela faisait probablement des années qu'il n'y était pas retourné. À une époque, Taliesin avait été un véritable fils pour le révérend. Mais maintenant, lorsqu'il se rendait en Cornouailles pour la grande foire estivale, il évitait le presbytère où Eleanor vivait encore avec leur père.

— Un certain Henry Feathers m'a parlé de toi pas plus tard qu'hier, expliqua-t-il.

— Sir Henry ! Est-il à Londres ?

— Il possède une pouliche que je vais peut-être acheter. Nous discutions affaires quand il a évoqué une demoiselle qu'il avait récemment rencontrée, un brin de fille toute jeune, a-t-il précisé, qui s'y connaissait autant pour soigner les maladies équines que n'importe quel vétérinaire chevronné.

— C'est vrai, concéda-t-elle. C'est à toi, du reste, que je le dois.

— Il a également dit que tu avais sauvé la vie d'un homme. Un lord titré.

— En effet.

Son estomac se noua et, dans sa poitrine, la porte à la serrure cassée qu'elle était obligée de refermer toutes les heures s'ouvrit soudain en grand et s'emplit de vide.

— Un lord titré ? répéta Taliesin.

Elle secoua la tête.

— Ne me regarde pas ainsi.

— Je ne te regarde d'aucune manière particulière, protesta-t-il avant de redire : Un lord titré ?

Il croisa les bras.

— Arabella, je le conçois. Mais toi, bout de chou, t'intéresser à un lord titré ? Je devine une motivation cachée.

— Détrompe-toi, je n'avais aucune arrière-pensée. Il était réellement malade.

— Sa propriété doit faire des centaines d'hectares de plus que celle de sir Beverley, dit-il avec une étincelle dans ses yeux d'un noir aussi profond que ceux de Ravenna. Des terres à n'en plus finir…

Il la connaissait presque aussi bien que ses sœurs. Lui aussi était parti à sa recherche maintes fois, lorsqu'elle disparaissait dans la campagne. Il comprenait ses escapades. Élevé parmi des âmes nomades, il savait qu'aucun espace n'était jamais assez grand.

— On m'a offert une situation enviable à Philadelphie, lui apprit-elle. Je ne sais pas encore si je vais l'accepter.

La réaction de Taliesin fut très différente de celle de Vitor Courtenay. Le visage séduisant de l'aristocrate avait exprimé la stupeur. En haussant un seul sourcil, Taliesin fut tout aussi éloquent.

— Que fuis-tu, cette fois ?

— Arabella croit… commença-t-elle.

Elle dut inspirer une grande bouffée d'air avant de poursuivre :

— Arabella accorde toujours le même crédit à cette histoire idiote que la diseuse de bonne aventure lui a mise dans la tête, et elle est convaincue que l'une d'entre nous doit épouser un prince.

— Je croyais qu'elle s'était mariée avec un duc. Lycombe, c'est cela ?

— En effet. Et moi, je n'ai pas envie de me marier avec un prince.

— Et tu penses nécessaire de naviguer jusqu'en Amérique pour échapper à ce destin ? demanda-t-il en éclatant de rire. Ravenna Caulfield, tu es peut-être douée avec les animaux, mais pour le reste, tu as le cerveau aussi dérangé que…

— Mon cerveau se porte très bien, et je suppose que si je trouvais quelqu'un d'autre à épouser, Bella abandonnerait son idée de me jeter dans les bras d'un prince.

Son cœur était plongé dans une telle confusion qu'elle avait du mal à réfléchir.

— Accepterais-tu ? lui demanda-t-elle.

Cette fois, Taliesin haussa les deux sourcils. Puis son regard changea. Lentement, il secoua la tête ; son sourire était empreint de compassion, mais surtout de gentillesse.

— Tu sais que je ne peux pas, bout de chou.

— Je le sais, bien sûr.

— Tu es une ravissante jeune fille, Ravenna, et tu as une âme généreuse. Tu mérites un homme qui te donnera son cœur.

— Comme tu as donné le tien il y a longtemps ?

Il ne répondit pas, mais un muscle de sa mâchoire tressaillit. Enfin, il dit :

— Vas-y.

Puis il désigna la porte du menton.

— Où donc ?

— Le retrouver.

— Qui ?

— L'homme à cause de qui tu veux fuir jusqu'en Amérique. C'est un prince, c'est cela ?

— Non.

*Mieux qu'un prince.*

— Vas-y, bout de chou.

Il se rembrunit.

— Ou préfères-tu que je lui règle son compte ?

Elle sourit.

— Il ne se laisserait pas faire.

— Je le battrais.

— À l'épée, tu n'aurais aucune chance.

Taliesin s'éloigna de la fenêtre et se dirigea vers la porte, grand et mince bohémien négociant en chevaux, incongru dans la demeure londonienne d'un gentleman.

— Va le retrouver, Ravenna. Cesse de fuir, pour une fois.

— Tali, dit-elle à brûle-pourpoint, t'est-il déjà venu à l'esprit que nous étions peut-être... frère et sœur ?

— Ravenna...

— Je ne parle pas de...

Elle se tut. Ils ne prononçaient jamais le nom d'Eleanor, dans ces instants-là.

— Je veux dire que nous nous ressemblons, encore maintenant, après toutes ces années. Nous pourrions avoir le même... le même père.

— J'ignore qui est mon père, lui rappela Taliesin.

— D'après la bohémienne, si l'une d'entre nous épouse un prince, nous découvrirons qui sont nos parents.

Pendant un moment, il ne parla pas. Puis il demanda :

— Croit-elle à cette prophétie ?

*Elle.* Eleanor, bien sûr.

— Peut-être.

Ravenna scruta ses yeux, de la même couleur que les siens et, comme eux, frangés de longs cils... mais pas gitans. Malgré les surnoms dont l'affublaient les filles de l'orphelinat, elle ne ressemblait pas plus que Taliesin aux gens avec qui celui-ci avait vécu toute sa vie et qui l'avaient élevé comme l'un des leurs. Non, ils avaient l'air tous les deux... étrangers.

Elle se demanda pourquoi il n'essayait pas de retrouver ses vrais parents. Chaque été, il se rendait en Cornouailles, à la grande réunion de romanichels à côté du presbytère, en espérant apercevoir la jeune fille qu'il avait autrefois aimée. Craignait-il que cela ne change s'il découvrait l'identité de ses parents ? Ou ne se souciait-il tout simplement pas de ce lointain passé, comme Ravenna avait cessé de s'en préoccuper ?

— Taliesin, dois-je dire à Arabella que je ne peux pas épouser un prince ? Que ce sera à Eleanor d'accomplir la prophétie ?

Une main sur la poignée de la porte, il marqua une pause.

— Si tu as besoin de mon aide… si n'importe laquelle d'entre vous a besoin de moi, vous savez où me trouver, dit-il avant de sortir.

Une fois parti le dernier des invités de Sebastiao sur la route de montagne, à travers les bosquets de pins et d'épicéas, Vitor alla préparer ses bagages dans ses appartements. Il avait déjà congédié son valet. Là où il avait l'intention de se rendre, les domestiques étaient superflus.

Peut-être s'était-il simplement trompé de monastère, la fois précédente. Ou d'ordre religieux. Denis était un franciscain. Pourquoi ne pas suivre la même orientation ? Les franciscains apportaient toutes sortes de consolations aux hommes de par le monde. Ils donnaient à manger aux pauvres, par exemple, ou… bien d'autres choses encore. Croyait-il.

Il serait bientôt fixé. Sa famille anglaise penserait qu'il était de nouveau devenu fou. Wesley se moquerait de lui jusqu'à la fin de leur vie. Mais Raynaldo comprendrait. Le marquis également.

Assis à ses pieds, Gonzalo l'observait en mordillant la frange du tapis. Vitor rangea ses cravates amidonnées et ses cols empesés au fond de la malle. Il n'en aurait pas besoin. Ni de son épingle en saphir, de sa montre en or ou de son pur-sang.

— Je n'abandonnerai pas Ashdod, déclara-t-il à voix haute. J'irai simplement de monastère en monastère, jusqu'à ce que je trouve celui qui m'autorisera à le garder.

Le petit bâtard posa son menton sur ses pattes avant et remua la queue.

— D'accord. Toi aussi, je te garde.

Bien entendu, il s'abstiendrait de prêcher. Il n'avait aucun conseil à donner à ceux qui cherchaient le salut – si ce n'était de leur dire de ne pas se conduire comme des ânes. Et il savait de quoi il parlait.

Plus rien ne le retenait maintenant de revêtir l'habit. La perspective d'être avec une autre que celle qui occupait ses pensées ne lui inspirait aucun intérêt. Avec le temps, cela changerait peut-être.

Non. Cela ne changerait pas.

— Comptes-tu partir, *mon fils*, sans faire tes adieux à un vieillard ?

Vitor se tourna vers le moine qui se tenait sur le seuil.

— J'avais l'intention de passer vous voir, bien sûr. Êtes-vous venu apporter votre bénédiction à Sebastiao ?

— Je suis venu te donner ceci.

Le père Denis tira une enveloppe de sa large manche.

— La jeune Grace me l'a donnée le matin où elle est partie avec sa famille. Elle m'a dit qu'elle ne soutenait pas « les stupides superstitions des papistes » – je crois qu'elle l'a formulé ainsi – mais qu'en me confiant cette lettre, elle se délesterait de la culpabilité d'avoir menti.

— Menti ? Au sujet du meurtre ?

— Lis. Après tout, elle ne m'a pas parlé sous le sceau de la confession.

— Elle espérait certainement que vous garderiez sa confidence secrète, Denis.

Il haussa les épaules.

— Je ne suis lié que par mes vœux, *mon fils*, pas par les consciences chancelantes des jeunes filles.

*Ma gracieuse damoiselle,*

*Bien que je souffre de vous écrire ce message sans avoir pu une dernière fois poser les yeux sur votre adorable visage, je dois à présent vous dire adieu. Les objections dressées par votre famille contre notre union ne peuvent être vaincues. Votre mère a été claire : si nous nous marions, vos parents vous chasseront de leur cœur et de leur maison. Je frémis, chère damoiselle, devant les inévitables conséquences d'un tel rejet. Mes revenus sont faibles ; notre foyer serait démuni. Vous imaginer contrainte de vivre dans un misérable appartement, voir votre beauté se faner dans les tâches ménagères tandis que je travaillerais jour et nuit pour vous procurer le plus modeste des conforts... cela m'est trop douloureux à envisager.*

*Je ne souhaite pour vous, gracieuse damoiselle, ni l'ignominie ni la pauvreté, mais la félicité, et votre place légitime parmi les vôtres. Si seulement vos parents revenaient sur leur décision et acceptaient notre union, tout serait pour le mieux ! Mais ce n'est pas le cas, et mes espoirs de bonheur sont anéantis. En vertu de l'amour que je vous porte, je dois à présent vous libérer. Épousez un homme de votre rang qui saura se tenir aux côtés de votre père avec fierté. Chère damoiselle, oubliez-moi.*

*Votre plus loyal chevalier, O.W.*

— Eh bien, dit le moine. Que penses-tu de cette dérobade de notre séducteur décédé ?

— Soit elle a cessé de l'intéresser quand il a eu la certitude que ses parents ne lui verseraient pas un penny...

— Soit ?

La main de Vitor se referma sur la lettre et la froissa.

— Soit c'était un lâche.

— Un lâche ? Tu es bien dur, *mon fils*.

— Non, je ne suis pas dur. Je suis un imbécile.

Il n'aurait pas dû laisser partir Ravenna. Si lady Grace leur avait menti à tous, c'était parce qu'elle avait gardé foi en son amant : elle n'avait pas cru qu'il l'abandonnerait. Du reste, malgré cette lettre d'adieu, lorsqu'elle lui avait demandé de venir, il était venu.

*J'ai l'habitude de la solitude.*

Mais elle n'avait pas dit qu'elle ne voulait pas de lui.

Il n'aurait pas dû douter.

*Faites que cela ne se termine pas.*

L'ermite croisa les mains dans ses manches.

— As-tu enfin découvert, *mon fils*, une aventure digne de ta quête ?

— Oui.

Restait à savoir si, en menant sa quête, il parviendrait un jour à attraper Ravenna.


En hommage à son ami, sir Beverley organisa une grande réception avec des fontaines de champagne, des mets fins français, un marionnettiste italien qui fit des imitations de tous les invités et des danseuses turques. À en croire les rubriques mondaines des journaux, la haute société londonienne fut scandalisée. Mais personne ne rata l'événement. Ce fut un succès fantastique.

Dans la voiture qui les emmenait à Shelton Grange, pendant que sir Beverley dormait, Ravenna pleura enfin.

Le lendemain après-midi, lorsqu'ils s'arrêtèrent devant la maison, elle bondit dehors et alla s'allonger à l'ombre du vieux chêne.

— Il me manque, La Bête, dit-elle dans l'herbe. Je ne l'ai connu que deux semaines, et pourtant il me manque autant que Petti et toi me manquez. Je t'aime, chuchota-t-elle. Je t'aime.

Quinze jours plus tard, elle reçut une lettre du général Dijon annonçant les fiançailles de sa fille avec le comte de Case. Puisqu'il resterait en Angleterre jusqu'au mariage, il n'avait pas besoin pour l'instant de la réponse de Ravenna concernant son offre d'emploi. Il la conviait à la réception, en lui précisant qu'une invitation en bonne et due forme arriverait bientôt d'Airedale.

— Accepterez-vous ? lui demanda sir Beverley.

Ravenna laissa tomber la lettre dans la cheminée et regarda les flammes la dévorer.

— Je n'ai pas encore pris ma décision. Maintenant que je suis propriétaire de la maison de Petti, et avec tout le travail qui m'attend déjà dans la région, il me semble absurde de prendre un poste en Amérique. J'envisage d'établir mon propre cabinet dans la maison de Petti.

— Mais accepterez-vous l'invitation au mariage ?

La porte dans sa poitrine s'ouvrit de nouveau, et la douleur en jaillit.

Elle eut un haussement d'épaules.

— Pourquoi pas ? Arielle est adorable. Je l'aime beaucoup. Et Iona sera probablement présente. Je serais heureuse de la revoir.

Beverley lui coula un regard à travers ses paupières mi-closes.

— En effet, pourquoi ne pas y aller ?

*Parce qu'il m'a laissée partir.*

Elle n'avait pas fait preuve d'hypocrisie. Elle avait prévu la désillusion de lord Vitor et avait sagement agi en l'éconduisant rapidement.

Une autre lettre attendait, postée de Londres.

*Le mariage aura lieu à Lisbonne. Papa est aux anges à l'idée d'unir les écuries du prince Raynaldo aux siennes. Oh, ma chère amie, comment se peut-il que la chance me sourie autant, que m'inonde une telle joie à la perspective d'épouser l'homme que j'aime et admire, tout en faisant le bonheur de mon père et de ma mère ? J'ai l'impression de vivre un rêve dont je ne me réveille jamais ! Il faut absolument que vous veniez. Sebastiao a des sœurs et des cousines qui se tiendront à mes côtés pour la cérémonie, mais je ne serai heureuse que si vous êtes là avec moi pour le grand jour. Vous m'avez promis de venir. Je vous attends en juin.*

Ravenna la fit également brûler.

— Est-il possible…

Par la fenêtre du salon, elle regarda le soleil couchant nimber le parc d'un manteau doré.

— Est-il possible d'aimer un homme après l'avoir connu pendant seulement deux semaines ?

Il y eut un bruit de papier froissé – sir Beverley venait de tourner une page de son journal.

— Cela peut arriver, ma chère enfant, après seulement une heure.

Elle contempla le fauteuil vide de Petti plongé maintenant dans l'ombre.

— Et malgré…

Malgré la peine, la solitude, le chagrin…

— Malgré tout, vous ne regrettez rien ?

Sir Beverley abaissa son journal.

— Comment le pourrais-je ?

En apprenant que la première brebis du métayer avait mis bas, elle se rendit à la ferme pour aider à l'agnelage. Comme d'habitude, les nouveau-nés se succédèrent à un jour d'intervalle, minuscules et perdus, d'abord affamés, puis endormis. Elle aussi aurait aimé dormir, tomber dans un champ de fleurs sauvages sous le soleil printanier et disparaître.

Les longues journées assorties d'autant de longues nuits d'agnelage se terminèrent par un matin assombri de nuages. Éreintée, Ravenna sortit de l'étable, déclina la proposition du fermier de la raccompagner dans sa charrette et rentra à pied à travers bois en foulant un tapis de campanules.

La pluie commença par de grosses gouttes espacées. Tandis que les arbres devenaient plus clairsemés, elle s'intensifia, lui éclaboussant le visage, lavant la poussière et la paille, s'insinuant dans ses cheveux et martelant le feuillage de son rythme doux et régulier.

À la lisière du bois, Ravenna ralentit, soudain vaincue par l'épuisement et submergée par tous les sentiments qu'elle réprimait. Elle s'arrêta et, pendant un moment, elle oscilla. La pluie qui ruisselait sur ses joues se mêlait à ses larmes. Les odeurs de printemps et de renouveau, exaltées par l'averse, s'élevaient autour d'elle, et lui donnaient envie de lever le visage, d'écarter les bras et de courir, comme elle l'avait toujours fait. Mais ses pieds refusaient d'obéir.

Ses jambes se dérobèrent sous elle, et elle s'écroula parmi les fleurs. Elle sonda le sol de ses paumes, appuya sa tête sur le tapis herbeux trempé, se blottit sur le flanc et ferma les yeux. Si elle avait été Arabella, sans doute aurait-elle imaginé que c'était sa destinée : être trempée jusqu'aux os, puis tomber malade et mourir de la fièvre alors même qu'elle avait enfin compris la vérité de son cœur. Si elle avait été Eleanor, elle se serait posé des questions existentielles et aurait rédigé dans un cahier le fruit de ses méditations.

Mais Ravenna ne croyait pas au destin et n'était guère douée pour l'écriture. Et sa peine était insupportable. Roulée en boule, elle resta ainsi à souffrir jusqu'à ce que, enfin, elle s'endorme.

Une sensation tiède et humide sur sa joue la réveilla. Même à moitié endormie, elle ne pouvait confondre ces modestes salutations animales avec les coups de langue géants de La Bête. Cependant, son cœur se serra. Puis il se serra une deuxième fois, plus brutalement, à cause d'une autre perte... Cela lui arrivait souvent, ces derniers temps. Les gouffres dans son cœur s'ajoutaient les uns aux autres pour ne plus former qu'une grande plaie béante.

Elle ouvrit les yeux pour voir lequel des chiens des fermiers nettoyait les gouttes d'eau salée sur son visage. Stupéfaite, elle cessa de respirer et prit dans ses mains la douce tête noire et blanche pour mieux l'étudier. Sa truffe était un peu plus allongée, ses oreilles un peu plus pendantes et son museau un peu plus large que la dernière fois qu'elle l'avait vue, mais cette tête-là était on ne peut plus familière.

— Gonzalo, chuchota-t-elle, le cœur battant.

Il jappa et s'éloigna en bondissant.

Ravenna écarta les cheveux de ses yeux et passa une manche trempée sur ses joues, puis elle s'assit et scruta l'horizon à travers la pluie, qui tombait moins dru. À l'autre bout du champ, un homme chevauchait un bel andalou pommelé. Elle se sentait incapable de se lever. Ses membres tremblants se rebellaient.

Vitor stoppa son cheval, mit souplement pied à terre et marcha jusqu'à elle.

— Que...

Elle s'étrangla et parvint à se lever maladroitement. Il était réel, il était là, sous la pluie devant elle, ses yeux bleu marine prenant note de ses cheveux décoiffés et de sa robe couverte de taches et de boue.

— Que faites-vous ici ? parvint-elle enfin à balbutier.

— Allez-vous bien ?

Il jeta un coup d'œil vers l'empreinte qu'avait dessinée son corps dans les campanules, avant de reporter son regard sur elle.

— Je... j'étais... L'agnelage, vous savez... C'est-à-dire, je n'ai pas dormi depuis...

Depuis qu'elle l'avait quitté. Elle prit une inspiration.

— Sur le chemin du retour, je me suis arrêtée pour me reposer. J'ai dû m'assoupir.

— Sous la pluie. Dans un champ de fleurs sauvages.

— Oh, vous savez, dit-elle d'un ton léger en agitant une main humide. Il est absolument impossible de garder au sec un oreiller de plumes, dehors. On doit parfois recourir à des substituts.

— En effet.

Les yeux sombres de Vitor souriaient doucement.

— Que faites-vous ici ?

— Je suis venu vous donner ceci.

Il ouvrit son manteau et en sortit une minuscule boule de fourrure blanche à peine plus grande que sa main. Des gouttes de pluie crépitèrent sur la tête soyeuse et adorable du chiot. Il leva le museau, dressa les oreilles et renifla.

— Ce n'est pas La Bête, bien sûr. Mais je n'aimais pas l'idée de vous savoir seule. Et ce polisson…

Il jeta un coup d'œil au petit bâtard à longues pattes qui dansait autour de ses jambes.

— Ce polisson l'aime bien, alors je me suis dit que c'était le bon.

Elle n'osait pas le toucher, *les* toucher, de crainte qu'ils ne disparaissent et qu'elle ne se réveille d'un rêve.

— Comment savez-vous, pour La Bête ?

— Vous l'avez dit à mon frère. Après avoir soigneusement réfléchi et déterminé que La Bête en question n'était pas un homme, je me suis souvenu que vous l'aviez évoqué avec moi également. Sir Beverley vient de m'emmener voir le vieux chêne. Je suis désolé, Ravenna.

— Vous êtes venu jusqu'ici pour me donner un chiot ? Pour remplacer mon chien ?

— Pas pour le remplacer. Je ne crois pas que ce soit possible.

Il avait raison. Tout comme il était impossible de le remplacer, lui.

— L'acceptez-vous ? demanda-t-il en tendant l'animal à bout de bras.

Elle parvint à soulever le chiot sans toucher sa main, mais à travers la pluie, elle sentit son odeur familière d'eau de Cologne, de cheval et de cuir, et le désir lui noua la gorge. Elle recula.

— Merci.

Elle était incapable de dire autre chose. Il lui donnait un chiot parce qu'il l'aimait bien et ne voulait pas la savoir seule. Ils étaient véritablement amis.

— Êtes-vous en route pour… quelque part ?

Il avait dû s'arrêter à Shelton Grange parce qu'il traversait le pays.

— Airedale ?

Il ôta son chapeau, passa une main sur sa mâchoire et engloba le champ du regard.

— Oui. Je…

Il fronça les sourcils et reporta son attention sur Ravenna tandis que des gouttelettes de pluie se posaient sur ses cheveux et ses joues.

— Le mariage de mon frère a lieu dans quelques semaines, et notre mère est déjà dans tous ses états à cause des préparatifs.

— Je vois.

S'il ne s'éloignait pas tout de suite, elle allait éclater en sanglots. Et effaroucher le petit chien. C'était une horrible manière de faire connaissance.

— Eh bien… je suppose qu'il faut que vous repartiez, dit-elle alors même que les picotements dans sa gorge annonçaient de détestables larmes.

D'un air sombre, il acquiesça.

— En effet.

— Merci encore. Pour lui.

Elle blottit le chiot contre son cou.

— Bien. Alors, bonne journée.

Il s'inclina, et ce fut si magnifique et si aristocratique qu'elle ne songea même pas à l'absurdité de la situation – lui qui s'inclinait devant elle au milieu d'un champ de campanules, sous la pluie. Il commença à s'éloigner, et elle eut l'impression que quelqu'un lui écrasait le cœur avec son poing.

— Non. Je ne peux pas, l'entendit-elle prononcer avec détermination.

Il pivota et revint vers elle.

— Nom de Dieu, Ravenna, je vous aime. Ces dernières semaines ont été un enfer. J'ai tout fait pour me convaincre que j'étais capable de vous quitter, que nous pourrions devenir amis ou, plus précisément, que notre relation pourrait rester un tendre souvenir. Mais c'est impossible. Du moins en ce qui me concerne. Je ne désire pas vivre sans vous. Je vous veux, j'ai besoin de vous à mes côtés. Si vous partez en Amérique et m'abandonnez, vous me ferez exactement ce que Pettigrew et ce maudit oiseau vous ont fait. Je ne sais pas si vous voulez de moi, mais je ne peux vous laisser disparaître. Je vous suivrai de l'autre côté de l'Atlantique s'il le faut.

Pendant un long moment, submergée par la joie, elle fut incapable de parler.

— Je ne pensais pas que vous puissiez m'aimer. Je croyais votre monde trop éloigné du mien pour que vous trouviez en moi ce que je trouve en vous.

Il vint alors tout près d'elle.

— Dites-moi que cela signifie que vous m'aimez.

— Quand j'ai cru que vous étiez... Cette nuit-là au château, lorsque vous n'êtes pas revenu, et le lendemain jusqu'à ce que je vous retrouve, j'ai eu l'impression que ma vie était finie. C'était insupportable. Je pensais qu'en me convainquant que mon cœur n'était pas déjà lié à vous, je pourrais... je pourrais... fuir.

— Fuir ?

— Fuir la douleur de vous perdre.

Il demeura parfaitement rigide, les bras contre ses flancs crispés par la tension ; l'émotion dans ses yeux était magnifique.

— Si vous m'autorisez à vous serrer contre moi, je ne vous laisserai jamais partir.

Une euphorie invraisemblable envahit Ravenna, qui bégaya :

— J... je vous y autorise, je...

Il captura sa bouche, enfouit les mains dans ses cheveux, et elle posa la paume à plat sur son cœur. Le battement fort et régulier de sa vie se propagea en elle.

Il embrassa sa joue, son front.

— Pourquoi vous êtes-vous sauvée loin de moi ?

— Je savais que vous me quitteriez.

— Vous vous trompiez.

Il effleura ses lèvres des siennes.

— Ravenna Caulfield ?

— Oui, Vitor Courtenay ?

Elle souriait maintenant d'une oreille à l'autre, car tous les gouffres ouverts en elle se comblaient, comme si cet amour absorbait le chagrin de tous les deuils et faisait d'elle de nouveau une femme complète.

— Lord Vitor Courtenay, je veux dire. Je fais usage du titre, comprenez-vous, dans l'espoir de susciter votre ardeur.

— Vous suscitez mon ardeur par votre seule présence, le titre est donc parfaitement superflu. Pourriez-vous poser ce chien par terre ?

— Oui, dit-elle en joignant le geste à la parole. Pourquoi ?

Vitor la prit dans ses bras et la serra fort contre lui.

— Parce que je m'apprête à vous faire une demande en mariage et que j'aimerais recevoir votre acquiescement enthousiaste sans que rien ne m'empêche d'en profiter.

La pluie coulait sur son nez et sur ses lèvres sculptées. Elle se hissa sur la pointe des pieds et les embrassa, comme elle allait maintenant pouvoir le faire jusqu'à la fin de sa vie.

— Vitor ?

Il effleura du nez le coin de sa bouche.

— Mmm ?

— Lorsque nous serons mariés, m'autoriserez-vous à travailler encore avec les animaux ?

Il s'écarta. Son sourire était splendide, sa fossette irrésistible.

— Venez-vous d'accepter de devenir ma femme ?

— Tout dépend de votre réponse.

— Je vous aime, Ravenna.

Sa voix était délicieusement enrouée.

— J'aime celle que vous êtes, ce que vous faites et la façon dont vous le faites. Vous devez rester vous-même, et je me réjouirai que vous soyez ma femme.

Étant enclin au péché, je vanterai vos mérites à tous ceux que je rencontrerai. Je suis orgueilleux. C'est l'un des sept péchés capitaux, vous savez.

Cette déclaration fut suivie d'un autre baiser, plus long celui-ci, dans lequel elle exprima son approbation de son point de vue sur ce sujet précis.

— Cependant, dit-il contre ses lèvres, si vous mettez encore une créature sauvage dans mon lit, je réclamerai une annulation sur-le-champ. Le document sera signé au Parlement avant la fin de la journée.

Elle éclata de rire.

— Et si la créature sauvage n'est autre que moi ?

Il l'attira de nouveau contre lui.

— Elle sera toujours la bienvenue dans mon lit, comme elle l'est dans mon cœur. Dites que vous acceptez de m'épouser.

— J'accepte de vous épouser. Est-ce mon tour ?

— Votre tour ?

— De poser mes conditions.

— Je vous en prie. La femme qui gouverne mon cœur ayant accepté ma demande en mariage, je suis d'humeur magnanime.

— Faites-moi l'amour.

— Avec plaisir.

Il regarda autour d'eux d'un air curieux.

— Ici ?

Elle emmêla ses doigts dans ses cheveux et embrassa sa joue.

— C'est un fantasme que j'ai depuis quelques semaines maintenant, de faire l'amour à un bel aristocrate au milieu d'un champ de fleurs sauvages. Vous êtes un bel aristocrate. Nous sommes dans un champ de fleurs sauvages. De plus, nous sommes tous deux très mouillés, ce qui me rappelle le moment où vous m'avez tirée d'une rivière et tenue dans vos bras et où j'ai cru que, malgré le froid et l'humidité, je pourrais rester là pour toujours.

Son sourire illumina le cœur de Ravenna.

— Tant que je ne vois pas de fourche à proximité, je suis à votre service, madame. Mais depuis quand avez-vous cessé d'appeler cela « s'accoupler » ?

— Depuis l'instant où vous m'avez fait prononcer votre nom et où j'ai eu envie de m'enfuir. Malheureusement, je voulais que vous veniez avec moi.

Elle posa le front contre sa poitrine et le serra fort contre elle.

— Vitor, je vous aime.

Alors, là, dans le champ de campanules, tandis que la pluie printanière laissait place à la caresse du soleil, il exauça son vœu et devint à la fois son seigneur et son serviteur. En retour, comme elle l'avait fait déjà, avec enthousiasme et sincérité, elle l'adora.

# Note de l'auteur

En 1807, menacé par les ambitions impérialistes de Napoléon, le prince régent du Portugal fuit Lisbonne et traversa l'Atlantique pour établir sa cour dans la fructueuse colonie qu'était le Brésil. Alors que le paysage politique portugais était privé de ses dirigeants, j'ai caché ma branche secondaire de la famille royale dans les montagnes françaises. Époque tumultueuse, le début du XIXᵉ siècle en Europe fournit une toile de fond riche et excitante pour qui veut narrer une histoire, même si elle se déroule dans un lointain château enneigé. Je me suis beaucoup amusée à étoffer mon énigme policière d'une foison de personnages de toutes nationalités, et à la pimenter de détails concernant le monde dont chacun des protagonistes est issu.

À l'instar du prince Raynaldo et de cette branche de la famille royale portugaise dont il fait partie, quelques détails historiques de ce roman sont de pures inventions : le barbichon lyonnais est une race de bichons frisés née de mon imagination. Il en va de même pour la société Linnaeus. Bien que Carl Linnaeus, zoologue, botaniste et physicien suédois qui vécut de 1707 à 1778, ait bel et bien été un pionnier de la génétique, et que de grands hommes de science du début du XIXᵉ siècle aient embrassé ses théories d'avant-garde, mon lord Prunesly est membre d'un club scientifique fictif. Quant au château de Chevriot, s'il ressemble extérieurement au magnifique château de Cléron et se niche également dans les mêmes somptueux paysages du Jura, l'intérieur en est purement inventé, rénové par le grand-père fictif de mon Sebastiao dans le style moderne (c'est-à-dire le style en vigueur à la fin du XVIIIe et au début du XIXe siècle), ce qui le rend beaucoup plus confortable pour mes personnages que ne le serait un château fort médiéval.

Mon imagination, cependant, n'a enjolivé que quelques éléments historiques. D'autres sont parfaitement authentiques. Le *Traité sur la médecine vétérinaire* que sir Beverley lit à voix haute à Ravenna a été rédigé par un certain James White et publié en 1807. Ce manuel ainsi que *Le Chirurgien vétérinaire ou La Maréchalerie* de John Hinds, publié à Philadelphie en 1836, m'ont procuré des heures de lecture fascinantes à la Bibliothèque des manuscrits et livres rares David M. Rubenstein de l'université de Duke. Ravenna aurait certainement trouvé cela assommant, mais j'ai quant à moi beaucoup apprécié. (Le titre intégral du livre de Hinds, d'ailleurs, est : *Le Chirurgien vétérinaire, ou La Maréchalerie enseignée de façon nouvelle et facile : sous forme d'un traité sur toutes les maladies et les accidents susceptibles d'affecter le cheval, leurs causes et leurs symptômes, et les remèdes les plus souverains employés pour soigner chaque cas.* Les titres d'ouvrages anciens ont un charme inénarrable...)

Dans un autre registre, il arrivait que des membres de familles royales catholiques s'unissent avec des orthodoxes ou des protestants, mais c'était relativement peu fréquent. Il n'était pas non plus habituel qu'ils épousent des roturiers. Mais puisque le prince George, anglican et régent d'Angleterre à l'époque de cette histoire, avait contracté une telle alliance (quoique secrètement, scandaleusement, et bien que cette union n'ait pas connu de succès durable), j'ai estimé que le mariage d'Ann et de Sebastiao était plausible.

Quant aux frères Courtenay, je dois dire un mot au sujet des bâtards dans l'Angleterre de l'époque de la Régence. En résumé, si nul ne soulevait d'objection, cela pouvait demeurer indéfiniment secret. En revanche, dès lors que quelqu'un trouvait à y redire, les choses se compliquaient. En général, on se fiait à la parole de la mère de l'enfant. À moins que son mari ne l'accuse d'adultère ou que son allégation ne soit démentie par une preuve irréfutable, son enfant appartenait à celui qu'elle affirmait être le père, en particulier si elle était noble. Les pères de Vitor et de Wesley étant tous deux des complices consentants dans l'entreprise de procréation du marquis et de la marquise d'Airedale, ni l'un ni l'autre ne désirait contester la légitimité de leurs fils naturels. En réalité, il y a toujours eu, en Angleterre comme en France, quantité de conceptions d'enfants illégitimes chez les femmes de haute comme de basse extraction, mariées ou non, avec et sans leur consentement. La marquise d'Airedale et la pauvre Clarice Sepic née Brazil sont les deux facettes d'une même vérité historique.

D'un point de vue littéraire, s'il est une œuvre de fiction dans toute l'histoire de la littérature que j'aurais aimé écrire, c'est *Roméo et Juliette*, de William Shakespeare. L'histoire est racontée de façon si virtuose que, chaque fois que je la vois représentée ou que je la lis, je suis abasourdie et, pour dire la vérité, effondrée, quand les jeunes amants périssent. Leur amour est si fort, si impétueux et si passionné, et l'écriture si sublime, que je ne peux pas accepter que cela se termine dans une procession funéraire. Cela dénote, je suppose, mon éternel optimisme (ce qui est la raison pour laquelle j'écris des histoires d'amour et non des tragédies). Quoi qu'il en soit, ici, j'ai pris un immense plaisir à mettre les vers immortels de Shakespeare dans les bouches de mes personnages.

Je tiens à remercier pour leur aide dans l'écriture de ce livre Helen Lively, qui a nourri ma vision de Vitor ; le docteur Diane Leipzig pour le titre fabuleux de ce roman ; Noah Redstone Brophy, qui m'a apporté son concours concernant les animaux et diverses notions médicales ; Brian Conaghan pour ses renseignements sur les moines d'autrefois ; Laura Berendsen Hughes pour son magnifique tableau intitulé *L'Aube*, qui m'a inspiré toute une scène ; Heather McCollum pour ses conseils concernant les dames de la haute société en Écosse ; Beth Williamson pour m'avoir fait part de ses recherches au sujet des poisons ; et Sandie Blaise ainsi que le docteur Teresa Moore pour leur aide inestimable en français. Ma gratitude va également aux merveilleux membres du Triangle Veterinary Hospital, en particulier le docteur Robin Scott, le docteur Chuck Miller et le docteur Mari Juergenson, dont l'altruisme et la compassion ont inspiré le caractère de Ravenna. Merci tout particulièrement à Georgie Brophy et à Mary Brophy Marcus pour avoir lu le manuscrit, qui a bénéficié de leurs précieuses remarques. Chacun comprendra, j'espère, que les éventuelles erreurs contenues dans ce texte, historiques ou autres, sont à attribuer aux petits elfes qui vivent devant chez moi et aiment bien faire des bêtises.

Je remercie du fond du cœur mon agent Kimberly Whalen, mon éditrice Lucia Macro, ainsi que Nicole Fischer, Gail Dubov, Eleanor Mikucki, Pam Jaffee et Katie Steinberg, de chez Avon, qui s'investissent si formidablement dans mes livres.

Merci à ma mère, à mon mari et à mon fils pour leur amour et leur soutien, et pour me ménager l'espace et le temps dont j'ai besoin pour écrire.

Aux lecteurs qui ont partagé cette aventure avec moi, et dont la passion pour les histoires d'amour n'est éclipsée que par la bonté et la joie de vivre, j'adresse toute ma gratitude.

Enfin, à ma Bête qui n'est plus avec moi, et à mon Gonzalo qui l'est encore : Atlas et Idaho, vous ne pouvez pas lire les pages de ce livre, mais vous figurez tous les deux sur chacune d'entre elles ainsi que dans chaque coin de mon cœur à tout jamais.

# AVENTURES & PASSIONS

--- **19 août** ---

## Maggie Robinson
### *L'agence de Mme Evensong - 2 - Accordez-moi une nuit*
*Inédit*

La vénérable Mme Evensong dirige la meilleure agence de placement de Londres. Le baron Alec Raeburn sollicite son aide : il a besoin d'une actrice qui jouerait une héritière ingénue afin de démasquer le meurtrier de sa femme. Et c'est Mary, la nièce de la vieille dame, qui va l'accompagner en Écosse pour vivre une aventure bien plus trépidante que tout ce qu'elle pouvait imaginer…

✦

## Victoria Alexander
### *Secrets de famille - 1 - Un prince de rêve*
*Inédit*

Camille a rencontré un prince et s'imagine déjà vivant dans un palais des Balkans. Même si pour cela, elle doit organiser un Noël digne des romans de Dickens pour l'impressionner. Et puisque toute la famille est absente, et les domestiques en congé, elle engage une troupe de comédiens. Grayson décide alors d'aider Camille qu'il aimait autrefois et qu'il aime toujours.

✦

## Danelle Harmon
### *La saga des Montforte - 3 - L'intrépide*

Andrew de Montforte, frère du duc de Blackheath, est fort attaché au célibat. Surpris dans une situation compromettante avec lady Celsiana Blake, il est dans l'obligation de l'épouser. Or Celsiana refuse : elle préfère la compagnie des animaux à celle des hommes !

### Eloisa James
**Les duchesses - 3 - Lady Harriet**
*Inédit*

Harriet, duchesse de Berrow, s'ennuie depuis la mort de son mari. Ce qu'elle veut, c'est s'amuser. Déguisée en homme, elle décide de se rendre au bal organisé par le sulfureux lord Jem Strange à Fonthill, lieu de perdition. C'est l'occasion pour elle d'approcher le maître des lieux et de découvrir un monde bien étrange.

✦

### Zoë Archer
**Les justiciers - 3 - Une offre à double tranchant**
*Inédit*

Bronwyn Parrish est une aristocrate veuve dont la fortune a mystérieusement disparu. Marco Black, agent de la Némésis, souhaite l'aider. Sa mission l'entraîne jusqu'à un puissant syndicat du crime. Et bientôt, tous deux doivent affronter un danger qui pourrait leur coûter la vie et une passion qui n'a pas de prix.

✦

### Mary Reed McCall
**Les chevaliers de l'ordre du Temple -**
**La revanche du Templier**

Pour protéger sa fortune de l'avidité de Hugues de Harwick, Alissande doit épouser Damien de Ashby, son ancien amour. Mais il est difficile pour elle de s'y résoudre, alors qu'elle l'a trahi et abandonné cinq ans plus tôt. Il doit sûrement la haïr aujourd'hui !

Jess Michaels
***Les amantes - 3 - Un amour de courtisane***
*Inédit*

Vivien Manning est une entremetteuse de luxe. Celle que l'on surnomme la « médiatrice » a permis la rencontre de nombreux couples. Lasse de cette vie, elle souhaite tout quitter. Auparavant, elle doit régler définitivement sa relation avec Benedict Greystone, l'homme qu'elle n'a jamais pu oublier.

# BEST FRIEND

19 août

Shirley Jump, Susan Meier, Jackie Braun,
Barbara Wallace
***Un amour d'entremetteur***
*Inédit*

Gaby est convoquée au manoir de son voisin, M. Bonaparte, mystérieux et excentrique milliardaire. Son majordome lui confie Charlie, le protégé à quatre pattes de M. Bonaparte. Car celui-ci doit effectuer un long voyage en Europe. Charlie, facétieux et rusé petit Jack Russell, va alors jouer les entremetteurs pour Gabby, puis successivement pour ses trois amies Marney, Mia et Jenny qui, tour à tour, vont prendre soin de lui. Les quatre amies trouveront-elles grâce à Charlie, le bonheur dont elles rêvent ?